Aus dem Italienischen von
Werner Raith

ENZO RUSSO

URSINIS GROSSER COUP

Ein Tatsachenroman über die moderne Mafia

ROWOHLT

Die Originalausgabe erschien 1990 unter dem Titel
«Il Quattordicesimo Zero»
im Verlag Arnoldo Mondadori, Mailand
Umschlaggestaltung Susanne Müller

1. Auflage März 1992

Satz aus der Bembo (Linotronic 500)
Gesamtherstellung Clausen & Bosse, Leck
Printed in Germany
ISBN 3 498 05732 4

URSINIS GROSSER COUP

1

DAS TAXI BOG in die Keltenstraße ein; der Fahrgast begann sich neugierig umzusehen. Der Fahrer bemerkte es, wollte dem Mann eine Freude machen und verlangsamte etwas. Mit einer gewissen Wehmut blickte er auf die schmalen, hohen Villen beiderseits der Straße: Als junger Mann war er Chauffeur eines freundlichen, schwermütigen Ägypters gewesen, dem eine dieser Residenzen gehört hatte. Zwei Jahre hatte er gelebt, gegessen und geschlafen wie ein reicher Mann. Dann war das zu Ende gewesen, unvermittelt, aber ohne besondere Erschütterung. Der Ägypter hatte ihm in seinem schulmäßigen Deutsch auf Wiedersehen gesagt und ihm einige tausend Franken über den Lohn hinaus bezahlt. So war er vom Zürichberg wieder hinunter in die Stadt gezogen, in Seenähe, wo er in eine Depression verfallen war, die ihn am Ende in den Hafen der Ehe bugsiert hatte. Er verstand nichts von Psychologie oder Psychoanalyse, und so hatte er sich nie gefragt, ob er vielleicht nur Taxifahrer geworden war, um öfter hierher zurückkehren zu können, wo er noch jung und unverheiratet gewesen war.

«Arrivato», sagte er auf italienisch, als sie in die Aurorastraße einbogen; er fuhr Schritt, fand die richtige Hausnummer und hielt an. Der Gast suchte nach seinem Geldbeutel: ein weißhaariger Mann um die Fünfzig in einem Kaschmiranzug mit Weste. Der Fahrer nahm das Geld und schaute ihn an; es gelang ihm nicht, ihn einzuordnen, allerdings vermutete er sofort, daß er ein größeres Trinkgeld erhalten würde: Reiche Italiener waren eigentlich immer sehr großzügig.

So war es denn auch. «Danke schön, grazie», sagte lächelnd der Fahrer. Er schaltete sein Radio ein und fuhr weg.

Der Mann blieb einen Augenblick vor dem Gartentor stehen, bevor er klingelte. Das Haus lag etwas von der Straße zurück und war zur Hälfte von einem Mauergürtel und Bäumen verdeckt. Aus dem steilen Spitzdach ragten große Mansardenfenster. Zwei große Hunde trotteten auf das Tor zu, langsam und offenbar nicht einmal neugierig. Sie legten sich hinter dem Eisengitter nieder und blickten ihn gleichgültig an. Kurz danach erschien ein magerer junger Mann im Laubengang, und mit einem Surren sprang das Gartentor auf.

«Gefährlich?» fragte der Besucher und zeigte auf die Hunde.

«Keine Angst, die beißen nicht.»

Sie machten tatsächlich keine Anstalten, ihn anzugreifen, beobachteten ihn aber genau, als er die Arme ausbreitete. «Giuseppe Ursini, wie viele Jahre ist das jetzt her? Acht, neun?» Er umarmte den Mann und nutzte die Gelegenheit, um ihn sich genauer anzusehen. Narben sah er auf den ersten Blick keine, doch die Gesichtshaut schien wie gebügelt; die Züge waren völlig starr. Dann, als er dem Mann in ein schwach beleuchtetes Arbeitszimmer folgte, musterte er den Hinterkopf, ein schockierender Anblick: Der Schädel schien ein Puzzle, das ein ungeschicktes Kind zusammengesetzt hatte, und die kurzen Haare konnten nicht verbergen, daß die Haut die alten Bruchstellen nur mit Mühe überdeckte. Seine Freunde hatten ihn vorgewarnt: «Du wirst sehen: es ist einfach eklig.» Aber er empfand keinen Ekel, sondern nur Mitleid. Er erinnerte sich an die Zeit, als der Mann noch ein Kind gewesen war, immer auf dem Arm oder auf den Schultern seines riesigen Vaters. Oder an den Jungen: bleich und niemals lächelnd. Und dann an den jungen Mann: ein merkwürdiger Bursche, der nur die Universität und seine Bücher im Kopf hatte; vielleicht noch Autos.

Nun saßen sie einander gegenüber, schweigend, auf zwei alten Ledersesseln. Bevor sie mit einem Gespräch beginnen konnten, erschien in der Tür eine Frau, sie war um die Dreißig:

«Joseph?»

«Komm, Klara. Laß mich dir einen alten Freund vorstellen.» Er wandte sich zum Besucher: «Das ist meine Frau, Onkel Giacomo. Leider kann sie kein Italienisch.» Dann fragte er, was sein Gast trinken wolle.

«Hauptsache, es schmeckt», sagte der Mann, den er Onkel Giacomo nannte. Er schwieg, während die beiden miteinander sprachen, und wartete, bis Klara wieder hinausgegangen war. «Ihr sprecht also Deutsch miteinander?»

«Hier spricht man nicht eigentlich Deutsch, sondern Schwyzerdütsch, eine Art Dialekt. Es ist wie mit dem Kaffee, den Klara gleich bringen wird. Dieser Kaffee hat mit einem Espresso in Palermo ungefähr genauso wenig zu tun wie Deutsch mit Schwyzerdütsch.»

«Und du hast niemals Sehnsucht nach einem palermitanischen Kaffee?» Das Lächeln des Besuchers wurde nicht erwidert. Er lächelte nie, dieser magere Bursche von siebenunddreißig Jahren, der aussah wie ein alter Mann.

«Ich bin Schweizer Bürger, meine Frau ist Schweizerin und ebenso meine Kinder. Der Kaffee hier ist anders, wie auch sonst alles. Man gewöhnt sich daran, oder man verzichtet eben darauf... Also, zum Abendessen habe ich einen Tisch in einem Restaurant hier in der Nähe bestellt. Nichts Besonderes, aber heute abend ist hier kaum etwas anderes zu bekommen: Du hast dir für deinen Besuch hier in Zürich einen Feiertag ausgesucht.»

«Aha, daher der Riesenverkehr... Dabei wollte ich gerade den vermeiden und bin deshalb am Wochenanfang gekommen...»

«Tja, aber heute ist der dritte Montag im April. Und da

wird auf Zürichs Plätzen der Winter verbrannt, wie jedes Jahr. Es ist ein ziemlich wichtiges Fest.»

«Wie das Fest der heiligen Rosalia in Palermo.» Onkel Giacomo hatte sofort das Gefühl, etwas Unpassendes gesagt zu haben. Es war ihm irgendwie unbehaglich zumute, was ihm eigentlich nicht oft passierte.

«Nein. Das hier ist ein sehr elitäres Fest. Die oberen Zehntausend legen historische Kostüme an und ziehen zu Pferd durch die Stadt. Das Fest heißt Sechseläuten. Pünktlich um sechs Uhr...», er schaute auf die Uhr, «also in ein paar Minuten, verbrennen sie eine Pappmachéfigur am Bellevue, einem Platz unten am See, bei der Oper. Das alles wird von alten Zünften organisiert, die an die Zünfte erinnern, die es im Florenz der Renaissance gab: Färber, Wollhändler, Goldschmiede... Jede Zunft hat ihr eigenes Restaurant, ein sogenanntes Zunfthaus, in dem sich die Mitglieder anläßlich des Sechseläutens als geschlossene Gesellschaft treffen. Ich wollte mit dir in das alte Restaurant ‹Zum Rüden› am Ufer der Limmat gehen, aber das ist auch ein Zunfthaus und würde heute abend nicht einmal einen Hollywoodstar einlassen. Wir müssen uns mit einem Essen hier oben zufriedengeben. Das Lokal liegt aber auch nicht übel, du wirst sehen: mit Blick über die Stadt... Ah, da kommt unser Kaffee.»

Er schmeckte widerlich. Die Dame des Hauses bestand darauf, ihn höchstpersönlich zu servieren, das junge farbige Dienstmädchen assistierte ihr nur. «Zucker? Milch? Rahm?» Giacomo mußte den Kaffee notgedrungen erheblich stärker süßen als sonst, um den schauerlichen Geschmack zu überdecken. «Geht ihr denn nicht zum Umzug? Habe ich euch das Fest verdorben?»

«Nein, keine Angst. Ich gehe zwar sonst mit meiner Frau und meinem Schwiegervater essen, der gehört nämlich zur Zunft der Zimmerleute, aber heute hast du natürlich Vorrang ... Übrigens: hier ißt man ziemlich früh zu Abend, wir müssen bald los. Wo bist du denn untergekommen?»

«Im Baur-au-Lac. Ich habe mir ein Hotel am See ausgesucht, damit ich das Meer nicht allzusehr vermisse. Leider habe ich erst jetzt erfahren, daß nur die Doppelzimmer Seeblick haben, und die sind alle belegt. Na ja. Könnte ich mir noch mal die Hände waschen?»

Der Hausherr führte ihn durch einen Korridor, dessen Wände mit alten Gemälden vollgehängt waren. Giacomo bemerkte, daß Giuseppe leicht hinkte. Im schwachen Licht der Wandlampen sah er unter den kurzgeschnittenen Haaren außerdem eine lange, weiße Narbe, die sich von Giuseppes Scheitel über den Hinterkopf bis zu seinem mageren, ausgezehrten Rücken zog.

Sie betraten das Restaurant «Sonnenberg» um kurz vor acht, etwas später als geplant: Sie hatten von der großen Terrasse aus die Stadt betrachtet, und Giuseppe hatte Giacomo ein wenig über die Geschichte der Stadt erzählt.

«Wie wäre es mit einer schweizerischen Spezialität? Das Essen hier ist nicht besonders, eine Mischung aus französischer und deutscher Küche. Nehmen wir Zürcher Geschnetzeltes mit Rösti ... Warum lachst du?»

«Mich schüttelt's schon beim Namen. Was ist das denn?»

«Kleingeschnittenes Kalbfleisch mit gerösteten Kartoffelschnipseln, und dazu, wenn man will, eine Rahmsoße. Ich würde allerdings keine Soße nehmen; sie verfälscht den Geschmack vom Fleisch. Man trinkt hier übrigens vorzugsweise Weißwein, Riesling oder Sylvaner, aus dem Kanton Vaud und ...»

«Ich überlasse das dir», unterbrach ihn Giacomo. Er wartete, bis der Oberkellner die Bestellung aufgenommen hatte. Dann faßte er seinen Neffen am Arm, eine energische, vertrauliche Geste: «Mal ehrlich, Giuseppe: Wie geht's dir?»

«Du siehst ja selbst. Wirklich ernsthafte gesundheitliche Probleme habe ich seit Jahren nicht mehr, die Organe sind auch funktionstüchtig. Ich bin nicht mehr der, der ich einmal war, aber insgesamt geht es mir gut.»

«Und was führst du für ein Leben?»

«Ich bin ein ganz normaler Geschäftsmann mit Frau und zwei Kindern. Ich lese ziemlich viel, wie damals auch. In der Hinsicht habe ich mich nicht verändert.»

Das könnte ein Nachteil sein, dachte der Besucher. Er hatte nicht gerade viel Zeit, um ihn zu beobachten und sich ein genaues Bild zu machen. Andererseits war die Entscheidung ja bereits vor seiner Reise nach Zürich gefallen – jetzt ging es darum, die Sache auszuhandeln. Ob der Plan zu verwirklichen war, konnte man ohnehin am besten im Gespräch herausfinden. Giacomo probierte das Gericht mit dem schwierigen Namen; es schmeckte bei weitem besser als der Kaffee. Danach gab es Käse und Erdbeercreme. Giacomo und Giuseppe plauderten über Nebensächlichkeiten, zum Beispiel über den Wein, den sie gerade tranken. Sie sprachen sehr leise, denn trotz der vielen Gäste war es im Restaurant geradezu totenstill. Als sie wieder auf den Platz hinaustraten, nieselte es.

«Es ist zwar noch nicht spät, aber ich wäre dir trotzdem dankbar, wenn du mich ins Hotel bringen würdest. Ich bin ziemlich müde.» Giacomo stieg in Giuseppes blauen Jaguar; er schwieg, bis sie den Parkplatz verlassen hatten.

«Giuseppe, du kannst dir nicht vorstellen, wie sehr ich mich darüber freue, dich nach all den Jahren wiederzusehen. Aber morgen müssen wir etwas Ernstes besprechen. In Palermo sind große Umwälzungen im Gange, und keiner weiß, was daraus wird. Wir brauchen dich!»

Die Atmosphäre des Festes lag noch in der Luft, obwohl die meisten bereits wieder nach Hause gegangen waren. Regen prasselte auf die letzten Schaulustigen. Schweigend erreichten Giuseppe und Giacomo das Baur-au-Lac. Ein Portier eilte herbei und öffnete Giacomo die Wagentür. Dieser streckte seinem Neffen zum Abschied die Hand entgegen und blickte lächelnd in sein bleiches, starres Gesicht.

«Wir telefonieren morgen vormittag.»

«Ja. Morgen hat mein ältester Sohn Johann Geburtstag. Essen muß ich zu Hause, aber danach...»

«Johann? Wie heißt das auf italienisch? Giovanni?»

«Ja.»

«Wie dein Vater.»

«Ja», sagte Giuseppe. Onkel Giacomo blickte ihm ins Gesicht. Er wollte sehen, ob sich in diesem unbeweglichen Profil nicht doch etwas rührte, aber nicht einmal die Spur eines Lächelns war zu erkennen. Giacomo sah auf die Straße, war einen Moment lang abgelenkt und schaute zwei Motorrädern nach. Wozu brauchten die Nummernschilder, fragte er sich, hier ist doch nicht jeder Vespafahrer ein potentieller Handtaschendieb. Er wollte die Überlegung gerade zum besten geben, da bog Giuseppe schon rechts in einen großen Innenhof ein. Aus dem hoteleigenen Rolls-Royce war gerade das Gepäck eines älteren Paares entladen worden; der Fahrer machte schnell Platz für den Jaguar.

Giuseppe sah der dunklen Gestalt nach, die sich da ungeschickt durch die Drehtür zwängte. Onkel Giacomo mußte um die Fünfundfünfzig sein; es hätte ihn gekränkt, hätte er erfahren, daß er wie sechzig aussah. Er trug maßgeschneiderte Anzüge und gab sich weltmännisch, doch sein Gang, seine dichten weißen Koteletten, seine Hände, sein Lachen und viele weitere Kleinigkeiten verrieten den Maurer, der er bis vor zwanzig Jahren gewesen war. Ein Maurer mit vielerlei Fähigkeiten allerdings. Nicht nur, daß er es verstand, Macht zu erringen, Freunde zu gewinnen, Sozialprestige aufzubauen: Er beobachtete die Welt um sich herum genau, suchte sie zu verstehen und paßte sich dem, was er sah, mit selbstverständlicher Flexibilität an. Er hatte sogar studiert, mit etwas viel Aufwand vielleicht für die spärlichen Erfolge, aber etwas Englisch hatte er behalten und sein Italienisch war für einen Sizilianer recht gepflegt; er wählte seine Worte mit Bedacht und machte keine Fehler.

Giuseppe sah den Onkel schließlich in der kleinen Halle verschwinden; er schloß die Augen und atmete tief durch, sog den feuchten Duft des Sees ein. Er mußte also nicht sterben. Das war die Bedeutung von Onkel Giacomos Besuch.

1968. Giuseppe war damals achtundzwanzig, hatte eine Frau und ein zweijähriges Kind. Die Hochzeit mit Luisa war eine spontane Liebesheirat gewesen, und eventuelle Bedenken seitens der beiden Familien hatten sich angesichts der Entschlossenheit der jungen Leute schnell zerstreut. Luisa hatte ihr Studium kurz vor der Geburt ihres Kindes abgeschlossen. Danach hatten sie sich für längere Zeit aus dem gesellschaftlichen Leben zurückgezogen. Sie hatten den kleinen Giovanni nicht öfter als einmal pro Woche den Großeltern oder einem Kindermädchen überlassen wollen, und erst als der Junge zwei Jahre alt war, beschlossen Sie, wieder eine ihrer traditionellen Reisen in den Frühling zu unternehmen. Die Route ließen sie wie immer bewußt offen: Schweiz, Deutschland, Holland und Dänemark, vielleicht auch Skandinavien, wenn noch Zeit dafür blieb.

Als sie in den Gotthard-Tunnel hineinfuhren, schien noch eine wunderschöne Maisonne. Als sie wieder hinausfuhren jedoch schneite es: dichte, wirbelnde Flocken, der Kleine und Luisa waren begeistert. Giuseppes Jaguar MK 2 lag auf trokkener Straße ausgezeichnet, bei Nässe jedoch geriet er leicht ins Rutschen. Es ging alles blitzschnell: Ein Wagen, der ins Schleudern geraten war, blockierte in umgekehrter Richtung stehend die Spur, der Jaguar prallte frontal dagegen. Noch stärker war der Schlag von hinten: ein alter Lastwagen, den sie soeben überholt hatten, zerdrückte mit seinem Kühler den Sportwagen bis zur Unkenntlichkeit, quetschte seine Insassen in Sekundenschnelle ein.

Er erinnerte sich nicht genau daran, wann er wieder zu sich kam; vor allem aber gelang es ihm nicht mehr, die Geschehnisse chronologisch zu ordnen. Das Kantonskrankenhaus in der Rämistraße war genau so wie man sich ein Züricher Krankenhaus vorstellte. Giuseppes Arzt hieß Moser. Er sprach etwas Italienisch, wie ein Großteil der Gebildeten in der deutschen Schweiz. An einem Montagmorgen redete er mit ihm ausführlich über die bereits durchgeführten neurochirurgischen Eingriffe. Dann hielt er ihm einen Handspiegel vor. Er wartete, bis Giuseppe den ersten Schock über sein neues Aussehen einigermaßen überwunden hatte, dann sprach er über die Rehabilitation des rechten Armes und über die zahlreichen Operationen, die nun noch bevorstanden. «Ich glaube nicht, daß Sie auf Dauer hinken werden, Herr Ursini, aber schnell laufen werden Sie nicht mehr können», erklärte er mit seiner stets falschen Betonung der italienischen Silben.

Zum Krankenhauspersonal gehörte eine etwa zwanzigjährige Schwester, die so gut aussah, daß man mit ihr am Arm wohl überall Furore gemacht hätte, sogar im Georges Cinq in Paris oder im Kasino von Monte Carlo. Als sie ihm zum erstenmal die Bettpfanne unterlegte und dann mit Toilettenpapier und Schwamm säuberte – wobei sie lächelte und mit einem durchaus reizvollen Akzent «Braffo, braffo» sagte –, empfand Ursini überhaupt nichts, weder Demütigung noch Verlegenheit. Die scheinbar unbedeutende Episode bewies ihm, daß auch sein Seelenleben nicht unbeschädigt aus dem Unfall hervorgegangen war.

Irgendwann ließ Professor Moser einen ersten Besuch zu. In der Tür erschien zögernd der Buchhalter Gambino, das

Gesicht verkrampft, denn er wollte nur seine Freude ausdrücken und seine Erschütterung verbergen. Gambino gehörte seit fünfundzwanzig Jahren zur Familie und genoß besonderes Vertrauen. Als Berater war er eingeweiht in alle Geheimnisse, und bei Hochzeiten, Taufen oder Beerdigungen saß er immer in der ersten Reihe. Er wollte Ursinis empfindungslose Hand drücken, bemerkte aber, daß sie völlig regungslos blieb, und stotterte irgend etwas. Ursini schüttelte den Kopf. «Ich kann dir nicht einmal vernünftig die Hand geben. Die Ärzte sagen, daß sich das geben wird, aber bislang fühle ich rein gar nichts», sagte er leise. «Wie geht es Vater?» Er hatte natürlich nicht erwartet, den Alten hier zu sehen: Die Reise wäre viel zu beschwerlich für einen Mann, der bereits einen Herzinfarkt hinter sich hatte. Dennoch mußte es ziemlich schwierig gewesen sein, ihn in Palermo zurückzuhalten, und Ursini rechnete nun damit, daß er ihm ausführlich über ihre Anstrengungen, ihm die Reise auszureden, erzählen würde: Gambino war ein guter Schauspieler und schlüpfte gern in die Rolle, das ständige Opfer der Makken des Alten zu sein. Doch nun verfiel er in schreckliches Schweigen. «Tot?» fragte Ursini. Keine Antwort. «Das Herz?» Das Gesicht des Buchhalters war nicht genau zu erkennen, Ursini glaubte aber ein Kopfschütteln wahrzunehmen. «Sie haben ihn umgebracht?»

Gambino antwortete nicht, sondern berichtete über die anstrengenden Tage, die er im Hotel verbracht hatte, die Telefonate mit Palermo und dem Kantonsspital, das Warten auf den Ausgang der Operationen, auf die Stellungnahme der Ärzte, auf den Tag, an dem der erste Besuch endlich gestattet würde. Und zu allem Überfluß noch diese arme Alte, die den ganzen Tag im Zimmer saß und weinte... «Was, du hast deine Mutter mitgebracht?» Die Frau mußte über neunzig sein, eine Art antike sizilianische Ikone, klein, gebückt, schon seit Jahrzehnten immer in Schwarz. Der Buchhalter breitete hilflos die Arme aus: «Wo sollte ich sie denn die ganze Zeit über lassen, zu Hause vielleicht? Der Flug hierher war ja nicht allzulang. Sie hat nicht einmal mitgekriegt, daß wir geflogen sind, sie meinte, wir fahren mit dem Zug... Sie möchte dich sehen, Giuseppe. Kann ich sie mal mitbringen?»

Jahrelang war dies für Ursini die schrecklichste Erinnerung. Weder der Gedanke an seinen Vater, wie er verkrümmt und von Kugeln durchlöchert im Krankenhausbett lag, wo ihn die Kugelsalve überrascht hatte, noch die Vorstellung von seiner Frau und seinem Kind, zerfetzt zwischen den Trümmern des Jaguar, auch nicht die Narben, die nicht aufhören wollten zu schmerzen, die Spannung in der Haut, die Klammern, die nächtliche Einsamkeit, die nicht einmal durch stilles Weinen gemildert werden konnte: Nichts war vergleichbar mit dieser klapprigen alten Frau, die bis auf einen Meter an ihn herantreten mußte, um ihm ins Gesicht zu schauen. Schließlich streckte sie die Hände aus, atmete mit einem grauenhaften Pfeifen ein und sagte in kaum verständlichem Palermitanisch: «Du siehst schlecht aus, mein Söhnchen.»

Zunächst hatte er in Dolder gewohnt. Das Hotel sah aus wie ein Schloß über der Stadt; es war von riesigen Bäumen umgeben, erfüllt von deutschem Gemurmel. In der Empfangshalle begegnete man bedeutenden Politikern und Stars. Ursini hatte das Hotel jedoch nur wegen der Nähe zum 7. Bezirk gewählt, sondern weil es nicht weit von der Rämistraße, der Hirslanden-Klinik und dem Krankenhausviertel lag, wo er mit unerschütterlichem Durchhaltevermögen Behandlungen über sich ergehen ließ. In der Universitätsklinik für Orthopädie unterzog er sich dem vollen Rehabilitationsprogramm: Die Hand hatte ihre Funktionstüchtigkeit fast vollständig wiedererlangt, allerdings war sie noch immer völlig ohne Gefühl. Er vermochte einen Koffer zu heben, konnte aber keine Nadel zwischen den Fingern halten.

Aber Nadeln halten mußte er ja auch nicht. Er verbrachte den größten Teil des Tages im Zimmer und las, oder er saß in der Hotelhalle, jedoch immer allein. Manchmal sprach er wochenlang mit keiner Menschenseele, abgesehen vom Personal des Hotels. Ab und zu nahm er die Dolderbahn und fuhr in die Stadt hinunter; die kurze, ruhige Fahrt genoß er immer sehr, zu großen Spaziergängen hatte er allerdings keine Lust: ein Blick in die Schaufenster von Bucherer oder von Beyer, ein Glas Bier in einem der fröhlichen kleinen Lokale in Niederdorf, dann zog es ihn schon wieder zurück ins Hotel.

Ohne es eigentlich zu wollen, begann er dann doch wieder zu arbeiten, fast so wie eine Biene, die sich nervös an die Reparatur eines zerstörten Bienenstockes macht. In der Schweiz sind die Notare normale Staatsbeamte, und einer davon, bereits pensioniert, weihte ihn in die Geheimnisse der schweizerischen Gesetzgebung ein, von den erforderlichen Schritten zur Erlangung der Staatsangehörigkeit über die Gesetze zum Kauf von Immobilien bis hin zum Steuersystem. Pfeuti, so hieß der Notar, brachte ihm sogar Deutsch und ein wenig Schwyzerdütsch bei: ein Privatberater sozusagen, oft langweilig, aber gebildet, der immer zur Verfügung stand, unabhängig von Dienstplänen und freien Tagen. Ursini hatte auch einen Sekretär, einen Walliser namens Bongard, über den er, auch als er ihn bereits eingestellt hatte, weiterhin genaue Erkundigungen einholte – es erschien ihm merkwürdig, daß ein derart aufgeweckter und begabter Mann nicht die eine oder andere Schwäche haben sollte. Aber Bongard machte einfach keine Fehler; innerhalb weniger Monate führte er alles durch, was Pfeuti angeregt hatte. In Lugano hatte Ursini vor einigen Jahren eine Million Franken eingezahlt, und das reichte, wie sich zeigte, für den Anfang. Er ging häufig in die Börsenstraße und lernte die Tricks einer sicheren, steuerfreien Aktienspekulation kennen, begann den Kanton Zug als Steuerparadies zu schätzen. Gambino liquidierte inzwischen weiter den Familienbesitz – zu annehmbaren Konditionen, er telefonierte und reiste in der Gegend herum, unermüdlich und, seit seine Mutter gestorben war, immer allein.

«Sie sind jetzt gesund», sagte eines Tages Professor Moser. «Mehr geht nicht. Jetzt bleibt nur noch eines zu tun: Denken Sie wirklich ernsthaft über Ihr Leben nach.» Der alte Chirurg war Mitglied des Grashoppersclub, eines elitären Vereins, der traditionell nur verdienten, wohlhabenden Bürgern offenstand. Die Honorationen kamen jeden Donnerstag zusammen, plauderten, tranken, trafen Entscheidungen. Es war durchaus gestattet, Gäste mitzubringen, und so hatte Moser Ursini ab und zu dorthin eingeladen. Nachdem er ihm bei einer Tasse Tee seine Genesung verkündet hatte, skandierte er eine ganze Minute lang die Wörter: Leben, Vita, Leben. Es klang, als wollte er Ursini hypnotisieren.

An einem Märzabend, als er gerade in seine Eigentumswohnung in einer ruhigen Seitengasse der Bellerivestraße zurückkehrte, war ihm zum erstenmal in den Sinn gekommen, daß es sein könnte, daß man ihn ermorden wolle. Zwar war er beim Unfall beinahe ums Leben gekommen, doch sein Gehirn war intakt geblieben. Der ganze Schatz an Wissen, Erkenntnissen, Geheimnissen, Gedanken hatte überlebt – und das bedeutete eine ungeheure Gefahr für Leute, die gewohnt waren, keinerlei Risiko einzugehen.

Aus Palermo erreichten ihn immer weniger Nachrichten. Besuche wurden seltener und vorsichtiger, niemand getraute sich, ihn zur Rückkehr aufzufordern: Man beobachtete ihn, und das offenbar mit eher gemischten Gefühlen. Freunde und Verwandte waren nach und nach aus seinem Gesichtskreis verschwunden, verwickelt in neue, aus der Entfernung kaum zu durchschauende Zusammenhänge. Oder man hatte sie getötet, wie den Alten. Auch Gambino war umgekommen, möglicherweise hatte er sich in irgendwelche unvorsichtigen Handlungen verstrickt, vielleicht hatte er sich auch auf die falschen Verbindungen verlassen. Seit Gambinos Tod kam kein Geld mehr, und auch der Fluß vertraulicher Mitteilungen war unterbrochen. Außerdem wurden ihm nun auch keine palermitanischen Marzipanbonbons mehr mitgebracht, die Ursini allerdings schon seit einiger Zeit zu künstlich, zu süß und zu bunt waren.

Seine Heirat mit Klara war nicht ein Zeichen neuen Vertrauens in die Zukunft, sondern eine Art therapeutischer Akt. Er hatte es als Selbstverständlichkeit akzeptiert, daß seine plumpe, melancholische Frau zwei Kinder von ihm wollte. Dann kam der Kauf der Villa in der Aurorastraße, luxuriös und mit Pedanterie eingerichtet; die vielen neuen Verwandten, die gesellschaftlichen Verpflichtungen, der Schachclub. Doch täglich wartete er auf den Moment, wo man ihn umbringen würde: Alles in seinem neuen Leben war diesem Warten untergeordnet. Darum ging er auch nie zusammen mit seinen Kindern aus dem Haus – er wollte sie nicht unnötig exponieren und hatte sie so erzogen, daß sie nicht allzusehr an ihm hingen. Er war ihnen kein Freund, mit dem sie lachen und wann immer er eine freie Minute hatte spielen konnten. Die Atmosphäre im Haus war ernst und streng. Das freilich war ganz im Sinne seines Schwiegervaters, eines alten Calvinisten, der sich selbst als die Ursache für diesen Umgangston ansah. Er fand es gut, daß seine Tochter und sein sizilianischer Schwiegersohn in getrennten Zimmern schliefen und in Gegenwart anderer keine albernen Zärtlichkeiten austauschten.

Wenn sie alle zusammen verreisten, fuhren sie in einem gepanzerten Landrover; alle betrachteten seine Vorliebe für diesen Wagen als eine seiner Macken, hervorgerufen durch die Erinnerung an den Unfall und das Bedürfnis, seine neue Familie vor einer ähnlichen Tragödie zu bewahren. Er ließ sie in diesem Glauben. Wenn er allein fahren mußte, setzte er sich allerdings in ein normales BMW-Coupé. Beim Gehen schaute er sich nie um, achtete in den Schaufenstern nicht auf mögliche Reflexionen verdächtiger Gesichter, kümmerte sich auch nicht um Geräusche hinter seinem Rücken. Allmählich verlor er die Angst. Angst behinderte das Denken, die Produktivität. Sie ist wie ein neurotischer Tick: Sie zeigt, daß ein Problem besteht, hilft aber noch lange nicht dabei, zu dessen Ursache vorzudringen. Besser, sich ihr zu entziehen: kühl, berechnend, ohne Panik. Auf Angst muß man souverän reagieren, ohne Aggressivität. Angst führt zu nichts. Sätze, die er sich selbst unendlich oft wiederholt hatte; und statt unterzutauchen oder etwas zu unternehmen, hatte er beschlossen, einfach zu warten. Mittlerweile wartete er seit fast neun Jahren, ohne sich der Illusion hinzugeben, daß die Gefahr mit der Zeit vergehen oder sich auch nur ein kleines bißchen verringern würde. Gleichzeitig wuchs in ihm ein gewisses Staunen: Er fand keine Erklärung dafür, warum sie ihn am Leben ließen, warum sie ihm gestatteten, das Paradies zu verlassen, ohne ihn sofort ins Fegefeuer zu werfen. Es entsprach einfach nicht den Regeln.

Doch nun war Giacomo gekommen, angekündigt durch einen geheimnisvollen Anruf. Kaiser Tiberius mußte einst Leute wie ihn eingesetzt haben, um den in Ungnade gefallenen Patriziern seine einsamen, todbringenden Entscheidungen mitzuteilen. Doch die wenigen Worte, die sein Gast gesagt hatte, hatten genügt – Ursini hatte begriffen. Den Inhalt der Botschaft, die ihm überbracht werden sollte, kannte er noch nicht. Aber er wußte, daß er auf jeden Fall noch einige Jahre zu leben hatte.

«Ich werde weiterleben», sagte er zu sich und blickte ein letztes Mal in die leere Empfangshalle des Baur-au-Lac. Dann legte er den Rückwärtsgang ein, parkte aus und bog bei weit geöffnetem Autofenster langsam in die Bahnhofstraße ein.

Als er in seinen Garten trat, kamen ihm die beiden Rottweiler entgegengetrottet; sie erweckten den Anschein, gerade aus einem schönen Traum gerissen worden zu sein. Er streichelte sie, was sie so sehr überraschte, daß sie nun hellwach waren und ihn bis zur Haustür begleiteten. Im Haus war es vollkommen still, aber es war eine andere Stille als sonst. Er versuchte kein Geräusch zu machen, schaute ins Kinderzimmer und blieb lange Zeit mit der Hand am Türgriff stehen, horchte und versuchte dabei eine ihm unerklärliche Erregung zu unterdrücken. Patrick lag ruhig da, Johann drehte sich um und veränderte den Rhythmus seines Atems. Ursini hatte den Eindruck, daß der Junge wach war. «Schläfst du?» fragte er leise. Er bekam keine Antwort, und so schloß er nach einigen Augenblicken leise die Tür.

2

«*ICH HABE EINEN TISCH* in der Kronenhalle bestellt. Wird dir gefallen.» Ursini hatte das Auto geparkt, und sie liefen die Seepromenade entlang. Giacomo war äußerst elegant gekleidet, und seine Koteletten glänzten. Er erzählte von dem Stadtbummel, den er am Vormittag gemacht hatte. Beeindruckt hatten ihn vor allem die hohen Preise, die Frauen, der dichte Verkehr. Dann betrachtete er eine Weile schweigend die schwimmenden Schwanenkäfige am Seeufer.

«Warum sind sie eingesperrt? Haben sie etwas verbrochen?»

«Sie leben eigentlich nicht in Gefangenschaft. Wahrscheinlich sind sie krank oder verletzt, ich weiß nicht. Die Schwäne sind ein richtiges Markenzeichen der Stadt. Wenn du morgen auf die erste Seite vom *Blick* willst, brauchst du nur einem Schwan den Hals umzudrehen...»

Eine halbe Stunde lang schlenderten sie nebeneinanderher. Giacomo ließ sich über Palermo aus, über die letzten Neuigkeiten, die scheinbar komplizierten Verflechtungen, die eigentlich nur das Ergebnis einer überaus einfachen Logik waren. Am Paradeplatz zeigte Ursini auf die Tische unter den farbigen Sonnenschirmen.

«Setzen wir uns. Ich bin hier mit meinem Sohn Johann verabredet.»

«Gerne. Ich würde jetzt auch gerne etwas trinken. Wie gesagt, Giuseppe: Wir befinden uns im Moment richtig in einer Umbruchphase. Wir vergrößern uns in unvorstellbarer Weise. Früher wurden uns von außen alle möglichen Hindernisse in den Weg gelegt; jetzt haben wir interne Probleme. Einige von uns werden immer mächtiger und erkennen das auch; andere werden ebenfalls immer mächtiger, wissen aber nicht, was das bedeutet. Das primäre Problem ist das Geld. Du weißt, daß ich mich niemals von hohen Summen habe blenden lassen, und dabei habe ich Milliarden Lire bewegt. Aber jetzt entwickelt sich die Sache in geradezu schwindelerregenden Dimensionen, und man braucht nicht viel Phantasie, um zu erkennen, daß sich unser Kapital verzehnfachen, verhundertfachen, ja sogar vertausendfachen könnte. Wie mein verstorbener Bruder Attilio immer sagte: Eine Million ist eine Zahl, hundert Millionen sind ein Kapital, doch eine Milliarde Lire in bar, das ist so etwas wie eine Persönlichkeit – so eine Summe führt ein Eigenleben. Du schläfst, und währenddessen bewegt sie sich, atmet, macht dir angst und schafft Probleme – aber sie verhilft dir auch zu Macht, Sicherheit und Ansehen. Hast du keine guten Nerven, bestimmt sie eines Tages über dich, wird wichtiger als du selbst. Verstehst du? Und das gilt schon für eine Milliarde. Aber jetzt stell dir mal zehn Milliarden vor! Hundert Milliarden! Du erinnerst dich doch an die meisten der Freunde in Palermo. Du weißt, was für Leute das sind.»

Er zählte Namen auf und senkte dabei überflüssigerweise die Stimme. Es gab Probleme mit der Stadtverwaltung, mit den Justizbehörden, sogar mit der Presse. «Mit Rom» seien die Beziehungen äußerst kompliziert. Giacomo berichtete allerhand über die Welt der Geschäfte, wobei ihn einiges offenbar sehr verwirrte. Plötzlich unterbrach er sich: «Gibt es hier eigentlich keine Bedienung?»

«Wir sitzen hier nicht in einer Bar, Onkel Giacomo. Wir befinden uns in einer Bank.»

Ursini freute sich über die gelungene Überraschung. Eine Bank, die Tische und Schirme ins Freie stellt, einfach so, als kleine Aufmerksamkeit des Hauses? Und die ihre Schaufenster an Modehäuser und Reiseagenturen vermietet? Ursini nickte und blickte auf die eintönige Fassade: drei Stockwerke voller Säulen und Statuen, ein durchschnittlicher Palazzo. Im Zentrum von Rom oder Florenz wäre das Gebäude nicht weiter aufgefallen.

«Irgendwann erkläre ich dir mal, welche Bedeutung in diesem Land die Banken haben...»

«Ich weiß, ich weiß.»

«So genau weißt du das bestimmt nicht... Da kommt Johann.»

Eine kleine goldene Trambahn voller Kinder hielt vor ihnen an. An den Waggons hingen Blumenkästen mit echten Geranien, und innen standen kleine Tische mit Lampen darauf. Ursini nahm seinen Sohn, der schon auf dem Trittbrett stand, in den Arm.

«Alles in Ordnung, Johann? Amüsierst du dich?»

«Ja, Papi.»

Ursini sagte ein paar Worte zu einem blonden Mädchen, das wie eine Kellnerin gekleidet war und ein Spitzenhäubchen trug. Dann schloß sich die Tür, und die Tram fuhr wieder los. Zehn Minuten später betraten sie die Kronenhalle. Ein Ober geleitete sie zum Tisch. Als sie sich setzten, lächelte er komplizenhaft und deutete mit dem Kopf auf das Gemälde an der Wand. Ursini erklärte: «Ich habe den Tisch unter dem Matisse reservieren lassen, Onkel Giacomo. Mein Lieblingsgemälde», sagte er, ohne zu glauben, daß seine Worte besonderen Eindruck machen würden. Doch Giacomos Reaktion übertraf alle Erwartungen: Er reckte sich, sah sich das Gemälde und die gut erkennbare Signatur genau an und sagte dann: «Was denn, alles Originale? Und die werden nicht gestohlen?»

Das Erdgeschoß der Kronenhalle mit seinen Impressionisten ist wirklich eine Sehenswürdigkeit, und daß die Gemälde dort sicher sind, beeindruckte den Gast tief. Er schaute sich unentwegt um und schüttelte den Kopf. Ursini bestellte eine Grillplatte mit Kaninchen, Ente und Gemüsebeilage. Als er die Speisekarte zuklappte, bemerkte er, daß er feuchte Hände hatte. «Also, Onkel Giacomo, worüber wolltest du mit mir sprechen?» Sein Gegenüber machte eine größere Pause.

«Wir haben es bedauert, daß du weggezogen bist, Giuseppe. Du warst intelligent, gebildet, hattest Klasse... Dein Vater war ein großer Mann, ganz sicher. Aber dich haben wir immer als Mann der Zukunft angesehen, du stachst immer heraus aus all diesen Leuten in Palermo, die allenfalls gut schießen können und sich schwarz ihre Villen am Meer bauen. Dann passierte der Unfall – und obwohl du überlebt hast, waren wir überzeugt davon, daß du für uns verloren warst. Jetzt aber ist mir klar, daß das ein Irrtum war: Es ist geradezu ein Glück, daß du uns übergangsweise abhanden kamst.» Er nahm einen Schluck Wein und freute sich an dem Paradox, das er da eben formuliert hatte: «Du hast nicht nur Sizilien verlassen, du hast den ganzen Angelegenheiten in Palermo den Rücken gekehrt, den Clankriegen, den Geschäften: Du bist neutral geworden, Giuseppe. Du weißt alles, was man wissen muß, und stehst trotzdem über den Parteien; und das in einer Zeit wie dieser, wo in Sizilien nicht einmal die Eremiten – so es noch welche gibt – über den Parteien stehen. Und du bist nicht nach Messina gegangen und auch nicht nach Rom: Du bist hier in der Schweiz, in Zürich, mitten im Paradies, wo in den Restaurants Gemälde an den Wänden hängen, die Millionen wert sind, und wo die Banken Cafétische vor ihre Palazzi stellen – eine völlig andere Welt. Du aber kennst sie, diese Welt. Du hast die Intelligenz eines Sizilianers und die Mentalität eines Schweizers. Deshalb habe ich dich auch vorgeschlagen. Und die anderen waren einverstanden. Jetzt bin ich also hier und soll dich fragen, ob du wieder mitmachen würdest, Giuseppe.» Er nahm ein sauberes

Messer und legte es ihm auf die Schulter, so als wolle er ihn zum Ritter schlagen. «Wenn du annimmst», lächelte er, «ernenne ich dich zur Exzellenz, zum einzigen Botschafter der Clans und der Kommission, wie wir unser Leitungs- und Koordinationsorgan noch immer nennen. Wir erteilen dir Prokura, du hast unser uneingeschränktes Vertrauen und bekommst soviel Geld, wie du möchtest.»

Einige der Gäste an den Nachbartischen drehten sich entsetzt um, schauten zuerst auf das Messer und dann auf den Mann, der es in der Hand hielt. Ursini wartete bis zum Abschluß dieser Ernennungszeremonie und bis der Kellner den nächsten Gang aufgetragen hatte. Dann schaute er Giacomo direkt in sein vom Wein schon leicht gerötetes Gesicht: «Auch wenn dies hier eine andere Welt ist, wie du richtig sagst: Ich habe nie aufgehört zu verfolgen, was in meiner Heimat passiert. Was mir allerdings in letzter Zeit von dort zu Ohren kommt, gefällt mir überhaupt nicht. Die Clans werden viel zu mächtig und viel zu reich. Eine einfache Föderation, wie sie derzeit besteht, kann einfach nicht funktionieren, tut sie ja wohl auch nicht, sonst wärst du heute abend wohl kaum hier. Es gibt immer noch Leute bei euch, die alles im Alleingang machen wollen, die sich sogar weigern, entsprechend gemeinsam getroffener Entscheidungen zu handeln. Und die meinst du werden sich dem Rat eines Mannes mit der Intelligenz eines Sizilianers und der Mentalität eines Schweizers unterwerfen? Irgendeines Hergelaufenen aus der deutschen Schweiz.»

«Ich weiß, du hast deine festen Vorstellungen. Aber du überschaust die derzeitige Situation einfach nicht. Unsere Kommission repräsentiert heute elf Clans, wichtige und weniger wichtige. Sie taugt gerade noch, um den Kontakt zueinander aufrechtzuerhalten. Wir diskutieren und machen Pläne. Sicher, die Stärkeren tun dann ohnehin, was sie wollen, bitten weder um Erlaubnis noch entschuldigen sie sich hinterher für eventuelle Fehler. Aber das ist eine Übergangssituation: In spätestens zwei Jahren wird es keine Clans mehr geben, die einander bekriegen und ständig aneinandergeraten. Wir bereiten ein großes Ding vor, und dann wird wirklich Frieden herrschen...», sagte Giacomo, wobei er die Stimme noch weiter senkte. Ursini hörte nun aufmerksam zu und unterbrach ihn nicht mehr. Die drei mächtigsten Clans in der Kommission hatten beschlossen, die ganze Macht an sich zu reißen. Sie wollten sich der lästigen kleineren Verbündeten entledigen, und zwar ohne dabei auf die herkömmlichen «folkloristischen» Mittel wie Mord oder Versetzen zurückzugreifen, die sehr gefährlich sind; und all das sollte geschehen, ohne daß ein neuer Mafiakrieg ausbrach. Die Kommission diente nur noch dem Ziel, die Gegner auszumachen, ihnen ihre Schwäche vor Augen zu führen, ihre Stabilität und ihre Allianzen zu untergraben und Spione in ihre Organisationen einzuschleusen. Ein Ansatz, der nach Ansicht Giacomos von einer eindrucksvollen Entschlossenheit zeugte, durch die allein er so viel wert war wie sämtliche strategischen Künste eines Clausewitz zusammen. Die drei großen Clans hatten erkannt, daß die wirkliche Zukunft im Bereich der Hochfinanz lag. Sie wollten ihre Macht noch weiter ausbauen – und erkundeten nun, wie das zu machen sei.

Natürlich ging es für Ursini nicht darum, ja oder nein zu sagen. Er mußte dieses Angebot annehmen. Doch er wußte, daß es von fundamentaler Bedeutung war, dies in der richtigen Weise zu tun und auch nicht im kleinsten Detail einen Fehler zu machen. Er musterte seinen Onkel.

Giacomo war kein direkter Verwandter: Alle Freunde seines Vaters waren «Onkel», wenn sie ein gewisses Alter erreicht hatten und Persönlichkeit ausstrahlten. Sie hatten ihn herumgetragen, dumme Fragen gestellt und auf jede Antwort «Bravo, bravo» gesagt, ungefähr so wie die junge Krankenschwester im Kantonskrankenhaus. In seinen letzten Jahren in Palermo hatten sie sich aus den Augen verloren, aber nun stand derselbe Mann vor ihm wie früher: ein ihm herzlich zugetaner Onkel, der nur das Beste für seinen Schützling will. Als sie die Kronenhalle verließen, hakte sich Giacomo bei Ursini ein und zog ihn neben dem Zebrastreifen über die Straße. Im Halbdunkel des Autos sahen sie einander schweigend an.

«Du mußt aber nach Palermo kommen, um auch mit den anderen darüber zu sprechen.»

«Ich weiß.»

«Wird für dich sicher nicht leicht, all die Orte wiederzusehen, wo...» Er unterbrach sich: Die blaue Uniform eines Polizisten war aus dem Dunkel aufgetaucht. Er klopfte höflich, aber bestimmt an die Fensterscheibe, wartete, bis diese heruntergelassen war und fragte dann, ob es irgendwelche Probleme gebe.

«Nein, alles in Ordnung», versicherte Ursini. Der Polizist nickte und beugte sich noch etwas weiter herunter, um den Insassen besser ins Gesicht sehen zu können. Dann grüßte er und ging zurück zu dem weißen, mit einem roten Streifen verzierten Volvo, in dem sein Kollege auf ihn wartete. Giacomo war plötzlich nervös geworden. Ursini hörte ihn schlucken und wandte sich ihm zu: «Weißt du, woran ich gedacht habe, als du von den Clans und von der Kommission erzählt hast? An die Schweizer Banken. Du hast ja keine Ahnung, wie einflußreich sie sind. Als mein ältester Sohn geboren wurde, hat das meine Bank sofort erfahren, und es wurde ihm ein auf seinen Namen ausgestelltes Sparbuch zugeschickt, mit hundert Franken Einlage: ein kleines Willkommensgeschenk aus der Welt des Geldes. Als er in die Grundschule kam, haben sie ihm einen mit dem Signet der Bank verzierten Schulranzen geschenkt. Sie begleiten ihn das ganze Leben, bieten ihm Studienplätze an, Informationen, Arbeitsmöglichkeiten. Sie werten seine schulischen Leistungen aus und leiten ihn auf dieser Grundlage in die für ihn richtige Richtung. Er wird immer einen Onkel Giacomo haben – vielmehr einen Onkel Jakob –, der ihn anruft und ihn in seinem Büro empfängt, stets zu seiner Verfügung, immer mit einem freundlichen Lächeln auf dem Gesicht. Die Kreditinstitute hier sind wie die Clans in Palermo: eine geschlossene Gesellschaft mit eisernen Gesetzen, die in der Kantonsregierung ebenso ihre Leute sitzen hat wie in der Bundesregierung. Viertausend Filialen für sechs Millionen Einwohner. Ich weiß nicht, wie sie ihre ‹Kommission› nennen, aber auch sie haben ihre Treffen, diskutieren, kontrollieren einander. Es gibt auch hier Starke und Schwache, aber auch hier würde sich niemand von einem anderen herumkommandieren lassen. Zwischen der Welt der Banken und der Welt der Clans in Palermo besteht eine geradezu unglaubliche Ähnlichkeit. Es handelt sich um Welten, die sich vom Staat abgrenzen, die dem Staat in vieler Hinsicht sogar feindlich gegenüberstehen. Für die Menschen hier wie dort manifestiert sich in dieser Haltung eine Art Mentalität. Sprechen die Leute hier von der Bank, bei der sie Kunde sind, so sagen sie ‹meine Bank›, weil sie sich von ihr umsorgt und beschützt fühlen. Sie würden nie etwas gegen ihre Bank unternehmen und glauben grundsätzlich nicht, was ausländische Zeitungen über ihre Bank schreiben. Man könnte das *Omertà* nennen, wie das sizilianische Gebot der Verschwiegenheit, aber wie man es bezeichnet, ist letztlich egal. Und eins versichere ich dir: daß man leichter geheime Informationen über die Clans in Palermo herausbekommt als Einzelheiten darüber, wie dieses oder jenes Züricher oder Genfer Kreditinstitut arbeitet.»

Kaum war das Baur-au-Lac in Sichtweite, fuhr Ursini rechts heran, stellte den Motor ab und wandte sich seinem Gast zu: «Es gibt allerdings einen Unterschied, und der ist fundamental. Wenn ein Bankier einen Polizisten sieht, lächelt er. Dir hingegen ist jetzt unbehaglich zumute, weil ein Polizist ans Fenster geklopft hat. Das ist eine Art Erblast, von der eure Generation noch gezeichnet ist. Auch wenn ihr Tausende von Milliarden Lire zusammenrafft, bestens Italienisch sprecht und nur noch saubere Geschäfte macht – eure Familiennamen sind wie ein Stigma. Mein Vater wurde dreimal verhaftet, zwar immer nur für wenige Tage und jedesmal wurde er freigesprochen, aber es konnte eben jeden Augenblick wieder passieren, daß Polizisten an unsere Tür klopften. Diese Leute jedoch –» er wies mit einer allgemeinen Geste auf die nächtlichen Villen und Paläste –, «diese Leute gehen früh zu Bett und haben einen ruhigen Schlaf. Nicht einmal der Innenminister würde es wagen, zu dieser späten Stunde noch bei ihnen zu läuten. Und dennoch sind all die Legenden, die sich um die Schweizer Banken ranken, im Grunde nur ein schwaches Abbild der Macht, die sie tatsächlich besitzen. Dein Bruder hat gesagt, eine Milliarde Lire sei so etwas wie eine Person – ein Lebewesen. Hier ist das Geld ein Gott. Die Calvinisten behaupten, der materielle Wohlstand sei ein Geschenk des Himmels, ein Zustand der Gnade, genauso wie die Armut für die Franziskaner. Geld ist hier eine Ideologie. Und keine politische, soziale oder menschliche Überlegung könnte diese Ideologie auch nur im geringsten ins Wanken bringen. Nirgendwo hat die Eliminierung von geistigen, humanistischen Werten eine derartige Perfektion erreicht wie hier in der Schweiz. Das war übrigens schon vor Jahrhunderten so: Madame de Staël, die von Napoleon in die Schweiz verbannt wurde, schrieb ihren Freunden in Paris über den wundersamen Schrecken, der für sie von diesem Land ausging. Die Schweiz ist ein gigantisches Uhrwerk, schön anzusehen, perfekt funktionierend, aber eben nur ein Uhrwerk: Es lacht und spricht nicht, sondern macht allerhöchstens ‹Kuckuck›, und auch das nur zur vorbestimmten Stunde. Stabilität ist die wirkliche Kraft eines mächtigen Organismus. Ein Elefant muß weder beweglich sein, noch muß er sich seiner Umgebung anpassen: Er steht einfach groß und unbeweglich da. Meinst du, ihr könntet einen solchen Zustand erreichen, sobald ihr diese... Operation beendet habt, die ihr da gerade plant?»

«Allein nicht. Niemand bei uns hat dafür den nötigen Hintergrund, und es gibt niemanden, dem wir trauen können. Bisher hat es jeder auf seine Weise versucht, aber mittlerweile haben auch die hartgesottensten Dickschädel kapiert, daß man da anders herangehen muß. Und deswegen bin ich hier. Wärst du bereit, diese verantwortungsvolle Aufgabe zu übernehmen?»

«Wenn ihr mir mindestens fünf Jahre Zeit gebt und ich uneingeschränkte Handlungsfreiheit bekomme, könnte ich es schaffen, denke ich. Aber ich muß noch einmal darüber nachdenken. Bleib doch bitte einen Tag länger hier. Wir müssen noch über vieles reden. Es wird auf jeden Fall ein harter Brokken Arbeit. Wie stehen sie denn in Palermo zu der Sache?»

«Wie ich schon sagte: Eigentlich trauen sie keinem. Aber ich denke, du kannst sie mit deinen Argumenten überzeugen. Der Zufall hat es so gewollt: Du verkörperst die Neutralität. Das ist Grund genug, dir zu vertrauen. Andererseits befürchten sie wohl, daß du vielleicht zu lange draußen warst und die Zusammenhänge nicht mehr überblickst. Wer sich aber genauer an dich erinnert, weiß, daß das nicht stimmt und rechnet auf dich. Außerdem bist du ja inzwischen fast ein Schweizer geworden und sprichst auch noch Deutsch. So was beeindruckt Provinzler wie uns...»

Der Gedanke an Palermo rief nicht die Emotionen hervor, die er befürchtet hatte; er geriet eher ins Grübeln über Äußerlichkeiten. Unmöglich zum Beispiel, sich mit einem Flughafen wie diesem für die Hauptstadt von irgend etwas Größerem als einen Operettenstaat zu halten. Schon mit einem kleinen Privatjet hätte man hier Eindruck machen können.

Der Verfall der Außenbezirke hatte sich mittlerweile auf die gesamte Stadt ausgedehnt. Die verstopften Straßen, die riesigen Neubauten im Zentrum, die unnötig vielen Geschäfte, die Art, wie die Menschen sich gaben: Ursini sah dies alles als Zeichen einer gleichgültigen, abgestumpften Überheblichkeit, die er von früher her nicht kannte – und die ihn erschreckte. In Zürich bewegte sich das Geld unsichtbar im Untergrund. Oder auch an der Oberfläche, aber dann ruhig und vertrauenerweckend, wie die Limmat, die sanft und ohne die Schwäne zu stören in den See mündet. In Palermo zirkulierte das Geld wie Blut in den Adern. Es roch auch so, hatte dieselbe Farbe, pulsierte in geschwollenen Venen oder spritzte plötzlich auf grauenhafte Weise hervor. In Palermo hatte das Geld einen animalischen Geruch.

Giacomo holte ihn ab. Er trug eine gerippte Samtjacke und Steppstiefeletten, offenbar würde das Treffen also nicht in einem der Konferenzräume des Hotel delle Palme oder in einem Salon der Villa Igea stattfinden. Ursini genoß die eher touristische Route mit den dazugehörigen Sehenswürdigkeiten, er trank einen Schluck von einer Granita und bestellte sich schließlich in einer überfüllten Bar einen ausgezeichneten Espresso. Die vielsagenden Blicke seines Begleiters übersah er dabei geflissentlich – Giacomo erwartete wohl eine Art Paris-Urteil über den palermitanischen Espresso im Vergleich zum Kaffee in Zürich. Danach ging es Richtung Branccaccio, und Ursini wurde klar, wohin die Reise ging. Die Fahrt war nicht lang, doch die Straße war sehr holprig, und eine Viertelstunde verloren sie auf der Suche nach einer Tankstelle. Giacomo fuhr seinen silbergrauen BMW 733 so unvorsichtig wie ein alter, von der Sonne betäubter Kutscher. Vor dem schweren Eisentor bremste er etwas zu spät ab und stieß mit der Stoßstange gegen einen Pfeiler. Der ganze Torrahmen vibrierte, und der alte Portier rannte herbei, er hatte wohl den versehentlichen Stupser als Aufforderung aufgefaßt, sich zu beeilen. Im Hof vor dem weiträumigen Steinhaus standen bereits weitere BMWs, eine Alfetta, ein Range Rover und, etwas abseits, einige Kleinwagen.

Neun Männer saßen im Raum: Sie alle erhoben sich zur Begrüßung, allerdings nicht alle gleich enthusiastisch. Der Alte, Vorsitzender der Kommission, umarmte Ursini überschwenglich und stellte die Männer einander vor, wobei er kaum merklich eine ganz bestimmte Rangfolge beachtete. «Erinnerst du dich noch an Stefano?» Der Alte schob Ursini am Arm zu einem jungen, dunkelgekleideten Mann hin und nutzte diese Gelegenheit, um mit seinen verschlagenen, wässerigen Augen die Narben des Besuchers aus der Schweiz zu mustern. «Und Totuccio Inzerillo kennst du sicher auch noch.» Unbekannte, neugierige Gesichter, aber auch altbekannte, die gezwungen lächelten. Auch zwei seiner «Onkel» waren dabei; sie entboten ein paar anerkennende Worte über seinen «großartigen Herrn Papa, Gott hab ihn selig». Die übrigen Männer kannte er nicht, aber einer von ihnen beeindruckte Ursini besonders: ein Mann mit kräftiger Statur, äußerst heller Hautfarbe und hellen Augen – mit dem Gesichtsausdruck eines Alligators.

Sie versammelten sich um ein Tischchen, auf dem Aperitifs und Eiswürfel bereitstanden. Bratengeruch lag in der Luft. Der Alte sprach unentwegt und beobachtete ihn dabei. «Und, wie gefällt dir Sizilien nach all den Jahren?» wollte er wissen, nachdem er den Gast mit einem Toast offiziell begrüßt hatte. «Ich hatte völlig vergessen, wie heiß es hier ist», antwortete Ursini.

Alle grinsten. Es war auch ein Versuch, das Eis der Verlegenheit zu brechen.

Ursini beobachtete die Männer während des nicht enden wollenden Mittagessens, ohne etwas zu sagen. Der drolligste von allen war Don Tano, der mit einem fürchterlichen Akzent sprach, einen grammatikalischen Fehler nach dem anderen machte und versuchte, sich mit dem Gast aus der Schweiz auf die gleiche Stufe zu stellen, indem er ständig von seinen Erfahrungen in den USA und in Südamerika berichtete. Die übrigen hörten amüsiert zu, aber man sah, daß sie ihn nicht besonders ernst nahmen.

Dann wurde es ernst: Geschäfte und Projekte wurden diskutiert. Giacomo vermittelte zwischen den vielen gegensätzlichen Meinungen. Er war offensichtlich nicht einfach nur der Initiator der Züricher Mission gewesen, er hatte sich mächtig ins Zeug legen müssen, um vorher einige besonders hartnäckige Skeptiker von seinem Plan zu überzeugen. Tatsächlich war auch noch keine endgültige Entscheidung gefallen. Die Männer hier wollten ihn nicht einfach nur wiedersehen, sondern ihn anhören und seine Ideen einschätzen können; sie tranken bedächtig ihren Wein und fragten ihn dabei aus. Nur der Alligator schwieg: Er beteiligte sich zwar eifrig, wenn herumgescherzt wurde, verstummte aber sofort, wenn es wieder ans ernsthafte Diskutieren ging. Er vermied auch jeden direkten Blickkontakt mit Ursini. Um kurz nach drei Uhr geleitete ihn der Alte in ein großzügiges, kühles Souterrain, einen Raum, in dem Korbstühle mit dicken, bunten Sitzpolstern standen. Sie setzten sich schweigend. Ursini öffnete sein Köfferchen und holte ein blaues Blatt Papier mit Notizen heraus.

«Ich hoffe, ihr erwartet jetzt nicht, daß ich eine große Rede halte. Ich bin kein besonders guter Redner», sagte er leise. Er überflog schnell noch einmal seine Stichpunkte und bemerkte aus dem Augenwinkel, daß sich einige der Männer nach vorne beugten, um ihn besser hören zu können. Er verlas zunächst einige allgemeine Bemerkungen, erläuterte die Grundlagen des internationalen Geldtransfers, erinnerte an die Gefahren, die unverzichtbaren Kontaktpersonen und die Provisionen, die man für sie veranschlagen mußte. Danach präsentierte er Taktiken und Strategien für Investitionen in der Industrie, im Immobilienbereich, bei mobilen Gütern, im Geldsektor; Hochgestochene Fachbegriffe vermied er dabei nach Möglichkeit, ohne jedoch ganz auf sie zu verzichten. Nachdem er den Männern ausführlich sein Ziel vorgestellt hatte, ging er zu den Wegen über, die zu beschreiten waren, um es zu erreichen: Wichtig waren vor allem Beziehungen zum Staat, zu den örtlichen Körperschaften und zur Verwaltung, aber auch zur Exekutive, zu den Banken und zur Presse. Und keiner dieser Bereiche – auch das suchte er diesen gespannten Gesichtern klarzumachen – durfte unabhängig von einer gut geplanten Gesamtkoordination angegangen werden. Nun listete Ursini die Vorteile seiner Strategie auf, umriß die Gesetzmäßigkeiten der Kapitalvermehrung, die er formulierte, als handele es sich um ein altes sizilianisches Sprichwort: Man muß wachsen, um zu überleben; Räume besetzen, damit andere sie nicht besetzen; Arbeit in Geld verwandeln, Geld in Kapital, Kapital in Macht, Macht in Ideologie. Als krönenden Abschluß kam Ursini dann auf die Basis der ganzen Operation zu sprechen: die einzelnen Beteiligten.

«Ihr seid eigentlich nicht die richtigen Männer für ein solches Unternehmen. Schon diese Versammlung hier ist im Grunde ein Fehler. Ihr alle seid den Ermittlungsbehörden bekannt, sie wissen alles über euch, einschließlich der Tatsache, daß ihr euch täglich in einem Weinkeller in Ciaculli zum Mittagessen trefft. Natürlich, ich weiß: Heute wird es da keine Razzia geben. Aber morgen vielleicht doch. Würdet ihr euch in den Büros einer Finanzierungsgesellschaft in Genf oder in einer Kreditanstalt in Florenz, Leuwen oder Monte Carlo treffen, gäbe es für euch überhaupt keine Sicherheitsprobleme, aber genau das schafft ihr nicht. Es geht euch wie den ersten Automobilherstellern, wie Henry Ford, Gottlieb Daimler und Enzo Ferrari. Ihr habt als einfache Arbeiter, als Schmiede oder Spengler begonnen, nun aber hat sich das Unternehmen in unvorsehbarer Weise vergrößert. Ihr habt keine Ahnung von der Börse, von Rohstoffen, von Problemen mit der Gewerkschaft, das ist für euch ja auch ohne Belang, denn ihr besitzt ja sozusagen sämtliche Anteile an der Firma. Aber eben genau deshalb könntet ihr den Betrieb ohne Gefahr Geschäftsführern oder Generaldirektoren überlassen, wie es die großen Magnate im gesamten Westen ebenfalls tun. Euch sollte das Wissen genügen, Herrscher über das Ganze zu sein. Die anderen treffen die Entscheidungen, aber die Kontrolle über diese Entscheidungen habt ihr.» Er hielt einen Augenblick inne, goß sich etwas Mineralwasser ein und trank einen Schluck. «Ich habe eure derzeitige Situation analysiert und bin zu dem Schluß gekommen, daß ihr keine andere Wahl habt. Euer Wachstum ist im Prinzip nicht mehr zu bremsen, aber momentan seid ihr massiven Angriffen von seiten des Staates ausgesetzt, der im Augenblick stärker ist als ihr und euch alle kennt, jeden einzelnen von euch. Am Ende werdet ihr vernichtet sein oder den Politikern zumindest gehorchen müssen. An dem Weg, den ich euch vorgeschlagen habe, führt nichts vorbei. Ihr habt nur die Wahl, ob ich euch auf diesem Weg zur Seite stehe oder ein anderer. Ich habe es Giacomo schon gesagt: ich bin bereit – allerdings unter einer Voraussetzung: Ihr könnt mich jederzeit und ohne Begründung absetzen, aber solange ich für euch arbeite, soll mir niemand auch nur den kleinsten Stein in den Weg legen. Einen Botschafter kann man entlassen, aber solange er im Amt ist, muß ihm das volle, uneingeschränkte Vertrauen derjenigen sicher sein, die ihn ernannt haben.»

Als sie wieder ins Freie traten, stand die Sonne schon tief. Giacomo flüsterte Ursini heimlich ins Ohr: «Du hast sie beeindruckt, Giuseppe, das sag ich dir. Du hast Eindruck gemacht...»

Möglicherweise wollte er noch mehr sagen, aber schon versammelten sich die anderen um sie herum. Endlich wurde der Espresso serviert. Ursini trank ihn mit Genuß und schloß dabei halb die Augen. Verstohlen musterte er Lillo Raia, den Burschen mit den hellen Augen. Raia rührte langsam seinen Espresso um und blickte Ursini jetzt zum erstenmal direkt an. Dann näherte er sich mit schweren, wiegenden Schritten; beim Sprechen bewegte er kaum seine schmalen, farblosen Lippen.

«Du siehst deinem Vater sehr ähnlich. Er war zwar füllig und du bist schlank, aber du bist ihm wie aus dem Gesicht geschnitten. Als ich ihn zum erstenmal sah, war ich wohl so um die Zwanzig, aber ich erinnere mich noch gut daran. Ein wirklich eindrucksvoller Mann. Männer von dem Kaliber gibt es heute gar nicht mehr.»

«Vielen Dank für das Kompliment.» Ursini konnte einen kurzen Anflug von Erregung nicht unterdrücken. Seit Jahren war ihm klar, daß er bei der Begegnung mit Raia dieses Gefühl haben würde, denn er wußte, daß dieser Mann für die Ermordung seines Vaters verantwortlich war. Er wußte nicht, warum Raia seinen Vater hatte töten lassen, und vielleicht gab es auch gar keinen genau benennbaren Grund. Vielleicht hatte er einfach die Gelegenheit beim Schopf ergriffen: der Boß im Krankenhaus, sein Sohn in Zürich, der eine Operation nach der anderen über sich ergehen lassen mußte – die Chance, sich an die Spitze des Clans zu setzen und sämtliche Geschäfte an sich zu reißen. Die Kommission hatte keine Untersuchungen zur Tat angeordnet, obwohl Raia im Alleingang gehandelt hatte. So ermittelte eben nur die Polizei in dieser Mordsache. Der Alte war erst kurz zuvor in seine Position gewählt worden und ordnete nun eiligst die Einsetzung eines kommissarischen «Capo» an. Seither führte ein Strohmann der Corleonesier die Gruppe.

Und der Clan der Ursini war damit in Sizilien ausgelöscht.

3

DAS SCHWEIZERISCH-ITALIENISCHE Handelsinstitut wurde an einem regnerischen Novembertag aus der Taufe gehoben. Allein das eindrucksvolle Messingschild flößte Respekt ein. Als liebevoller Pate hatte Pfeuti sogar eine offizielle Anerkennung des Neugeborenen durch das Außenhandelsministerium bewirken können. Das Institut bezog ein ganzes Stockwerk in einem Neubau in der Talstraße, wo die wichtigsten Fluggesellschaften der Welt ihren Verwaltungssitz haben. Achtzig Prozent aller Abgeordneten des Bundestages sitzen in den Räten irgendwelcher Banken. Für Ursini war es also nicht schwer gewesen, ein paar wohlklingende Namen für die Sache zu interessieren. Nach längerer Prüfung wählte er als Vorzeigepolitiker für sein Institut einen alten Liberalen, Heinrich von Holzen, der zusätzlich noch Präsident einiger Wohltätigkeits-, Umweltschutz- und Heimatvereine war: eine echte Nelke im Knopfloch.

Die Gründung des Instituts war wirklich eine gute Idee. Es rechtfertigte ein engmaschiges Netz von Kontakten nach Italien, den Gebrauch eines großen IBM-Computers sowie einen für die Reisen des Vorsitzenden geleasten Mystère-Jet. Ein Stockwerk höher, offiziell vom Handelinstitut unabhängig, befand sich die Kanzlei von Rechtsanwalt Radda. Radda, ein hochgewachsener, etwa fünfzigjähriger Wiener, war auf Rechtsstreite zwischen Firmen spezialisiert und gründete nebenher kurzlebige Handelsgesellschaften; darüber hinaus war er Experte für internationales Recht. Nur wenige Richter und Anwaltskollegen in Zürich kannten Radda. Er nahm nur wenige Aufträge an, kassierte dafür aber um so mehr. Er war gerne in die Talstraße gezogen: Schon nach einem flüchtigen Blick auf die an ihn herangetragenen Rechtsfragen hatte er die vielen Möglichkeiten erkannt, die sich für ihn mit den häufigen heimlichen Besuchen des Institutsvorsitzenden eröffneten. Ursini benutzte für diese Besuche übrigens einen versteckten Fahrstuhl, der hinter einer Stahltür hinter Raddas Schreibtisch hielt. Die Sekretärin, die im Vorzimmer vor einem Telefon, das niemals klingelte, auf Anrufe wartete, lackierte sich währenddessen nichtsahnend die Fingernägel.

Die Sizilianer hatten Schwierigkeiten mit der Einzahlung ihrer Bareinnahmen auf die Bank: Ein kurz zuvor verabschiedetes Gesetz gegen Geldwäsche schrieb vor, daß jede bar eingezahlte Summe über zwanzig Millionen Lire – das entsprach etwa 17000 Dollar – mit genauen Angaben zu Absender und Empfänger bei den Finanzbehörden gemeldet werden mußte. Ursini und Radda entwickelten ein simples, aber wirkungsvolles System, um sich diesem Gesetz zu entziehen. Zunächst wählten sie eine gewisse Anzahl von Banken aus und versicherten sich bei jeder der Komplizenschaft des Filialleiters, eines Aufsichtsratsmitglieds und eines unterschriftberechtigten Buchhalters. Wenn morgens die Bank öffnete, erschien ein Bote im Büro des Direktors und legte ihm eine hohe Summe Bargeld auf den Schreibtisch. Der Filialleiter ließ das geschmierte Aufsichtsratsmitglied gegenzeichnen – seine Unterschrift war unverzichtbar –, nahm die Geldscheine an sich und stellte dem Kunden auf dessen Namen einen Barscheck über die jeweilige Summe aus (abzüglich einer Provision). Der Buchhalter bekam nun Order, die Summe in seinen Computer unter der Rubrik «Bargeld» zu löschen und statt dessen in die Rubrik «Girobestände» einzugeben. Kurz danach ging der Kunde an die Kasse und zahlte das Geld ohne jegliche Probleme und völlig legal per Scheck ein – und Schecks liefen an den Finanzbehörden vorbei, die interessierten sich nur für Bargeld. Das eingezahlte Geld war damit gewaschen, der Buchhalter bekam die Barsumme vom Direktor, legte sie zu seinem Bestand und stellte seinen Computer wieder auf «Girobestände» um.

Das Gesamtergebnis dieser Transaktionen war recht befriedigend und das Risiko gering. Je höher die Summen allerdings wurden, desto riskanter wurde auch das System. Radda und Ursini beschlossen deshalb, selbst eine Reihe von kleinen Banken zu gründen. In Rom mieteten sie ein eigenes Büro, das die Durchführbarkeit der Projekte prüfte, entschied, wo die jeweilige Bank sich niederlassen sollte, und die notwendigen bürokratischen Schritte erledigte; außerdem waren auch noch die vom Gesetz verlangten Garantien zu beschaffen. Die politische Seite des Projekts und die Kontakte mit der italienischen Nationalbank übertrug Ursini anderen Personen, die Radda nicht kannte.

Freilich mußte ein derartiger Wildwuchs von Filialen, die alle Namen hatten, in denen das Wort «landwirtschaftlich» vorkam, früher oder später die Aufmerksamkeit der Justizbehörden auf sich ziehen. So beschlossen sie, gleichzeitig ein anderes System auszubauen, das der Rechtsanwalt bereits beherrschte, bisher jedoch lediglich für Steuerhinterziehungen angewandt hatte.

Die Sizilianer nahmen Kontakte zu großen Firmen auf, die ihre Auslandsgeschäfte vorwiegend in Afrika und Südamerika tätigten. Diese Firmen ließen sich grundsätzlich in Dollar bezahlen, und mögliche Kursschwankungen wurden durch den Einbau komplizierter Parameter vertraglich abgefangen. Ihre Einnahmen überwiesen diese Firmen nun den vor Ort eröffneten Filialen der sizilianischen Banken, und Ursini und seine Leute konnten so Millionen von Dollars in Umlauf bringen. Im Gegenzug bekam die italienische Tochter der jeweiligen Firma Lire bar in Höhe der Rechnungssumme plus einem Prozentsatz, der oft bei über einem Zehntel der Summe lag. Mit diesen zehn Prozent Schwarzgeld wiederum zogen die befreundeten Gesellschaften große Aufträge an sich, ohne daß sie dafür auch nur einen Beamten der Ausschreibungskommission hätten bestechen müssen – mit ihren zehn Prozent Spielraum konnten sie die Konkurrenz in der Regel ohne Schwierigkeiten ausstechen. Handelte es sich bei den Ausschreibungen allerdings um besonders wichtige Aufträge, intervenierten die Sizilianer persönlich bei den Chefs der konkurrierenden Firmen – auch der ausländischen –, um ihnen von einer Bewerbung um den ausgeschriebenen Auftrag «abzuraten».

In der Schweiz und in vielen anderen Ländern hätte dieses System nicht funktioniert. Aber in Italien gibt es keine Verbindung zwischen den Steuerbehörden und den Wechselagenturen: Die einen wissen nichts von dem, was die anderen gerade tun. Wenn etwa eine Finanzgesellschaft ihre Bilanz vorlegte, bemerkte niemand, daß das im Ausland eingenommene Geld zu keinem Zeitpunkt offiziell nach Italien eingeführt worden war, und so fragte auch nie jemand die Geschäftsführer, womit sie denn ihre Angestellten, Steuern, neuen Geräte und die laufenden Kosten bezahlt hatten. Die Valuta-Geschäfte wurden zwar von einer bekannten Schweizer Bank durchgeführt, aber nicht einmal Rechtsanwalt Radda wußte, über welche Kanäle die Kapitalien bewegt wurden.

Der Arbeitsaufwand für das alles war gering, er lag im Rahmen der täglichen Routine eines Topmanagers. Die Realisierung von Ursinis Plan, all diese einzelnen Ansätze zu einem festen Imperium zu fügen, lag allerdings noch in weiter Ferne. Die Lage in Palermo war weiterhin unübersichtlich. Ende Mai wurde Di Cristina, der Boß des Clans der Stadt Riesi, erschossen. «Der war eine gefährliche Plaudertasche. Wir räumen jetzt erst mal richtig auf – das hier ist erst der Anfang», hatte Giacomo telefonisch angekündigt. Doch es war ein merkwürdiger Anfang, denn danach geschah lange Zeit überhaupt nichts. Oder aber es geschah eine ganze Menge, nur daß in den Medien nicht darüber berichtet wurde.

Inzwischen hatten sie ihm aus Sizilien einen «Direktionsassistenten» in sein Züricher Institut geschickt, der die Funktion eines Verbindungsmannes übernehmen sollte. Ursini erwartete ihn neugierig in seinem Büro im Handelsinstitut und überlegte, was das wohl für einer sein würde. Ein arroganter junger Mann mit düsterem, hartem Blick? Ein schmieriger Fünfziger? Es erschien ein eleganter Universitätsabsolvent, ein junger Spund, der ausgezeichnet Englisch sprach, einigermaßen Französisch konnte und jetzt zusätzlich noch Deutsch lernen wollte, «... schließlich bin ich ja nicht zum Vergnügen hier». Wo er ihn herhatte, erzählte Giacomo nicht, und Ursini fragte auch nicht weiter nach.

Auf jeden Fall war der junge Mann intelligent und voller Enthusiasmus. Schon nach drei Tagen kaufte er regelmäßig die *Neue Zürcher Zeitung* und die *Schweizer Illustrierte* und entschlüsselte mit Hilfe des Langenscheidt-Wörterbuchs, das er stets dabeihatte, die Schlagzeilen. Er behauptete, Vittorio zu heißen, und das war wohl tatsächlich das einzige, was in seinen Personalangaben stimmte. Ursini sollte ihn einfach mit seinem Vornamen und mit «Sie» anreden, der Doktortitel sei ihm nicht so wichtig, sagte er.

Ursini dankte ihm knapp.

In Mailand mußte Ursini keine neuen Firmen gründen. Schon seit Jahren hatte er hier Beziehungen zur Hirs-Sandberg, einer Werbe- und Marketing-Agentur, die europaweit arbeitete. Der alte Hirs, ein Niederländer, war seit Jahren an den Rollstuhl gefesselt und hatte immer mehr Aufgaben an einen jungen Juden namens Osvaldo Sacerdoti delegiert. Sacerdoti hatte genau am selben Tag Geburtstag wie Ursini, was die beiden sehr erheiterte, als sie es durch Zufall feststellten. Was Ursini an Sacerdoti gefiel, war, wie geschickt er immer neue Firmen auftat, die mit der Gesellschaft zusammenarbeiteten, und sich am Ende auch noch dafür bezahlen ließ, in diesen Firmen die Geschäftsführung zu übernehmen.

Ursini machte vorsichtige Andeutungen über die Höhe der Investitionen, die ihm vorschwebte, und über die Notwendigkeit, diese Investitionen breit zu fächern und trotzdem kontrolliert zu halten. Den Finanzgeschäften sollte eine konkrete Richtung gegeben werden, und vor allem mußten sie geschützt sein. Sacerdoti hörte ihm eine halbe Stunde lang schweigend zu und stellte auch dann keine Fragen, wenn Widersprüchlichkeiten auftauchten.

Am Ende sagte er: «Dazu braucht man Agenten, wie bei einer Handelsgesellschaft, Generalvertreter und Repräsentanten für die einzelnen Gebiete, verläßliche Leute, die schon etabliert sind und sich in den Markt einschalten können, ohne daß der Verdacht aufkommt, sie könnten das in Vollmacht für jemand anderen tun.»

Ursini fragte, an welche Art von Agenten Sacerdoti dachte. Zum erstenmal seit sie sich kennengelernt hatten, überlegte er einen Moment, bevor er antwortete.

«Das hängt von den Beträgen ab. Bis zehn Milliarden Lire, also sechs Millionen Dollar, pro Jahr kann das jeder machen, der das Handwerk einigermaßen versteht, ich selbst eingeschlossen. Bis fünfzig Milliarden würde ich einen Börsenagenten beauftragen. Bis hundert Milliarden muß man Großhandels- oder große Bauträgergesellschaften einschalten. Bei allem, was darüber hinausgeht, kann nur die Großindustrie investieren, ohne Verdacht zu erwecken.»

«Das denke ich auch. Die Frage ist: Könnte die Hirs-Sandberg mich bei dieser Operation unterstützen?»

«So wie sie im Moment strukturiert ist, nein. Noch ist Hirs der Besitzer und ich nur sein Vize. Du mußt den alten

Bussard dazu bringen, dir die Gesellschaft zu verkaufen. Ich könnte dann die Realisierbarkeit deiner Projekte genau überprüfen. Nehmen wir mal an, die Aktienmehrheit der Hirs-Sandberg sei realiter zehn Lire wert, aber der Eigner wolle sie nicht hergeben. Wärst du bereit, zwölf Lire zu bieten, um ihm den Verkauf schmackhaft zu machen?»

Nun nahm sich auch Ursini etwas Zeit für die Antwort: «Ja», sagte er dann, «ich würde sogar noch höher gehen, schrittweise, bis zwanzig Lire. Natürlich wäre das zunächst eindeutig ein schlechtes Geschäft. Aber die Hirs-Sandberg wäre möglicherweise schon am nächsten Tag ganze fünfzig Prozent mehr wert – mit dir als Präsident nämlich...»

Wenige Tage später lud Sacerdoti ihn in den Clubino Dadi in die Via degli Omenoni zu einem sorgfältig vorbereiteten Arbeitsessen ein. Mit am Tisch saß ein dicker Industrieller aus Monza mit mißtrauischem Gesicht, der sehr laut sprach und Zigarre rauchte, weiterhin ein kühler, sehr eleganter Verleger, der fast nichts aß und nur Milch trank, und ein schweigsamer Bankier. Letzterer sah aus wie ein Buchhalter, der auf eine Stelle in der Geschäftsführung wartete, obwohl er eigentlich wußte, daß es zu diesem Aufstieg nie kommen würde. Ursini vermutete, daß Sacerdoti den Bankier nur eingeladen hatte, um mehr Leute am Tisch zu haben. Die beiden anderen empfahlen sich nach einer Weile, der Bankier blieb noch etwa eine Stunde bei ihnen sitzen.

Schließlich nahm Sacerdoti Ursini am Arm und geleitete ihn zum Ausgang. «Das ist unser Mann. Seine Bank ist unter anderem Besitzerin des Banco di Lugano, außerdem ist er gerade im Begriff, eine ganze Reihe von Kreditanstalten in Südamerika zu kaufen. Wir könnten ihn zu unserem Generalagenten für die Lombardei und die italienische Schweiz ernennen. Was hältst du davon? Die Zeit der Schmuggler, die sich Devisen ins Jackenfutter nähen, ist vorbei...»

Innerhalb weniger Monate gelang es Ursini, sich in Mailand, dieser rußigen Geschäftsstadt, eine weitere Basis zu schaffen. Er hatte ein Büro im Corso Montforte gemietet und es mit dem Türschild eines Finanzberaters getarnt, außerdem hatte er sich auch noch der Dienste einer Industrie-Detektei versichert, die ein ehemaliger Offizier der Finanzwache leitete.

Major Uglietti hatte jahrelang treu dem Staat gedient und kannte sämtliche Datenverarbeitungstricks, mit denen Steuern hinterzogen wurden. Einmal von ihm entdeckt, verbarrikadierten sich die Steuersünder hinter Legionen von Anwälten und Steuerberatern – oder sie versuchten, ihn zu bestechen. Uglietti hatte Schmiergelder immer abgewiesen, lächelnd und ohne jemals einen der Männer verhaften zu lassen, die da mit vollen Taschen auf ihn zukamen. Er hatte eben Stil.

Im Laufe der Zeit jedoch hatte er die Diskrepanz zwischen seinem lächerlich niedrigen Gehalt und den Summen, die ihm geboten wurden, jedoch als immer erniedrigender empfunden. Er war sich vorgekommen wie eine junge, schöne Polizistin, die man nachts allein auf Streife in ein Ganovenviertel geschickt hatte. Dabei hatte er keineswegs um seine Tugendhaftigkeit gefürchtet – sie jedoch allmählich irgendwie lächerlich gefunden. Sein Entschluß war gereift, als er am Ende einer langwierigen Ermittlung herausfand, daß auch einige seiner Vorgesetzten keine weiße Weste hatten. Nun wollte er weder den Helden spielen noch die Finanzwache mit Schmutz bewerfen, schließlich hatten sie ihm seinen Einstieg ins Berufsleben ermöglicht und ihn gut ausgebildet. Aber er zog für sich selbst die Konsequenzen und hängte ohne große Ressentiments den grauen Rock des Finanzbeamten an den Nagel – um seine eigene Firma zu gründen. Zwei Offizierskollegen und ein halbes Dutzend Unteroffiziere nahm er gleich mit.

Das Büro in der Via Matteotti war ausgesprochen schön,

vor allem stank es nicht wie in den Kasernen der Finanzwache. Die Detektei begann sowohl national als auch international sofort auf höchstem Niveau und nahm grundsätzlich keine Aufträge an, die mit Privatgesellschaften zu tun hatten. Uglietti und seine Leute waren erfahren im Lesen von Bilanzen, erkannten fingierte Rückstellungen, konnten Aktienbewegungen analysieren und vermochten hinter Bankgeheimnisse zu kommen, sogar ohne daß die betreffende Bank es merkte.

Ursini hatte Uglietti in Basel kennengelernt und ihn einige Monate später zum Abendessen eingeladen. Aus Palermo war die Bitte gekommen, mit einer Vertrauensperson Kontakt aufzunehmen, einem Bauunternehmer namens Luciano Mangano, der seit Jahren in der Lombardei tätig war. Der Staatspräsident hatte ihn mit dem Commendatore-Orden ausgezeichnet. Er lief mit aufgesetzter Selbstverständlichkeit im Smoking herum – aber es war nicht schwer, sich vorzustellen, wie er in jüngeren Jahren, wesentlich dünner und mit einer Mütze aus Zeitungspapier auf dem Kopf, auf Baugerüsten herumgeklettert war. Er hatte Beziehungen zur Stadtverwaltung, zu den Provinz- und Regionaladministrationen, allerdings ausschließlich auf niedriger Ebene. Baugenehmigungen erhielt er meist in kürzester Zeit, doch ob er eine Ausschreibung gewinnen würde, war immer unsicher. Außerdem war er ständig Angriffen durch die Presse ausgesetzt, was unweigerlich auch das Interesse der Justizbehörden nach sich zog.

«Du kannst ihm trauen», hatte Giacomo erklärt, der eigens nach Mailand gekommen war, um die beiden einander vorzustellen, «er ist ein enger Freund der ‹Vettern› und des Alten. Aber er braucht Flankenschutz und bessere Verbindungen.» Zusammengekauert in einem der niedrigen Polstersessel des Saint Andrews, hatte Ursini sich den ganzen Abend lang die großen Pläne des Commendatore angehört.

Der Mann war recht intelligent, aber nicht sonderlich gebildet; in seinen Darlegungen übersprang er reihenweise logische Zwischenschritte. Doch am Ende seiner Gedankensprünge stand immer eine präzise formulierte Erkenntnis oder eine fundierte Meinung. Ursini hatte ihm interessiert zugehört, versuchte ihn einzuschätzen und vor allem herauszufinden, wie man ihn einsetzen konnte. Am nächsten Tag kontaktierte er Uglietti und forderte ein Dossier über den Commendatore an.

«Soll ich ein neues erstellen – oder reicht dir das, was ich schon im Archiv habe?» fragte der Major.

Zwei Stunden später hatte Ursini bereits zahlreiche Dokumente in der Hand, die wohl das Ende des ehemaligen Maurers bedeutet hätten, wären sie in die falschen Hände geraten.

Aber all das genügte Ursini noch nicht, um in Mailand die Kommandozentrale für den Bereich Industrie aufzubauen, die ihm vorschwebte.

Er konnte mit Sicherheit weder jenen von Sacerdoti empfohlenen Bankier noch Giacomos Baulöwen als Agenten für die Industrie im Norden verwenden. Der richtige Mann lebte und arbeitete anderswo. Ursini hatte schon viel über ihn in Erfahrung gebracht: An ihn heranzukommen würde wohl nicht schwierig sein, ihn zur Zusammenarbeit zu bewegen ebenfalls nicht. Ihn zu beherrschen allerdings würde kompliziert werden, und darum würde man eine solche Wahl in Palermo wohl kaum akzeptieren, sie wahrscheinlich nicht einmal nachvollziehen können. Aber Ursini glaubte an ihn. Er verpaßte ihm einen Codenamen, noch bevor er Kontakt zu ihm aufnahm: Er nannte ihn schlicht und ergreifend «C».

Inzwischen war Ursini von Palermo aus ein zweiter Assistent zur Seite gestellt worden: ein Steuerberater aus Ligurien, der sowohl in Italien als auch im Ausland eine ganze Reihe von Kanzleien hatte. Sein Hauptbüro lag in der Via Marina in Mailand. Ursini hatte nicht erwartet, plötzlich einem solchen Profi gegenüberzustehen. Und doch: bereits bei der ersten Begegnung erkannte er, daß das versteinerte, überheblich wirkende Lächeln des Mannes weder Gewinnsucht noch Ehrgeiz anzeigte, sondern schlichtweg eine ungeheure Angst verbergen sollte.

In Rom war alles viel schwieriger. Ursini war zu Beginn der sechziger Jahre öfter mit seinem Vater dort gewesen. Sie hatten immer im Plaza in der Via del Corso gewohnt und den ganzen Tag mit Terminen im Palais des Ministerpräsidenten und den Ministerien verbracht. Er erinnerte sich an überdimensionale Vorzimmer mit riesigen Gobelins an den Wänden, in denen sie warteten, bis junge Sekretäre mit höfischem Getue sie zu den jeweiligen Ressortchefs geleiteten. Daß Äußerlichkeiten nicht unwichtig waren, schlachtete Kennedy damals für seinen Wahlkampf in den Staaten bis zum letzten aus, die Politiker in Italien sahen aber noch aus wie Ganoven – was ja auch völlig egal war, denn die meisten Wähler lasen weder Zeitung, noch besaßen sie einen Fernseher. Sie konnten die Physiognomie der Politiker nicht in ihr Urteil einbeziehen, wußten nicht einmal, wie die Kandidaten aufgestellt wurden, die dann auf dem Wahlzettel nur noch als Nummer erscheinen. Er erinnerte sich an einen dicken, asthmatischen Minister, der schielte und ein furchterregendes Lächeln im Gesicht hatte; und an einen ungeschlachten Staatssekretär, der außerstande war, die einfachsten Wörter korrekt miteinander zu verbinden.

Nach jeder dieser Begegnungen gab Ursinis Vater sein Urteil ab – solche Leute könne man nur verachten: «Ein Ganove, wie man sich keinen schlimmeren vorstellen kann.»

Oder: «Ein Ganove und ein Vollidiot dazu.»

Oder: «Ein Ganove, der nicht zu seinem Wort steht.»

Oder die vernichtendste Beleidigung: «Einfach ein Scheißkerl.»

Und immer wieder sagte er: «Diese Leute scheinen Macht zu haben, aber in Wirklichkeit sind sie Sklaven: Sklaven ihrer potentiellen Wähler, Sklaven ihrer Finanziers. Die einzige Instanz, der sie sich nicht unterwerfen, ist der Staat.»

Derlei Urteile waren nur auf den ersten Blick oberflächlich. Sie standen für eine Mentalität, ja für eine Methode. Der Alte hatte einen verächtlichen Vergleich bereit, um seine Meinung zu veranschaulichen: «Mit den Politikern ist es wie mit Autos: Ohne sie geht es nicht, aber man muß das richtige Modell auswählen: nicht zu teuer, aber funktionstüchtig. Und Modelle, die nicht mehr funktionieren, werden ausgewechselt...»

Zwanzig Jahre waren inzwischen vergangen, und seither hatte sich alles grundlegend verändert. Kontakte herzustellen war nicht schwierig. Doch die Atmosphäre war eine ganz andere: An die Stelle des Individualismus von einst war ein System getreten.

Die Geschäftemacher waren entschieden besser geworden, aber die zuverlässigsten Partner waren inzwischen Bankmenschen und ausländische Finanzgesellschaften. Die Leute aus diesem Milieu kannten alles, was in Rom Rang und Namen hatte, sahen aber im Gegensatz zu Politikern und Regierungsmitgliedern keinen Anlaß dazu, auf allen Hochzeiten zu tanzen, gleichzeitig mit Geheimdiensten, Freimaurern, Vatikan und den Rechtsextremisten zu kungeln. Sie verstanden ihr Handwerk, hatten aber ein professionelles, nüchternes Verhältnis dazu. Mit ihrer Hilfe drang Ursini tief in eine Welt ein, die viele Menschen in dieser nur auf den ersten Blick vom Parlament und der Regierung kontrollierten Stadt unterschätzten: in die Kreise der Ministerialbeamten.

Diese Leute verdienen wenig, haben keine Macht, erlangen nie besonderes gesellschaftliches Ansehen. Doch sie kennen alle Mechanismen des Staatsapparates von innen, wissen um die Kanäle, durch die sich öffentliche Gelder bewegen, wachen über die Aufträge und den Informationsfluß – was besonders wichtig ist. Zwar können sie Entscheidungen eines Ministers oder Staatssekretärs nicht umstürzen, doch sie können sie behindern, verzögern, im voraus bekanntmachen. Mit ihrer Hilfe kann man auf durchaus legalen Wegen Ergebnisse erzielen, für die man sonst viel Zeit und Geld investieren müßte.

Ursini hatte die Beamten auf der schwarzen Gehaltsliste nach den Ministerien geordnet, in denen sie arbeiteten. Sie unterstanden jeweils einem von mehreren «Divisionschefs», die wiederum Befehle von einem gewissen Bruce Baker entgegennahmen. Baker war stellvertretender Direktor der Chapman Foods, Abteilung Europa. Er war es auch, der Ursini zum Kauf des Fünfsternehotels Tiberio geraten hatte: ein nobles Hotel, das als Kongreßzentrum genutzt wurde und in dem man daher unauffällig zu Geheimtreffen zusammenkommen konnte. Baker war noch jung, ein Frauenheld und ziemlich launisch.

Ursini überlegte, was Giacomo wohl von ihm halten würde, wüßte er von seiner Existenz.

«Soll er den Frauen nachsteigen, soll er launisch sein», würde er sagen und die Hände falten, «es ist mir auch egal, daß er Amerikaner ist, schließlich sind wir mit den Amerikanern fast verwandt. Aber ausgerechnet ein Neger!»

Im Tiberio hatte Ursini zum erstenmal den Ministerpräsidenten gesehen, und zwar anläßlich eines Treffens der Bürgermeister der Region Latium. Das Treffen war für die Anwesenheit des Regierungschefs eigentlich viel zu unbedeutend gewesen. Deshalb war auch niemand beleidigt gewesen, als er verkündet hatte, leider nicht am Abendessen teilnehmen zu können. Unter dankbarem Applaus hatte er den Saal verlassen. Fünf Minuten später hatte Ursini dem Ministerpräsidenten im obersten Stockwerk des Hotels ge-

genübergestanden. Bei ihnen hatte ein weiterer, unerwarteter Gast gestanden: ein hagerer Mann mit blitzenden Augen und graumeliertem, akkurat gestutztem Spitzbart. Er sah aus wie ein Universitätsdozent, und tatsächlich hatte ihn der Ministerpräsident mit den Worten «unser über alles geschätzter Rektor» vorgestellt. Er hatte den Mann mit großem Respekt vorgestellt und war nicht ein einziges Mal ironisch geworden, was eigentlich für ihn typisch war. Über eine Stunde lang hatte der Regierungschef über Bücher, Kino, Fußball und auch Politik geplaudert. Er wurde «der Basilisk» genannt.

Als Ursini sich den heimlichen Mitschnitt des Gesprächs noch einmal anhörte, erkannte er, daß er die Aufnahme umsonst gemacht hatte. Der Basilisk sprach zwar viel, sagte dabei aber nichts. Offenkundig hatte er sich einfach unabhängig vom Urteil anderer ein Bild von Ursini machen wollen.

Der Rektor redete wenig und wenn, dann sprach er in Rätseln. Aber er schien Gott und die Welt zu kennen. So spielte er mit den Worten «ein alter Freund» auf den argentinischen Staatspräsidenten an. Er war arrogant, und seine Überheblichkeit manifestierte sich am deutlichsten in der Tatsache, daß er mit immer gleich tonloser Stimme sprach. Ursini hielt ihn für einen kokainabhängigen geistigen Exhibitionisten. Doch wenn ihn der Regierungschef als Begleiter wählte, hatte das sicher einen Grund. Der wurde am Ende des Abends dann auch noch klar, als ihm das Männchen seine Visitenkarte überreichte und ihn um einen Anruf bat: er wolle mit ihm eine «echte» *Bistecca fiorentina* essen und über Geschäfte reden.

Pläne zur Gründung einer Außenhandelsabteilung für die Organisation erwiesen sich in dem trägen Ambiente der Hauptstadt als schwer durchführbar. Es mußte ein tief verankertes, solides Fundament gebaut werden, bevor man die

Mauern hochziehen konnte, aber noch in den tiefsten Tiefen stieß er auf Wasserströme, römische Ruinen, Katakomben…

Diesmal hatten sie es in Palermo nicht für nötig gehalten, ihm einen weiteren Assistenten zu schicken. Denn da war ja bereits Giacomo, der sich in Rom wie ein Fisch im Wasser bewegte.

4

SEIT ER ZUM LEITER der Mordkommission ernannt worden war, teilte Gianno Martinez die Vorgänge, die auf seinem Schreibtisch landeten, in drei Gruppen ein. Da war einmal der Stoß von Akten, über die er mit sämtlichen Kollegen und sogar mit einigen vertrauenswürdigen Journalisten zu sprechen bereit war; dann die Fälle, über die er sich ausschließlich mit seinen Vorgesetzten austauschte; und schließlich die Angelegenheiten, über die er mit niemandem sprach. Daß er einmal einen Fall in die dritte Gruppe würde einsortieren müssen, der mit einem gewöhnlichen Straßenraub begonnen hatte, hätte ihm früher wohl nur ein ungläubiges Lächeln entlockt.

Zwei Monate zuvor hatte ihm ein Beamter seiner «Kernmannschaft» – wie seine engsten Vertrauten unter den übrigen Kollegen hießen – eine mit Messingapplikationen verzierte Tasche auf den Schreibtisch gelegt. Es war alles mögliche darin, nur Geld und Ausweise fehlten. Der Polizist hatte die Tasche nach einem Hinweis aus der Bevölkerung in einer Mülltonne gefunden und mit ins Büro genommen. Als er sie durchsuchte, fiel ihm eine kleine Notiz in die Hände. «Ob das etwas mit Terrorismus zu tun hat?» fragte er seinen Chef und deutete auf das doppelt gefaltete Papier. Der arabische Name Shyndonah und eine Telefonnummer standen darauf. Die Nummer gehörte, wie sich herausstellte, einer sechzigjährigen Witwe, einer pensionierten Beamtin der Regionalverwaltung. Die Frau kam sofort und holte die Tasche dankend ab. Martinez befragte sie nicht zu dem Zettel, ordnete jedoch eine unauffällige Überprüfung an.

Aus dem Bericht, der eine Woche später vorlag, war ersichtlich, daß die Frau mit einem reichen älteren Herrn zu tun hatte. Sie bewirtete ihn bei sich zu Hause, er bezahlte ihre Einkäufe. Die beiden kamen und gingen jedoch immer getrennt, möglicherweise um den Nachbarn und dem Portier keinen Anlaß zum Klatsch zu geben. Das war alles – zuwenig im Grunde, und vor allem keine Erklärung für den Notizzettel. Eine Telefonüberwachung kam wegen einer solchen Kleinigkeit nicht in Frage. Martinez wollte die Ermittlungen schon einstellen, als ein Beamter eines Tages etwas Interessantes zu berichten hatte. Der Freund der Rentnerin hatte sich mit einem Mann getroffen, der in einiger Entfernung vom Haus in einem Auto auf ihn wartete; der alte Mann war hinten eingestiegen. Die sofortige Kontrolle des Kennzeichens ergab: Der Wagen gehörte einem gewissen Giacomo Vitale – dem Vetter von Stefano Bontate, dem Boß einer der mächtigsten Clans der Stadt.

«Was sollen wir jetzt machen?» fragte der Beamte aufgeregt.

«Nichts», ordnete Martinez an, «wir unternehmen nichts. Vergiß den Fall.»

Wie von selbst war die Angelegenheit in die dritte Kategorie gerutscht. Martinez sprach nicht einmal mit dem Polizeimeister Sortino darüber, obwohl dieser nicht nur sein Fahrer und Leibwächter, sondern so etwas wie ein Vater für ihn war. Auch seiner Frau gegenüber erwähnte er die Sache mit keinem Wort. Aber er leitete eine neue Untersuchung ein, eine «Mosaikermittlung», wie er sie nannte: Er setzte immer wieder andere Männer ein, die untereinander keinen Kontakt hatten und selbst nicht wußten, zu welchem Ergebnis das, womit sie beauftragt waren, führen sollte. Auch Martinez selbst übernahm eine Reihe von Aufgaben, wie in alten Zeiten, ausgestattet mit Überfallwagen, Fotoapparat mit Teleobjektiv – und viel, viel Geduld.

Wie die Frau schien auch der alte Mann Rentner zu sein: ein typischer Staatspensionär, dürr und klapprig. Und eines Tages holte ihn der «Fürst» höchstpersönlich ab: Stefano Bontate, *il Principe*. Neben dem Fahrer saß außerdem noch ein schlanker, eleganter jüngerer Mann mit einem merkwürdigen, irgendwie unförmigen Kopf im Wagen. Martinez folgte ihnen zwei Stunden lang durch die Vororte Palermos und wartete dann, während sie in einem Restaurant speisten. Als Martinez einen Tag später die Fotos betrachtete, die er aus der Ferne geschossen hatte, blieb ihm vor Überraschung fast die Luft weg: «O Gott, ich Trottel», murmelte er und ließ sich in seinen Sessel fallen. Dann nahm er einen Kugelschreiber und schrieb einige Male seinen eigenen Vornamen auf den Notizblock: «Gyannih, Giannih, Gianni...» Dann schrieb er: «Shyndonah, Syndonah, Sindonah, Sindona...» So schnell konnte man aus dem «arabischen Terroristen» einen italienischen Bankier machen. Alle Welt glaubte, Michele Sindona sei in New York entführt worden, und nun hatte ihn Martinez hier entdeckt, gemütlich einquartiert bei einer palermitanischen Rentnerin.

Auch der Mann mit dem unförmigen Kopf interessierte ihn. Inzwischen war dieser Unbekannte nach Rom und von dort sofort nach Zürich geflogen. Den Namen, unter dem er in der Passagierliste geführt war, hielt Martinez für falsch: Ursini, einen solchen Namen konnte sich nur ein Schweizer für eine Reise nach Palermo ausdenken. Es war geradezu so, als benutze umgekehrt ein Palermitaner beim Check-in in der Schweiz den Namen Calvin oder Wilhelm Tell.

Das Telefon der Rentnerin wurde nun doch abgehört, auch wenn es dazu keine offizielle Anordnung gab und der zuständige Ermittlungsrichter ebensowenig davon wußte wie die Telefongesellschaft SIP. Die Mitschnitte waren äußerst interessant, obwohl in den Gesprächen auf vieles Bezug genommen wurde, was Martinez nicht verstand, und zahlreiche ihm unbekannte Namen auftauchten.

Kommissar Martinez dachte lange über alles nach. Dann beschloß er, diesen Fall von der dritten zur zweiten Gruppe zurückzustufen und mit seinem Vorgesetzten zu reden. Eines Morgens auf dem Weg ins Büro ließ er Sortino an einer Telefonzelle anhalten. Er hatte jede Menge Münzen dabei und hoffte, sie würden ausreichen.

«Dr. Santangelo, bitte», sagte er und wartete, bis die Sekretärin ihn durchgeschaltet hatte. Als er die vertraute Stimme hörte, fiel ihm nach den schrecklichen letzten zehn Tagen geradezu ein Stein vom Herzen.

«Bruno, ich bin's...» Er lächelte und hörte sich zunächst einmal an, was es bei seinem Chef so alles Neues gab. Aber die Telefonmünzen wurden nun doch knapp. «Hör mal, ich muß unbedingt mit dir reden! Wann kommst du wieder nach Palermo? ... Ausgezeichnet, ich hol dich am Flughafen ab, wir sprechen auf der Fahrt darüber...»

Als er wieder ins Auto stieg, drehte sich sein Fahrer zu ihm um und blickte ihn mit deutlicher Mißbilligung an.

«Ich verstehe schon», sagte Sortino, «im Polizeipräsidium werden alle Apparate abgehört, da ist es wohl schlauer, eine Telefonzelle zu benutzen.»

«Wissen Sie», sagte Martinez souverän, «ich habe eine Freundin und will nicht, daß jemand etwas davon mitbekommt. Wenn meine Frau davon erfahren würde...»

Elena war nicht eifersüchtig, und als alter Vertrauter der Familie wußte Sortino das. Deswegen nagte nun das Gefühl an ihm, von etwas ausgeschlossen zu sein, das seinen Chef betraf. Martinez traute außer seiner Frau, seinem Chef Bruno Santangelo und dem Ermittlungsrichter nur ihm; und diesmal hatte er ihn nicht eingeweiht, das erste Mal in all den Jahren der Freundschaft. Martinez blickte liebevoll auf das kantige

Profil des Polizeimeisters: «Ich denke doch nur an dein Leben, alter Junge. Du sollst leben und deine Ruhe haben.» Aber Sortino war verärgert und verharrte in Schweigen.

Am späten Abend geleitete Ermittlungsrichter* Cordaro seine Kollegen zur Tür und setzte sich dann wieder an seinen mit Akten beladenen Schreibtisch. Er hatte ihnen sämtliche Dokumente gezeigt, und es hatte eine lange, fruchtlose Diskussion gegeben. «Du willst wohl die Wirtschaft Palermos ruinieren», hatten sie ihm vorgeworfen, in aller Freundschaft, versteht sich.

Natürlich blockierten die Ermittlungen in den Firmen Bauarbeiten und andere Geschäfte, behinderten die Vergabe von Krediten, zogen immer weitere Durchsuchungen nach sich. Das brachte die palermitanische Ökonomie durcheinander, genauer gesagt, den einzigen Wirtschaftszweig, der offiziell in Palermo gedieh, den Bausektor, der so unerschütterlich war wie eine Eiche: über der Erde Millionen von Blättern, darunter aber, unsichtbar, ebenso viele Wurzeln in allen Größenordnungen, verästelt in jeden kleinsten Winkel der Stadt.

* Anders als in Deutschland ist in Italien der Ermittlungs- oder Untersuchungsrichter (giudice istruttore) nicht identisch mit dem später Anklage erhebenden Staatsanwalt. Das Verfahren wird zwar vom Leitenden Staatsanwalt eröffnet, dieser überträgt den Fall jedoch sofort einem Ermittlungsrichter, der völlig unabhängig und mit richterlichen Befugnissen (zur Beweiserhebung, Zeugenladung, Verhaftung) ausgestattet ist. Er schließt seine Ermittlungen mit einem formellen Urteil ab, das Anklageerhebung oder Einstellung beantragt. Kommt es zum Verfahren, übernimmt nun ein Mitglied der Staatsanwaltschaft die Akten. Leiter der Ermittlungsbehörde ist der «Giudice Consigliere», der oberste Ermittlungsrichter. Ermittlungsrichter, Staatsanwälte und Richter heißen in Italien unter «Magistrati» oder «Giudici». «Richter» ohne nähere Kennzeichnung bezeichnet in diesem Buch allgemein einen Angehörigen dieser drei Kategorien.

Ein junger Staatsanwalt, gerade aus dem Veneto nach Palermo versetzt, erhielt eines Tages höflichen Besuch von einigen Herren, die ihm eine Fotokopie seiner letzten Gehaltsabrechnung vorlegten und ihm für «gelegentliche diskrete Zusammenarbeit» noch einmal dieselbe Summe anboten – und zwar nicht etwa monatlich, sondern wöchentlich, dazu eine Weihnachtsgratifikation, die sich nach seinen Leistungen richten und ihn «ganz sicher zufriedenstellen» würde. Kreidebleich begab sich der junge Mann in Cordaros Büro. Der oberste Ermittlungsrichter beschwichtigte ihn mit einem väterlichen Lächeln und wünschte dem jungen Kollegen alles Gute für seine Arbeit. Jetzt konnte er ihm noch trauen. Aber würde das so bleiben? Und wie stand es mit den anderen? Welchen Sinn konnten junge Menschen darin sehen, sich in einer teuren, erbarmungslosen Stadt wie Palermo mit einem Hungerlohn durchzuschlagen, wenn sie sich problemlos ein schönes Leben machen könnten, indem sie ihre richterliche Unabhängigkeit etwas weniger scharf handhabten?

Die Clans gingen immer mit derselben Technik vor: Sie versuchten die Richter zu Beginn ihrer Karriere zu keilen, wenn sie noch jung und schwach waren. Zuerst bezahlten sie ihnen nur wenig, beobachteten sie genau. Arbeiteten sie in der erhofften Weise, sorgten die Bosse für Beförderungen, ließen ihnen immer mehr Geld zukommen, machten sie so immer abhängiger. Es gab Karrieren in der Polizei und der öffentlichen Verwaltung von Palermo, die zum Himmel stanken, juristisch jedoch nicht angreifbar waren. Besteht kein Verdacht auf ein Vergehen, kann man kein Verfahren einleiten; die Ermittler können höchstens auf Geratewohl recherchieren. Gibt es einfach zu viele Anlässe für solche Untersuchungen, kann man es eigentlich gleich bleiben lassen.

Cordaro hatte wenige Tage zuvor genehmigt, daß die Telefongespräche einer Exportfirma, die in Wirklichkeit ein großer Waffenumschlagplatz für den Vorderen Orient war, abgehört wurden. Weil irgend etwas Unvorhergesehenes dazwischengekommen war, hatte er das Antragsformular erst einen Tag nachdem er es bekommen hatte unterschrieben. Kommissar Martinez glaubte aber, daß die Genehmigung bereits vorlag und ließ schon vom Antragstag an über die staatliche Telefongesellschaft SIP alle Gespräche mitschneiden. Sämtliche Telefonate dieses Tages stellten sich als höchst interessant heraus – die Ermittler bekamen zahlreiche Namen und Daten mit. Am Morgen danach änderte sich der Ton dann radikal: Es fiel kein einziger kompromittierender Satz mehr. Die Eile, mit der Martinez die Abhöranlage eingerichtet hatte, bevor die bürokratischen Vorgänge erledigt waren, hatten ganz zufällig bewiesen, daß es im Büro des Ermittlungsrichters einen Spitzel gab, der die Abhörgenehmigung gesehen und sofort dafür gesorgt hatte, daß die Telefongespräche fortan «sauber» blieben. Im allgemeinen war es nicht schwer herauszubekommen, wer der Spitzel war. Schwieriger dagegen war es, ihn vor Gericht zu bringen. Selbst für eine Versetzung mußte man allerlei Vorwände finden.

Das wirkliche Problem war jedoch weder die mögliche Korruptheit von Kollegen und Angestellten noch das Klima des Mißtrauens, das dadurch zwangsläufig herrschte. Das eigentliche Problem war die Isolation, in der man leben mußte, wenn man in diesen Fällen ermittelte. Man bekam eine bewaffnete Eskorte und mußte sich daran gewöhnen, ständig mit diesen Männern zusammenzuleben. Einerseits wurde einem dadurch natürlich ständig die eigene Wichtigkeit vor Augen geführt, man konnte die schmeichelhafte Tatsache genießen, etwas Besonderes zu sein. Doch wenn man Nachbarn oder Freunden begegnete, war in ihren Augen Angst zu lesen, und man hatte das Gefühl, sich ihnen fernhalten zu müssen. Irgendwie ähnelte das Ganze der Situation von Leprakranken im Mittelalter: Auch sie hatten eine Art Macht, andere Menschen zu erschrecken, sie mit einer kleinen

Bewegung wegzuscheuchen, bei der das Glöckchen klingelte, das sie umgebunden hatten. Doch gleichzeitig durchlebten sie eine unmenschliche Einsamkeit, waren sie der ständigen Gefahr ausgesetzt, zu Tode gesteinigt zu werden.

Langsam, geradezu methodisch schloß Cordaro die Akten wieder und stellte sie zurück an ihren Platz. Tausende von Namen, Tausende von Fakten – und trotzdem: ein entmutigender Mangel an Beweisen. Tausende von Polizisten, Carabinieri, Angehörigen der Finanzwache – doch statt zusammenzuarbeiten, bekämpften sie sich gegenseitig. Selbst zwischen dem Polizeipräsidium und der Mordkommission, deren Büros nicht weit voneinander entfernt lagen, gab es keinerlei Kommunikation, und es bestand immer die Gefahr, daß eine der beiden Instanzen just das Netz zerriß, das die andere eben ausgelegt hatte.

Cordaro verfolgte in seiner Arbeit ein langfristiges Konzept. Die Art und Weise, wie man einen Prozeß einleitete, setzte auch Maßstäbe für die folgenden Verfahren. Als er das Amt übernommen hatte, war ihm schnell klargeworden, daß Hunderte von Ermittlungsverfahren vor Gericht so referiert wurden, daß sie nur mit Freispruch enden konnten. Es gilt nicht einmal als Rechtsbeugung, wenn ein Ermittlungsrichter Vorurteile an den Tag legt. Er kann sich darauf hinausreden, daß ihm als Richter keineswegs das Ziel einer Verurteilung vorgegeben ist, sondern im gegebenen Falle auch die Argumente für einen Freispruch.

Untersuchte man nicht nur die Inhalte der Verfahren, sondern auch ihre Form, so erregte die Häufigkeit bestimmter Fehler doch einigen Verdacht. Abgesehen davon, daß wichtige Termine oft nicht eingehalten wurden (was zum Beispiel dazu führen konnte, daß sein Angeklagter vor Abschluß des Verfahrens aus der Untersuchungshaft entlassen wurde), kam es häufiger vor, daß der Beschuldigte ohne Beisein seines Verteidigers vernommen wurde, oder daß der Verteidiger an eine falsche Adresse bestellt wurde – dafür reichte schon eine «Verwechslung» der Hausnummer (ein typischer Fall von «menschlichem Versagen»). Mitunter «irrte» sich auch der Gerichtsbote: Laut Gesetz muß die Zustellung der Vorladung an den Betroffenen erfolgen, oder aber an eine Person, die mit ihm die Wohnung teilt. Schreibt der Bote nun auf die Empfangsbestätigung zum Beispiel «ausgehändigt an die Ehefrau Giovanna», ohne den Zusatz «wohnhaft unter derselben Adresse», ist die Zustellung null und nichtig. Aber ohne Vorladung kein Prozeß, und ohne Prozeß kein Urteil. Man mußte von vorne beginnen – und in der Zwischenzeit wurden die bereits festgesetzten Termine überschritten. Diese Lawine von Fehlern kam immer dann zutage, wenn der Anwalt der Clans die Akten in die Hand bekam. Argos mit seinen scharfen Augen wäre nicht aufmerksamer gewesen als diese Advokaten. Ihnen unterlief nie ein Fehler. Bei ihnen gab es keine Pendants zum nur oberflächlich ermittelnden Untersuchungsrichter, zum übermüdeten Protokollbeamten, zu den korrupten Gerichtsboten.

Cordaro hatte darum beschlossen, eine Sonderkommission zu bilden, die eine Art historisches Gedächtnis des palermitanischen Gerichtswesens aufbauen sollte – einen «Antimafia-Pool», wie ein sprachgewandter Kollege die Gruppe taufte. Es galt, die geeigneten Leute auszusuchen, sie auszubilden und zu schützen. Sie sollten sämtliche Ermittlungen in Sachen Mafia übernehmen und sich nicht in unwichtigen Verfahren verzetteln. Sicher: es bestand die Gefahr, daß die Ermittlungsrichter sozusagen zu Polizisten wurden, die zudem nur auf eine einzige Art von Verbrechen spezialisiert waren. Doch dieses Risiko mußte eingegangen werden.

Um kurz nach elf legte er eine Akte ins Regal und steckte sich einen anonymen Brief in die Tasche, den er auf der Heimfahrt noch einmal lesen wollte. Dabei kannte er ihn schon fast auswendig: «Turi Graziano wurde am vergangenen Freitagnachmittag in Begleitung von zwei Unbekannten auf der Piazza Politeama gesehen...» Der Stil des Briefes ließ keinen Zweifel: Turi Graziano war vor zwanzig Jahren untergetaucht, seine Fahndungsfotos waren alt und vergilbt – nur ein Polizist oder ein Carabiniere konnte so sicher sein, ihn auf der Straße gesehen zu haben. Und nur Carabinieri und Polizisten hatten diesen unpersönlichen Schreibstil. Irgendwie wollten sie ja alle dem Staat, der sie mehr oder weniger gut bezahlte, eine Hilfe sein, doch gleichzeitig hatten sie Angst. Graziano war für sie so etwas wie eine Heimatlegende, eine Reinkarnation des berühmten Nachkriegsbanditen Salvatore Giuliano – weniger romantisch als dieser, dafür aber wesentlich durchtriebener. Sie liebten und fürchteten ihn, hofften und hatten gleichzeitig Angst davor, ihm über den Weg zu laufen. In jedem Falle spukte er in ihrem Kopf umher, und sie hätten ihn wohl in jedem Gesicht auf der Piazza Politeama wiedererkannt, das dem seinen auch nur im geringsten ähnlich sah.

Cordaro ging gemächlich durch den langen, verlassenen Korridor. Er mußte keine Treppen steigen, das Amt des Ermittlungsrichters lag im Parterre. Hätte ihn jemand mit einer Kalaschnikow erschießen wollen, das Fensterglas wäre der einzige «Schutz» gegen die Kugeln gewesen. Um die Fenster durch kugelsichere Scheiben zu ersetzen, hätte man zwei Jahre und etwa zehn behördliche Genehmigungen gebraucht. Die bedächtigen Schritte des Untersuchungsrichters waren das einzige Geräusch in diesen Tausenden Quadratmetern der Leere.

In den Werken Kafkas ist das Gericht ein Gebäude voller Menschen, die streiten, voller Angeklagter mit unstillbarem Hunger nach Gerechtigkeit. Dieser halbdunkle Justizpalast in Palermo jedoch spiegelte das Bild einer Stadt, in der niemand auch nur im Traum daran dachte, Gerechtigkeit zu fordern.

Die Leibwächter draußen dösten vor sich hin; einer der Beamten am Portal des Justizpalastes sah den Ermittlungsrichter kommen und pfiff seine Kollegen mit der militärischen Weckmelodie wach.

Gegen Mitternacht gab Stefano Bontate es auf, einschlafen zu wollen und ging hinaus; er vermied jedes Geräusch und machte kein Licht an. Von einer der Bambusbänke im Garten schaute er auf die wenigen Straßenlaternen Villagrazias, einer jener «Vorstädte des Elends, die Palermo umlagern», wie es ein Journalist in einer Mailänder Zeitschrift einmal formuliert hatte. Solche Journalisten kommen oft nach Palermo. Sie bummeln durch die Straßen, halten sich die Nase zu und streicheln Kinder, obwohl diese nicht den geringsten Wert darauf legen. Dann interviewen sie einen oppositionellen Stadtrat und eine Mutter von elf Kindern, lassen ihren Fotografen ein Bild von einem Bach und einem Müllhaufen knipsen, räumen dann ihr Zimmer mit Air-condition im Jolly, geben die Alfetta mit Air-conditioning wieder bei Hertz ab und nehmen das nächste Flugzeug zurück nach Mailand. Dort schreiben sie dann ihren Artikel und erzählen in der Redaktion und in den feinen Salons ihrer Freunde, daß sie dort unten «wirklich unglaubliche Dinge» gesehen haben, natürlich mit dem obligatorischen Verweis auf die brasilianischen Favelas.

Bontate war 41 Jahre alt und genoß in Palermo großes Ansehen. Er wurde «der Falke» und «der Fürst von Villagrazia» genannt – wegen seines Lebensstils, weil er auf dem Jesuitenkolleg «Gonzaga» studiert hatte und ein Staatsexamen in Jura vorweisen konnte und wegen seines Auftretens. Polizei, Carabinieri und Justizbehörden wußten ziemlich viel über ihn. Doch auch sie konnten kaum ermessen, was die Ermordung des Clanbosses von Riesi, Giuseppe Di Cristina, im Jahr zuvor für die Familie Bontate bedeutete.

Es bestand kein Zweifel daran, daß die Entscheidung, ihn

umbringen zu lassen, die richtige gewesen war. Es gab unwiderlegbare Beweise dafür, daß Di Cristina sich mehr als einmal heimlich mit einem Carabinieri-Offizier getroffen hatte. Die Kommission hatte einen Vertrauensmann im Hauptquartier der Carabinieri an der Piazza Massimo, über den die Bosse Einzelheiten über diese Treffen erfahren hatten. Der Verräter mußte bestraft werden, und vor allem mußte verhindert werden, daß er so weitermachte. Hätte man ihn zur Abstimmung gezwungen, Bontate wäre für den Mord gewesen, obwohl ihn eine aufrichtige Freundschaft mit Di Cristina verbunden hatte, von der auch alle wußten. Nicht nur, daß sich Di Cristina objektiv etwas Schwerwiegendes hatte zuschulden kommen lassen. Sein Verhalten hatte gezeigt, daß er kein Vertrauen zu ihm, Stefano, hatte. Sonst hätte er diesen schwerwiegenden Schritt nicht getan, ohne ihm zu erklären, was ihn zu diesem Verrat bewegte.

Doch Stefano war gar nicht dazu gekommen, seine Stimme abzugeben. Niemand in der Kommission hatte an einer Abstimmung teilgenommen. Wieder einmal hatte Turi Graziano einfach allein gehandelt, ohne sich mit irgend jemandem zu beraten. Und wieder einmal hatte der Alte, diese inkompetente Marionette, die sich als Präsident aufspielte, aber keinerlei Durchsetzungsvermögen hatte, Turis Verhalten mit allen Mitteln verteidigt. Doch es gab keine Rechtfertigung: Graziano hatte es getan, weil er niemandem traute. Vor allem aber hatte er seine Verachtung für seine Familie zum Ausdruck gebracht. Es hätte ja sein können, daß der eine oder andere dagegen gewesen wäre, Giuseppe zu ermorden, oder daß jemand ihn gewarnt hätte.

Wenn er an diese Geschichte dachte, übermannte ihn noch genau dieselbe kalte Wut wie damals. Die Ermittler hatten natürlich von alldem keine Ahnung: Hinter der Ermordung von Peppe Di Cristina steckte eine Strategie, mit der Graziano und sein Clan der Corleonesier die ganze Macht an sich reißen wollten. Und für die Corleonesier hatte Bontate nun wirklich kein gutes Wort übrig. Das Ganze war eine Provokation von seiten Turis, und sie war möglicherweise Teil eines umfassenderen Planes. Und hinter diesem Plan wiederum steckte der Schweizer.

Von Ursini waren alle fasziniert – auch Graziano, der ihn bis jetzt noch nicht persönlich kennengelernt hatte: «Seine Pläne sind gut», hatte er eines Abends nach dem traditionellen Essen auf dem Landgut des Alten gesagt. Bontate hatte darauf lieber nichts geantwortet. Turi war ein Teufel: Egal was man sagte, er erkannte zwischen den Zeilen immer, was man wirklich meinte; abgesehen davon, daß dieses Treffen der Kommission sowieso nicht der richtige Rahmen für die Kritik war, die Bontate vorzubringen hatte. Der Schweizer war von allen anerkannt worden, obwohl er keinen von ihnen repräsentierte. Man würde erst gegen ihn angehen können, wenn das Ergebnis seiner Arbeit vorlag. Und das war zu diesem Zeitpunkt noch nicht möglich.

Der Schweizer war ein überaus gefährlicher Mann. Bontate hatte dies logisch geschlossen, sein Urteil basierte nicht auf Gesprächen mit Ursini, den er nur etwa alle drei Monate sah, wenn er nach Palermo kam und über seine Arbeit berichtete; zu einem Gespräch unter vier Augen kamen sie da nur selten. Vor allem das systematische Vorgehen des Schweizers machte Bontate Sorgen. Dieser Mann mit dem unförmigen Kopf, der nie lachte, arbeitete irgendwo in weiter Ferne, er war den Ermittlungsbehörden ebenso unbekannt wie den Clanmitgliedern (ausgenommen natürlich die Bosse). Ebendiese Bosse aber unterschätzten ihn. Sie überblickten nur ihr engeres Herrschaftsgebiet und vermochten gerade noch die Milliarden Lire zu zählen, die sie mit Heroin anhäuften, das sie verkauften wie Wurstverkäufer ihre Mortadella. Der Schweizer machte die eigentliche Arbeit, und die Bosse in Palermo arbeiteten ihm nur zu, kümmerten sich lediglich um kleinere Investitionen, palaverten darüber, ob man einem Richter eine Maschinengewehrsalve verpassen oder einen Bürgermeister auswechseln müsse.

Doch es gab noch einen anderen Grund für Bontates Mißtrauen gegenüber dem Schweizer. Es handelte sich dabei allerdings weniger um einen konkreten Verdacht als um eine Art Vorahnung. Vielleicht hatte dieser Mensch schon begriffen, daß der Aufbau seines multinationalen Konzerns niemals gelingen würde, solange die Organisation aus vielen Clans bestand. Und vielleicht war gerade dies sein Plan: eine Reduktion auf wenige dominante Gruppen. Auf der einen Seite standen die Corleonesier und ihre Verbündeten, auf der anderen die Clans der Bontate und der Inzerillo mit ihren Vertrauten. Die Corleonesier konnten dabei am Ende durchaus als Sieger dastehen. Vielleicht hatte Di Cristina deshalb sterben müssen.

Bontate schloß seine Augen einen Moment und rieb sich das Gesicht. Wenn die Dinge so lagen, und daran hatte er keinen Zweifel, gab es nur eine Entscheidung: Er mußte Turi Graziano umlegen. Und zwar mit eigenen Händen, während einer Sitzung der Kommission, und wenn ihn das sein Leben kosten würde. Jemand anderen konnte er damit nicht betrauen. Turi lebte in Rom wie in einer Art Labyrinth – dort konnte man ihn nicht überraschen. In Palermo war er stets von acht bis zehn Männern umgeben, ausgezeichneten Männern. Verfehlte er sein Ziel, das war Stefano Bontate klar, würde ein grauenhafter Clankrieg ausbrechen. Nur in der Kommission würde niemand einen Anschlag erwarten; außerdem waren Leibwächter dort nicht zugelassen. Sein Schuß würde das Ziel nicht verfehlen.

Und dannach wollte er sich den Schweizer vornehmen.

5

IN DER VIA DEL CORSO stockte der Verkehr. Ursini stieg aus dem Taxi, bezahlte und tauchte ein in die dichte, lärmende Menschenmenge. Er ging gemächlich weiter, warf ab und zu einen Blick in die Schaufenster und achtete immer wieder auf die Straßenschilder. Er hatte sich den Weg zu Turi vorher auf der Karte angeschaut und sich die Aufeinanderfolge der Gassen gut eingeprägt.

Er erinnerte sich daran, wie sein Vater im Kreise seiner Vertrauten Graziano beschrieben hatte: «So kann man nicht werden. So wird man geboren.» Ein merkwürdig knappes und geheimnisvolles Urteil. Als wohlerzogener kleiner Junge hatte er nicht weiter nachgefragt; doch es interessierte ihn noch immer brennend, was sein Vater damit genau hatte ausdrücken wollen und woher es kam, daß alle vor Graziano Angst hatten. Graziano war damals noch ein junger Mann gewesen, hatte sich aber bereits mit Raia den zweiten Platz in der Clanhierarchie geteilt. Grundsätzlich wurde immer nur sehr vorsichtig von ihm gesprochen. Man schätzte seine Intelligenz, fürchtete aber gleichzeitig seine Reizbarkeit.

Ursini schaute auf die Hausnummer. Graziano wohnte mitten im alten Stadtzentrum. Zwischen den Palazzi aus unterschiedlichsten Epochen, die hier Mauer an Mauer standen und die kleinen, längst nicht mehr genutzten Kirchen förmlich erdrückten, wimmelte es von Menschen. Er läutete, wurde durch die Kamera inspiziert und fuhr dann in einem mahagonigetäfelten Lift zum dritten Stock hinauf. Es gab kein Türschild. Irgendwie erwartete er, daß ihm zwei mürrische

Leibwächter öffnen würden, doch eine Art Gouvernante, die seit Jahren zur Familie zu gehören schien, machte die Tür auf. Sie führte ihn durch ein elegantes Appartement, das mit zahlreichen Gemälden und Gobelins ausgestattet war, auf eine gekachelte Terrasse, die zur Hälfte von einem Jasminbusch überwuchert war.

Ein kleiner dicker Mann mit glattem Gesicht stand am Geländer. Als er Ursini hörte, drehte er sich langsam um und kam ihm mit ausgestreckter Hand entgegen.

«Setz dich, laß uns doch du zueinander sagen, auch wenn wir uns während deines Aufenthalts in Palermo nur kurz gesehen haben. Stört dich der Jasmingeruch hier draußen?»

«Nein.»

«Was immer man hier zu sich nimmt, ob Kaffee, Kaviar, gefüllte Paprikaschoten: alles schmeckt nach Jasmin... Andererseits: in Trapani stellen sie sogar Jasmineis her. Wußtest du das?»

«Ich hab's nie probiert, aber ich erinnere mich, daß es meinem Vater geschmeckt hat...»

«Don Vannuzzu Ursini... Ich habe ihn gut gekannt, deinen Herrn Papa», sagte Graziano. Er setzte sich ihm gegenüber in einen Rattansessel und blickte ihn aus halbgeschlossenen Augen an. «Ein Mann aus einer anderen Zeit, das war er. Auch ich bin ein Mann aus einer anderen Zeit, und vieles verstehe ich nur noch bis zu einem gewissen Punkt. Das was du machst zum Beispiel, das kapier ich nur zum Teil. Aber die Kommission hat einen Beschluß gefaßt, und ich habe dafür gestimmt, weil es den anderen entgegenkam. Außerdem gab's da jemanden, der selbst nicht mitdiskutieren konnte, weil sie ihn eingesperrt haben, und selbst er war dafür. Und ich, für den Freundschaft noch etwas bedeutet, wollte ihm da keinen Stein in den Weg legen...»

«Auch der Präsident der Kommission war dafür, glaube ich», provozierte ihn Ursini.

«Und wer soll dieser Präsident sein?» fragte Graziano zurück, und seine Neugier schien echt zu sein. Ursini blickte ihn einen Moment lang schweigend an. Der Mann vor ihm hatte in der Organisation dieselbe Stellung wie ein General in irgendeinem mittelamerikanischen Staat. Er verfügte über eine nie genau abschätzbare Anzahl von Gefolgsleuten, hatte überall Verbündete und heimliche Freunde in allen anderen Clans. Er konnte jeden jederzeit vernichten. Einen derart mächtigen General kann man nur ruhigstellen, indem man ihm alle Macht einräumt, die er verlangt. Giacomo hatte die Position Grazianos folgendermaßen auf den Punkt gebracht: «Turi sagt sich im wesentlichen: ‹Was kann ich bei dieser Initiative gewinnen? Nichts. Was kann ich verlieren? Nichts.› Er ist weder dafür noch dagegen. Er ist neutral.»

Graziano hatte eigentlich schon als Junge – damals stahl er noch Getreide von den Feldern um sein Heimatdorf – zur Organisation gehört und war mit ihm aufgewachsen. Er hatte die besondere Fähigkeit, den anderen in seinen Beobachtungen immer ein Stück voraus zu sein und sich neuen Umständen sofort anzupassen.

Mit dem aktuellen wirtschaftlichen Boom der Organisation kam jedoch auch er nicht mehr mit, die Organisation wiederum wäre ohne diesen Boom auf dem Niveau eines Trödelmarktes mit streitsüchtigen, von jedem kontrollierbaren Händlern stehengeblieben. Das Problem war, ihm das klarzumachen.

Ursini sprach fast eine Stunde mit Graziano, ruhig und ohne großes Gestikulieren. Er erklärte ihm, warum ausgerechnet Zürich so wichtig war, welche Bedeutung Börse, Investmentfonds und Aktienpakete hatten. Er erzählte ihm von dem unscheinbaren Bankier, den er im Clubino Dadi in Mailand kennengelernt hatte, berichtete von den Beziehungen zu den «Cousins in Amerika» – den dortigen Clans –, von den italienischen und den internationalen Freimaurerlogen, sprach über die Einrichtung neuer kleinerer Banken in Sizilien und neuer großer Finanzgesellschaften in der Lombardei. Er erklärte ihm das «konzentrische System», im Rahmen dessen kleine Verwaltungssitze an der Peripherie den vier großen Verwaltungssitzen in Palermo, Rom, Mailand und Zürich zuarbeiteten, und wie diese wiederum mit dem Entscheidungszentrum verbunden waren, das – «zur Zeit noch», wie er ausdrücklich betonte – der Kommission unterstand. Die hatte die Befugnis, den einzelnen Projekten grünes oder rotes Licht zu geben. Dann berichtete Ursini über die Kontakte zu Persönlichkeiten aus Industrie und Finanz, die ungehindert europaweit arbeiten konnten, anerkannte Manager, die von vielen gedeckt wurden, weshalb niemand auch nur etwas über die Quellen ihrer phänomenalen Liquidität ahnte, geschweige denn Beweise dafür hatte. Einer dieser Männer würde ihnen innerhalb von zehn Jahren fünf Prozent der Industrie Europas zuspielen.

«Geben wir ihm einen Namen: nennen wir ihn einfach ‹C›, auch wenn die Presse ihn anders nennt. Du weißt ja, daß die Journalisten, wenn es um Prominente geht, hierzulande oft nicht ihren Namen, sondern einfach Beruf oder akademischen Titel nennen: De Benedetti, der Chef von Olivetti, heißt ‹der Ingenieur›, Gianni Agnelli von Fiat ‹der Advokat›, Paul Gardini vom Ferruzzi-Imperium ‹der Bauer›. Interessiert es dich nicht, wer ‹C› ist?»

Graziano antwortete nicht. Er hatte die ganze Zeit über höchst konzentriert zugehört und keine Fragen gestellt. Immer wenn Ursini den Eindruck hatte, sein Gegenüber wolle etwas sagen, stoppte er ihn mit einem Handzeichen.

«Das alles sieht sehr leicht aus. Doch nach einem Jahr Arbeit ist mir klargeworden, daß es ein Problem gibt, das schnell gelöst werden muß, sonst geht die ganze Sache schief. Deshalb bin ich heute hier.»

«Und was für ein Problem?»

«Es betrifft die Clans und die Kommission, die sie vertritt. Diese Art von Demokratie – eine Scheindemokratie, wie alle Demokratien – bringt nichts und ist ziemlich lächerlich. Sie spiegelt die Mentalität des Individualismus, doch auf der Basis von Individualismus kann man nichts Bedeutendes aufbauen. In einem großen Wirtschaftsunternehmen ist der Chef zwar dem Aufsichtsrat Rechenschaft schuldig, aber dabei bleibt immer er es, der die Entscheidungen trifft, und niemand kann ihn wirklich kontrollieren. Wir müssen endgültig alle Clans ausschalten und ein für allemal diese Farce von Allianzen und überkommenen Freundschaften beenden. Ihr müßt den Mut haben, Risiken und Konsequenzen einer Blutnacht auf euch zu nehmen: Wollen wir wirklich eine große multinationale Organisation aufbauen, die ihre Basis in der internationalen Hochfinanz hat, so müssen wir jede demokratische Dialektik ausschalten. Die Aufsichtsräte treffen sich, diskutieren miteinander und entscheiden. Doch bevor sie in den Konferenzsaal treten, gibt es schon eine genau umrissene Mehrheit, die das letzte Wort spricht – und die Minderheit muß das akzeptieren und sich fügen. In unserer Organisation jedoch ist die Minderheit imstande, nach einer Abstimmungsniederlage zu töten. Weshalb auch nur die kleinste Möglichkeit einer abweichenden Meinung ausgeschaltet sein muß. Die einzige Lösung ist eine einzige hegemoniale Gruppe.»

Vielleicht kannte Turi Graziano die Bedeutung des Wortes «hegemonial» nicht, doch den Kern der Sache hatte er erfaßt. Er sah noch aufmerksamer als vorher drein und blickte Ursini gerade ins Gesicht. Der Jasminstrauch rauschte leise in der Abendbrise. Als der Boß sprach, hatte seine Stimme einen anderen Klang als zuvor.

«Wir sind zusammengekommen, um über diese Sache zu reden. Daß du jetzt bei mir bist, bedeutet wohl, daß mein Clan der siegreiche sein soll, oder? Was verschafft mir diese Ehre? Pure Sympathie?»

«Sympathie? Ein Mann aus eurem Clan hat meinen Vater umgebracht, und die übrigen haben untereinander aufgeteilt, was sie von unserem Eigentum erwischen konnten. Nein, von Sympathie kann hier wirklich nicht die Rede sein. Aber ich hatte inzwischen genügend Zeit, um mir die Machtstrukturen näher anzusehen. Keiner kann euch ausschalten; aber ihr seid umgekehrt imstande, alle anderen fertigzumachen, selbst wenn sie sich allesamt gegen euch verbünden würden.»

«Wenn ich jetzt nein sage, machst du wohl denselben Vorschlag jemand anderem, nicht wahr? Und da denken wir wohl beide an dieselbe Person, oder?»

«Der würde sich nicht lange bitten lassen. Der wäre auch der richtige Mann für meine Vorhaben. Aber er ist nicht stark genug. Ein Falke reicht für diese Aufgabe nicht. Was wir brauchen, ist ein Nashorn.»

Turi lachte schallend und rief nach dem Hausmädchen.

«Trinken wir einen Eiskaffee? Eine Granita wäre mir jetzt zwar lieber, aber das ist hier hoffnungslos. So großartig wie in den Bars von Palermo bekommt man sie zu Hause nie hin.»

«Ja, ein Eiskaffee wäre wunderbar», sagte Ursini. Die Frau flüsterte dem Hausherrn etwas zu, der daraufhin nickte.

«Mein ältester Sohn ist gerade gekommen; ich würde ihn dir gerne vorstellen», sagte er mit einem Lächeln, das Ursini nicht sogleich verstand. «Was dein Anliegen betrifft: Du hast ja geredet wie ein Buch. Aber du mußt einfach verstehen, daß es in Palermo noch immer viele Probleme gibt, die nichts mit deinen Finanzangelegenheiten zu tun haben. So macht uns zum Beispiel Staatsanwalt Vinci allmählich wirklich Sorgen. Es sieht so aus, als solle er das derzeit vakante Amt des obersten Untersuchungsrichters bekommen. Der Mann paßt uns aber ganz und gar nicht. Er ist zwar nicht direkt gefährlich, aber als einen Freund kann man ihn auch nicht gerade bezeichnen. Wenn wir ihn ausschalten, bringt uns das zwar neue Probleme, aber dafür ist dann freie Bahn für Untersuchungsrichter Cordaro. Der ist im Moment noch kein Verbündeter von uns, könnte es aber werden – einige seiner Freunde sind es schon. Aber es gibt noch weitere Schwierigkeiten. Derzeit ist zum Beispiel Sindona in Palermo, obwohl ihn keiner dort haben wollte. Aber er ist ein Freund des Präsidenten der Kommission, und darum müssen wir ihn dabehalten. Und nun sieht es aus, als hätte das ein Bulle gerochen, und um den müssen wir uns jetzt auch noch kümmern. Noch ein Problem. Verstehst du das? Hast du das alles in deine Rechnung einbezogen?»

«Gezwungenermaßen. Die Polizei und die Untersuchungsbehörden kennen euch ja alle: Wenn die ermitteln wollen, wissen sie, bei wem sie anfangen müssen. Erst wenn ihr endlich mit euren Streitereien aufhört, eure Positionen professionellen Managern oder euren Söhnen überlaßt und euch darauf beschränkt, das Oberkommando zu haben und die Zinsen einzustreichen, wird die Organisation unsichtbar. Und nur was unsichtbar ist, ist auch unangreifbar...» Er unterbrach sich, weil Graziano sich umdrehte und grinste. Ursini wandte sich ebenfalls um – und stand einem seiner Züricher Assistenten gegenüber, der ihn mit demselben Gesichtsausdruck ansah wie sein Vater.

«Mein Sohn Vittorio», sagte Graziano mit offenkundigem Vergnügen. Der junge Mann gab Ursini ihm die Hand und machte ein paar artige Witzchen über die Geheimnistuerei hinsichtlich seiner Identität.

«Befehl von oben, Dr. Ursini. Ich denke, es war in Ihrem Sinn, daß ich selbst bei Ihnen, meinem Lehrer, keine Ausnahme gemacht habe...»

«Ich wäre ein schlechter Lehrmeister, wenn ich etwas gegen Diskretion hätte. Jedenfalls denke ich, daß Ihre Anwesenheit in Zürich die Antwort auf einige Fragen ist, die ich

Ihrem Vater gerade gestellt hatte. Was meinst du, Turi?» Graziano nickte.

«In einigen Punkten ja. Was andere Dinge betrifft, müssen wir einfach abwarten. Manchmal ist es gut, etwas schnell zu tun, es kann aber auch ein Fehler sein. Im Moment jedenfalls sollten wir nichts überstürzen. Und wir sollten uns bald wieder treffen. Nächste Woche fahre ich nach Palermo und bleibe bis zum Ende des Monats dort. Wir sollten unser Gespräch dann dort bei einer Granita fortsetzen.»

Sie standen auf und verabschiedeten sich voneinander. Graziano hatte einen festen Händedruck, es war, als wolle er einem eine verschlüsselte Botschaft übermitteln. Und er sah einen dabei mit einem geradezu bedrohlichen Blick starr in die Augen. Nichts war mehr zu spüren von dem schmächtigen, ungestümen jungen Mann von früher, aber die feiste Gutmütigkeit, die er jetzt ausstrahlte, hatte etwas Beunruhigendes. Ursini war jedenfalls erleichtert, als er Vittorio endlich durch einen erleuchteten Korridor hinaus folgte. Sie mußten durch ein kleines Wohnzimmer, dann über einen weiteren Flur in ein Schlafzimmer, in dem ein Doppelbett stand. Die Decken waren straffgezogen, doch es lag ziemlich viel Zeug herum, eine Krawatte lugte halb eingeklemmt aus der Schranktür.

«Achten Sie bitte nicht auf die Unordnung», sagte der junge Mann. Er schien vergnügt. Der Weg führte weiter durch einen beidseitig mit vielen Türen gesäumten, kardinalrot ausgelegten Korridor, dann warteten sie kurz vor der Lifttür. Der Aufzug hielt, zwei Männer stiegen aus, drei weitere blieben drinnen und grüßten zurück. Im Erdgeschoß traten sie in eine Halle, in der vor der Rezeption viele Menschen warteten.

«In dem Hotel hier finden viele Kongresse statt», erklärte Vittorio, während sie zwei leere Sessel suchten. «Die Direktion genehmigt den Kongreßteilnehmern viele Sonderrechte, deswegen herrscht immer großes Durcheinander. Was trinken wir?»

«Ich nichts, danke.»

«Ist das Treffen mit meinem Vater zu Ihrer Zufriedenheit verlaufen? Ich weiß ja nicht, was ihr besprochen habt, wahrscheinlich Dinge, die mich nichts angehen. Er wiederholt gerne, daß ich die Zukunft bin und er die Vergangenheit, daß jedoch derzeit die Vergangenheit noch wichtiger ist als die Zukunft.»

«Derzeit ja», räumte Ursini ein. Sie plauderten, bis Giacomos weißhaariger Kopf in der Halle auftauchte.

«Fertig?» fragte der Onkel sofort nach der Begrüßung. Er behandelte Vittorio mit vorsichtiger Vertraulichkeit, wartete, bis der junge Mann gegangen war und setzte dann eine konspirative Miene auf. «Giuseppe, ich habe einen Haufen Neuigkeiten...»

Er redete lange und etwas zu enthusiastisch über seine Beziehungen zu den «Schwarzhemden», den Rechtsterroristen. Ursini bekam den Eindruck, daß sein Onkel etwas zuviel Vertrauen in diese Leute setzte, deren Aktionen auf Ideologien und abstrakter Gewalt basierten. Er vermutete, daß Giacomo alte Sympathien für Personen aus diesem Umkreis hegte, vielleicht war er insgeheim als Faschist aktiv gewesen und fand nun nach all den Jahren Geschmack daran, selbst etwas zu finanzieren und anzuzetteln. Der Plan war einfach, mit Sicherheit hatte Giacomo ihn selbst ausgeheckt und durch die Kommission geboxt: Bombenanschläge mit vielen Toten und Verletzten sollten die Aufmerksamkeit der Linken, der Presse und der öffentlichen Meinung von anderen, leiseren Geschäften ablenken.

Ursini war nicht in die Pläne eingeweiht, aber er wußte, daß weitere Attentate vorbereitet wurden, noch spektakulärere («in jeder Hinsicht», hatte Onkel Giacomo lächelnd erklärt). Ursini wunderte sich. Er war der Überzeugung, daß man der Aufmerksamkeit der Flugabwehr nicht dadurch entgehen kann, daß man den Geschützkommandanten ablenkt, sondern indem man möglichst hoch fliegt. Für den Augenblick freilich waren Giacomos Ideen vielleicht gar nicht so schlecht.

Für seine Absprachen mit den «Schwarzhemden» kungelte Giacomo mit Südtirolern und allerlei Freimaurern und politischen Fanatikern. Irgendwie schien ihm diese Gesellschaft Vergnügen zu bereiten; daß diese Leute im Falle einer ernsthaften strafrechtlichen Verfolgung nicht gerade einen guten Eindruck machen würden, schien Giacomo nicht sonderlich zu stören. Ursini sah darin jedoch eine ziemlich große Gefahr: Mit politischem Terrorismus erreichte man eigentlich nichts, und bekanntlich wurden Ermittlungen immer dann gründlich durchgeführt, wenn es nicht um Geld ging und keine persönlichen Verbindungen respektiert werden mußten.

«Der Rektor möchte dich treffen», sagte Giacomo plötzlich; das hatte er sich bis zuletzt aufgehoben. «Heute abend noch. Er ist für ein paar Tage in Rom.»

«Hat er dir gesagt, was er will?»

Stand er nicht im mächtigen Schatten des Ministerpräsidenten, wie bei ihrer ersten Begegnung, war der Rektor ein durchaus lebendiger Gastgeber, geistreich – und unglaublich überheblich. Er hatte ein kleines Restaurant in Parioli gemietet: nicht einen Tisch, sondern das ganze Lokal, «damit wir mal ein bißchen ungestört sind». Er bestellte, ohne die Kellner auch nur anzusehen, einfach indem er den Finger oder eine Augenbraue etwas hob oder das Besteck bewegte. Er gefiel sich in der Rolle, sofort verstanden zu werden, und sicher hatte er, um sich nicht zu blamieren, alles vorher mit dem Personal abgesprochen, jedenfalls fragte nie jemand nach. Während er sprach, ließ er Ursini nicht eine Sekunde lang aus den Augen. Er wollte genau wissen, wie seine Worte auf ihn wirkten.

Vom Ministerpräsidenten sprach er wie von einem alten Freund, sogar mit einem Hauch scherzhafter Arroganz. Als Ursini allerdings wissen wollte, ob der Regierungschef seinerzeit von sich aus auf das Treffen mit ihm gedrungen hatte, oder ob er lediglich zugestimmt oder sogar vorher nichts davon gewußt hatte, begann der Rektor deutlich auszuweichen. Eine Art Onkel Giacomo des Ministerpräsidenten, schoß es Ursini durch den Kopf. Aber das stimmte auch nicht so ganz: Der Mann vor ihm war mächtiger, unkontrollierbarer und wesentlich gefährlicher als Giacomo, vor allem aber war er nicht so vorsichtig. Er sprach über Sindona und dessen undurchschaubare Pläne, die dadurch allerdings auch nicht sehr viel verständlicher wurden. Jedenfalls erhoffte sich der Rektor viel von diesem sizilianischen Bankier und seinen Aktivitäten in Palermo. Mit erschreckender Offenheit rasselte der Rektor immer mehr Namen und Fakten herunter. Ursini fragte sich, was er wohl über ihn und dieses Abendessen erzählen würde. Und wem er das alles erzählen würde.

«Ich habe da etwas, das Sie sehr interessieren könnte», sagte der Rektor unvermittelt und trank einen großen Schluck von seinem Gewürztraminer, er wollte offenbar die Spannung steigern: Er habe da «gewisse Akten», und zwar sehr viele, Tausende. Als die alten Geheimdienste nach einigen Skandalen zur Auflösung gezwungen wurden, hatten einige der führenden Kräfte die «interessantesten» Stücke an sich genommen. Um sie wiederzubekommen, hatten die neuen Chefs die Durchführung der «notwendigen Aktualisierung» der betreffenden Akten angeboten. Mittlerweile gebe es nur eine einzige Person, die «das alte und das neue Zeug» vollständig besitze, außerdem Belege über Fakten, die «im ganzen Land» allerhöchstens ein Dutzend Leute kenne. Und wer war diese eine Person? Natürlich der ehrenwerte

Herr Rektor selbst. Durch den Wein und die Begeisterung rötete sich sein Gesicht immer mehr.

Ursini hatte am Nachmittag vor dem Treffen keine Zeit mehr gehabt, sich ein Dossier über den Mann zusammenstellen zu lassen, doch Detektiv Uglietti und andere Vertrauensleute hatten ihm nach dem Abendessen mit dem Ministerpräsidenten im Hotel Tiberio allgemeine Auskünfte besorgt. Es war schon erstaunlich, daß so wichtige Persönlichkeiten aus Politik, Hochfinanz, Presse und Militär dem Rektor so sehr trauten, daß sie ihre Stellung riskierten, um sich an den Ränkespielen dieses Mannes zu beteiligen, ja sich sogar – wenn auch geheim – in seine exklusiven Listen einzutragen. Für Ursini ging es im Augenblick jedoch vor allem darum herauszufinden, ob das Angebot des Rektors ernst gemeint und fundiert war.

«Wo haben Sie das ganze Material?»

«Erst war es in einer Villa an der Via Cassia hier in Rom gelagert, dann im Untergeschoß eines Ministeriums. Vor einigen Monaten wurden alle Daten auf Mikrofilme übertragen, und die kann nun einsehen, wer...»

«Wann und wo?»

«Schon morgen, wenn Sie wollen. Und nach dem Wo brauchen Sie nicht zu fragen, ich werde Sie schon hinbringen», sagte der Rektor etwas unwirsch. Ursini nickte. Die eigentlich relevante Frage war ohnehin eine andere: Wieviel oder *was* würde der Rektor dafür verlangen? Der Rektor spreizte Zeige- und Mittelfinger, aber nicht zum «Victory»-Zeichen, sondern um eine «Zwei» zu formen: es gab zwei Möglichkeiten.

«Wir haben nahezu unbegrenzte finanzielle Ressourcen», sagte er. «Wenn die derzeitigen Projekte sich allerdings weiterentwickeln wie bisher... nun gut, dann bräuchten wir noch viel größere Beträge.» Er spielte auf zehnstellige Summen an, Milliarden von Lire also. «Das wäre die eine Lösung.

Die andere bestünde darin, daß man einen... sagen wir mal, einen wirklich ausgefeilten Vertrag zur Zusammenarbeit schließt...»

Die genannte Zahl war möglicherweise ein Trick: zu hoch, als daß man einfach hätte akzeptieren können, hatte sie vielleicht nur die Funktion, die Aufmerksamkeit stärker auf die zweite Lösung zu lenken. Der Rektor und seine Getreuen benötigten eine Exekutivgewalt, die überall präzise zuschlagen konnte, ohne nach dem Warum fragen zu müssen, und sie brauchten das Expansionspotential der Organisation. Sie wollten sich in diese Expansion einfädeln, indem sie die Organisation förderten und gleichzeitig von ihren Profiten etwas einstrichen. Es war eigentümlich: Seiner scheinbaren Leichtfertigkeit zum Trotz dachte der Rektor in großen Zusammenhängen. Er blickte weiter und präziser voraus als so manches Mitglied der Kommission.

«Morgen nachmittag wäre mir recht.» Ursini wollte noch etwas Zeit haben, um mit Major Uglietti Kontakt aufzunehmen, dem einzigen, der das Material fundiert zu werten imstande war. Und noch einige weitere Telefonanrufe waren zu führen.

Das Treffen fand in einem hochgesicherten Appartement in der Via Balduina statt. Der Eigentümer, wohl ein ehemaliger höherer Offizier, trat nur in Erscheinung, als sich eine der ferngesteuerten gepanzerten Türen nicht öffnen wollte und die Situation geradezu farcenhafte Züge annahm. Uglietti setzte sich an den Bildschirm, stellte die Helligkeit richtig ein und begann, sich die Mikrofilme anzusehen. Erst nahm er wahllos einige Rollen aus dem großen Metallkoffer, dann gab er dem Sekretär des Rektors die Namen an, die ihn interessierten. Ursini und sein Gastgeber zogen sich in den dunkelsten Winkel des düsteren, überladen drapierten Wohnzimmers zurück.

«Wann bekomme ich meine Antwort?» wollte der Rektor wissen.

«Noch heute abend, sobald ich mich mit dem Major beraten habe.»

Gegen Mitternacht meldete sich Uglietti wieder. Er war müde. Sofort tauchte auch der Hausherr noch einmal auf und deutete mit einer Kopfbewegung in ein Zimmer, das aussah wie ein Bestattungsinstitut: massive schwarze Möbel, kaum Bücher. Sie setzten sich nebeneinander an den Schreibtisch. Der Detektiv schrieb hastig auf einen Zettel: «Ich glaube, die Wände hier haben Ohren». Ursini nickte und sagte: «Also los.»

«Es stimmt wirklich, daß unsere Gesellschaft auf Daten basiert. Hier, bei diesem Material, ist es von der Information zur Erpressung nur ein winziger Schritt. Mit diesen Dingen hier könnte man sämtliche Politiker Italiens für mindestens zehn Jahre in seine Gewalt bekommen. Es ist zwar mehr Material über Parteien als über Einzelpersonen vorhanden, aber ich denke, das macht nichts. Hier sind Belege über Devisenschmuggel in die Schweiz. Die Vorgänge sind strafrechtlich zwar schon verjährt, doch es handelt sich zum Teil um so hohe Beträge, daß es den Verantwortlichen schwerfallen dürfte, gegenüber der Öffentlichkeit eine hieb- und stichfeste Erklärung zu finden. Hier ist die Bestechungsaffäre Lockheed mit sämlichen Beteiligten. Dies sind die Beweise für Kontakte mit der Camorra, mit dem italienischen Terrorismus, mit dem israelischen, mit den alten, offiziell aufgelösten aber tatsächlich weiterhin bestehenden Geheimdiensten... Es ist alles komplett, nur über Kontakte zu den Freimaurerlogen ist nichts dabei. Dann sind da Dutzende notarieller Verbriefungsakten samt Unterschriften, Schecks, Zahlungsanweisungen. Und weiterhin enthalten die Dossiers handfeste Beweise für systematischen Wahlbetrug in zahlreichen Stimmbezirken, und zwar fast alle neueren Datums. Ginge man der Sache nach, bekäme man wohl heraus, daß eine große Anzahl von Abgeordneten niemals richtig ins Parlament gewählt worden ist und daß die auf sie persönlich abgegebenen Stimmen...» Ursini unterbrach ihn und bat, einige Namen zu nennen. Uglietti kam dem nach, schwieg dann und faltete aus einem Blatt ein Schiffchen, auf dem stand: «Das einzige, was ich mich frage: warum verkaufen die das alles?»

«Da gibt es drei Möglichkeiten. Entweder sie brauchen Geld und nehmen an, daß wir in bar bezahlen. Oder sie gehen davon aus, daß wir nicht bar bezahlen und denken an einen anderen Vergütungsmodus. Die dritte Möglichkeit ist die, daß ihnen das Material zu heiß wird, um sich allein damit zu belasten. Gelangen auch wir in den Besitz dieser Materialien und macht das, wie zu erwarten, die Runde, würde das den Rektor aus der Gefahr befreien, in der er möglicherweise schwebt.»

«Ich sehe nur eine Gefahr: das ganze Material hier könnte auch eine Fälschung sein. Vielleicht hat jemand geschickt Erfundenes mit Wahrem gemischt, damit es glaubwürdiger ist...»

«Das schließe ich aus», sagte Ursini in der gleichen Tonlage wie vorher, betonte dabei aber jede Silbe und blickte sich um, als hoffte er, die vermutete Wanze zu entdecken: «Niemand würde ein solches Spiel mit uns wagen. Dafür ist niemand stark genug. Niemand ist unverwundbar.»

Major Uglietti nickte. Er war nicht leicht zu beeindrucken, aber lächeln mochte er bei diesen Worten Ursinis auch nicht. Er wußte Geheimnisse zu speichern und zu bewahren, Geheimnisse wie die auf den Mikrofilmen, die er da eben durchgesehen hatte. Doch er hegte nicht den leisesten Wunsch, die Gedanken dieser schwarzen Seele kennenzulernen, deren Besitzer da vor ihm den Korridor entlanghinkte. Der Rektor stand neben seinem Sekretär und erwartete sie mit siegessicherem Lächeln.

«Nun?» fragte er, ein wenig zu heiter und etwas verfrüht. Ursini antwortete erst, als er direkt vor ihm stand.

«Ich bin zu Verhandlungen bereit. Jedoch nur, wenn ich mit Bargeld zahlen kann.»

«Wie Sie wünschen», sagte der Rektor. Uglietti bemerkte, daß der Mann etwas enttäuscht war. Wie ein Kind, das ein Geburtstagspäckchen öffnet und darin ein Spielzeug findet, das es schon besitzt.

6

DIE BEIDEN BILDETEN eine Art Seilschaft: Gianni Martinez war als frischgebackener Inspektor zur Polizei gekommen, als Bruno Santangelo gerade stellvertretender Leiter der Mordkommission war. Von da an verliefen ihre Karrieren parallel. Martinez war inzwischen Chef der Mordkommission, Santangelo Leiter der Kriminalpolizei, außerdem pendelte er für einen Spezialauftrag zwischen Rom und Palermo hin und her. Doch von Rom aus «sieht Papi alles und sorgt für alles», wie er mitunter sagte.

In stillem Einvernehmen sprachen sie auf der Fahrt vom Flughafen Punta Raisi nach Palermo nur über Nebensächlichkeiten. Santangelo hatte die Gegend einmal «Costa Buzzurra», Hinterwäldlerküste, genannt. Im Januar, nach dem Mord an Mario Francese, war ein Journalist von *Panorama* nach Palermo gekommen, ein Experte für italienischen und internationalen Terrorismus. Martinez wollte ihn persönlich zum Flughafen zurückbringen, und so waren sie eben jene Costa Buzzurra entlanggefahren: kilometerweit nur schwarz gebaute Häuser, eins neben dem anderen, allesamt praktisch direkt am Meer. Mindestens einmal im Jahr wurde in die Häuser eingebrochen, und die wenigen Möbel wurden gestohlen. Hätte es sich nur um gewöhnliche Wohnhäuser gehandelt, wäre die Straße wohl allenfalls als lange, bunte Schlange teils armseliger, teils geradezu prunkvoller Bauten aufgefallen. Doch es handelte sich ausschließlich um Ferienhäuser, die illegal auf Gemeindegrund errichtet worden waren, zehn Meter von der Autobahn und fünfzehn Meter von der Küste entfernt. Weitere Palermitaner waren bereits dabei, noch eine Häuserzeile zwischen Strand und Meer zu quetschen und so den älteren Bauten die Aussicht zu versperren. Dafür übernahmen sie die Aufgabe, eine dichte Barriere von Wellenbrechern aus Beton ins Meer zu senken.

«Absurd... So was gibt es auch nur hier... Alles abreißen!... Da muß man doch mal radikal eingreifen...», hatte der Mailänder immer wieder gesagt. Der hatte gut reden, dieser nette, gutgläubige Städter. Abreißen! Martinez hatte ihn auf eine Reihe steil aufragender Palazzi hingewiesen, die, farblich dem grauen Stein angeglichen, auf dürren Stelzen den Fels von Pizzo Sella überzogen. Kaum vorstellbar, daß man in dieses schroffe Gestein befahrbare Straßen hauen und sogar Wasserleitungen darin verlegen konnte. Doch Aussicht und Luft waren sicher außerordentlich gut dort oben. – Natürlich stand auch das alles auf Gemeindegrund.

«Setzt denn hier niemand jemals die Demolierbirne ein?» hatte sich der Journalist aufrichtig empört. Martinez erklärte ihm, daß einige Amtsrichter einen sofortigen Stopp der Arbeiten und den Abriß der schon fertigen Bauten verfügt hatten. Doch in Palermo waren zwar alle jederzeit und überall zu Bauarbeiten bereit, aber niemand übernahm Abreißarbeiten. Deswegen war landesweit annonciert worden, woraufhin einige kleine, vor allem venetische Firmen nach Palermo kamen. Die allerdings wurden dann mit Dynamit weggefegt – und es wurde weitergebaut. Bis zum nächsten Stopp, zur nächsten Ausschreibung, zum nächsten Sprengstoffanschlag. Schließlich kamen überhaupt keine Firmen mehr. «Irgendwann werden die auch ihre Wohnbarkeitsgenehmigung erhalten, und kein Amtsrichter kann mehr etwas dagegen unternehmen. Man müßte im Stadtbauamt eine Spezialabteilung einrichten, die ausschließlich für Abrisse zuständig ist. Doch das wäre natürlich eine Maßnahme, die außerhalb aller Proportionen stünde: ein Heer, das anrückt, eine Handvoll schwarz gebauter Häuser einnimmt und die italienische Staatsfahne auf den Dächern der Rohbauten hißt... Ganz Europa würde sich totlachen.» Der Journalist hatte darauf beleidigt geschwiegen.

Martinez und Santangelo parkten den Wagen vor einem kleinen Restaurant in einer Seitenstraße der Via della Libertà. Die Eskorte setzte sich davor in eine Toreinfahrt. Der Besitzer des Lokals kam heraus, streckte ihnen die Arme entgegen und erklärte mit lauter Stimme, was für eine Ehre und welch große Freude der Besuch für ihn sei.

«Ich ruf schnell mal zu Hause an», sagte Martinez. Er ging zu der Telefonzelle im Restaurant, einer kleinen roten Holzkabine, die den englischen «Phone Cabins» nachempfunden war, wählte und ließ zweimal klingeln. «Elena, ich bin hier mit Bruno... ja, richte ich ihm aus. Es wird jedenfalls spät werden, warte nicht auf mich...» Er ging zurück zu seinem Kollegen, bestellte, und sie lächelten einander zu. «Ah, Elena läßt dich grüßen. Schade, daß ihr euch nicht kennenlernen könnt.»

«Leider muß ich unbedingt morgen früh schon wieder weg. Also, nun erzähl mal. Der Reihe nach, wie sie dir das in der Polizeischule beigebracht haben.»

«Die Aufzeichnungen der Telefonate sind überaus interessant. Schau, hier habe ich die Liste der Leute, mit denen er gesprochen hat... wobei hier natürlich nur die aufgeführt sind, die ich identifizieren konnte.» Er gab ihm die Aufstellung. Santangelo pfiff leise, und Martinez freute sich darüber. «Siehst du? Oben stehen die Gesprächspartner. Dann folgt das Verzeichnis der Beschattungen. Da, auch ein paar Fotos habe ich machen können...»

«Aber was macht der denn hier in Palermo?»

«Er ist im Auftrag der amerikanischen Clans hier. Offiziell, um die Palermitaner um Zusammenarbeit bei einem

Staatsstreich zu bitten, den seine Freunde angeblich im Rom vorbereiten. Ich halte das aber für Unsinn: Es ist ein Vorwand, um aus der rechtsradikalen Ecke Protektion zu bekommen – es gibt ja noch immer Leute, die an solchen Unsinn glauben. Die Zeit der Staatsstreiche ist vorbei – dieser Staat interessiert doch längst keinen mehr. Tatsächlich geht es derzeit um eine umfangreiche Vereinbarung zwischen der Kommission und den wichtigsten Clans der USA. So wie ich das verstehe, ist es denen gelungen, in Arzneimittelfabriken ohne Wissen der Betriebsleitung Heroin herzustellen. Und zwar läuft das folgendermaßen ab: Sie verschaffen sich durch Bestechung oder irgendwelche Drohungen einige Komplizen in der Firma und bringen so das Rohmorphium in den Betrieb. Die Angestellten und Arbeiter haben keine Ahnung davon, was mit den Maschinen produziert wird. Das könnten nur die Produktionsleiter herausbekommen, aber die wurden ja bestochen, ebenso wie die Qualitätsprüfer und die Lagerverwalter. Dann schaffen sie das Produkt, von dem alle glauben, es sei ein Antibiotikum oder Aspirin oder was auch immer, mit einem Lastwagen heraus, und der wird dann an der ersten Autobahnstation gestohlen – der Fahrer ist natürlich eingeweiht. Natürlich kann man das nicht jeden Tag machen, aber in einen Lastwagen gehen schon ein paar hundert Zentner, und dir ist ja wohl klar, was das heißt...»

«Verrückt. Und der Rohstoff?»

«Keine Ahnung. Vielleicht ist der alte Banker aber gerade deshalb hier. Die Amerikaner sind ja gerade dick im Geschäft mit kolumbianischem Kokain, vielleicht soll er das an den Mann bringen. Aber all das ist nur ein Klacks. Der Plan, den sie derzeit aushecken, ist noch viel besser: Sie schaffen das gesamte Rohmaterial aus dem Goldenen Dreieck und aus dem Fernen Orient in einen sozialistischen Staat und stellen das Heroin dort her – so haben CIA, DEA und alle anderen Fahndungsorgane keinerlei Zugriffsmöglichkeit. Meinen Informationen nach sind Bulgarien und die Tschechoslowakei dafür im Gespräch, aber das sind wohl die allerersten Kontakte, offenbar trauen die amerikanischen Clans dem Ganzen noch nicht. Es scheint für sie nicht zuletzt eine Frage der Ethik zu sein: Mit Kommunisten wollen sie eigentlich lieber nichts zu tun haben. Eben darum möchten sie das kolumbianische Kokain aufwerten; das verkauft sich bei ihnen sowieso besser als Heroin, und es wird in einem Land hergestellt, das sie ohne Schwierigkeiten unter Kontrolle halten können. Wenn ihnen all das wirklich gelingt, bedeutet das einen finanziellen Gewinn, den man sich in seinen kühnsten Träumen nicht vorstellen kann. Tausende von Milliarden Lire, Milliarden Dollar jährlich.»

«Wo hast du deine Unterlagen?»

«Da, wo sie am sichersten sind: im Büro. Das wäre natürlich gefährlich, wenn jemand wüßte, was ich da tue. Aber nicht einmal meine Angestellten wissen, worum es geht. Einige Telefonmitschnitte habe ich sogar selber durchgeführt. Willst du...»

«Nein, lieber nicht. Es wäre zu auffällig, wenn wir uns ein paar Stunden in dein Zimmer einschließen würden. Laß mich nachdenken, Gianni. Ich muß mir da was überlegen.»

«Na, zum Glück bin ich jetzt nicht mehr der einzige, der auf dem Vulkan sitzt und nachdenkt. Ich jedenfalls fühl mich jetzt nicht mehr so einsam. Trinken wir unseren Kaffee woanders?»

«Ja. Geh du schon vor, ich muß noch mal kurz telefonieren», sagte Santangelo und stand auf. Martinez lächelte: Bruno war attraktiv, hatte Erfolg bei Frauen, und nun, wo er die Hälfte der Woche in Rom zubrachte, hatte er in Palermo nur noch wenig «verfügbare Zeit», wie er zu sagen pflegte. Ständig telefonierte er oder war zu mysteriösen kleinen Dinners unterwegs.

Der Kripochef trat in die Kabine, die ihm eindeutig zu eng

war, wählte eine Nummer und wartete ab, bis es zweimal geklingelt hatte.

«Elena... Ich bin noch immer mit Gianni unterwegs, es wird spät werden. Morgen mittag muß ich wieder los. Kommst du im Hotel vorbei? Ja, ins Politeama. Wann kommt er normalerweise und holt das Auto für die Leibwächter? Gut, ich erwarte dich um neun Uhr.»

Als der junge, immer traurig dreinblickende Alfonso De Luca im Amt der Ermittlungsbehörde von Palermo seinen Dienst antrat, erkannten die Kollegen in ihm sofort das letzte gute Werk des Untersuchungsrichters Cordaro. Cordaro war so etwas wie eine Antiquität, als Mensch wie als Jurist: ein Mann, der anderen Menschen nicht nur Sympathie entgegenbrachte, sondern sie regelrecht liebgewann, der nicht nur half, sondern einen schlichtweg ins Herz schloß. De Luca war eine eher zufällige Entdeckung gewesen. Cordaro hatte den unsicheren, melancholischen Gerichtsreferendar in Agrigent kennengelernt. Es hatte Gerüchte in Zusammenhang mit seiner jungen Frau gegeben.

Ob es nun zutraf, was geredet wurde, oder nicht: Die Gerüchte hatten den jungen Mann verstört, und wohl deshalb hatte er sich fortan dem trockenen Studium des Bankwesens gewidmet und Seminare besucht, die nur wenige Kollegen belegten, weil sie als langweilig und nicht wirklich karriereförderlich galten. Genau das aber war Gaetano Cordaro positiv aufgefallen. Er selbst verstand sein Handwerk zwar ausgezeichnet, aber eben nur, sofern es um rein juristische Fragen ging. De Luca aber konnte auch die verschlungenen Wege eines Schecks Schritt für Schritt verfolgen, wußte, was ein Ringgeschäft ist und was hinter dem Begriff eines «schwebenden Kassenposten» steckt, kannte die vielfältigen Bedeutungen einer notariellen Bürgschaft und vermochte auch die Quotierung von Überziehungslimits zu deuten. Darum hatte Cordaro ihn zu sich ins Amt des Ermittlungsrichters geholt, wo der junge Mann ohne seine Frau und mit nur zwei Anzügen erschienen war. Cordaro hatte ihm bei den Salesianern eine billige Schlafstelle besorgt, ihm über einen seiner Vettern, der bei Fiat arbeitete, einen preiswerten 850er in gutem Zustand organisiert.

Drei Tage nach seiner Amtseinsetzung suchte ihn ein bekannter Verteidiger auf, von seinen Kollegen liebevoll «Clananwalt» genannt, ein hagerer, eleganter Mann von geradezu teuflischer Neugierde. Jeder Neue wurde binnen kürzester Zeit von ihm am Arm gepackt und – je nachdem, was er sich davon versprach – in eine Bar, zu einem großen Abendessen, zum Tontaubenschießen oder auf die Rennbahn Favorita eingeladen. Sein Urteil über De Luca war ausgesprochen negativ: «Harmlos. Lohnt nicht die Mühe, den hochzuziehen. Ein kleiner Beamter, der zu allem ja und amen sagt.» So brach er die Beziehung bereits nach dem ersten Barbesuch ab.

Die Mitglieder der Kommission hatten während einer ihrer Sitzungen über Alfonso De Luca gesprochen, wenn auch nur kurz. Das Amt des Ermittlungsrichters wurde in letzter Zeit immer gefährlicher für die Clans. Die großen Mafiaprozesse hatten, das wurde immer deutlicher, die Macht und den Ehrgeiz der Strafverfolger erheblich gesteigert. Bereits vor einigen Jahren hatte das Verfassungsgericht der Staatsanwaltschaft die alleinige Entscheidungsbefugnis in komplizierten Ermittlungen entzogen. Zuvor hatte der zuständige Staatsanwalt die Unterlagen solange er wollte einbehalten können, anstatt sie zur offiziellen Verfahrenseröffnung an den Untersuchungsrichter weiterzureichen. Da hatte es genügt, daß der richtige Mann auf dem Posten saß, um einem richtigen Verfahren zu entgehen.

Der Alte hatte aus sicherer Quelle erfahren, daß der Richter Vinci demnächst zum Chef der Ermittlungsbehörde ernannt werden sollte. Vinci war weder intelligent noch mutig, noch sonderlich engagiert: ein Gentleman, ganz unter der Fuchtel seiner Frau und seiner Vorgesetzten, nicht gerade ein Feind, aber eben auch kein Freund.

«Wir müssen etwas unternehmen, wenn wir Cordaro Raum schaffen wollen», sagte der Alte, und eine halbe Stunde lang wurde darüber diskutiert. Niemand war dagegen, allerdings gab es unterschiedliche Einschätzungen der Konsequenzen. Am Ende kam man überein, die Aktion am Ende des Sommers durchzuführen. Die Andeutung über De Luca kam von Peppe Tarantino: Im Geldbeutel des ermordeten Di Cristina hatte man zwei Schecks gefunden, und De Luca versuchte nun, in den Banken herauszufinden, woher diese Gelder kamen und für wen sie bestimmt waren. Bedeutete das Gefahr? Bontate versprach, sich persönlich um die Sache zu kümmern und die «Vettern» – Steuerpächter aus Innersizilien mit Verbindungen in nahezu allen Ämtern – sowie den Bankdirektor einzuschalten. «Wer ist denn dieser De Luca?» fragte Tarantino den Alten. «Ein Niemand, Peppe, keine Angst. Er ist wirklich ein Niemand.»

Dann redeten sie über Gianni Martinez; und zum Schluß brachte Bontate die Sprache auf den Schweizer. Sie hatten vereinbart, alle drei Monate über den neuesten Stand der Dinge zu diskutieren. Onkel Giacomo sprach zwanzig Minuten lang und gestikulierte dabei wie ein Advokat. Das Geschäft in der Tschechoslowakei hatte gerade begonnen, und man war dabei, mit den Clans der amerikanischen Atlantikküste eine Übereinkunft zu schließen; aus den Dokumenten im Archiv des Rektors war klargeworden, daß es sich um ein gutes Geschäft handelte. Hier aber machte Bontate seinen ersten Einwand: «Ich habe das Archiv gesehen, das Zeug ist interessant. Sagen wir mal, die Ausgabe hat sich gelohnt. Die Frage ist nur, ob es auch vollständig ist. Können wir sicher sein, daß der Schweizer nicht die eine oder andere

Akte in seinen eigenen Tresor gelegt hat? Giacomo! Weißt du so ganz genau, wie er zu diesen phänomenalen Ergebnissen kommt? Kennst du all seine Mitarbeiter und Informanten? Bist du auf dem laufenden, wie er unser Geld ausgibt? Und: weißt du, was er eigentlich genau vorhat?»

Onkel Giacomo reagierte mit verbindlichem Lächeln: «Bestellen wir ihn doch nach Palermo, dann kannst du ihn selbst fragen.» Bontate lachte: «Du willst mich also nicht verstehen, Giacomino. Ich möchte all das doch nicht von ihm wissen. Wir haben ihm einhellig unser Vertrauen geschenkt, und bisher hat er uns keinen Anlaß gegeben, das zu bereuen. Ich möchte aber trotzdem von dir wissen, was er macht, was er will, mit wem er arbeitet. Du mußt auf diese Fragen antworten, nicht er. Verstehst du? Er macht seine Arbeit, das steht fest. Und er macht sie gut. Aber weiß überhaupt jemand, was er im Schilde führt?»

Darauf hatte niemand eine Antwort.

Eine nervenaufreibende Nacht. Martinez hatte Bruno bis zwei Uhr nachts gesucht; als er dann endlich die tiefe, ruhige Stimme aus dem Telefonhörer vernahm, war er erleichtert wie ein Kind. Dann teilte er ihm eilig die Neuigkeiten mit: Sindona hatte an einem wie es schien spontanen Treffen teilgenommen, und einer seiner Gesprächspartner war so bekannt, daß ihn sogar der Mann, der den Bankier beschattete, erkannt hatte. «Und eine Verwechslung ist ausgeschlossen?» hakte Santangelo nach. «Hältst du es wirklich für möglich, daß jemand in seiner Position sich mit einem Mann zu treffen wagt, nach dem international gefahndet wird?» Martinez wehrte ungeduldig ab: «Er war es, ganz sicher. Am Nachmittag ist er am Flughafen Punta Raisi angekommen und am Abend wieder geflogen. Er war es, bestimmt!» – «Aber warum sollte er ein derartiges Risiko auf sich nehmen?» – «Ich habe da so eine Vermutung. Laß uns morgen früh darüber reden.

Es könnte sein, daß Erpressung im Spiel ist. Ich habe da einen Mitschnitt, den du unbedingt hören mußt...»

Einige Stunden später wachte er wieder auf. Elena schlief. Er verließ leise das Zimmer, um sich in der Küche einen Espresso zu machen – und er war sicher, daß es in dieser Nacht nicht der einzige bleiben würde. Doch der Kaffeebeutel war leer. Er überlegte, ob er die leere Tüte seiner Frau auf den Nachttisch legen sollte, mit einem ironisch-witzigen Zettelchen daran. Aber er war im Moment nicht zum Scherzen aufgelegt und legte den leeren Beutel gut sichtbar auf den Küchenherd neben die Kaffeemaschine. Um Viertel vor sieben rief Santangelo an.

«Ich habe wichtige Neuigkeiten. Wir treffen uns in zwanzig Minuten bei dir.»

«Einverstanden», sagte Martinez. Er legte auf und rief sofort Sortino an. Der hatte zwar keine tiefe, beruhigende Stimme wie Santangelo, machte ihm aber dennoch gute Laune. «Du hast doch nicht etwa geschlafen?»

«Um diese Zeit? Meine Güte: ich habe mich schon längst rasiert und mich sogar schon mit meiner Frau gestritten...»

«Gut. Also, ich möchte dich sofort treffen, wenn ich ins Amt komme. Verstanden? Warte vor dem Haupteingang auf mich. Ich muß mit jemandem sprechen und warte währenddessen auf den Wagen. Ich treff dich dort, und dann wirst du mal sehen, was ich da für eine Bombe in Händen habe...»

«Soll ich vielleicht erst zu dir kommen, und wir fahren dann zusammen ins Amt?» fragte der Unteroffizier. Martinez wurde klar, daß er ihn neugierig und vielleicht auch etwas nervös gemacht hatte. Er dachte einen Augenblick nach und schlug das Angebot dann aus. Er mußte ja bereits auf Bruno und auf das Auto mit den Leibwächtern warten, wenn er nun auch noch den guten Sortino abwarten müßte, der erst mit dem Autobus hätte zu ihm fahren müssen, würde es wohl zu spät werden. Er zog sich eilig an und schaute nach der Zeit. Sieben Uhr. Leise ließ er die Wohnungstür ins Schloß schnappen und ging die Treppe hinunter. Draußen war es schon heiß, die klebrige Hitze von Hafenstädten. Für die Leibwächter war es noch zu früh, auch Santangelo war noch nicht angekommen. Martinez hatte noch fünf Minuten Zeit und ging zur Bar an der Ecke, köstlicher Espresso-Duft strömte ihm schon draußen entgegen. Obwohl es in der Bar ziemlich voll war, bemerkte ihn der Kellner sofort.

«Doktor Martinez, was hätten Sie denn gerne?»

«Einen von deinen starken Espressi.»

Während er trank, bemerkte er, wie der Mann, der neben ihm an der Theke lehnte, erschreckt zusammenzuckte. Martinez drehte sich blitzschnell um. Der Killer stand schon vor ihm und schoß. Martinez blieb nicht einmal die Zeit, zur Pistolentasche zu greifen. Für den Bruchteil einer Sekunde sah der Kommissar die verzerrte Fratze seines Mörders, und es schoß ihm durch den Kopf, daß er dieses Gesicht kannte. Vielleicht hatte er es auf einem Steckbrief gesehen oder auch irgendwo im Gerichtskorridor zwischen den Zeugen, die auf ihre Vernehmung warteten...

Im dem Moment, in dem er sich hinter die Theke duckte, hatte der Barmann den Eindruck, als spucke Martinez dem Mann mit der Pistole ins Gesicht. Später kam ihm dieser Eindruck wieder in den Sinn und er sprach darüber mit seinen Freunden, seiner Frau und auch einem Journalisten von *L'Ora*. Die Nachricht verbreitete sich schnell, und obwohl der Kommissar wohl kaum die Zeit zu einer derartigen Geste gehabt hatte, zweifelte niemand daran, daß er den Killer tatsächlich angespuckt hatte.

Eine Viertelstunde später bemerkte irgend jemand im Büro der Mordkommission, daß Feldwebel Sortino noch immer ruhig am Eingang wartete. Man sagte ihm, daß Martinez tot sei. Sortino wurde kreidebleich.

«Das kann doch nicht sein! Ich habe eben noch mit ihm telefoniert...»

Sortino weinte eigentlich nie, aber nun verlor er total die Fassung. Alles was ihm gerade in den Sinn kam, sprudelte aus ihm hervor. Er machte sich große Vorwürfe, weil er Martinez nicht zu Hause abgeholt hatte. Dann wüßte er jetzt, was für eine «Bombennachricht» den Kommissar das Leben gekostet hatte.

«Was für eine Bombe?» fragte ein junger Inspektor aus der Menge der Beamten und Polizisten, offenbar der einzige, der die Worte in all dem Durcheinander klar verstanden hatte.

Am Nachmittag wurde Sortino ins Polizeipräsidium bestellt. Er gab zunächst, noch immer ziemlich aufgeregt, seinen Bericht ab, dann hörte er dem stellvertretenden Leiter der Mordkommission untertänig zu. In der Nacht konnte er erst nach drei Uhr einschlafen, vorher starrte er einfach an die Decke. Am nächsten Vormittag begegnete er dem Inspektor erneut; der nahm ihn am Arm und zog ihn in eine Ecke, in der sie niemand hören konnte.

«Also, Sortino: Was war das für eine Geschichte mit einer Bombe?» fragte er leise.

«Welche Bombe?» fragte Sortino laut zurück.

Zwei Stunden später gelang es dem jungen Beamten, den Stellvertreter von Gianni Martinez kurz allein zu sprechen. Der Mann war ziemlich bleich, er hatte bis vor wenigen Minuten den Überfall von etwa zwanzig Journalisten über sich ergehen lassen müssen. Der Inspektor sagte zunächst nichts über Sortino und fragte, ob ihr Chef sich vor seiner Ermordung mit etwas Besonderem beschäftigt hatte.

«Jetzt fängst du auch schon damit an! Das haben mich die ganzen... na, ich nenne sie mal: Herrschaften da draußen auch schon gefragt. Ich habe ihnen klar gesagt: Wir beschäftigen uns hier täglich mit etwas Besonderem. Für uns sind besondere Angelegenheiten alltägliche Verwaltungsvorgänge.

Ich weiß nichts über irgend etwas Außergewöhnliches in seinem Schrank, der inzwischen sowieso leer ist...»

«Was heißt leer?»

«Gestern sind zwei hohe Tiere vom Geheimdienst gekommen und haben alles mitgenommen. Der Mord ist ein Verbrechen gegen den Staat, und da haben sie absoluten Vorrang. Und du kannst da ganz sicher sein: Wenn die etwas herausfinden sollten, wären wir die letzten, die davon erführen.»

«Klar», sagte der junge Beamte. Und er erfuhr nie, warum Sortino zwei Wochen später versetzt wurde. Wahrscheinlich waren seine Vorgesetzten der Meinung, daß nun er in Gefahr schwebte. Vielleicht hatte er aber auch um Versetzung gebeten. In der Mordkommission nahm man letzteres an.

Es gab allerdings auch noch eine dritte Möglichkeit, aber die zog nur der Inspektor in Erwägung. Und er sprach mit keiner Menschenseele darüber.

7

DIE ZOLLKONTROLLE IN Bratislava war nervenaufreibend. Ursini mußte eine halbe Stunde lang vor einem verlassenden Schalter warten, bis er an der Reihe war. Soldaten liefen geschäftig hin und her, ihre Stiefelabsätze klackten auf dem Steinfußboden; keiner von ihnen würdigte dem Dutzend schweigender Leute, die auf ihren Stempel und den Zwangsumtausch warteten, auch nur eines Blickes.

Dann versuchte ein Offizier, der nur Slowakisch und ein wenig Deutsch sprach, dem französischen Ehepaar, das nun an der Reihe war, zu erklären, daß sie einen ebenfalls nur auf französisch und deutsch vorliegenden Antrag ausfüllen mußten. Überall schwirrten Fliegen umher – es hatte etwas vom Fin de siècle in einem Balkan-Großherzogtum. Schließlich durfte Ursini die Zollstelle verlassen und fuhr durch eine enge asphaltierte Gasse zum Wachturm, wo ihn ein blutjunger Soldat mit einer Maschinenpistole genauso neugierig erwartete wie sein alter Schäferhund. Ohne Visum durften sich weder Tschechen noch Ausländer im Zollbereich aufhalten. Bongard erwartete ihn an Ende der Straße und stieg aus dem Auto, als er sie kommen sah.

«Alles in Ordnung?» fragte er.

Ursini nickte: «Ja. Wenn der Rest des Landes dem entspricht, was ich bisher gesehen habe, ist es der ideale Ort für unsere Vorhaben. Ich fürchte, ich habe mich etwas verspätet.»

«Etwas. Ich glaube, die anderen sind schon alle da.»

Das Hotel Kiew war ein mächtiger Wolkenkratzer, der in der Mitte eines riesigen Platzes stand. Ursini zog sich um und blickte durch das Fenster auf die riesige leuchtende Uhr am Dach eines weit entfernten großen Gebäudes: 19.47. Zeit zum Abendessen. Der Saal war nur mäßig beleuchtet, die Hocker an der Bar alle besetzt, doch viele der Tische waren frei. Im Hintergrund saßen drei Männer. Sie standen auf und begrüßten ihn. Bongard stellte ihn als «Mr. Xivo» vor. Der bulgarische Beamte war der älteste, er sprach nur Englisch. Der tschechische Geheimdienstler nannte sich Stanislaw, hatte einen drolligen Cockney-Akzent und lächelte oft, er fühlte sich offensichtlich pudelwohl. Immer wenn er eine Bestellung bei der schönen Kellnerin namens Janka aufgab, flüsterte er ihr noch etwas zu, und das Mädchen lachte. Avni, der Türke, hatte eine kräftige Statur und rote Haare. Eine Viertelstunde lang nippten sie an einem ausgezeichneten Aperitif, den Janka zusammen mit kleinen Schüsselchen voll scharfer Salami, Gürkchen und feingeschnittenem Räucherkäse serviert hatte. Dann schlug Stanislaw vor, essen zu gehen.

Sie fuhren zum «Bystrica», einem Restaurant auf der Donau, von dem Ursini schon in Zürich gehört hatte. Das Lokal schwebte, auf Pfeilerkreuzen ruhend, wie eine metallene fliegende Untertasse über dem Fluß. In einem der Pfeiler fuhr der Aufzug, für den man bezahlen mußte. Der Liftboy wartete, bis sie auf einer Polsterbank Platz genommen hatten und setzte dann den Fahrkorb in Bewegung.

«Der fährt urplötzlich los, und dann auch noch schräg nach oben», erklärte Stanislaw, «da fällt jeder erst mal hin, der das nicht kennt.» Das Trägergestänge vibrierte bei jedem Windstoß, auf den ersten Blick konnte man sich kaum etwas Ungeeigneteres für ein Arbeitsessen vorstellen. Doch schon nach ein paar Minuten hatten die Männer das wackelnde Fundament des Restaurants völlig vergessen.

Der Bulgare war sehr förmlich. Er wählte seine Worte mit übertriebener Vorsicht und legte immer wieder lange Denkpausen ein. Unmöglich herauszubringen, ob er im Auftrag der gesamten Regierung sprach oder nur Abgesandter einiger Regierungsmitglieder oder des tschechischen Geheimdienstes war. Was er allerdings wollte, war nicht mißzuverstehen: so viele harte Devisen wie nur möglich herausholen und dabei die Gefahr eines internationalen Skandals möglichst klein halten. Was Einfuhr, Transit und Ausfuhr der Ware betraf, gab es keine Probleme: Die Kanäle waren bereits ausgeklügelt, die Beamten sollten sofort nach Besiegelung der Vereinbarung entsprechende Anweisungen erhalten. Was jedoch die Einrichtungen zur Veredelung des Rohmorphiums anging, gab es große Bedenken und noch größere Ängste.

Avni herrschte über eine der beiden großen Rauschgift-Handelslinien in den Orient, der zum sogenannten «Goldenen Halbmond, also Iran, Pakistan und Afghanistan. Von dort aus lieferten Tausende von Bauern, Nomaden, Bahluk-Eseltreibern, Pathanstämmen und Kurden die Heroinbase. Der Türke bediente sich dabei unzähliger V-Männer, Aufseher, kleiner korrupter Beamter und Zöllner und schickte einen Teil – den kleineren – der Ware in den Libanon und nach Syrien. Der Großteil ging über den Balkan und erreichte dann mit Hilfe weiterer geheimnisvoller Komplizen von Triest aus auf dem Seeweg Sizilien oder, per Bahn über den Brenner, München. Ein riesiges namenloses Heer, das nur auf Avni hörte und das nur er zu befehligen verstand. Dabei halfen ihm der allseits anerkannte Boß der türkischen Mafia, Abuzer Ugurlu, der die großen Städte in der Hand hatte, sowie die Babas, die Chefs der ländlichen Banden.

Avni hatte allerdings ein Problem: die Abnehmer. Am liebsten wäre ihm gewesen, wenn er nur an einen einzigen Kunden hätte liefern können, einen großen, reichen, mächtigen, zuverlässigen Kunden, der ihm sämtliche Lieferungen abnehmen, bar bezahlen und ihm am besten auch noch bei der Anlage der Einnahmen helfen würde. Die Banken der

Bahnhofstraße in Zürich interessierten ihn ebenso wie Waffengeschäfte mit der Terrororganisation «Graue Wölfe» und die Verbündeten im Libanon. Sein idealer Partner sollte auch mit den Tschechoslowaken – seinen wichtigsten Waffenlieferanten – verhandeln und gleichzeitig weitere Kontakte zur westlichen Waffenindustrie eröffnen.

«Außerdem mag ich die Italiener, Mr. Xivo», schloß er mit einem entwaffnenden Lächeln.

«Wir sind ja auch gleichermaßen qualifiziert wie umgänglich», bestätigte Ursini leidenschaftslos. Sie prosteten sich mit dem starken, duftenden Zwetschgenwasser zu. «Ist euer Kontaktmann in Mailand vertrauenswürdig?»

«Absolut. Und ihr, gibts es Schwierigkeiten mit der Regierung? Steht uns da jemand im Weg?»

Unter dem Druck mächtiger Industriekonzerne war man, wie Ursini in Erfahrung gebracht hatte, in mehreren Ministerien gegenüber einem Eindringen der italienischen Rüstungsindustrie in die Märkte des Vorderen Orients gar nicht mehr so abgeneigt. Im wesentlichen stützten sie sich dabei auf den Banco Cisalpino, und die Behörden drückten gegenüber dieser Bank stillschweigend alle Augen zu – sowohl was die Gewinne aus Waffengeschäften als auch was die Einnahmen aus dem Drogenhandel betraf.

«Wir werden für unsere Zwecke die Firma ‹Stibam› übernehmen. Sie arbeitet bereits mit dem Ausland. Euer Kontaktmann, dem wir den Codenamen ‹A› gegeben haben, kennt die Firma und hat deren Tätigkeit bereits überprüft.»

«Ich weiß», sagte Avni. Er hob sein Glas, und sie stießen erneut an. Ursini allerdings nippte nur. Es machte nicht gerade einen guten Eindruck auf ihn, daß die anderen so viel tranken. Eine Zeitlang hörte er zu, wie seine Gesprächspartner darüber scherzten, wer wohl trinkfester sei, die Slawen oder die Türken. Aber er dachte gleichzeitig bereits über die Sicherheitsfragen nach, die Avni aufgeworfen hatte. Tatsächlich hing alles vom Rektor ab: auf seiner geheimen Liste standen Männer der Finanzwache, des Zolls und der Geheimdienste, praktisch jeder, der von der Operation wußte. Solange der Rektor auch über diese Beamten verfügen konnte, gab es keinerlei Gefahr. Doch das war aufwendig und forderte nicht nur finanziell einen großen Einsatz.

Die Trinksprüche waren inzwischen beendet, die Verhandlungen gingen weiter.

Stanislaw war der einzige wirkliche Europäer in dem Terzett. Er verstand genau, was es mit der – wie er sie nannte – «sizilianischen Idee» auf sich hatte: Heroin in einem Land jenseits des Eisernen Vorhanges herstellen, wo Interpol keinen Zugriff hat und eine öffentliche Meinung schlichtweg nicht existiert, das Endprodukt über Zollämter leiten, die keinen Argwohn hegten: Sämtliche Grenzbehörden Europas waren gegenüber Lastzügen und Eisenbahnwaggons aus Ländern des Warschauer Paktes ausgesprochen entgegenkommend. Sah man einmal von Kaviar und Ikonen ab, gab es nach allgemeiner Einschätzung jenseits des Eisernen Vorhanges sowieso keine interessante Schmuggelware – und das Bestechungsgeld, wenn man doch einmal etwas fand, war äußerst bescheiden; also wurde gar nicht erst kontrolliert. Stanislaw wollte Dollars, ebenso wie sein bulgarischer Kollege. Er hatte die Waffen, die der Freund aus der Türkei brauchte, und war auch bereit zu Verhandlungen über die Ausrüstung eines stillgelegten Chemiebetriebs in Böhmen, wo das Rohmorphium bearbeitet werden konnte, das Avni heranschaffte.

«Die Preise orientieren sich aber an europäischen Normen, nicht an slawischen», warnte er und hob dabei die rechte Hand.

«Das ist nicht das Problem», sagte Ursini. Das Problem war vielmehr, daß man diesen Leuten nicht trauen konnte. Sobald sie das System durchschaut hätten, würden sie es für ihre eigenen Interessen vereinnahmen. Eine Kontrolle über die Effektivität der Produktion wäre dann nicht mehr möglich, man würde sich auch nicht mehr auf einen kontinuierlichen Zufluß des Endprodukts in den Westen verlassen können. Und die Organisation würde am Ende auch nicht mehr wissen, ob wirklich sie der einzige Kunde war, der beliefert wurde. Selbst wenn die «sizilianischen Freunde» Avni veranlassen würden, die Rohmorphium-Lieferung einzustellen, würden sich die Fabriken durchaus auf eigene Faust Nachschub verschaffen können, etwa aus dem «Goldenen Dreieck». Die Händler dort leiteten den Stoff vor allem über Hongkong in den Westen und arbeiteten mit den amerikanischen Clans an der Pazifikküste zusammen, allerdings nicht nur mit ihnen. Hinzu kam, daß der Partner für die Zusammenarbeit, die Ursini hier gerade einfädelte, ein Staat war, das hieß, die «Argumente», die sonst für einen korrekten Ablauf sorgten, würden hier nicht ziehen. Nicht nur Interpol kam hier nicht heran – auch die Männer von Turi Graziano würden sich nicht einschalten können.

«Die Rechnung!» rief Stanislaw laut und auf englisch. Es war erst elf Uhr, aber in der fliegenden Untertasse saß außer ihnen kein Gast mehr, und obwohl den Kellnern klar sein mußte, daß es sich hier um besondere Gäste handelte, strichen sie mit demonstrativ zur Schau gestellter Müdigkeit um den Tisch herum. Ursini legte vierhundert Kronen auf die Rechnung, Trinkgeld inklusive. Mit dieser Summe hätte man in Zürich gerade zwei Schokoladenriegel in der Konfiserie Sprüngli bekommen.

«Ein hervorragendes Beispiel für das slawische Preis-Leistungs-Verhältnis», sagte er, und nun grinste sogar der Bulgare.

Die Straßen waren menschenleer. Nur die weiß-gelben Polizeiautos und einige lange, laute, schlecht beleuchtete Straßenbahnen waren zu sehen. Der Speisesaal des Hotels

Kiew war noch finsterer als zuvor, nur um die Bar saßen noch immer einige Gäste. Hier setzten die Männer ihre Verhandlungen fort, doch inzwischen hatten sich die Positionen geändert: der Bulgare hatte angesichts der Bereitschaft seines Genossen aus der ČSSR, nachzulegen, ebenfalls sein Angebot erhöht und erinnerte sich plötzlich, daß zwei alte Druckereigebäude am Stadtrand von Sofia leicht instand gesetzt und einer neuen Bestimmung zugeführt werden könnten; und was die Waffen betreffe, so könne Ursini sie ja auch direkt aus Italien an Avni liefern, auch wenn das entschieden teurer und auch risikoreicher war, man sei doch nicht unbedingt auf die Ostblockländer angewiesen... An diesem Punkt willigte Stanislaw, um nicht völlig ausgeschlossen zu werden, in eine tschechisch-bulgarische Koproduktion ein, und auch einem «von oben» geschützten Transportsystem verschloß er sich nicht. Das hatte Ursini vorgeschlagen – es verringerte das Risiko, das die Herstellung in nur einem Land mit sich gebracht hätte, entscheidend. Bulgaren und Tschechen würden sich nun gegenseitig mißtrauen und bespitzeln, weil jeder fürchten mußte, vom anderen übervorteilt zu werden.

Der Vertrag wurde, natürlich in mündlicher Form, gegen vier Uhr morgens geschlossen. Die Ware Avnis sollte in Istanbul gewogen und bezahlt und auf sein Risiko zur türkischen Grenze gebracht werden. Ein Viertel des Rechnungsbetrages sollte bei Aushändigung der Ware gezahlt und ein Viertel in Schweizer Franken in Zürich gutgeschrieben werden; der Rest war in italienischen und tschechoslowakischen Waffen zu zahlen, auszuliefern auf offener See oder in einem arabischen Hafen – Transport dorthin auf Gefahr des Lieferers. Die Veredelung der Morphinbase – Ort und genaue Menge noch zu bestimmen – sollte der Kontrolle sizilianischer «Berater» unterliegen und getrennt bezahlt werden, sobald das Rauschgift die Fabrik verließ.

Natürlich würde man über einzelne Punkte noch reden

müssen, und es würde sicher noch ein gutes Jahr dauern, bis das System perfekt funktionierte. Doch als Ursini seine Nachttischlampe ausknipste und die Augen schloß, verspürte er eine innere Ruhe, die einen grundsätzlich nur nach gut getaner Arbeit erfüllt.

Auf der Rückfahrt machte er einen Zwischenstopp in Salzburg, trank im «Café Mozart» eine schöne Tasse Tee und rief Rechtsanwalt Radda an. Das Treffen mit den amerikanischen Clans würde im Loews in Monte Carlo stattfinden, nur über den genauen Termin hatte man sich noch nicht geeinigt. Doch die Übereinkunft von Bratislava hatte die Phantasie der Amerikaner mächtig angeregt und würde die Verhandlungen bestimmt entscheidend erleichtern.

Das Problem der amerikanischen Clans waren die Dimensionen: ein viel zu großes Land mit viel zu großen Städten. In den USA kontrollierte jeder Clan eine Großstadt mit dem dazugehörigen Umland. Territoriale Auseinandersetzungen wie in Italien gab es nicht, alle fünfzig Tage versammelte sich das «Parlament» der Clans in Orlando, Florida, besprach die aktuelle Lage und sorgte dafür, daß der Kontakt zwischen den Clans nicht abbrach. Doch auch am Frieden kann man sterben: Die Bundesbehörden der Polizei, die gegenüber einer komplexen, landesweit operierenden Organisation machtlos gewesen wären, hatten ein leichtes Spiel: Sie griffen einfach einen Clan nach dem anderen an und wurden von den Dienststellen der einzelnen Bundesstaaten, die Sondergesetze verabschieden konnten, unterstützt. Mußten die Männer Grazianos in Palermo in Aktion treten, hatten sie allenfalls ein paar Kilometer zu fahren, und brach ein Clankrieg aus, so konnte jede Partei gerade einmal hundert Mann aufbieten. In den Vereinigten Staaten jedoch bestanden die stärksten Clans aus mehr als zweitausend Personen, die oft mehr als tausend Kilometer voneinander entfernt lebten.

«Nichts Neues», sagte Radda kurz – was bedeuten sollte,

daß man im Laufe dieser Woche nichts mehr unternehmen würde.

Klara hingegen richtete Ursini aus, daß «der Herr Giacomo» angerufen habe – was bedeutete, daß er nicht, wie erhofft, ein paar Tage in Zürich bleiben konnte. Er mußte sofort nach Palermo.

Klara war enttäuscht. Um ihn umzustimmen, sagte sie, daß seine Kinder auf ihn warteten. Aber das stimmte nicht: Die Kinder liefen ihm zwar entgegen, wenn er von einer Reise zurückkam, aber tatsächlich fehlte er ihnen nicht, wenn er fort war. Liebe hatte es zwischen ihm und den Kindern nie gegeben, und das würde sich auch nie ändern. Er konnte nur hoffen, daß durch das Zusammenleben mit der Zeit so etwas wie Zuneigung entstehen würde, wie zwischen ihm und Klara. Aber so richtig glaubte er nicht daran.

«Ich verbringe das Wochenende mit euch», versicherte er. Dann trank er seinen Tee aus und fuhr zum Flughafen.

Giacomo hatte drei Probleme.

Das erste war sein Haarausfall. Seine Haare waren fast schulterlang, und er tat so, als sei ihm seine Frisur egal. Tatsächlich aber war er ein wenig vernarrt in seine eigene Haarpracht und litt sehr darunter, daß seine Glatze immer größer wurde. Er fragte Ursini – mit unterdrückter Stimme, aus welchem Grunde auch immer –, ob dieser nicht in Zürich (oder «jedenfalls in der Schweiz») einen «wirklich seriösen» Spezialisten kenne, den er möglichst schnell aufsuchen könne.

Ursini versprach es.

Das zweite war wirklich ein Problem, wobei Giacomo darin einfach ein persönliches Abenteuer zu sehen schien und sich in der Rolle des stolzen Strategen gefiel. Seine Zusammenarbeit mit den «Schwarzhemden», den Rechtsextremisten, wurde immer gefährlicher; und er verließ sich auf die

Freundschaft mit dem Rektor, der ihm die Kontakte vermittelt hatte. Vergnügt und aufgeregt durchkreuzte Giacomo dieses Meer von Feuerwerkern, Geschäftemachern und Abenteurern. Ursini kannte fast alle seine Pläne – er wußte auch, daß die Geheimdienste, die sich sorgfältig hinter dem Rücken des Rektors versteckten, Attentate organisierten und dann mit Hilfe befreundeter Presseorgane den Verdacht auf linksgerichtete Terroristen lenkten.

«Wir planen gerade ein ganz großes Ding. Du weißt, was ich meine?»

«Ich denke schon», bestätigte Ursini. Er wußte es, und in seinen Augen war es ein schwerer Fehler, die Titelseiten der Zeitungen mit grauenhaften Bildern von Toten und Verletzten zu füllen. Ungerührt hörte er sich die Einzelheiten der geplanten Operation an; und zwischendurch überlegte er, ob Turi Graziano bereit wäre, Onkel Giacomo umzubringen oder ob es besser war, seine Verhaftung einzufädeln. «Ein glänzender Plan, scheint mir», sagte er schließlich.

Beim dritten Problem senkte Giacomo seine Stimme erneut zu einem kaum vernehmbaren Flüstern, «ein wirklich heikles Problem». Ursini wurde klar, daß es um ihn selbst ging.

«Bontate hat was gegen dich. Er sagt, du seist gefährlich. Er sagt, daß er dir nicht traut. Er sagt, daß er von Anfang an nicht so recht einverstanden war, und nun sei er ganz und gar davon überzeugt...»

«Und all das hat der ‹Fürst von Villagrazia› dir gesagt?»

«Er hat es gegenüber angesehenen Mitgliedern seines Clans geäußert. Bis jetzt redet er nur so daher, wie ich es dir erzählt habe. Aber ich und der Alte meinen, daß du deine Besuche in Palermo von nun an geheimhalten solltest...»

«Das heißt, sie trachten mir nach dem Leben?» fragte Ursini, ohne ihn anzusehen. War es möglich, daß sie wirklich so dumm waren? Bontate vertraute offenbar Männern, die jede seiner Launen herumtratschten; Onkel Giacomo ließ sich von einem kleinen Möchtegernbösewicht wie dem Rektor vor den Karren spannen; der Alte ließ ihm besorgte väterliche Botschaften zukommen, die das offenkundige Ziel hatten, ihn von jenen kläglichen provinziellen Ränkespielen fernzuhalten...

«Fährst du heute wieder zurück, Giuseppe?»

«Ich denke schon. Warum?»

«Wir fahren alle weg. In zwei oder drei Tagen schaffen wir uns Richter Vinci vom Hals. In solchen Fällen gilt die Regel, sich vom Ort des Unglücks möglichst weit zu entfernen...»

«Ist die Aktion denn unbedingt nötig?»

«Es gibt keine andere Möglichkeit, Platz für Richter Cordaro zu schaffen. Der Rektor kennt ihn: Sie haben gemeinsame Freunde, verkehren hier in Palermo in denselben Kreisen; er sagt, der Richter sei ein Mann von Welt, einer, der auf Freundschaft hält. Ermittlungsrichter sind wie Mäuse in einer Tenne, Giuseppe. Sie arbeiten im verborgenen, lassen sich nicht sehen. Sie sind klein, aber sie können großen Schaden anrichten. Man kann ihnen ab und zu ein Stückchen Käse hinlegen – oder man bringt sie um...»

Sie verabschiedeten sich vor der Universität voneinander, Ursini schaffte es gerade noch, vor Geschäftsschluß einen Wagen zu mieten. Er war an den ordentlichen Verkehr von Zürich gewohnt; hier in Palermo hatte er jedoch beträchtliche Schwierigkeiten, aus dem Zentrum herauszukommen. Er erreichte die lange gerade Küstenstraße nach Cefalú, bog dann rechts nach Buonfornello ab und fuhr langsam den Berg hoch. Als er sich davon überzeugt hatte, daß ihn niemand verfolgte, was in dieser Landschaft nicht schwer war, schaltete er das Radio ein und entspannte sich.

Die Straße verlief entlang der Targa Florio. Hier kannte er

jede Kurve, tausendmal war er hier entlanggefahren, mit allen möglichen Autos – erst aus Neugierde, dann aus Leidenschaft und schließlich, um für das einzige Bergrennen zu trainieren, an dem es ihm gelungen war teilzunehmen. Er und sein Freund Pippo hatten hinter dem Rücken ihrer Familien eine Giulietta SZ mit Fließheck erstanden, die sie noch am Abend nach dem Rennen an einen Mailänder Konkurrenten weiterverkauften, der das Auto zusammen mit seinem Maserati Birdcage auf den Anhänger lud und in den Norden zurückfuhr.

Kurz nach Collesano, in Richtung Scillato, wurde die Landschaft rauher. Dafür gab es hier auch keine dieser häßlichen kleinen Villen mehr, die überall aus dem Boden schossen, wo man auch nur ein Zipfelchen vom Meer sehen konnte. Ein gottverlassenes Stück Land: selbst die Schafe, die einst in großen Herden zwischen den Büschen am Straßenrand geweidet hatten, waren verschwunden; es waren keine Lastesel mehr zu sehen und auch keine Karren. Vielleicht hatte der Mailänder mit dem Maserati sie gekauft, um damit die Bar seiner Villa in Brianza zu dekorieren. Einige wenige Bauernhäuser waren noch bewohnt, und die Dächer waren mit den für diese Gegend typischen halbrunden Ziegeln gedeckt.

Die kleine quadratische Hütte, die er suchte, stand noch immer da, ebenso unerschütterlich wie Bauer Jabbicu. Er sah ihn schon von weitem, als er den steilen, steinigen Weg ins Tal hinunterfuhr. Die Feigenkakteen auf beiden Seiten des Sträßchens wurden weniger. Das Gehege für die Schafe war leer und in sich zusammengefallen, der alte Brunnen allerdings war durch einen neuen ersetzt worden, der nun von einem kleinen Steinhäuschen geschützt wurde. Der Bauer war höchstens ein klein wenig gebeugter als früher, und er mußte immer noch so gut sehen können, denn er ging Ursini nun ruhigen Schrittes entgegen.

«Ich habe sofort gewußt, daß Sie das sein müssen, als ich das Auto gesehen habe.»

«Wie geht's dir, Jabbicu?» fragte Ursini und stieg aus dem Wagen. Er zog seine Hand nicht zurück, als der Alte sie küssen wollte: Es war seine Art, Freude zu zeigen.

«Und wie geht's Tante Marannina?» Ursini ging auf das Häuschen zu. Ein Junge, barfuß und mit leerem Blick, saß auf der Schwelle, nagte an irgend etwas und achtete nicht weiter auf sie. Der Alte seufzte.

«Tja ja, meine Frau, die ist jetzt schon drei Jahre unter der Erde. Ganz plötzlich ist sie gestorben.»

«Und wer kümmert sich um diesen armen Wurm da?» fragte Ursini und deutete auf den behinderten Jungen.

«Ich kümmere mich um ihn, gnädiger Herr. Und wenn ich mal sterbe, ist da noch meine Schwester Mariuzza in Collesano. Erinnern Sie sich an Mariuzza? Die ist sieben Jahre jünger als ich.»

«Ja», sagte Ursini. Er wartete auf einem Stuhl mit geflochtener Sitzfläche, bis der Bauer mit zwei Gläsern Wein zurückkam. Sie prosteten einander zu und tranken schweigend, schauten dem Sonnenuntergang zu.

Die kargen Ländereien ringsum waren seit Generationen im Besitz der Familie Ursini. Sein Großvater hatte das Weideland zusammen mit anderen verstreuten Grundstücken vom Fürsten von Bivona Cammarata bekommen, als Dank für seine Dienste als – wie das damals hieß – «vertrauenswürdiger Verwalter» des Gutes Petralia. Sein Vater hatte hier dann Schafe und Ziegen gehalten, anstatt Landwirtschaft zu betreiben. Landhüter Jabbicu war damals Eigentümer eines der kleinen benachbarten Getreidefelder. Eines Tages hatte sich die Herde der Ursinis über sein Korn hergemacht. Jabbicu wußte nichts über den reichen Nachbarn, der in Palermo wohnte und sich auf dem Land niemals sehen ließ. Er kannte im Dorf einen kleinen Rechtsanwalt, der ihn überredete, zu klagen. Er wollte Schadensersatz, und sein Schwager sollte als Zeuge aussagen.

Vor Gericht erlebten sie dann eine Überraschung. Die beiden angezeigten Hirten erklärten, daß sie die Herde an diesem Tag gar nicht auf die Weide geführt hatten, da sie aus familiären Gründen nach Palermo mußten. Das bezeugten ein Carabinieri-Feldwebel, ein Pfarrer, ein Apotheker und zwei weitere unbescholtene Bürger. Der Bauer und sein Schwager wurden der Verleumdung angeklagt und zu fünfhunderttausend Lire Schadensersatz verurteilt – eine Summe, die bei weitem höher war als der Wert des zerstörten Feldes. Der junge Jabbicu verkündete seinem Rechtsanwalt, er würde ihm mitten ins Herz schießen, sobald er das Geld für die Patronen auftreiben könnte.

Ursini erinnerte sich noch immer an das bleiche, unterwürfige Gesicht des kleinen Advokaten, der eines Sonntagmorgens in Palermo vor seiner Haustür stand und an seine «Menschlichkeit» appellierte – sein Klient sei total ruiniert und «zutiefst beschämt». «Könnte man nicht etwas für ihn tun?» fragte er hoffnungsvoll. Don Vannuzzu Ursini hatte ihn angehört, ohne eine Miene zu verziehen. «Mußte er mich unbedingt anzeigen?» fragte er schließlich. «Wäre dieser Jabbicu zu mir gekommen und hätte mir die Geschichte erzählt, hätte ich meine Hirten zur Rede gestellt und ihm seinen Schaden ersetzt. Ich weiß, was es heißt, auf die Ernte zu warten und dann mit leeren Händen dazustehen. Doch was tut dieser Jabbicu? Er zeigt mich an wie einen Hühnerdieb. Er schleppt mich vor Gericht... Sagen Sie das Ihrem Klienten, Herr Rechtsanwalt: erst denken, dann handeln. Soll er diesmal seine fünfhunderttausend Lire behalten, ich will ihm ja nicht das tägliche Brot nehmen...»

Zwei Tage später erschien Jabbicu, um sich zu bedanken. Der Alte erkannte auf den ersten Blick, von welchem Schlag dieser bleiche, kräftige Bauer war. Er fragte ihn lächelnd, ob er als Landhüter auch so eigensinnig sein würde, wie er es als Eigentümer gewesen war. Seit jenem Tag stand Jabbicu im

Dienst der Familie Ursini – ein Vierteljahrhundert war inzwischen vergangen. Giuseppe hatte dann während seines Krankenhausaufenthalts, nach dem Tod seines Vaters, seinen Verwalter Gambino mit der Ausarbeitung der Schenkungsurkunde beauftragt. Die zehn Hektar Felsengrund gehörten nun also dem alten Bauern, der sein Glück noch immer nicht fassen konnte.

Gegen sieben Uhr legte sich die Dunkelheit über die Berge und dann über das Bauernhaus. Ursini stand auf. Jabbicu folgte ihm zu dem Jungen, der fasziniert die Autorücklichter betrachtete. Diesmal wandte er sich um und sah sie an. Von einer Augenbraue aus verlief eine lange helle Narbe über seine Stirn. Die Augen hatten keinen Glanz, aber ganz deutlich hatten sie Form und Farbe der Augen seiner Mutter. Ursini hob behutsam seine Hand und streichelte die kurzen, schmutzigen Haare des Jungen. Er erinnerte sich nicht mehr daran, wie diese Augen vor dem Unfall geschaut hatten. Diese kärglichen Überreste des Knaben hießen Giovanni, wie Ursinis Großvater väterlicherseits.

Im Kantonskrankenhaus hatten sie den Jungen mühsam am Leben erhalten und gewartet, bis Giuseppe Ursini als das Elternteil, das überlebt hatte, über das weitere Vorgehen entschied. Die Schäden waren irreversibel. Wahrscheinlich würde er nicht einmal physisch zu einem Mann werden. Ursini hatte es vorgezogen, ihn nicht wiederzusehen, hatte ihn so schnell wie möglich Gambino anvertraut, dem er genau erklärt hatte, wohin er ihn bringen und was er Jabbicu und seiner Frau sagen sollte. Er wußte, daß der alte Bauer diesen Vertrauensbeweis als eine Art Mission ansehen würde. Und auch wie Tante Marannina dazu stehen würde, konnte Ursini sich denken, nachdem sie vor vielen Jahren auf die Frage, ob sie und ihr Mann Kinder hatten, «Nein, gnädiger Herr» geantwortet hatte.

Später hatte er die Existenz seines Sohnes verdrängt, ihn in gewisser Hinsicht zusammen mit seiner Frau Luisa beerdigt. Gambino war ermordet worden und hatte Ursinis Geheimnis mit sich ins Grab genommen. Der Bauer und seine Frau lebten allein und gaben niemanden Erklärungen über dieses «Bürschchen» ab, das da plötzlich in ihr Leben getreten war. Die wenigen Nachbarn waren der Meinung, daß es sich um ein uneheliches Kind jener Nichte handelte, die nach Frankreich ausgewandert war, eins von jenen Mädchen, die im Sommer im Minirock und stark geschminkt im Dorf herumliefen.

«Ein guter Junge», sagte Jabbicu. «Ein liebes Kind. Und er versteht mehr, als man denkt. Marannina, die gute Seele, nimmt ihn oft in den Arm und spricht stundenlang mit ihm.»

Als er wenig später die kleine Straße wieder hochfuhr, wobei er vorsichtig die größeren Steine umfuhr, blickte Ursini noch einmal in das Tal zurück. Aber nicht einmal das Haus war in der Dunkelheit noch zu erkennen.

8

DER GEWALTSAME TOD Domenico Vincis traf den Ermittlungsrichter Cordaro tief. Sicher, eigentlich hatte er den Kollegen nie sonderlich gemocht. In seinen Augen hatte er kein Rückgrat gehabt und war stark überschätzt worden. Obwohl Cordaro die Entscheidung nicht verstand, hatte er es ohne Murren hingenommen, daß man Vinci und nicht ihn zum obersten Untersuchungsrichter ernannt hatte. Noch bevor Vinci jedoch seine Stelle antreten konnte, war er zusammen mit seinem Fahrer von einer Maschinenpistolensalve weggeputzt worden.

Nach der Beerdigung überschlugen sich Presse, Politiker und Kollegen in rhetorischer Entrüstung – wie immer in solchen Fällen. Schon bald folgte die halboffizielle Ankündigung, daß Cordaro nun Vincis Stelle übernehmen sollte. Da wagte es Cordaro zum erstenmal in seinem Leben, in sein Inneres zu blicken. Einen kurzen, zögerlichen Augenblick nur: bittere Leere erfüllte ihn, er verfiel in eine Identitätskrise, die er selbst für sein Alter absolut lächerlich fand.

Eine Woche später – er war in Rom und hatte den ganzen Nachmittag lang mit dem obersten Richterrat geredet – lud ihn ein Dekan der römischen Strafverteidigung zum Abendessen ein. Überraschenderweise erschien später plötzlich der Rektor. Er schlenderte unter der Pergola der Terrasse herum, lächelte nach allen Seiten, schüttelte Hände und bewegte immer wieder den Arm wie zum päpstlichen Segen. Dann kam er zu Cordaro und umarmte ihn. War das eine Beileidsbezeugung oder ein Glückwunsch?

«Unsere gemeinsamen Freunde vom Circolo Scontrino...», begann er und nahm ihn am Arm. Der Circolo Scontrino war ein Club in Trapani, ein wenig snobistisch, ein wenig faschistisch – auf jeden Fall provinziell, und Cordaro mochte nicht glauben, daß eine Persönlichkeit wie der Rektor dort Freunde hatte. Doch die «gemeinsamen Freunde», die der Rektor meinte, waren die führenden Köpfe des Greco-Clans, die «Vettern», der Bürgermeister, der Abgeordnete Santoro, der Unternehmer Cattaneo, die «Ritter vom Heiligen Geist» – die crème de la crème, stellte Cordaro peinlich berührt fest. Andererseits schmeichelte es ihm, daß der Rektor ihn zum Ehrengast des Abends gemacht hatte.

Als er wieder in seine Dienststelle in Palermo zurückkehrte, gab es glücklicherweise keine Einstandsfeier, alle waren noch zu erschüttert über die Ermordung Vincis. Die bisherigen Ermittlungen hatten bisher zu keinen Ergebnissen geführt, aber in den Zeitungen wurde schon nicht mehr über den Mord berichtet. Cordaro traf De Luca, der ihn treu und wie immer etwas traurig erwartete. Sie umarmten einander und klopften sich gegenseitig auf die Schulter, dann schloß sich der Untersuchungsrichter mit seinem jungen Mitarbeiter im Büro ein. Er las den Bericht De Lucas; nach einer Viertelstunde blickte er seinen jungen Kollegen an: «Gute Arbeit. War sicher nicht leicht, all diese Daten zusammenzubekommen.»

«Verdienst der Finanzwache», antwortete De Luca bescheiden. Cordaro lächelte: Wer außer diesem Burschen hatte überhaupt die Möglichkeit, Informationen von der «Guardia di finanza» zu bekommen? Die anderen Ermittlungsrichter kannten nur die Polizei und die Carabinieri. Nur dieser «Techno-Ermittler» (wie ihn Marchianò nannte) war imstande, sich auch noch der dritten großen polizeilichen Informationsstelle des Landes zu bedienen.

«Noch etwas», sagte De Luca wie auf heißen Kohlen. «Die

Ermittlungen über den Unfall am Hafen...» Cordaro unterbrach ihn: «Das soll jemand anders übernehmen. Ab heute kümmern Sie, Marchianò und Messina sich ausschließlich um Mafiaprozesse.»

«Aber der Generalstaatsanwalt...»

«Bevor der Generalstaatsanwalt das bemerkt, ist es eingeführte Praxis», sagte der oberste Untersuchungsrichter. Er legte den Bericht, den er gerade gelesen hatte, in den Schreibtisch und überlegte, was für ein Gesicht der Rektor wohl machen würde, wenn er da mal hineinschauen dürfte.

Merkwürdige Dinge geschahen.

Calogero Raia, genannt Lillo, war ein überaus mißtrauischer Mensch, worüber seine eigenen Leute ebenso witzelten wie die Mitglieder der Kommission. Doch diese Charaktereigenschaft war gleichzeitig sein bester Schutz. Seine grundsätzliche Skepsis war in den fünfziger Jahren, während des Krieges zwischen Liggio- und Navarro-Anhängern in Carleone, seine Rettung gewesen. Und sie hatte ihn auch während der Kämpfe zwischen den Barbera, Torretta und Cavatajo geschützt. Seit zwanzig Jahren wurde er nun von der Polizei gesucht, aber nie hatte man ihn festnehmen können – wofür er nicht ein einziges Mal auf die Trickkiste von Turi Graziano zurückkommen mußte. Sein Rezept war Mißtrauen gegenüber allem und jedem, und dieses Rezept war so schlicht und ergreifend wie die Kochkunst seiner Mutter.

Doch jetzt geschahen auf einmal merkwürdige Dinge.

Es war zu unerklärlichen Fehlleitungen von Geldern gekommen. Zunächst hatten die Freunde in Marseille die Bezahlung für eine Drogenladung im Wert von drei Millionen Dollar beanstandet: Im Geldkoffer fehlte angeblich eine halbe Million. Das konnte im Grunde gar nicht sein: Die Geldboten waren eigentlich hundertprozentig vertrauenswürdig. Über Jahre hinweg waren vielleicht zwei- oder dreimal Überbringer mitsamt Geldkoffer verschwunden – aber nur, weil jemand sie hatte verschwinden lassen. Und im einzigen Fall eines echten Diebstahls hatte der Bote nicht den Koffer geöffnet und sich ein paar Bündel herausgenommen, sondern war mit dem gesamten Geld abgehauen.

Sie gingen der Sache nach, und Raia entdeckte, daß auf einem seiner Konten beim Banco di Lugano fünfhunderttausend Dollar gutgeschrieben worden waren, ohne daß er wußte, woher sie kamen und was der Verwendungszweck sein sollte. Er überprüfte die Sache mit der gebotenen Sorgfalt, doch alle Gutschriften trugen tatsächlich seinen Namen und schienen auch ansonsten in Ordnung zu sein. Der Bankdirektor nahm den mysteriösen Vorgang nicht allzu ernst: «Na, vielleicht haben Sie's einfach vergessen... Das passiert schon mal...»

Er hatte dort nur Nummernkonten, und so bestand keine Gefahr, daß etwas über die Angelegenheit bekannt wurde. Freilich: würde doch etwas herauskommen, gäbe es ernsthafte Schwierigkeiten, das Ganze den Leuten in Marseille zu erklären. Im Zweifelsfall würde er einfach schweigen.

In Rom traf er sich mit Turi Graziano. Natürlich erwähnte er die Sache nicht. Sie schlenderten ein wenig die Via Cavour entlang, begleitet von zwei Freunden und ein paar von Turis Leibwächtern. Raia verabschiedete sich nach einer guten Viertelstunde von den anderen.

Eine Woche später wollte Turi Raia sprechen. Er fuhr nach Rom und besuchte ihn zu Hause. Turi empfing ihn in seinem Arbeitszimmer, die Brille auf der Nase. Raia mußte darüber immer wieder lachen. Er erinnerte sich, wie dieser Mann nachts barfuß und dreckig mit ihm hamstern gegangen war: Bohnen, Mandeln und was sie sonst noch so erwischen konnten. Das war zur Zeit des Zweiten Weltkrieges gewesen – alle hatten Hunger. Turi war damals spindeldürr gewesen. Kaum daß die ersten Härchen in seinem Gesicht gesprossen waren, schwarz wie seine Augen und die Haare, hatte er sich einen Schnauzer stehen lassen, durch den er noch magerer wirkte. Dann die ersten Frauen, die Freunde aus der Mafia, die ersten Schießereien, das erste Geld. Damals waren sie noch weit vom Mahagonischreibtisch und von der Lesebrille entfernt gewesen.

«Was hältst du davon?» fragte ihn Turi und schob ihm ein Schwarzweißfoto hinüber. Es mußte mit einem Teleobjektiv von mindestens tausend Millimeter Brennweite geschossen worden sein, denn keiner von ihnen, nicht einmal die Leibwächter, hatte etwas gemerkt. «Du warst da gerade weggegangen, erinnerst du dich? Diese Schweine haben das Foto ins Polizeipräsidium von Palermo geschickt. Und weißt du, was sie dazugeschrieben haben? ‹Anbei ein Porträt des legendären Graziano. Wenn ihr ihn verhaften wollt, greift zu – er flaniert seelenruhig in Rom und Palermo umher.› Weißt du, was das bedeutet, Lillo? Gottlob sind sie nicht so schlau wie sie unverschämt sind, sonst hätten sie gewußt, daß sie das Bild an die falsche Adresse geschickt haben.»

Die Sache wog schwer. Nur Bontates Freunde konnten Interesse an einer solchen Aktion und auch den Mut dazu aufbringen. Und es war keineswegs ein Versehen, daß sie das Foto nicht an eine norditalienische Zeitung – die es sofort veröffentlicht hätte – oder an das Carabinieri-Kommando geschickt hatten. Das Ganze war eine Vorwarnung. Wobei es eine ziemlich gefährliche Methode war, um einen Mann wie Graziano zu «warnen».

Sie sprachen gut eine halbe Stunde über die Sache, Turi war freundlich wie immer. Dennoch fühlte sich Raia ausgesprochen unwohl, weil er nicht auf dem Foto zu sehen war: ein Zufall, der bei böswilliger Betrachtung Argwohn auslösen konnte.

Ein paar Tage später begann man, Raia zu beschatten. Er bemerkte es durch Zufall – und beruhigte sich nach dem ersten Schreck sofort wieder: Wenn sie ihn umbringen wollten, hätten sie es längst tun können. Er wollte natürlich herausbringen, wer sie waren und was sie wollten. Aber bevor er reagieren konnte, waren seine Beobachter verschwunden. Vorsichtshalber zog er sich nun selbst in eines der vielen Verstecke zurück, die er sich für solche Fälle immer offengehalten hatte (eins befand sich in Luzern, eins an der Costa Azzurra und einige in Sizilien – und sie alle hatten den Vorteil, nicht wie Verstecke auszusehen). Er wählte eine Berghütte in Moena, unweit der Bergpolizei-Schule. Den ganzen Tag über sah er Männer kommen und gehen, alle mit ehrlichen Gesichtern und an Touristen gewöhnt, weswegen sie immer freundlich grüßten und keinerlei Verdacht schöpften. Eine Nachbarschaft, die ihn angesichts der Einsamkeit, die ihn sonst hier umgab, beruhigte: Es bestand keine Gefahr, daß während eines seiner einsamen Spaziergänge irgendein Dieb dem Haus einen Besuch abstatten würde.

Verrückt! Der Mann war absolut verrückt – eine gefährliche Natter.

Der Abgeordnete Consalvo hastete die Treppen der sizilianischen Regionalregierung im Palazzo d'Orleans hinunter, hinter ihm wortlos zwei seiner Assistenten. Er nahm nichts um sich herum wahr, sah weder die Freunde, die im Hinaufgehen an ihm vorbeiliefen und ihn grüßten, noch die flachen Stufen, von denen er sowieso jede einzelne im Schlaf kannte. Der Fahrer riß ihm gerade noch die Tür des blauen Fiat Argenta auf, sprang selbst hinter das Steuer und startete den Wagen. Aus dem Augenwinkel sah er noch die Geste eines der Mitarbeiter: dicke Luft.

«Zu Santoros Büro», befahl der Abgeordnete. Der Wagen fuhr mit einem Ruck los.

Wie konnte das nur passieren? Ein Mann, der sämtliche Etappen einer politischen Karriere durchlaufen hatte und inzwischen immerhin Präsident der Region Sizilien geworden war, stellte sich plötzlich als naiv, dickköpfig, unvorsichtig und träumerisch heraus: Er steckte seine Nase in Angelegenheiten des Bürgermeisters von Palermo, zitierte die Dezernenten zu sich und verhörte sie wie ein Polizeikommissar einen Vorbestraften. Er informierte sich genauestens über die Vergabe öffentlicher Aufträge, und noch dazu die besonders heiklen, etwa die für neue Schulen, den Hafen, das neue Terminal für den Flughafen Punta Raisi, die Wasserleitungen des Bezirks Madonie. Und das war noch lange nicht alles.

In aller Ruhe hatte dieser Verrückte während eines Gespräches, das ganz harmlos begonnen hatte und dann in Geschrei ausgeartet war – die Angestellten lauschten mit angehaltenem Atem hinter der Tür – erklärt, er werde bei dem geringsten Anlaß zum Verdacht die betreffenden Akten sofort an den Ermittlungsrichter weiterleiten, und zwar an den Chef der Behörde, Cordaro, «der diesen Dingen gegenüber ein gewisses Interesse hegt».

Consalvo ließ seinem Fahrer oder dem Sekretär nicht einmal die Zeit, ihm den Wagenschlag zu öffnen, so eilig hatte er es mit dem Aussteigen. Der livrierte Portier (auch so eine Macke Santoros) wollte ihn ankündigen, doch Consalvo stürmte an ihm vorbei und nahm dann auf der Treppe immer zwei Stufen auf einmal. Santoros Sekretär kam ihm entgegen und lief bis zu einer dunklen Nußbaumtür voran.

«Bitte, nehmen Sie Platz.»

Michele Santoro stand vor einem der großen Fenster. Neben ihm stand Gigi Lo Cascio, der Vertrauensmann der «Vettern», die offenbar Wind von der Sache bekommen hatten und ihn als Vertreter in die Besprechung geschickt hatten.

«Also», fragte Santoro, «schlechte Nachrichten?»

«Miserable! Der Kerl ist verrückt, auf kriminelle Weise

verrückt. Heute wurden neue Abteilungsleiter für die öffentlichen Aufträge eingesetzt. Pace und Guarnacci sind weg vom Fenster, die haben nichts mehr zu melden. Als ich zu ihm ins Büro kam, hatte er das Verzeichnis der Firmen, die zur Auftragsannahme bei öffentlichen Ausschreibungen berechtigt sind, vor sich auf dem Schreibtisch liegen. Du hättest ihn sehen sollen: der sah aus wie ein Lehrer mit seinem Klassenbuch. Er sagte: ‹In dieser Liste sind nur Vorbestrafte, Mittellose, Analphabeten, Achtzigjährige. Und zwei Verstorbene, Friede ihrer Seele, sind mit von der Partie. Wirkliche Unternehmer zähle ich hier zwanzig, wenn es hoch kommt dreißig, und alle sind Freunde von Freunden von Freunden. Wenn ich hier mit dem Streichen fertig bin, kann man das Verzeichnis auf einem kleinen Notizzettel unterbringen.› Das waren seine Worte. Und er hat es ernst gemeint! Ich frage dich nur eins, Michele: Der Kerl ist verrückt, und wie alle Verrückte kann man ihn für seinen Zustand nicht verantwortlich machen. Aber ihr habt ihn in sein Amt gehievt. Wart ihr denn blind? Taub? Genauso verrückt wie er?»

«Weißt du, daß er irgendwann Ende des Jahres einen Termin beim Innenminister hat?» fragte Santoro und antwortete Consalvo nicht. «Die Verabredung ist, bis jetzt jedenfalls, geheim: Sie haben das Treffen gestern am späten Abend telefonisch vereinbart. Versteh mich richtig: dieser Termin als solcher ist nicht gefährlich. Aber er spricht Bände über seinen Geisteszustand.»

«Ist der Ministerpräsident informiert?» fragte Lo Cascio mit unterdrückter Stimme. Die beiden anderen wechselten einen Blick. Der Ministerpräsident würde es niemals zugeben, aber er war schuld. Er hatte den Vater dieses Verrückten gut gekannt. Sie waren Glaubensgenossen und waren Parteifreunde gewesen – und waren vor allem auch persönlich gut miteinander ausgekommen. Der Sohn hatte dann den Namen des Vaters – und natürlich seine Wählerstimmen – geerbt, und der Regierungschef hatte ihm blind vertraut. Was die Wählerstimmen betraf, hatte er ja dann auch recht behalten.

«Da ist noch etwas anderes, was der Verrückte dir vielleicht gar nicht gesagt hat», murmelte Lo Cascio. Er blickte zu Consalvo, der sich gerade eine Zigarette anzündete, wobei seine Hände zitterten. «Die Tage unseres geschätzten ehemaligen Bürgermeisters sind gezählt. Nächsten Monat, spätestens im übernächsten, wird ihn der Verrückte den Journalisten und dann den Gerichtsbehörden zum Fraß vorwerfen. Das ist so sicher wie das Amen in der Kirche.»

Sie verfielen in deprimiertes Schweigen, das erst nach gut einer Minute von Lo Cascio gebrochen wurde.

«Turi Graziano ist letzte nacht hier in Palermo eingetroffen. Wir müssen schon für morgen ein Treffen vereinbaren. Die Kommission versammelt sich übermorgen um ein Uhr.»

«Morgen vormittag bin ich im Palazzo d'Orleans bei der Sitzung des Regionalparlaments», sagte Santoro, «da kann ich nicht fehlen, aber ab drei Uhr bin ich frei.»

«Das wäre für mich auch eine gute Zeit», sagte Consalvo. Lo Cascio zog sofort los, um den «Vettern» alles zu berichten, die dann Kontakt mit Graziano aufnehmen wollten. Die beiden anderen blieben zurück und setzten sich in zwei große, weiche Sessel. «Was sagst du dazu, Gaetanino?»

Consalvo sah ihn an. Er lächelte nicht, obwohl es eine Art Spiel war. Er wußte, was der andere hören wollte – und er sagte es:

«Mattarella muß sterben. Eine andere Möglichkeit gibt es nicht.»

Kurz nach 21 Uhr wurde die Verwaltungsratssitzung des Banco Cisalpino geschlossen. Die Mitglieder strebten mit für ihr fortgeschrittenes Alter ungewöhnlicher Eile zu den Schwingtüren.

Fiorenzo Parravicini, regungslos und mit geschlossenen Augen, blieb noch einige Minuten vor seinem unberührten Glas Milch am Präsidium des Konferenztisches sitzen. Rechts neben ihm verharrte auch Generaldirektor Pessina schweigend auf seinem Platz. Als ein Angestellter am Eingang erschien und ihnen ein Zeichen machte, stupste Pessina Parravicini sanft am Ellbogen an.

«Er ist da, Herr Präsident.»

Ein etwa vierzigjähriger, fast kahlköpfiger Mann trat ein. Er streckte ihnen seine feuchte Hand entgegen und setzte sich dann links neben den Präsidenten, der nun endlich seine Milch trank. Der Mann hieß Biagi und war Direktor des Banco di Lugano. Eine halbe Stunde zuvor war er beim Zollamt Ponte Chiasso über die Grenze gekommen – und zum erstenmal in seinem Leben hatte er Angst verspürt. Die italienischen Zöllner hatten ihn gebeten, seinen Kofferraum zu öffnen, hatten ihm prüfend in die Augen geblickt, sich dann mit seinem Paß in ihr Wärterhäuschen zurückgezogen und herumtelefoniert. Eine Formalität nur, aber sofort waren Biagi kleine Schweißperlen auf Stirn und Glatze getreten. Eigentlich hätte ihm nicht einmal der erfahrenste Grenzer seine Angst angemerkt, aber der Beamte, der ihm seinen Paß zurückgab, sah, daß Biagi schwitzte und wunderte sich – schließlich war Dezember und das Fenster des Audi schon einige Zeit heruntergelassen.

Biagi war ein frommer Mann. Seine bisherigen Verstöße gegen die christlichen Gebote waren wirklich nicht der Rede wert gewesen. Doch nun, just auf dem Höhepunkt seiner Karriere, hatte er die nach Schweizer Wertmaßstäben vielleicht schlimmste aller Banksünden begangen: Er hatte das Bankengesetz gebrochen und das Geldinstitut, für das er verwaltungstechnisch und moralisch verantwortlich war, auf den Status einer leeren Hülle herabgesetzt. Sieben Finanzgesellschaften hatte er gegründet – eine in der Schweiz, eine in

Österreich, zwei in Italien und drei in Westdeutschland – und vor gut einem Jahr mit dem Kauf von Aktien des Banco Cisalpino begonnen. Es ist einer Bank jedoch verboten, ihre eigenen Aktien zu kaufen, auch wenn sie es über ein mit ihr zusammenhängendes Institut macht – das war also seine erste Sünde. Eine Bank darf überdies nicht sechzig, achtzig, ja bis zu hundert Dollar für Aktien bezahlen, wenn diese nicht einmal vierzig wert sind – die zweite, noch schlimmere Sünde. Und schon gar nicht darf eine Bank – anders als eine Privatperson – für derlei Akquisitionen nicht auf ihr Vermögen, ihre Sicherheitsrücklagen zurückgreifen – die verwerflichste aller Sünden, die Todsünde. Die Bankenaufsicht in Bern war der Sache noch nicht auf die Spur gekommen, und man könnte vor einer möglichen Prüfung noch die Unterlagen fälschen. Doch Biagi war ein frommer Mann: Die Strafe, soviel war sicher, würde in jedem Fall über ihn kommen, unabwendbar, unausweichlich – und zu Recht.

Der Präsident des Banco Cisalpino hörte ihm zu. Ab und zu lächelte er sogar (auch wenn ihm die Zeitungen den Spitznamen «der Buchhalter ohne Lächeln» angehängt hatten; der traditionsreiche, angesehene Banco Cisalpino wurde übrigens leichthin «Buchhalter-Bank» genannt, weil im Führungsstab kein einziger Akademiker saß). «Wir werden unsere Probleme bald lösen können. Wir haben Käufer, die bereit sind, zweihundert Dollar pro Aktie zu zahlen. Zweihun-dert», wiederholte er, wobei er mit erhobenem Finger die Silben skandierte. Generaldirektor Pessina schüttelte den Kopf.

«Sicher. Aber im Gegenzug müssen wir Kredite in Milliardenhöhe an Leute vergeben, die nicht einmal ihre Büromöbel als Garantie anzubieten haben ...»

«Aber es gibt jemanden, der seine Hand für sie ins Feuer legt. Und das allein zählt», schnitt ihm Parravicini das Wort ab. «Kommt mit in mein Büro; da habe ich die Übersichtstabellen.» Er führte sie in einen großen Raum, der sehr schlicht eingerichtet war: einige wenige Stilmöbel und viele Grünpflanzen. Die Heizung lief der Pflanzen wegen auf niedriger Stufe, doch Biagi schwitzte immer noch. Er saß dicht neben Buchhalter Pessina, hörte sich die Pläne des Präsidenten an und überflog dabei die Zahlen, die ihm vorgelegt wurden. Dennoch hatte er das Gefühl, daß der Präsident viel erzählte, dabei aber viel verschwieg. So sprach er von einem «wichtigen Gesellschafter», der demnächst auch Aktien kaufen wollte, sagte jedoch nichts darüber, um wie viele Anteile es genau ging. Er redete über «verlegerische Initiativen», erläuterte aber nicht, ob es sich dabei um Zeitungen, Zeitschriften oder Buchverlage handelte. Regelrecht Angst einflößen konnten vor allem die geplanten Devisengeschäfte mit der Franklin Bank und der Chase Manhattan Bank in den USA. Das System der «doppelten Buchführung», das Parravicini vorschlug, eignete sich bei derart hohen Summen nicht: Es gab keinen materiellen Gegenwert für die einzelnen Operationen, und mit derart unseriösen Partnern konnte man sich kaum auf internationaler Ebene sehen lassen.

«Na, der Rektor wird jedenfalls zufrieden sein», murmelte Passina immer wieder. Er sagte es leise, doch mit grimmigem Unterton. Biagi blickte ihn verständnislos an: er kannte diesen Rektor nicht. Vielleicht handelte es sich um den Monsignore, der einmal zusammen mit dem Präsidenten und einem anderen Gast im «Winter Garden» des Ritz gesessen hatte. Ein hünenhafter Finanzier im Zweireiher, der eher schlecht als recht ein halbes Dutzend Fremdsprachen beherrschte und beim Essen schrecklich schmatzte.

Generaldirektor Pessina haßte den Rektor. Er wußte, daß der Großteil dieser absurden «Blanko-Kredite» für ihn und seine Freunde reserviert war. Solange er mit Biagi zusammen war, dem er nicht wirklich vertraute, hielt er sich mit seinen Einwänden zurück, doch es war nicht das erste Mal, daß er in dieser Sache anderer Meinung war als sein Chef. Die Inspektoren der Banca d'Italia – aufgrund der Dinge, die die Zeitungen über den Banco Cisalpino schrieben, nervös geworden – hatte der Rektor in der Hand; die Ermittlungsbehörden aber nicht, und mittlerweile gab es bereits Gerüchte, daß strafrechtliche Untersuchungen anstünden. Der Rektor aber war nach offiziellen Angaben auf einer Reise in Nicaragua und derzeit nicht aufzuspüren.

Um Mitternacht erhielt Biagi die letzten Anweisungen. Er war am Boden zerstört, hatte aber auch nicht den Mut zum Widerstand. Er konnte, ja mußte sich jetzt einfach auf das Versprechen des Präsidenten verlassen, daß er durch die laufenden Aktionen bald sein Kapital zurückerhalten würde. Die Sekretärin, eine ältere Dame mit weißem, leicht blaustichigem Haar, geleitete sie zum Fahrstuhl und schickte den Lift mit einem vergoldeten Schlüssel auf die Fahrt nach unten.

«Wie lange soll er das noch durchhalten, Herr Präsident?» zischte Pessino, kaum daß sie allein waren. Der Bankchef sah ihn kühl an.

«Wer? Biagi?»

«Nein. Der Banco Cisalpino. Und seine fünftausend Angestellten. Dieses Aktiengeschäft beruht auf Erpressung: diesem immensen Zuwuchs an Kapital können wir nicht Herr werden, das könnten wir nicht einmal, wenn die Aktionärsversammlung ihn beschlossen hätte.»

Parravicini antwortete nicht. Er hatte diesem armseligen, krummnasigen Männchen, das jüdisch aussah aber kein Jude war, noch nie getraut. Er hatte ihn allerdings auch nicht wegen seiner kurzsichtigen Ratschläge in diese geschlossene Versammlung gebeten: er brauchte einfach für eine Reihe kurzfristiger Geschäfte seine Unterschrift. Außerdem: hätte er ihn ausgeschlossen, hätte er Pessinas kleinlichen, vielleicht sogar gefährlichen Groll auf sich gezogen. Was Biagi betraf, so hatte er ihn lediglich kommen lassen, um den psychischen

Zustand dieses Kollegen genauer einschätzen zu können. Denn zwei oder drei Monate mußte der Mann einfach noch durchhalten. Aber eine ernsthafte Gefahr war auch er nicht: Seit Parravicini in London eine Tochterbank zur Abwicklung der Auslandsgeschäfte eröffnet und deren Chef zum beigeordneten Generaldirektor ernannt hatte – was den sowieso schon aufgebrachten Pessina vollends in Rage brachte –, hing auch Biagi von London ab.

Um kurz vor zwei blickte Parravicini auf seine Armbanduhr. Der Schweizer hatte gesagt, «nach drei Uhr»: Zeit genug für noch ein Glas Milch und einen Anruf bei seiner Frau. Das Telefon klingelte, während er sich seine Milch eingoß. Er schloß den Kühlschrank und ging zum Schreibtisch.

«Ja, bitte?»

«Ich bin's», sagte Ursini. «Alles in Ordnung?»

«Alles unter Kontrolle, im Augenblick jedenfalls. Ich habe den Rektor allerdings nicht erwischt.»

«Ich habe mit ihm gesprochen. Gute Nachrichten. Es gibt keine Ermittlungen, im Augenblick jedenfalls. Wir können ein halbes Jahr lang ruhig arbeiten. Danach werden wir weitersehen.»

«Das einzige Problem sind die Zeitungen...»

«Keine Sorge. Unabhängig von unserem Projekt geht bald eine umfangreiche Aktion los, in drei bis vier Jahren haben wir das Problem dann auch nicht mehr.»

«Gut», brummte Fiorenzo Parravicini. Abgesehen einmal von seiner Frau Elisa – und auch die nur unter bestimmten Umständen – konnte ihm niemand ein so großes Gefühl der Sicherheit vermitteln wie dieser halbsizilianische Schweizer sogar am Telefon und mitten in der Nacht.

Als das Telefonat zu Ende war, trank er noch seine Milch und stellte sich an die Fensterfront, um ein paar Minuten lang über das schlafende Mailand zu blicken.

9

IN DEN ZEHN JAHREN seiner Abwesenheit hatte Ursini die bemerkenswerteste Eigenschaft Palermos vergessen: daß es dort immer so warm war. Im Sommer schaffte es nicht einmal der Sonnenuntergang, einem von der Hitze Erleichterung zu verschaffen. Irgendwo hatte er gelesen, der sizilianische Sommer sei «so lang und finster wie der Winter in Rußland» – eine zutreffende Beobachtung: der Sommer in Palermo brachte den Alten den Tod und machte die Jungen träge. Im Winter allerdings war es herrlich, nachts war es hier nie unter fünfzehn Grad, während in Zürich die Januarnächte nach Eis und Einsamkeit rochen.

Das Treffen mit Turi Graziano war für acht Uhr abends auf der Piazza Indipendenza vereinbart. Ursini wartete in dem heruntergekommenen kleinen Gärtchen in der Mitte des Platzes. Graziano kam ein paar Minuten zu spät. Ursini sah ihn schon von weitem, wie er langsam und etwas schwerfällig herbeischlenderte. Er schien allein zu sein. Doch es konnte gut sein, daß einige der hier flanierenden Passanten keineswegs so gelangweilt und abgelenkt waren, wie es den Anschein hatte.

«Wozu darf ich dich einladen?» fragte Graziano, nachdem sie sich zur Begrüßung umarmt hatten.

«Ich habe schon Kaffee getrunken.»

Sie setzten sich auf eine etwas abgelegenere Bank mit dem Rücken zur Piazza. Einige Zeit ergingen sie sich in oberflächlichen Plaudereien. Dann deutete Graziano nach rechts.

«Dahinten war früher einmal eine Bar, die ‹Bar Sport›,

weißt du noch, Giuseppe? Na, vielleicht warst du da noch zu jung, außerdem warst du ja auch eher selten in dieser Gegend. Die ‹Bar Sport› frequentierte winters wie sommers Don Tanu Filippone, um dort Recht zu sprechen. Dein Vater kannte ihn gut: Er war ein kräftiger, großer Mann, immer dunkel gekleidet, immer im Jackett, die Krawatte locker um den Hals gebunden. Er wohnte nicht weit von hier, in der Via Danisinni, und kam immer zu Fuß. Hier auf der Piazza Indipendenza war er nicht nur der Herr: er war der König. Selbst die kleinste Kleinigkeit mußte über ihn laufen. Erwischte ein Mann seine Frau mit einem anderen Mann im Bett, meinst du, er durfte da einfach Selbstjustiz üben? Pustekuchen! Zuerst mußte er mit Don Tanu darüber reden. Dasselbe galt, wenn jemand ein kleines Geschäft aufmachen wollte, gekündigt worden war, Probleme mit der Justiz hatte: er mischte sich einfach überall ein, half, gab Rat, bestrafte – ohne auch nur eine Lira daran zu verdienen. Er nahm nicht einmal kleine Geschenke an. Das Auskommen, das ihm sein kleines Kleidergeschäft sicherte, genügte ihm. Als er starb, war er auch tatsächlich nicht reich. Das Polizeipräsidium hätte nicht einmal im Traum daran gedacht, ihm irgendwelche Bullen ins Haus zu schicken. Dazu gab es ja auch keine Veranlassung: Schließlich sorgte Don Tanu für Ordnung. Dann wurde die Bar geschlossen, und er hatte plötzlich kein Büro mehr. Die Bar damals war eigentlich nicht mehr als eine Art Marktbude, ein Kiosk aus Holz, wo man Eis und Limonade kaufen konnte. Der Besitzer hieß Santoro, und Don Tanu hat ihm nur Glück gebracht. Schau, wie er sich gemausert hat.»

Er deutete auf den Kiosk, der nun an der Stelle stand, und auf einen zweiten Kiosk, hinter dem sich ein riesiger Vergnügungspark für Touristen erstreckte.

«Don Tanu hat dem Barbesitzer alle notwendigen Lizenzen und Genehmigungen verschafft – er selbst hatte so bis zu seinem Tod sozusagen seinen eigenen Gerichtssaal. Er ist eines natürlichen Todes gestorben. Und es hätte auch gar nicht anders kommen können: er war eine Art Heiliger, und Heilige kann man nicht töten. Außerdem sind Heilige meistens recht alt, und wenn man etwas Geduld hat...»

Ursini erinnerte sich kaum an diesen Mann, aber sein Vater hatte ab und zu über ihn gesprochen. Er und Don Tanu waren Freunde gewesen, hatten sich aber höchstens einmal pro Jahr gesehen.

«Wo wir gerade beim Thema Tod sind», nahm Graziano den Faden wieder auf und stierte vor sich hin, wie immer, wenn er etwas sagte, «da ist etwas, das ich mit dir besprechen möchte. Wir haben zwar vereinbart, daß du dich ausschließlich um finanzielle und organisatorische Dinge kümmerst, aber die Sache mit dem Abgeordneten Mattarella ist einfach zu brisant, ich würde gerne deine Meinung dazu hören. Bist du auf dem neuesten Stand?»

«Ja, ich weiß, daß die rechtsextremistischen Freunde von Onkel Giacomo euch hier in Palermo um einen Gefallen gebeten haben, den ihr ihnen auch tun wollt. Und als Gegenleistung verlangt ihr die Ermordung des sizilianischen Regierungschefs. Ich halte dieses Vorhaben für einen schweren Fehler, der zudem auch noch weitere Fehler nach sich ziehen wird.»

«Warum?»

«Was soll denn dieser Killer-Austausch? Habt ihr denn keine eigenen guten Leute? Ich habe ausgerechnet, daß jeder Mord so ungefähr eine Milliarde Lire Unkosten verursacht, schließlich muß man sich die Männer ja jahrelang warmhalten, auch wenn keine Arbeit für sie anfällt. Es wäre kostengünstiger, auf entsprechende Agenturen zurückzugreifen und ausschließlich geleistete Arbeit zu bezahlen, wie es in den USA üblich ist. Doch davon abgesehen halte ich es nicht für richtig, den Rechten zu trauen. Erstens sind sie bei der Polizei bekannt, zweitens wissen sie nicht, wie man hier in Palermo vorgehen muß, und drittens müßtet ihr sie auf jeden Fall auch noch decken. Ist das die Sache wirklich wert?»

«Mattarella muß sterben, Giuseppe. Er untergräbt zu viele Interessen und legt zu vielen Leuten Steine in den Weg...»

«Entschuldige, Turi: aber wenn ich mit meiner Arbeit fertig bin, wird euch einer wie der kein Haar mehr krümmen können. Solange ihr euch freilich weiter auf diese Stadt hier beschränkt, habt ihr keine andere Wahl. Alle paar Monate wird es nötig sein, einen Richter, einen Carabinieri-Offizier oder einen Politiker umzubringen. Das sorgt aber unnötig für Aufsehen und zieht Ermittlungen nach sich. Und vor allem löst es nicht das eigentliche Problem: Nach jeder solchen Aktion scharen sich die unkorrupten, ehrlichen Leute zur Gegenwehr, sie kommen aus allen Ecken und Winkeln hervor wie die Schnecken nach dem Gewitter... Nein, das Ganze ist ein Fehler. Es sei denn, ihr könntet ein paar Tage später die Killer der Gegenseite verhaften lassen. Das wäre natürlich etwas anderes...»

«Daran habe ich auch schon gedacht, aber es geht nicht. Die Leute werden vom Rektor protegiert, und den brauchen wir schließlich noch. Das ist der zentrale Punkt. Die Rechtsextremisten möchten einen Ausbruch aus dem Ucciardone-Gefängnis organisieren, und sie sind imstande, das wirklich zu versuchen, egal, ob wir mitmachen oder nicht. Wenn wir uns aber heraushielten, wäre das ein Zeichen dafür, daß wir dort nicht mehr die absolute Kontrolle haben. Wir können nicht einfach nein sagen, das würde den Rektor erzürnen. Also tun wir so, als bräuchten wir ihre Hilfe und schlagen diesen Tausch vor: Wir kümmern uns um das Gefängnis und sie sich um Mattarella.»

«Das ist absurd. Wäre es nicht viel unkomplizierter, die Regierung Siziliens in eine Krise zu stürzen und Mattarella einfach durch jemand anderen zu ersetzen...»

«Natürlich ginge das. Aber wir haben keine Zeit mehr. Mattarella will seinen Kampf schon nach Weihnachten beginnen. Wir kennen seine Pläne bis ins kleinste Detail – er ist wirklich ein Traumtänzer. Aber auch Traumtänzer können gefährlich werden, wenn sie an entsprechender Stelle sitzen.»

«Da wäre dann noch zu klären, wer diesen Traumtänzer auf diese Position gebracht hat», sagte Ursini trocken. Mattarella war die größte personelle Fehlentscheidung der Christdemokraten seit Kriegsende. Er dachte einige Minuten nach. «Turi, ich bin dabei, eine überaus wichtige Operation vorzubereiten. Ich muß wissen, ob du meinen Anweisungen folgen wirst oder ob ich weiter für eine Gruppe streitsüchtiger, mißtrauischer Menschen arbeiten muß, die sich gegenseitig bespitzeln und Palermo höchstens mal verlassen, um in Urlaub zu fahren.»

«Giuseppe, du hast alles genau verstanden, nur eines kapierst du einfach nicht: Man muß abwarten können. Du siehst nur die eine Seite der Sache, ich aber sehe alle Aspekte. In einem Jahr wird es keine Kommission mehr geben, aber bis dahin darf keiner auch nur den geringsten Verdacht schöpfen. Alles muß weiterlaufen wie immer. Und deswegen muß Mattarella sterben, auch wenn es dir absurd vorkommt...»

Es war fast Mitternacht geworden, als sie sich auf der verlassenen Piazza zum Abschied umarmten. Als Ursini in sein Auto stieg, meinte er zu sehen, daß Turi gerade in einen Krankenwagen stieg, der mit eingeschaltetem Blaulicht hinter den dürren Bäumen wartete.

«Wir sind soweit», sagte Bongard, als er ihnen im Vorzimmer entgegenkam. Ursini sah verdrossen auf die Uhr. Eine Viertelstunde Verspätung hier in Zürich entsprach zwei Stunden Verspätung in Palermo – aber beides war zuviel.

«Ich muß mich entschuldigen», sagte er, als sie den Konferenzraum betraten, «ich hätte es ahnen müssen, es ist noch etwas dazwischengekommen.»

Bei dem unvorhergesehenen Zwischenfall handelte es sich um einen verschlüsselten Anruf von Giacomo aus Rom. Eine Stunde zuvor war der Präsident der Region beim Verlassen seiner Wohnung ermordet worden. Hier in Zürich konnte das von den Anwesenden noch niemand wissen. Es war am Morgen des Dreikönigsfestes – die Stadt war noch nicht aufgewacht. Außer ihnen war niemand im Institut, weder Sekretärinnen noch ein Portier. Bongard hatte an alles gedacht, bis hin zum Mineralwasser. Ursini setzte sich; er spürte, daß alle ihn ansahen, als er seine Unterlagen aus der Mappe hervorholte. Vittorio Graziano durfte zum erstenmal an einer Versammlung des «Rates der Wenigen» teilnehmen, wie er die Gruppe spöttisch nannte. Osvaldo Sacerdoti zeigte sich wesentlich gelassener als früher; eine goldene Halskette blitzte unter seiner Flanelljacke hervor. Auch Rechtsanwalt Radda war zum erstenmal dabei und bekannte sich damit offiziell zu seiner bisher geheimgehaltenen Rolle. Er sprach als erster, langsam, in abgehacktem Englisch. Während seiner Rede blickte er fast nie von seinen Aufzeichnungen auf.

Der Plan für die Investmentfonds war verabschiedet worden. Einer der Fonds war bereits eingerichtet worden, der zweite sollte im Laufe der Woche mit seiner Tätigkeit beginnen, die anderen wurden gerade angelegt. Die Mailänder Börse war schwach und vor allem wurde dort viel geredet, äußerste Vorsicht war also geboten. Die ersten Käufe sollten den Fonds die für einen Höhenflug wichtigsten Titel einbringen. Man wollte mit den Käufen von Aktienpaketen einiger Finanzgesellschaften beginnen, höchste spekulative Werte, mit denen man die einzelnen Titel hochtreiben konnte. Mit diesen Aktionen verschafften sich die Fonds eine Fassade größter Seriosität, und das würde wiederum Mengen begeisterter Sparer anziehen.

«Mit Investitionen im Ausland sieht es allerdings etwas komplizierter aus. Die Schweizer Gesetzgebung ist sehr liberal, läßt viel Bewegungsspielraum. Doch es handelt sich dabei um eine orthodoxe, stark europäisch definierte Legislative. Das Ganze ist wie eine Bank, die zwar einen ausgezeichneten Service bietet (wofür man auch bezahlen muß), dabei aber immer eine Bank bleibt. Ich arbeite gerade daran, Kontakte mit anderen Ländern aufzubauen, mit kleinen, weit entfernten Ländern: Nassau, Panama, die Bahamas...»

Ursini merkte, daß er mit jedem Wort, das Radda sprach, ärgerlicher wurde; nicht weil Radda dummes Zeug geredet hätte – für das Budget der Organisation, über das er am Ende der Konferenz referieren wollte, waren tatsächlich Absatzmärkte im Ausland vonnöten und Nassau und die Bahamas hervorragend geeignet; auch nicht, weil er selbst mit seinen Plänen – über die zu sprechen es jetzt noch zu früh war – viel weiter dachte als der Anwalt. Ihn verdroß vielmehr die Einsicht – und hier stimmte er Radda uneingeschränkt zu –, daß die gute alte Eidgenossenschaft einfach eine Nummer zu klein war für Organisationen, die skrupelloser, anspruchsvoller und verschachtelter waren als die Privatimperien und Multis, mit denen es das Schweizer Bankwesen bisher zu tun hatte. Sollte er es sich doch ruhig eingestehen: Seine plötzliche Wut war im Grunde nichts anderes als gekränkter Nationalstolz. Gleichzeitig wurde ihm klar, daß er sich noch immer nicht als Weltbürger fühlte. Einst war er mit Leib und Seele Sizilianer gewesen («Ein Zustand der Gnade, durch den Charakterfehler zu schlechten Eigenschaften werden», wie Goethe oder Stendhal oder wer auch immer geschrieben hatte); inzwischen war er langsam zum Schweizer geworden («Ein Zustand, in dem Werte zu guten Eigenschaften werden», wie Dürrenmatt oder Frisch oder wer auch immer geschrieben hatte).

«Bleibt noch das Problem des Banco Cisalpino.» Radda

trank einen Schluck Mineralwasser. In seiner Stimme war keine Spur von Genugtuung, obwohl die gesamte Operation auf seinem Mist gewachsen war. Die Bank hatte anfangs nur Milliardenbeträge gewaschen und über den Banco di Lugano, von dem sie 51 Prozent besaß, Auslandsgeschäfte gedeckt. Danach jedoch hatte sie der Ehrgeiz gepackt – es ging immer mehr darum, die Bank so zu destabilisieren, daß sie sie an sich reißen konnten.

Doch das sollte in Raddas Augen nicht auf dem «klassischen» Weg geschehen, also indem man die Konkurrenz des Instituts stärkte. Fiorenzo Parravicini war ein viel zu argwöhnischer Mensch, um nicht bei den ersten Verlusten sofort abzudrehen – und zudem besaß er auch noch ziemlich viele Rücklagen. Radda hatte sich daher ein anderes System ausgedacht. Er förderte die Bank in jeder denkbaren Weise, indem er sie in ausgesprochen lukrative Geschäfte verwickelte, deren Erfolg jedoch immer von der jeweils nachfolgenden Operation abhing. Dank Sindona, dem amerikanischen Zweig der Inzerillo und schließlich mit Hilfe einer unverdächtigen kanadischen Bank waren die Dollarsummen, die dem Mailänder Geldinstitut gehörten, schon bald schwindelerregend hoch. Fiorenzo Parravicini sah sich zur Suche nach Verbündeten gezwungen: Er brauchte Gesellschafter. Und er brauchte mehr Geld. Man mußte ihm zu Hilfe kommen.

«Vittorio», sagte Ursini nach Raddas Vortrag und blickte den jungen Graziano an, der momentan noch keine so wichtige Rolle in der Organisation spielte. Nun sollte er auf eine Reihe von Fragen antworten, die ihm Ursini in den letzten drei Monaten gestellt hatte. Die erste lautete: Ihr könnt nicht alle Bosse sämtlicher Familien und all ihre Leute, Freunde und Verbündeten umbringen. Was wollt ihr statt dessen tun?

«Der Staat fordert einen Prozeß», sagte Vittorio und rückte den Knoten seiner sowieso schon korrekt sitzenden Krawatte zurecht. «Die Öffentlichkeit fordert einen Prozeß. Die Zeitungen fordern einen Prozeß. Wenn die gefährlichsten Bosse tot und die übrigen abgehauen sind, liefern wir die alten Bosse und ein paar ihrer Männer an die Justiz aus. Wir stellen uns dem Gericht und gehen als Verlierer aus der Verhandlung hervor. Dann fahren wir fort mit der Abrüstung und begraben die Waffen unter einem Feigenbaum.»

Ursini fand es bemerkenswert, daß der junge Mann seine zweite Frage gleich mitbeantwortet hatte. Der Mord an Mattarella würde am nächsten Tag die Schlagzeilen bestimmen – nicht nur in Italien, sondern auch im Ausland. Sogar im Schweizer *Blick* würde auf der ersten Seite darüber berichtet werden. Wollten sie denn ernsthaft jedes Hindernis mit der Kalaschnikow ausräumen? Das Foto im *Blick*, Ursini behielt recht, war nicht nur von minderwertiger Qualität – vor allem was es zeigte war fürchterlich: Die Leiche erinnerte an die Toten auf den Feldwegen Siziliens, deren schwarze Ballonmützen neben ihnen im Staub lagen und denen ihre doppelläufige Schrotflinte, die sie nicht benutzt hatten, noch über der Schulter hing.

«Wir bilden gerade eine hochqualifizierte Arbeitsgruppe, ein Team von Chemikern und Ärzten, die Embolien, Infarkte und Tumore herbeiführen können... den natürlichen Tod sozusagen. Dann haben wir eine Crew, die für Unfälle verantwortlich ist: Verkehrsunfälle, Arbeitsunfälle, tödliche Unfälle nach inszenierten Raubüberfällen und Sexualdelikten. Sie haben ziemlich viele Mitarbeiter, die sich an diesen kleinen Aufführungen beteiligen. Ich habe selbst gesehen, wie sie ein Auto präparieren: einfach toll. Sie bringen zum Beispiel ein kleines Gerät an der Vorderachse an, direkt neben dem linken Vorderrad, eine Art hydraulischen, von einem Elektromagneten gesteuerten Hammer. Ein kleiner batteriebetriebener Auslöser gibt eine Feder frei, die einen Stahlbolzen vorantreibt und ihn etwa einen Zentimeter vor der Steuerstange entfernt fixiert. Dreht der Fahrer nun das Steuerrad nach rechts, stößt die Steuerstange gegen den Bolzen, und die Steuerung wird blockiert. Das Auto fährt geradeaus weiter, der Wagen kommt von der Straße ab oder prallt gegen einen Lastwagen. Der Mechanismus wird von einem anderen Auto aus per Fernsteuerung ausgelöst, natürlich genau im richtigen Moment. Das Gerät wird immer vorne links angebracht; es wiegt an die sechs Kilo und verschwindet in dem Schrotthaufen, zu dem das Auto bei dem Unfall wird. Es besteht keinerlei Gefahr, daß jemand das Ding findet, denn Gutachten über Unfallautos sind immer sehr oberflächlich. Außerdem sieht das Gerät aus wie ein Teil der Radaufhängung. Und sollte Gefahr im Verzug sein, kann man noch immer eingreifen, bevor die Gutachter an die Trümmer herankommen...»

Ein weiteres bewährtes System waren die fingierten Krankenwagen, die in der Nähe der Stelle, wo das Opfer überfallen, niedergeschlagen oder die Treppe hinuntergestoßen werden sollte, geparkt wurde. Auf der Fahrt verabreichte der «Krankenpfleger» dem «Patienten» dann ein Gift – und der Infarkt war sicher.

Ursini wußte, daß nahezu alle Zeugen des Mordes an John F. Kennedy und auch Jack Ruby so getötet worden waren. Inzwischen hatte man diese Methoden natürlich perfektioniert. Im Fall Kennedy hatten die vielen toten Zeugen in Presse und Öffentlichkeit Verdacht aufkommen lassen. Solange man es nur auf eine einzige Person abgesehen hatte, war die Methode jedoch ziemlich sicher.

«Ich fasse mich kurz», sagte Osvaldo Sacerdoti, als er an die Reihe kam. «Ich werde jetzt eine Operation vorstellen, die zwar sehr kostenaufwendig, aber absolut unabdingbar ist. Wir müssen mindestens eines der nationalen Massenmedien kaufen oder uns zumindest seiner Dienste versichern. Bei den Zeitungen ginge das über eine Direktbeteiligung, bei Rundfunk und Fernsehen über Parteien oder durch Beziehungen mit Chefredakteuren, Korrespondenten und Kommentatoren, die wir natürlich noch aufbauen müssen. Das sind die Waffen, mit denen zur Jahrtausendwende die Auseinandersetzungen geführt werden. Eine wenn auch eingeschränkte, Legalisierung des Drogenhandels zum Beispiel würde uns in die Knie zwingen. Wir können den Kampf dagegen nur gewinnen, wenn wir die öffentliche Meinung mit soliden Argumenten, unseren Argumenten, durchsetzen. Ein weiteres Problem sind die großen strafrechtlichen Untersuchungen. Man wird sie den allerbesten Ermittlern anvertrauen, und die können wir nur ausschalten, wenn wir sie mit Fotos und frisierten Interviews diskreditieren. Bindet man die Massenmedien an ein einziges geistiges Zentrum, können sie die Werbung dominieren, also auch den Geschmack und das Konsumverhalten. Aber wir könnten nicht nur die Mode bestimmen, sondern einfach überall Einfluß nehmen. Mit den Medien können Persönlichkeiten aufgebaut werden, die Stimmen anziehen und dann wiederum ganz bestimmte Ansichten lancieren können. Massenmedien sind ein hervorragendes Faustpfand für die Beziehungen mit Parteien. Sie können ihnen Leitfiguren aufzwingen oder sie zerstören. In den Vereinigten Staaten hat ein Fernsehmoderator heute mehr Macht über gewisse Entscheidungen als hundert unserer politischen Tribunen zusammen...» Er lächelte allen zu, auch Bongard, der etwas abseits saß, aber überaus gespannt zugehört hatte. «Ich habe versprochen, mich kurz zu fassen, und das werde ich auch. Ich wollte nur ein einziges Konzept vorstellen. Wenn wir die Verstärker kontrollieren, wird keine Stimme mehr auch nur ein Zehntel der Wirkung haben wie unsere. Hier nun die einzelnen Elemente für diese Kampagne...»

Er zog ein zweimal gefaltetes Papier aus der Tasche. Kein Zweifel: noch nie hatte jemand eine kürzere und prägnantere Rede gehalten, die dennoch eine so große Tragweite hatte. Er verlas eine Liste von Namen: Verleger, Zeitungen,

Fernsehsender, Intendanten, Journalisten. Einige waren fest eingeplant, einige potentielle Kandidaten. Und wer nicht in Frage kam, mußte entweder bestochen oder isoliert werden – was das Hauptproblem der Aktion darstellte. Sie diskutierten fast zwei Stunden darüber, kamen jedoch zu keinem eindeutigen Schluß. Die Organisation hatte derzeit allerhand andere Probleme, und sie verfügte überdies im Augenblick über keinen Apparat, der selbständig und mächtig genug für ein Unternehmen dieser Größenordnung war.

Schließlich richteten sich alle Blicke auf Ursini. Es war bereits Mittag geworden.

«Lassen wir uns etwas zu essen kommen?» fragte er; schließlich war er Präsident des illustren Zirkels und Hausherr dazu. Aber niemand hatte Hunger. «Gut. Dann möchte ich kurz über zwei Dinge sprechen, denen wir uns noch einmal in gesonderten Sitzungen widmen müssen, sobald wir genügend Informationen gesammelt haben. Zunächst zu einer Entdeckung, die ein kleines Team von Chemikern der Masters Chemical in Philadelphia gemacht hat. Was sie entwickelt haben, könnte man als eine Art synthetisches Heroin bezeichnen, ein Produkt also, das uns auch für die Zukunft die Oberhand im Markt sichern, uns gleichzeitig aber auch die Möglichkeit geben würde, unsere unzuverlässigen Lieferanten loszuwerden und uns das Risiko des Transportes ebenso vom Hals zu schaffen wie die Bestechungsgelder...»

«Was ist das für eine Substanz?» fragte Vittorio Graziano.

«Es handelt sich um ein Alkaloid. Derzeit wird es ausschließlich in Italien, in der Tschechoslowakei, in Ungarn und in den USA hergestellt. In Italien gibt es drei Firmen, die die Lizenz dafür besitzen, davon wird aber bald nur noch eine weiterproduzieren dürfen. Ich muß wohl nicht betonen, daß die Kontrolle über diese Produktion ausgesprochen scharf sein wird. Das Alkaloid wird in mehreren komplizierten Schritten gewonnen, das Endprodukt ist dann Heroin. Wir haben schon kalkuliert, was es kosten würde, den Grundstoff industriell herzustellen, nämlich etwa eineinhalb Millionen Lire pro Kilo. Hinzu kämen die Kosten für die Weiterbearbeitung, etwa zwei bis drei Millionen Lire pro Kilo. Pro Gramm Heroin kämen wir da auf etwa viertausend Lire. Das ist recht viel, doch was dieses Verfahren uns an Sicherheit und Unabhängigkeit bringt, ist auch einiges wert. Für uns hätte das Monopol dieses Verfahrens ungefähr die Bedeutung, die die industrielle Revolution für Großbritannien und dann für ganz Europa hatte. Ein qualitativer Sprung von historischer Dimension. Dem habe ich im Augenblick nichts hinzuzufügen.»

Alle schwiegen.

«Die zweite Sache ist der Vorschlag einer Agentur, die mit uns zusammenarbeiten will... Ich weiß nicht, ob man diese Organisation tatsächlich Agentur nennen kann, wir sind gerade dabei, uns über sie zu informieren. Sie ist vor einigen Jahren von ehemaligen Agenten des inzwischen aufgelösten Geheimdienstes SIFAR gegründet worden und hängt irgendwie mit einer Bande in Rom zusammen, die sozusagen ihren ‹militärischen› Zweig darstellt. Die Leute erhalten Aufträge von allen möglichen Seiten, vor allem aus den Bereichen Politik und Wirtschaft. Damit es keine Mißverständnisse gibt: Sie nehmen keine Aufträge von Privatfirmen an wie bestimmte nordamerikanische Organisationen.»

«Können die etwas, was wir nicht können?» fragte Vittorio leicht pikiert.

«Ich denke nicht. Doch was sie auch immer in unserem Auftrag erledigen – niemand würde auf uns schließen. Darum geht es. Ich selbst weiß noch nicht, was ich davon halten soll. Aber ich möchte euch auf eines hinweisen: Wir können den Vorschlag abweisen oder einfach nicht beachten, doch ignorieren können wir die Gruppe nicht. Die Crew ist wie ein Hund, der um Fressen bettelt und dafür Wache hält oder uns Gesellschaft leistet – man kann ihn kaum totprügeln, ohne einen riesigen Lärm zu veranstalten und gebissen zu werden...»

Eine Viertelstunde später begleitete Ursini seine Gäste zur Tür. Dann kehrte er zu seinem Schreibtisch zurück, sammelte seine Aufzeichnungen zusammen und steckte sie in den Reißwolf. In diesem Augenblick klingelte das Telefon. Bruce Baker aus Rom war am Apparat.

«Sie, Bruce? Ich denke, Sie sind in Guadalupe.»

«Ich mußte den Urlaub verschieben, mir ist etwas dazwischengekommen. Das ist auch der Grund meines Anrufes. Wird die Leitung abgehört?»

«Wir überprüfen es wöchentlich und nie am selben Tag. Das Zimmer, in dem ich sitze, ist schalldicht und frei von Wanzen. So, und jetzt erzählen Sie mir mal, was passiert ist.»

«Die ‹Agency› hat mich angesprochen. Sie wollen, daß ich für sie arbeite. Ein ausgezeichnetes Angebot, das die da machen.»

«Kann man kaum abweisen, ein solches Angebot.»

«Sie lesen meine Gedanken, Chef. Ich habe natürlich angenommen.»

«Natürlich. Ich komme nach Rom... übermorgen. Wir müssen sofort darüber sprechen.»

«Das Problem ist, daß sie mich überwachen. Es kommt mir jedenfalls so vor.»

«Na sicher. Aber das ist kein Problem. Merken Sie sich die folgende Adresse eines Urologen. Rufen Sie ihn an und vereinbaren Sie einen Termin für übermorgen nachmittag um fünf. Ich komme hin.»

Ursini legte auf und dachte nach. Es war nur natürlich, daß sich die CIA für einen Mann in der Position Bruce Bakers interessierte. Der wiederum dachte nun wohl an ein klassisches Doppelspiel.

Aber vielleicht war es gar nicht nötig, ihm diese undankbare, gefährliche Rolle zuzumuten. Für Mr. Xivo war die Zeit gekommen, seinerseits Kontakt mit der CIA aufzunehmen.

10

«FÜNFZIG MILLIARDEN LIRE!» Stefano Bontates Stimme überschlug sich fast. Der «Fürst von Villagrazia» war kein Mann, der zu Selbstgesprächen neigte. Glaubte man seiner Frau, so redete er nicht einmal im Schlaf. Als er diese unglaubliche Zahl auf seinem Notizblock ansah, stieß er jedoch einen Schrei aus, obwohl er allein in seinem Büro war: eine nicht enden wollende Anzahl von Nullen hinter der fünf – der Etat für laufende Kosten, wie sie der Schweizer für das kommende Jahr veranschlagt hatte, Ausgaben für «notwendige Anschaffungen», wie er sie nannte: Computer, Software, ein neues Flugzeug, Büros in jedem Winkel der Welt; dazu «Kollaborationsakquisitionen», wie er Bestechungsgelder nannte; und weitere tausend Milliarden Lire für Wertbriefe und Staatsobligationen. Für das, was zur vorgesehenen Kontrolle über die Presse investiert werden mußte, gab es noch keine Zahlen, erste Investitionen hatte der Eigner des Banco Cisalpino jedoch aus eigener Tasche getätigt. Insgesamt wurde etwa ein Drittel der Netto-Einkünfte sämtlicher Clans eingesetzt – und zwar unter der Kontrolle des Schweizers und seiner unbekannten Mitarbeiter.

Eine unübertreffliche Chance, überlegte Stefano und schaute durchs Fenster zum grauen Himmel empor. Dieser Haushaltsentwurf war ein einmaliger Vorwand, diesen Verrückten aus Zürich abzusetzen und gleichzeitig auch Turi Graziano anzuschwärzen. Er hatte sich bereits mit einigen Freunden abgesprochen und sich ihrer Solidarität versichert. Zwar fürchteten die anderen Turi, aber angesichts der Tatsache, daß man so viel Geld von ihnen forderte, würde diese Angst schon vergehen.

Am Sonntag vormittag traf sich die Kommission in der Stadt. Nur Turi fehlte noch, und keiner wußte, wo er war. Lillo Raia war noch griesgrämiger als sonst. Bontate erkannte sofort, daß Turis Abwesenheit strategische Gründe hatte. Giacomo machte ein finsteres Gesicht. Auch der Alte schien sich unwohl zu fühlen. Er hörte sich Stefanos Plädoyer mit überaus ernster Miene an und nickte ab und zu zustimmend.

«Auch mich bringen so hohe Zahlen etwas durcheinander», sagte er schließlich. «Ursini leistet großartige Arbeit, das steht außer Frage. Aber es kostet einfach zuviel... und außerdem scheint euch ja auch seine Autonomie Sorge zu bereiten...»

«Hat er uns denn einen einzigen Anlaß gegeben, zu glauben, daß er nicht seriös und loyal ist?» fuhr Giacomo auf. Er fühlte sich persönlich getroffen. Bontate und die anderen attackierten Ursini, warfen ihm vor, in zu großen Dimensionen zu denken, es den amerikanischen Vettern gleichtun zu wollen und allzuschnell mit der Vergangenheit zu brechen. Giacomo hielt eine leidenschaftliche Verteidigungsrede. Ursini, sagte er, stehe für das Jahr 2000, er entwickle und verwirkliche die außergewöhnlichsten Ideen. Und er habe noch weitere auf Lager, die er realisieren würde, wenn der Moment erst gekommen sei. Giacomo sprach, als sei er selbst in alle neuen Projekte eingeweiht. Außerdem pflege Ursini engste Beziehungen zum Rektor, dem ja bekanntlich weltweit alle Türen offenstanden. Giacomo wollte den Vorwurf abschmettern, Ursini sei größenwahnsinnig – und hielt dabei selbst die anmaßendste Rede, die man in der Kommission je zu Ohren bekommen hatte.

Als er geendet hatte, schwiegen seine Zuhörer und blickten zu Lillo Raia, der langsam seinen großen Kopf schüttelte.

«Es ist einfach zuviel», sagte er. «Ich habe keine Ahnung, ob uns die Zeitungen wirklich nutzen würden, ob es sich wirklich lohnt, all diese Milliarden in die Medien zu investieren. Ich sehe außerdem nicht, wie wir diese Ausgaben unter uns aufteilen sollten. Am Ende, befürchte ich, werden wir uns alle fürchterlich überwerfen...»

Lillo hatte zum Ausdruck gebracht, was auch Turi dachte: Er war dagegen, und Bontate war darüber sehr erleichtert. Auch Inzerillo, der Alte und Don Tano äußerten ihre Bedenken. Giacomo sah immer finsterer drein. Eine so große Ablehnung hatte er nicht erwartet, er hatte eindeutig die Angst unterschätzt, die all diese Nullen den Mitgliedern der Kommission einjagen würden. Die meisten der Männer waren Bauern oder stammten zumindest aus Bauernfamilien. Man mußte einfach vorsichtig sein, wenn man von «Milliarden» sprach, denn besitzen, zählen und investieren wollten sie die Milliarden schon, aber darüber diskutieren und leichthändig mit ihnen umgehen – das kam nicht in Frage. Bei den merkwürdigsten Gelegenheiten, dachte Bontate, brach das typisch sizilianische Sündenbewußtsein heraus, deren Basis die Erinnerung an längst verjährte Vergehen war: Sünden, die man in dunklen Kirchen begangen hatte, nachts, bei Vollmond, im Heuschober, in der Kammer der Dienstmagd, im Treppenhaus, hinter heruntergelassenen Vorhängen. Über solche Sünden zu sprechen erschien diesen Männern schlimmer, als sie zu begehen. Und das Schweigen war schon fast so etwas wie eine Absolution. Bei diesen Männern, dachte Bontate, verlagert sich das Schuldbewußtsein vom Bereich der Sexualität zum Geld.

Eine halbe Stunde lang wurde ein Projekt des Schweizers nach dem anderen einstimmig abgelehnt und er selbst daraufhin seiner Funktion enthoben. Er sollte von nun an lediglich als Berater von Zürich aus mit ihnen zusammenarbeiten, wurde mit nur zwei Gegenstimmen beschlossen. Bontate stimmte dieser Entscheidung ebenfalls zu. Schließlich sollte der Krüppel, einmal von den Schalthebeln entfernt, gleichwohl noch gute Arbeit leisten, ihn auf einmal völlig auszuschalten wäre in jedem Falle ein Fehler. Giacomo sollte Ursini nun in Rom aufsuchen und ihm die Entscheidung mitteilen.

Nach dem Ende der Sitzung lud Bontate Lillo Raia in eine kleine Trattoria in Mondello zum Abendessen ein. Er war neugierig, wollte von Grazianos Vertreter direkt erfahren, wie es zu dessen Sinneswandel gekommen war. Raia nahm die Einladung an, weil er vermutete, daß Bontate hinter dem Umschwung steckte. Er hatte den Verdacht, daß Stefano ihn gegen Turi ausspielen wollte, indem er auf einen Charakterfehler Grazianos setzte, den alle kannten: Turi mißtraute selbst den Leuten, die er mochte, sogar seinen Jugendfreunden. Sie aßen Fisch und tranken einen köstlichen weißen Corvo. Draußen warteten die Leibwächter, taten so, als würden sie einander nicht kennen.

«Das war heute eine Nacht wie 1943 im Großrat des italienischen Königreiches», sagte Bontate zu seiner Frau, die ihn hatte nach Hause kommen hören und ihm nun entgegenkam: «Wir haben Mussolini abgesetzt – allerdings schon bevor seine Macht zu groß wurde.» Er gab seiner Frau einen Kuß. Stefano war müde, aber durchaus guter Laune. Ein regelrechter Sieg war es nicht gewesen, aber er war erleichtert, seit er wußte, daß der Schweizer nicht wach war, während er hier schlief, daß er keine weiteren Pläne aushecken, keine weiteren Netze mehr spinnen durfte...

«Soweit ich gehört habe, sind Stefano und Lillo danach essen gegangen, wo, weiß ich allerdings nicht», sagte der Alte am Ende seines Berichtes.

«Verstehe», sagte Turi Graziano und legte den Hörer auf. Er saß in seinem ruhigen Büro und wickelte einen Bonbon aus, dann zerknüllte er das Papier zu einer Kugel. Er schaute

Ursini an, der ihn erwartungsvoll ansah. «Du bist nicht mehr unser Botschafter. Alle haben gegen dich gestimmt.»

«Auch Onkel Giacomo?»

«Er hatte offenbar keine andere Wahl – er wird es auch sein, der dir morgen vormittag in Tiberio die Nachricht überbringt. Bereite dich darauf vor.»

«Ich werde ihm erst mal fünfundzwanzig Minuten lang etwas erzählen, ihn an seine Verehrung für meinen Vater erinnern, ihm von der Bitterkeit erzählen, die mich überfiel, während sie über mich abstimmten...»

«Ich sehe es richtig vor mir. Jedenfalls hast du nun freie Hand. Was wirst du unternehmen?»

«Am Freitag fliege ich nach Guatemala. Es wird noch nicht die letzte Reise sein, aber ich denke, ich werde viele wichtige Leute treffen.»

«Warum ausgerechnet nach Guatemala?»

«Weil es ein kleines Land und weil es billig ist. Steuerparadiese gibt es wie Sand am Meer: die Kaimaninseln, Nassau, Costa Rica, Luxemburg. Wir könnten sogar selbst eines schaffen, als würden wir eine Bank oder eine Finanzgesellschaft gründen. Aber was wir brauchen, ist ein richtiger Staat mit Vertretungen in allen Ländern der Welt und der damit verbundenen diplomatischen Neutralität. Der Staat muß Grenzen zu vielen anderen Ländern haben, Flughäfen und eine eigene Fluggesellschaft, eine Armee und eine eigene Polizei. Dabei müssen wir beachten, daß das US-Außenministerium und die CIA in Mittelamerika alles unter Kontrolle haben. Sie können uns zwar nicht an einem Staatsstreich hindern, aber sie können uns mächtig Schwierigkeiten bereiten – und das tun sie auch, wenn wir ihnen keine Gegenleistung bieten. Aber wir können ihnen eine Gegenleistung bieten: billige Arbeitskräfte für die Industrieanlagen, die sie dort einrichten wollen, dazu ein sicheres Bollwerk gegen den Kommunismus. Und wir bekommen dafür ein Land, das keine Strafverfolgten ausliefert – für uns das wichtigste. Aber außerdem ist Guatemala eine wunderbare *Free stage*, ein Umschlagplatz für per Telex übermittelte Kapitalien. Normalerweise läuft das Geld über vier oder fünf verschiedene Nummernkonten, dann sind alle Spuren verwischt. Aber in den USA läuft gerade eine Kampagne gegen das Bankgeheimnis und Geldwäsche – ich glaube, es heißt Greenback. Ich weiß nicht genau, ob das nun eine ernst gemeinte Initiative ist, doch sobald unsere Gelder einmal auf unseren Banken in Guatemala gutgeschrieben sind, wird nicht einmal der KGB noch herausfinden können, wo sie abgeblieben sind, ob sie dort geblieben sind oder noch am selben Tag an die Overseas Trust Bank in Hongkong oder an den Banco Cisalpino unseres Freundes Parravicini überwiesen wurden ...»

«Apropos Parravicini: der Rektor will ihn weiter unterstützen.»

«Turi, wir haben einen überaus mächtigen Verbündeten: den Staat. Sobald wir meinen, daß der Zeitpunkt gekommen ist, liefern wir ihm sämtliche Mitglieder der Kommission aus, die uns nicht vertrauenswürdig erscheinen: Fiorentino Parravicini und seine Komplizen ebenso wie unseren guten Sindona, Bürgermeister Palmisano, die ‹Vettern› und die übrigen nutzlosen Sklaven, Männer, die man überall kennt und deswegen immer in Gefahr sind, überrascht, durchsucht, erpreßt zu werden. Sind die endlich weg vom Fenster, bleiben nur noch diejenigen, die untergetaucht sind, wie du, oder die, die unbekannt sind, wie ich. Und das heißt für die Öffentlichkeit und die Behörden, niemand.»

«Ist auch der Rektor auf der Abschußliste?»

«Ja, es geht nicht anders. Wichtig ist dabei nur: Er darf nicht herausbekommen, daß wir es sind, die ihn an den Staat verkauft haben. Aber er hat ja so viele Feinde, da wird er schon nicht gleich auf uns kommen.»

Graziano nahm noch ein Bonbon und schob die Schachtel

zu Ursini hinüber, der jedoch keinen Appetit auf Süßigkeiten hatte.

«Nein danke. Noch etwas: Dank der Vermittlung des Ministerpräsidenten werde ich am nächsten Sonntag nun endlich ‹C› treffen, und zwar in einer Villa an der Goldküste, dem Luxusviertel von Zürich. Dort stehen wohl die schönsten Villen in ganz Europa...»

«Möchtest du mich etwa dazu bringen, daß ich mir dort etwas kaufe?» grinste Graziano. Ursini schüttelte den Kopf.

«Nein, nein... Ich hätte dort auch gerne etwas. Aber ich kann es mir nicht erlauben.»

«Wir müssen überhaupt noch über Geld reden. Bislang warst du ja so eine Art Angestellter. Ich möchte mir mit dir da aber etwas anderes einfallen lassen...»

Ursini schluckte und versuchte, die Nervosität zu verbergen, die ihn plötzlich überfiel: Das war die Falle, auf die er seit Monaten gewartet hatte. Turi lächelte freundlich, schob das Bonbon von der einen Backe in die andere und zählte dabei die diversen Möglichkeiten auf, wie er Ursini zum Teilhaber an den laufenden Geschäften machen konnte, ein echter Freund, ein Bruder, der herausfinden wollte, welche Ambitionen der andere eigentlich hatte, ob der letzte Sproß der großen Familie der Ursinis nur von einer Villa an der Goldküste am Zürichsee träumte, oder ob er davon träumte, sich ein kleines Reich aufzubauen und sich selbst zum König zu krönen. Genau das bot ihm Graziano dann auch an: eine Krone, wie sie Bontate trug, ebenso Inzerillo, Tarantino, der Alte und all die anderen. Kronen freilich, die bald alle fallen sollten – zusammen mit den Köpfen, auf denen sie saßen.

«Nein», sagte Ursini. Graziano blickte ihn verständnislos an.

«Was soll das heißen, ‹nein›?»

«Ich bin ein Angestellter und bin mit dieser Stellung zufrieden. Mit gewissen Angelegenheiten möchte ich einfach nichts zu tun haben.» Ursini blickte Turi gerade in die Augen. Er hätte noch viel zu sagen gehabt, aber er wußte, daß das hier reichte. «Und an dieser Entscheidung wird sich nichts ändern», fügte er ohne besondere Betonung hinzu.

Das Treffen fand nicht wie geplant an der Goldküste statt, sondern auf Sardinien, warum, wurde Ursini erst später klar. Der Mann, den er «C» getauft hatte und den die Zeitungen den «Architekten» nannten, erwies sich als lebensfroh und unkonventionell, genau wie ihn die Presse beschrieb. Daß der Mann ihre erste Begegnung bis ins kleinste Detail geplant hatte, erkannte Ursini, als er zusammen mit «C» vom Besitzer der Villa zu einem Ausflug auf einer Yacht eingeladen wurde. Das Schiff lag vor dem Grundstück, als sei das die natürlichste Sache der Welt. Ursini schüttelte den Kopf.

«Das Meer macht mir angst», sagte er, weil er vermutete, daß der Mann genau das hören wollte. Jedenfalls bestanden die anderen nicht darauf, daß er mitkam. Er sah zu, wie «C» zusammen mit dem Hausherrn, einem etwa fünfzigjährigen Anwalt aus Mailand, lossegelte. Sie trugen gelbe Windjacken und Ölhosen – zwei Männer, die sich freuten wie kleine Kinder, die die Schule schwänzen. Er hörte, wie sie laut die Windstärke schätzten, fünfzehn Knoten; dann fuhr das Boot los, die Stimmen wurden vom Rauschen der Wellen übertönt.

Ursini kehrte zur Veranda zurück. Die Frau des Anwalts unterhielt sich mit der Frau von «C». Beide waren blond, und die Anwaltsgattin war vollkommen ungeschminkt.

«... wirklich eindrucksvoll», sagte die Frau gerade, und Ursini war, als sei er gemeint. Die Damen begrüßten ihn mit übertriebener Herzlichkeit und wechselten das Thema. «Möchten Sie etwas trinken, solange die Seefahrer da draußen herumschippern?»

«Im Augenblick nicht, danke.»

«Ach, da kommt ja Vittorio», sagte die Dame des Hauses und ging einem graumelierten Herrn von ausgesprochen aristokratischem Aussehen entgegen. Es war wohl jener andere Gast, den «C» kurz zuvor beim Espresso erwähnt hatte. Ursini stand auf, und sie wurden einander vorgestellt.

«Dr. Ursini aus Zürich. Professor Lederer, der Fürst der lombardischen Steuerberater, ein alter Freund und wichtiger Berater. Er erholt sich in einer nahe gelegenen Villa von einer Operation.»

Ursini drückte die kalte Hand seines zweiten Direktionsassistenten und begriff, warum das Treffen nach Sardinien verlegt worden war: Der Hausherr brauchte offenbar für dieses Treffen einen guten Berater. Daß es zwischen «C» und Lederer derartig enge Verbindungen gab, hatte Ursini nicht gewußt, auch Uglietti hatte in seinem Bericht zur Vorbereitung dieses Treffens keine Andeutung darüber gemacht. Die persönliche Beziehung zwischen den beiden war offensichtlich wichtiger als die geschäftliche. Der alte Mann wurde kreidebleich, als er Ursini sah. Als sie einmal kurz unter vier Augen waren, flüsterte er: «Sie also sind das...»

«Ja.»

«Ich hatte es schon vermutet, aber ich hätte nicht gedacht...»

«Sind Sie als Berater eingeladen?»

«Offiziell bin ich das noch nicht, aber das wird sich wohl bald ändern. Er ist wirklich stark an der Sache interessiert, hat erkannt, daß sich da ausgezeichnete Chancen bieten... Er wird alles tun, denke ich...»

«Gut, gut», sagte Ursini, und «C» war für ihn gestorben. Der Rest würde reine Formsache sein.

«C» und der Anwalt kehrten hungrig und voller Aufregung über ihr Segelabenteuer zurück. Man brauchte offenbar viel Kraft, wenn man nur zu zweit auf dem Schiff war, und die beiden waren mit ihrer Leistung zufrieden. Im geheizten Wintergarten verzehrten sie ein wunderbares Fischmahl: Hummercreme als Vorspeise, und sogar der Schokoladenpudding, den es zum Nachtisch gab, hatte die Form eines Fisches.

«Sie sind Finanzier, wenn ich recht verstanden habe», sagte «C» plötzlich mit vollem Mund und wartete grinsend auf die Reaktion. Ursini hörte den höhnischen Unterton sehr wohl heraus. Doch das war es nicht, was ihn ärgerte. Ungehörig fand er vielmehr, daß sein Gegenüber in Anwesenheit Dritter Andeutungen über Geld und Geschäfte machte. Er schenkte einer der Damen umständlich Wein nach und hoffte, daß «C» diesen Wink mit dem Zaunpfahl verstehen würde.

«Ich habe nie verstanden, warum die Industriellen die Finanziers verachten und die Finanziers die Industriellen.»

«Die Finanziers verdienen Geld ohne Fabriken, ohne Arbeiter, ohne ein Netz von Kaufleuten. Sie greifen zum Telefonhörer und kaufen Aktien, die keinerlei Wert besitzen, mit Geld, das sie nicht haben, mit dem einzigen Ziel, den Wert dieser Papiere hochzutreiben und sie dann wieder zu verkaufen – für Geld, das sie niemals materiell zu Gesicht bekommen. Die Industriellen sind in ihren Augen feige Handwerker...»

«Die Grille und die Ameise.» Der Anwalt versuchte, die angespannte Stimmung mit einem weisen Spruch aufzulokkern. Beim Espresso unterhielten sie sich ein wenig über Regatten, bis «C» schließlich Ursini am Arm nahm und mit ihm hinausging. Es wehte ein starker Mistral, und wenn man nicht in der Sonne stand, war es ziemlich kalt.

«Ich wette, Sie sind weder Industrieller noch Finanzier», sagte «C» und lächelte nun nicht mehr. «Ich habe gestern diesen Scharlatan von Rektor gesehen. Warum nennen die Sie Xivo, Dr. Ursini? Ein Codename?»

«Das erkläre ich Ihnen ein andermal.»

«Der Rektor ist jedenfalls ganz begeistert von Ihnen, was allerdings nicht für Sie spricht. Haben Sie Geschäftsbeziehungen zu ihm?»

«Er denkt schon.»

«Auch der Ministerpräsident hat Andeutungen über Sie gemacht, ich weiß aber nicht mehr genau was, er redet immer so leise. Und wie sieht's denn mit den Geschäftsbeziehungen aus?»

«Alle treiben Handel mit dem Ministerpräsidenten. Auch die, die es selbst nicht wissen.»

«Eine schöne Antwort. Aber was soll das heißen?»

«Das frage ich Sie. Was haben Sie gegen das Handeln? Treiben Sie keinen Handel?»

«Ich bin Industrieller. Und zwar ein richtiger.»

«Es stimmt, was man von Ihnen hört: Sie sind talentiert. Aber sonst wäre ich ja wohl auch nicht hier, um mit Ihnen zu sprechen. Meine Gesundheit ist nicht die beste, und ich habe keine Lust, mich für nichts und wieder nichts zu erkälten... Sie haben Talent, wirklich. Derzeit wollen Sie Gesellschafter einer wichtigen Bank werden, aber bislang ist Ihnen das noch nicht gelungen. Sie verbrauchen bei den Banketten der französischen Freimaurerlogen einen Smoking nach dem anderen – aber das ist auch schon der einzige Erfolg, den Sie bisher geerntet haben, ein paar Einladungen zum Abendessen. Mal ganz abgesehen von den Schmiergeldern für eine Partei mit mäßigem Wahlerfolg, an die geheimen Klüngel des Industriellenverbandes und so weiter... Bedeutet das alles nicht auch Handel treiben?»

«Ich liege also richtig: Sie sind kein Industrieller, aber auch kein Finanzier. Wie verdienen Sie Ihren Lebensunterhalt, Dr. Ursini?»

«Ich bin Diplomat. Ich arbeite als Botschafter.»

«Faszinierend. Und wen vertreten Sie?»

«Flüssiges Geld, Liquidität», sagte Ursini und schaute dabei weiter auf das Meer, das gegen die schwarzen Felsriffe unterhalb des Hauses schäumte. «Meine Regierung möchte mit Ihnen zusammenarbeiten, egal ob auf Dauer oder gelegentlich. Und Sie bietet Ihnen im Gegenzug die Chance, einer der größten Industriellen Italiens und Europas zu werden. Sie könnten sich mit den multinationalen Konzernen messen...»

«Faszinierend. Aber ich bin nicht Dr. Faustus. Ich glaube nicht an die Unsterblichkeit der Seele, die ich Ihnen deswegen nicht als Gegenleistung anbieten kann!»

«Wir haben keinen Appetit auf Ihre Seele. Wir handeln nicht mit Seelen. Wir fordern reelle Garantien im Austausch gegen die Chancen, die wir bieten.»

«Jetzt kommen wir auf den Punkt. Ich müßte also meine Gesellschaft, mein Imperium als Garantie bieten, vermute ich», sagte «C» mit einem boshaften Lächeln.

Ursini schüttelte den Kopf und schaute weiter aufs Meer.

«Sie haben noch immer nicht verstanden. Uns interessiert nicht das, was Sie tatsächlich besitzen oder tun, sondern das, was Sie tun könnten. Uns interessiert Ihre Kreditwürdigkeit, Ihre Skrupellosigkeit, Ihr großes Talent. Wenn Sie bereit wären, Ihren derzeitigen Status eines kleinen, wenn auch brillanten Industriellen aufzugeben, könnten wir Ihr uneingeschränktes Wachstum finanzieren. Xivo ist kein Taufname: es ist der Name meines Planes. Es sind zwei römische Ziffern und eine arabische: wenn Sie das mit Großbuchstaben schreiben, verstehen Sie es: XIV-O – es ist die vierzehnte Null, werter Herr Architekt. In sieben bis acht Jahren werden unsere Umsätze mit einer vierzehnstelligen Zahl ausgedruckt werden: hunderttausend Milliarden Lire, also über hundert Milliarden Dollar. In zwanzig Jahren wird alles, was man kaufen oder kontrollieren kann, uns gehören oder von uns kontrolliert sein.»

«Ein außerordentliches Angebot. Man müßte wirklich

darüber nachdenken», murmelte «C». Ursini schüttelte erneut den Kopf.

«Ich wiederhole: Sie verstehen die Sache noch immer nicht. Wenn Sie Zweifel haben, zeigen Sie sie, etwa indem Sie sich mittelmäßig geben. Niemand würde einem mittelmäßigen Industriellen ein derartiges Angebot machen. Sie aber sind eben kein Mann des Mittelmaßes. Sie könnten ein derartiges Angebot auch abwehren, indem Sie sich weigerten, die entsprechenden Leute zu empfangen. Sie aber haben mich empfangen. Schließlich, dritte Variante: Sie könnten schon bei den ersten Worten verhindern, daß man Ihnen derlei unterbreitet. Auch diese Vorbeugung haben Sie bewußt vermieden. Und nun sagen Sie, Sie müssen noch darüber nachdenken?»

«Sie müssen mich aber bitte auch verstehen. Ich bin daran gewöhnt, daß mir die Dinge schwarz auf weiß vorgelegt werden. Ich lebe umringt von Anwälten, Steuerberatern und Notaren, sogar wenn ich esse, sind sie dabei...»

«Das können Sie auch weiterhin so halten – allerdings nicht, wenn Sie mit uns verhandeln. Die Garantie, die Sie uns gegeben haben, reicht aus.»

«Welche Garantie?» fragte «C». Ursini hatte während seines Studiums an der Bocconi-Universität in Mailand viele Leute kennengelernt, die wie «C» waren. Sie alle flößten einem mit ihrer Arroganz und ihrer Selbstsicherheit Angst ein: reich, erbarmungslos bis zum Sadismus, durch und durch zynisch, obwohl sie oft noch nicht einmal zwanzig Jahre alt waren. Hatten sie keine Lust zu Geschäften oder keinen Mut dazu, mußten sie sich als Frauenhelden beweisen, am Steuer eines Rennwagens oder beim Pokern. Endlich erwachsen, würden sie dann gegen das Finanzamt antreten und natürlich gewinnen, gegen konkurrierende Firmen, gegen die eigenen Gesellschafter, gegen Arbeitskollegen und Freunde. Und sie würden, mit demselben gleichgültigen

Grinsen, eine Schleifspur entlassener Arbeiter und erniedrigter Frauen hinter sich lassen. Bekamen diese Burschen aber einen kräftigen Faustschlag auf die Nase und bluteten ein wenig, kamen sie sofort ins Stottern, erniedrigten sich selbst, weinten und wimmerten.

«Was für Garantien?» fragte «C» noch einmal nach. Ursini seufzte ein wenig theatralisch. Eigentlich verabscheute er Dramatik, er hatte in seiner Kindheit zuviel davon bei seinem Vater erlebt, und eine Spur dieses Charakterzugs hatte er wohl übernommen. Ab und zu konnte etwas Theatralik andererseits ja auch ganz nützlich sein.

«Ich habe vorhin schon gesagt, daß wir nicht mit abstrakten Dingen wie Seelen handeln, ja? Die einzige abstrakte Ware, um die wir uns mitunter kümmern, ist das Leben. Kennen Sie eine bessere Garantie?» Er wandte sich dem Architekten zu und sah ihm gerade ins Gesicht. Unerwarteterweise glätteten sich plötzlich die besorgten Züge seines Gegenübers. Er lächelte und zeigte dabei kräftige, schief stehende Zähne. Ein raffgieriges Grinsen, dachte Ursini.

«Gehen wir zurück zu unseren Gastgebern, Dr. Ursini?»

Bruce Baker wurde in ein überheiztes Büro der amerikanischen Botschaft in Rom geleitet. Der Mann, der ihm gegenüberstand, mußte Chris Tappert sein, der Chef des Sicherheitsdienstes der Botschaft. So stand es jedenfalls auf dem Messingschild, das auf seinem Schreibtisch stand. Tatsächlich saß Tappert in diesem Augenblick ein Stockwerk höher in einer Besprechung mit vier Nachwuchsagenten. Der Mann, der ihn vertrat, war Rudolph W. Ganley, Leiter der CIA in Italien.

Ganley verschwendete gewöhnlich seine Zeit nicht damit, neue Mitarbeiter in ihrer Eingewöhnungsphase zu beobachten, auch nicht heimlich. In diesem Fall jedoch war er wirklich neugierig. Der Agent, der Baker rekrutiert hatte, war mit einer erstaunlichen Bemerkung des Neuen zurückgekommen: «Ich arbeite bereits für eine andere Organisation und habe nicht die Absicht, mich als Doppelagent zu betätigen.» Da nicht auszuschließen war, daß es sich bei dieser «Organisation» um jenen Geheimdienst handelte, den die Leute der CIA gemeinhin als «Opposition» bezeichneten – den KGB –, war Ganley eiligst aus Genf nach Rom zurückgekehrt. Nun sah er sich mit offenkundigem Interesse den eleganten, athletischen Farbigen an, der ihm auf der anderen Seite des Schreibtisches gegenübersaß. Baker rauchte seine HB und musterte sein Gegenüber ebenfalls.

«Nun, Mister Baker?» Der Mann aus der Botschaft strich mit der Hand über den Plastikdeckel des Dossiers: Baker hatte Politologie und Volkswirtschaft studiert und eine Diplomarbeit über Keynes geschrieben, außerdem Auszeichnungen in Vietnam; er zeigte gerne seine kleine Narbe, vor allem Frauen. In der Chapman Foods hatte er eine wichtige Position gehabt, war aber nicht in die USA zurückgekehrt, obwohl er dadurch noch höhere Sprossen auf der Karriereleiter erreicht hätte. Seine Firma erwog gerade, ihn zum stellvertretenden Direktor für Europa zu ernennen. Er war hochqualifiziert, und deshalb hatte die CIA auch Kontakt zu ihm aufgenommen.

Doch nun hörte sich Ganley nicht nur erstaunt, sondern mit regelrechter Beklemmung an, was Baker da so gelassen von sich gab. Am Ende mußte er sogar noch eine Art patriotischer Predigt über sich ergehen lassen: Baker erklärte seine Treue zum Bundesadler und schwor, daß er alles tun würde, um mit der CIA zusammenzuarbeiten, doch nur unter der Bedingung, daß grundsätzlich mit offenen Karten gespielt wurde – was Ganley natürlich absolut nicht akzeptieren konnte.

«Um es kurz zu machen: Ich bin bereit, euch die Kontakte für eine Zusammenarbeit herzustellen», schloß Baker. Der CIA-Chef wandte sich dem Mann frontal zu.

«Mit wem wollen Sie uns denn zusammenbringen, Mr. Baker?» Ganley zeigte sich unbeeindruckt von Bakers Antwort: wie im Managerlehrbuch versuchte er seinen Gegner zuerst zu verwirren und dann einzuschüchtern.

Aber das gelang ihm nicht. Ganley erkannte, daß er Zeit gewinnen mußte, zum Nachdenken und um weitere Informationen einzuholen. Er brauchte mehr als dieses blödsinnige Dossier, dessen bester Teil wohl der Plastikdeckel war. Möglicherweise mußte man Baker für die CIA verlorengeben und die USA mußten ihn umbringen, bevor ihn die Chapman Foods zum stellvertretenden Direktor in Europa ernannte.

Ganley brauchte nur etwas Zeit.

«Ich muß meinen Vorgesetzten darüber berichten», sagte er schließlich und wollte aufstehen.

«In Washington?»

«Nein, in Rom», erklärte er, doch im gleichen Moment wußte er schon, was sein Gegenüber nun sagen würde.

«Sie haben hier in Rom Vorgesetzte, Mr. Ganley?»

Ein Volltreffer. Ganley konnte auf der Identität des Messingschilds auf dem Schreibtisch bestehen und so tun, als wisse er von nichts, einfach eine Grimasse schneiden, den Mann schweigend anstarren. Der Schuß hatte ins Schwarze getroffen, und Baker wußte das genau. Ganley erhob sich und ging energischen Schrittes in Richtung Ausgang.

«Ich begleite Sie zum Aufzug, Mr. Baker.»

11

DER OBERSTE ERMITTLUNGSRICHTER Cordaro bat seine Leute, abgesehen von den Büroterminen, in der Regel am Freitag abend zu sich. Samstags und sonntags hatten sie frei, was sowohl Marchianò, der Pendler war, entgegenkam, als auch Messina, dessen Familie auch im Winter in Cefalù wohnte. Der einzige, der keine Familie hatte, war De Luca – er übte seinen Beruf mit geradezu mönchischer Askese aus.

Signora Cordaro bereitete das Abendessen, Antonietta trug auf, doch bei Tisch waren die vier Juristen dann unter sich. Sie sprachen über ihre Arbeit, aber natürlich viel lockerer als im Büro. Überwog im Amt stets die Routine, konnte man in Cordaros Privatwohnung in der Via Farina auch mal verschiedene Einschätzungen und mögliche Strategien diskutieren, man verweilte auch einmal bei Klatsch und persönlichen Dingen. An einem dieser Freitagabende war auch die Entscheidung gefallen, die Ermittlungen vor allem auf Palermo zu konzentrieren, die Stadt, die die Wurzel des Krebsgeschwürs war. Es schien den Ermittlern sinnlos, bei den Metastasen in Catania oder Rom zu beginnen. «Schneiden wir dem Kraken den Kopf ab», hatte der vor wenigen Wochen ermordete Richter Vinci immer wieder gefordert, «und die Greifarme landen von selbst auf unserem Teller, und zwar schon fertig zubereitet mit Öl und Zitrone.»

Die Stimmung war freitags dann gewöhnlich recht heiter. Doch dieses Mal lag der Mord an dem Präsidenten der Region, Mattarella, erst wenige Tage zurück. Cordaro hatte

De Luca das Untersuchungsverfahren anvertraut, und dies hier war das erste gemeinsame Abendessen nach Mattarellas Tod. Die entsprechenden Entscheidungen hatte Cordaro bereits getroffen: Sie mußten vor allem in der Stadtverwaltung ermitteln, genauer gesagt gegen Bürgermeister Palmisano und sein «Exekutivkomitee», außerdem den zahlreichen Aktivitäten der «Vettern» nachspüren, ihre Verbindungen mit den Agrarinspektoren, mit der Bank, mit den Abgeordneten Consalvo und Santoro recherchieren, die ebenfalls dicke Aktienpakete besaßen. Bei seinem Trinkspruch verzichtete der Hausherr diesmal auf die üblichen Witzeleien. Cordaro gelangen feierliche Auftritte meist schwer, aber er konnte durchaus großen Ernst an den Tag legen.

«Wir sind Sizilianer, das ist unser Vorteil. Wir haben das ehrenvolle Amt von Richtern inne. Nur ein sizilianischer Richter kann hoffen, einen Krieg wie diesen zu gewinnen. Gott möge uns alle schützen», sagte er, und die Gläubigen wie die Atheisten unter den vieren hoben ihre auch an diesem Freitag mit Colomba platino gefüllten Gläser.

Als die Gäste gegangen waren, trat Signora Cordaro neben ihren Mann.

«Tanino, kommst du schlafen?» fragte sie und verfiel dann in Schweigen.

Sie hatte Mattarella, einen wirklichen Gentleman, auch gekannt, und natürlich konnte auch sie seit dem Mord nicht mehr ruhig schlafen. Daß sie ständig von Leibwächtern umgeben waren, empfand sie als schrecklich. Die Eskorte verschaffte keine Sicherheit, sie zerstörte vielmehr den häuslichen Frieden. Daß sie Leibwächter brauchten, bedeutete, daß auch Tanino in Lebensgefahr war.

«Ich komme nach», murmelte Cordaro und ging noch einmal in sein Arbeitszimmer.

Messina und Marchianò verabschiedeten sich auf der Straße mit einem herzlichen Schulterklopfen voneinander.

Marchianò fand diese Freitags-Abendessen ziemlich langweilig. Aber allmählich wurde ihm klar, daß man der Sache auch positive Seiten abgewinnen konnte. Cordaros Pool übernahm alle Ermittlungen gegen die Mafia, in Palermo und in ganz Sizilien, und das bot allen seinen Mitgliedern die Chance zum Erfolg. Nach seiner ersten Verhaftung eines wichtigen Bosses würde auch Marchianò in Schlagzeilen in der palermitanischen Tageszeitung *L'Ora* kommen. Und eine Eskorte. Marchianò war gerne unter Leuten. Er mußte lachen, wenn er an den Eindruck dachte, den er im Yachtclub oder im Rotary oder in Charleston machen würde, wenn er mit zwei Carabinieri in kugelsicheren Westen auftauchte. Wie auch immer – er würde die Eskorte mit derselben Würde «tragen» wie ein Jackett oder einen Zweireiher.

Messina kannte diese Eigenschaften Marchianòs, und die Schwäche, die der alte Cordaro für diesen jungen Aufsteiger hegte, ärgerte ihn. Der Bursche war doch höchstens imstande, mit den Frauen anderer Männer anzugeben, mit Anzügen und Autos zu prahlen, die er nicht bezahlt hatte. Er speiste in viel zu teuren Restaurants und besuchte Spielsalons, wo die Einsätze seine Verhältnisse bei weitem überstiegen. Wäre Marchianò nur einer der üblichen Kollegen gewesen, Messina hätte ihn spielend kaltgestellt, es wäre bei einem Mann mit derart vielen Angriffsflächen kein Kunststück gewesen. Doch der oberste Ermittlungsrichter liebte «seinen» Pool von Ermittlern und wäre auf jeden Fall dagegen gewesen. Cordaro hatte überdies beschlossen, weitere Mitarbeiter einzustellen. Sie hatten einfach zuviel zu tun. Niemand wußte allerdings, wer noch hinzukommen würde, um in diesem Amt zu arbeiten, das innerhalb eines Jahres zur wichtigsten Justizbehörde südlich von Rom geworden war.

«Gute Nacht», sagte Messina zu Fofò De Luca und zog seinen Autoschlüssel aus der Tasche.

De Luca wartete, bis die beiden Kollegen losgefahren waren. Marchianò hatte ihn nicht einmal gefragt, ob er ihn mitnehmen könne. Messina mußte sowieso in eine völlig andere Richtung. De Luca wohnte nicht weit weg und ging gerne zu Fuß nach Hause. Aber es war für ihn eine Frage der Höflichkeit und der gegenseitigen Achtung, daß man in so einer Situation wenigstens anbot, den anderen mitzunehmen. Außerdem begann es zu nieseln, und nach ein paar Minuten drang das Wasser durch seine Schuhe. Als er sich in der Pension mit einem Handtuch die Füße warmmassierte, dachte er über das schwierige Ermittlungsverfahren nach, das er nun beginnen würde.

De Luca fand, daß Cordaro irrte – sowohl in seiner Einschätzung der Lage als auch hinsichtlich der Ziele, die er mit dem Pool verfolgte. In Palermo ging es bereits seit längerem nur noch um lokale Geschäfte: öffentliche Aufträge, Stimmenkauf für regionale und nationale Abgeordnete mit Wahlkreis in Sizilien. Doch die einzelnen Gruppen hatten sich mittlerweile längst zu einem Superclan zusammengeschlossen, der wirtschaftliche und militärische Verbindungen mit Catania ist Ostsizilien unterhielt und mit der unteritalienischen 'Ndrangheta und der neapolitanischen Camorra verhandelte, als handele es sich um voneinander unabhängige souveräne Staaten. Außerdem genoß der Superclan Protektion aus Rom. Ganz oben thronte der Abgeordnete Santoro, wie ein letzter Erbe Friedrichs II. Santoro repräsentierte in Sizilien die römischen Interessen und erhielt von dort außer seinen Anweisungen auch umfassende Deckung.

Der oberste Ermittlungsrichter aber blickte als alter provinzieller Sonderling nur selten über den Rand der Stadt hinaus. Wenn Cordaro hinter dem Mord an Mattarella nur Vito Palmisano und sein Geschäftskomitee sehen konnte, würde es wohl auch ihm, De Luca, kaum gelingen, seinem Chef die Augen zu öffnen. Der Kampf gegen diese Leute war ja sowieso aussichtslos – überall hatten sie ihre Leute: in den Parteien, im obersten Richterrat, im Ministerium und natürlich im Justizpalast von Palermo.

Wenige Tage zuvor hatte er, obwohl er ein großer Experte für Bank- und Finanztechniken war, alle Mühe gehabt, eine verwickelte Operation zurückzuverfolgen, mit der eine große Handelsbank mit Anlagen in Sizilien Finanzamt und Aktionäre hereingelegt hatte. Das Geldinstitut hatte ganz normal riesige Summen auf eine ausländische Korrespondenzbank transferiert. Das Geld wurde dann als Grundkapital einer Kreditanstalt in Liechtenstein einbezahlt, einer Aktiengesellschaft mit nur einem einzigen, anonymen Aktionär, über den einfach nichts herauszufinden war. Die Kreditanstalt verlieh nun an die sizilianische Bank, die das Geld überwiesen hatte, Kapitalien, und zwar zu harten Bedingungen und gegen Verpfändung von Aktien der Bank selbst. Konsequenterweise verlor die Handelsbank Kapital, Mehrheitsanteile und Einkünfte, ohne daß der Fiskus oder die Aktionäre dagegen einschreiten konnten; trotzdem arbeitete die Bank weiter – mit Geld, das ihr eindeutig nicht gehörte und zu offenkundig hohen Zinsen. Tatsächlich hatten die Eigner der Bank ihr Schiff lediglich in ein Unterseeboot verwandelt, von dem nur der Beobachtungsturm über Wasser blieb, der unsichtbare Rest diente zur Wäsche immenser illegaler Summen.

De Luca hatte all das herausgefunden, als er den Weg eines zufällig beschlagnahmten Schecks zurückverfolgte, den eine kleine Finanzgesellschaft ausgestellt hatte, die ihrerseits von einem palermitanischen Unternehmer lombardischer Herkunft kontrolliert wurde. Der Ermittler hatte den unsichtbaren Faden geduldig und mit etwas Glück weiterverfolgt, bis hin zu der Liechtensteiner Anstalt, doch von da aus war er nicht mehr weitergekommen. Das allerdings hatte auch ganz banale bürokratische Gründe. Das zuständige Ministerium gestattete nur selten sogenannte «Auslandsermittlungen», und ging man der Sache doch einmal auf internationaler Ebene nach, so waren die betroffenen Länder faktisch nie zur Zusammenarbeit bereit. Auch die dortigen Justizbehörden zeigten wenig Interesse, hinzu kamen Verständigungsschwierigkeiten. In der italienischen Finanzwache gab es nur wenige Offiziere, die Englisch oder Französisch konnten, Deutsch beherrschten eigentlich nur die Mitarbeiter aus Südtirol. Doch auch die «Polyglotten» unter ihnen hatten keinerlei Ahnung von derlei Ermittlungen – und ihre Vorgesetzten gaben sie auch nur äußerst widerwillig für Sonderaufgaben frei, aus Angst, sie könnten sich an anderer Stelle als zu nützlich erweisen und der Behörde abhanden kommen.

Dennoch hatten ihm seine eigenen Ergebnisse schon genug bewiesen, und er beschloß, seinem Chef gegenüber einfach kein Wort mehr über das alles zu verlieren: Wie sollte er mit einem alten, verkalkten Mann wie Cordaro über Offshore-Investments und über Loan-back sprechen? Oder über treuhänderische Valuta-Operationen, die offiziell zwischen italienischen und Schweizer Banken abgewickelt wurden, tatsächlich aber privater Natur waren? Es würde auch unmöglich sein, ihm zu vermitteln, daß die zu Dutzenden gegründeten, von Polizei und Carabinieri ständig überwachten sizilianischen Mini-Banken tagtäglich Milliarden Lire in bar einnahmen und mit diesen auf ganz besondere Weise operierten: Sie schrieben diese Gelder keineswegs, wie es sich gehörte, mit korrekter, auf einen bestimmten Namen ausgestellter Empfangsbestätigung auf laufende Konten gut, sondern bezahlten damit ihre laufenden Rechnungen – einschließlich der Gehälter für ihre Angestellten, Strom- und Telefonrechnungen – in bar. Der Kunde, der das schwarze Geld gebracht hatte, erhielt statt der Gutschrift offiziell einen Kredit in entsprechender Höhe – womit er ganz legal über die Summe verfügen konnte und die Behörden ihm nichts mehr anhaben konnten. Die entsprechende Ausgabe wurde bankintern über die laufenden, bereits in bar gezahlten Ausgaben verbucht. Darüber hinaus kauften diese winzigen Banken Grundstücke, Gebäude und ganze Betriebe, immer mit Bargeld. Als Eigentümer trugen sie Privatpersonen oder «Strohfirmen» ein. Mit diesem System und mit Hilfe eines komplizierten Mechanismus miteinander verwobener Kredite, Bürgschaften und Hypotheken vermochten sie ihre Bilanz so gut zu tarnen, daß von den eingenommenen Milliarden nicht die geringste Spur sichtbar war.

Um Mitternacht hörte sich De Luca noch die letzten Nachrichten an, löschte das Licht und überlegte vor dem Einschlafen noch, ob er nicht doch die kleine Zweizimmerwohnung in der Viale Strasburgo mieten sollte, die man ihm angeboten hatte. Er hatte das Leben in der Pension und ihre Gerüche satt. Und er hatte keine Lust mehr auf Prostituierte und auf Gaststätten, wo man nur Aufgewärmtes bekam.

Immer wenn McGreery in seiner Eigenschaft als Geschäftsmann nach Paris kam, wählte er ein anderes Hotel: Er hatte eine Vorliebe für exklusive Etablissements und französisches Essen. Gegen die Macke mit den Nobel-Hotels hatte Ganley nichts einzuwenden. Aber als Amerikaner, der sich sogar an die italienische Küche nur schwer gewöhnt hatte, konnte er mit der französischen Gastronomie auf Dauer gar nichts anfangen: Froschschenkel, Schnecken, durchgedrehte Leber und die verrückte Angewohnheit, das Zeug vor dem Servieren auch noch anzuzünden, nach dem Mahl dann grüner Käse, der nach Schimmel roch und aussah, als kröchen Würmer und Käfer darin herum.

Diesmal hatte sich McGreery das Hotel Relais Christine in der Rue Christine ausgesucht, ein ehemaliges Kloster, stilecht renoviert und ausgestattet. McGreery spielte die Rolle des Geschäftsmannes überaus glaubwürdig. Die Tarnung, mit der ihn die CIA versehen hatte, war tadellos. Er leitete eine Informatikfirma, die tatsächlich an der Börse zugelassen war, weswegen er häufig nach Europa flog, um seine Programme zu verkaufen. Die Verbindung geschäftlicher Tätigkeit mit konspirativen Treffen war derart perfekt, daß nicht einmal die argwöhnischen französischen Geheimdienste Verdacht geschöpft hatten. Nachdem sie ihn als Unternehmer identifiziert hatten, hatten sie nur noch eine oberflächliche Sicherheitsüberprüfung vorgenommen.

«Kommen Sie, Ganley, trinken wir einen Aperitif», schlug er vor und führte den römischen CIA-Chef, ohne daß er widersprechen konnte, in eine Art Krypta: in Stein gehauene Gesichter ringsum, an den Wänden schmiedeeiserne Halter für gelbliche Lampen, die aussahen wie Fackeln. Die mit schwerem Brokat bezogenen Polstersessel waren für Ganley mit seinen kurzen Beinen nicht sonderlich bequem: Er hatte Mühe, es sich gemütlich zu machen. McGreery dagegen schien sich pudelwohl zu fühlen und sah sich zufrieden um.

«Wissen Sie, daß hier auch die Garage mit Gemälden und kleinen Möbeln ausgestattet ist? Es macht schon Eindruck, wenn man plötzlich in einem Ambiente wie diesem landet. Die Franzosen, das muß man zugeben, in gewissen Dingen ... Ah, der Kellner. Was trinken Sie, Ganley?»

Sie bestellten sich jeweils einen Martini und plauderten ein wenig. Nachdem der Kellner das (natürlich silberne) Tablett auf den (natürlich antiken) kleinen Tisch gestellt hatte, wurde McGreery ernst. Sein gerötetes Doppelkinn zitterte, als er fragte: «Was zum Teufel soll diese Geschichte bedeuten?»

«Im Augenblick kann ich nicht viel mehr sagen als schon in meinem Bericht steht. Die Sizilianer organisieren sich. Und sie haben grandiose Ideen ...»

«Wo stehen sie politisch?» unterbrach McGreery sofort. Ganley hatte diese Frage erwartet und sie bereits mit dem Botschafter diskutiert, der das etwas verworrene System der italienischen Parteien besser kannte als er.

«Da gibt es kein Problem. Sie waren schon immer regierungsfreundlich und sind es noch immer. Ich glaube auf keinen Fall, daß ihr Hauptziel politischer Natur ist. Im Augenblick haben sie enge Beziehungen zu einigen rechtsextremen Organisationen, warum, wissen wir nicht. Sie bauen derzeit vor allem finanztechnische Strukturen auf...»

«Wer ist ihr Chef?» beharrte McGreery. Ganley rutschte auf seinem Sessel hin und her. Wie sollte man dem Mann das erklären? Er zählte auf, was sie alles über Giuseppe Ursini herausgefunden hatten. Der Mann schien mit absoluten Vollmachten ausgestattet zu sein, schloß jedoch keine eigenen Geschäfte ab, arbeitete auch nicht auf dem Drogensektor, weder in Italien noch in der Schweiz. Sie hatten alle Informationen bei der amerikanischen Drogenbehörde DEA gegenchecken lassen wollen, aber dort hatte man noch nie von ihm gehört. Das Problem war, daß dieser Ursini dabei war, ein ziemlich großes Netz von Kontakten zu spannen, sogar nach Südamerika und in die Tschechoslowakei.

«Die Tschechoslowakei?» wiederholte McGreery. «Ist er ein Spion?»

«Das schließe ich eigentlich aus. Bis vor zwei Jahren war er absolut lahmgelegt. Er hatte einen Autounfall, bei dem seine Frau und sein Sohn umkamen. Davor hat er ausschließlich in Sizilien gelebt, sein Vater und er waren wichtige Männer innerhalb der palermitanischen Organisation. Für den KGB wäre er eindeutig zu teuer und auch zu gefährlich. Es gibt keinerlei Hinweise darauf, daß die Russen jemals einen Spion in der Mafia hatten...»

«Zur Sache, Ganley.»

«Ganz einfach. Wir haben über Bruce Baker das Angebot bekommen, an einem Gespräch teilzunehmen, das in ungefähr zehn Tagen in Guatemala-Stadt stattfinden soll.»

«Lassen Sie mir einen detaillierten Bericht zukommen!»

«Schon fertig. Ich habe ihn in der Tasche», sagte Ganley und drehte an dem Nummernschloß seines Diplomatenkoffers herum.

Es war sechs Uhr morgens, und Lillo Raia hatte sich bereits rasiert und trank seinen Espresso.

Dann ging er in den Garten, wo die Spatzen zwitscherten. Seine Frau war seit einigen Tagen in Palermo, er wollte sich am Abend mit ihr treffen. Einer seiner beiden Leibwächter war am Abend zuvor in Rom auf dem Ring angefahren worden und lag im Krankenhaus. Raia war erleichtert, daß er mit einem Beinbruch davongekommen war und hoffte, daß er nun endlich das Motorradfahren aufgeben würde. Der zweite Leibwächter schlief noch. Hätte Raia gewußt, daß dieser Verkehrsunfall im Zusammenhang mit all den merkwürdigen Dingen stand, die ihm seit einiger Zeit passierten, er wäre wohl nicht in den Garten hinausgegangen. Doch er hegte nicht den geringsten Verdacht, außerdem bekam er, wenn er morgens seine erste Tasse Kaffee getrunken hatte, sowieso immer gute Laune. Er steckte die Hände in die Taschen und ging den Kiesweg entlang; die Spatzen stoben auseinander.

Der Mercedes war unter dem Betondach geparkt. Raia bemerkte, daß die Tür des Wagens nicht richtig geschlossen war, erinnerte sich aber, sie am Abend zuvor wie immer schwungvoll zugeworfen zu haben, dazu reichten seine Kräfte, gottlob, noch immer. Er vermutete, daß vielleicht jemand sein Auto geknackt hatte, andererseits wußte er, daß in dieser Gegend noch nie eingebrochen worden war, es war ein ruhiges Viertel, ohne Kriminalität. Aber man weiß ja nie. Er stieg ins Auto, es schien alles in Ordnung zu sein, auch das Radio war noch da. Er steckte den Schlüssel ins Zündschloß und zog die Tür zu, um den Mercedes vor das Haus zu fahren, von wo aus man das Gepäck besser einladen konnte. Als er den Schlüssel drehte, leuchtete jedoch kein einziges Licht auf. Dabei hatte er am Vorabend ganz bestimmt nicht vergessen, die Scheinwerfer auszuschalten, der Schalter stand auf «aus».

In diesem Moment hörte er, erstes Alarmzeichen, ein leichtes Summen im Kopf. Der angenehme Espressogeschmack verschwand urplötzlich. Raia stieg aus und schaute zuerst auf die Fassade seines Hauses und dann auf die Uhr. Merkwürdig, daß der junge Mann noch immer schlief. Dann würde er eben selbst nach der Batterie schauen – aber irgend etwas stimmte hier nicht. Er beschloß, die Kühlerhaube doch nicht zu öffnen und ging ins Haus, hinauf in das Zimmer des Mannes, die Pistole in der Hand. Der Leibwächter saß auf dem Bett und rieb sich die Augen.

«Der Mercedes springt nicht an. Schau doch mal bitte nach, ob das Batteriekabel sich gelockert hat», sagte Raia in ganz normalem Tonfall und blickte den Burschen forschend an. Der jedoch zeigte nicht das kleinste Anzeichen von Nervosität. Er nickte, schlüpfte schnell in seine Hosen und ging hinaus. Raia sah durch das Flurfenster, wie er zum Auto ging und sich ins Wageninnere beugte, um die Kühlerhaube zu entriegeln. Als er den Deckel hochhob, hielt Raia den Atem an. Einige Sekunden geschah nichts. Dann sprang Domenico ruckartig zurück, ließ die Kühlerhaube mit einem schweren Knall zufallen, drehte sich um und lief Richtung Haus, stolperte, fiel hin, rappelte sich hoch, erreichte auf allen vieren die Tür.

«Was ist los, Menico?»

«Da drinnen ist eine... ich glaube, eine Bombe!»

Nein: Domenico hatte nichts damit zu tun. Er war kein Schauspieler, er war Leibwächter und sonst nichts. Raia ging zum Auto. Er hatte keine Angst: Bomben denken nicht erst nach. Entweder sie gehen hoch, oder sie gehen eben nicht hoch. Sie hatten die Batterie abgeklemmt, um ihn zum Öffnen des Kühlerdeckels zu veranlassen. Die Bombe sollte explodieren, wenn eine Schnur zerriß, die an der Kühlerverriegelung festgemacht war. Doch beim Deckelschließen hatte die Schnur an Spannung verloren und hing nun über den Ventilator hinab. Eine ziemlich einfache Konstruktion, aber sie hätte durchaus funktioniert, wenn man sie bei Tageslicht angebracht und sich vor allem mehr Zeit dazu gelassen hätte. Die Dunkelheit hatte zwar die Attentäter geschützt, aber gleichzeitig ihr Vorhaben zunichte gemacht.

«Was machen wir jetzt?» fragte Domenico. Er hatte sich wieder gefangen und versuchte nun die Panik von eben zu überspielen.

«Bau das Ding ab und steck es in einen Eimer voll Wasser... Keine Bange, jetzt kann nichts mehr passieren. Dann schließ die Batterie wieder an. Das Gepäck steht fertig neben meinem Bett. Wir fahren in einer Viertelstunde los. Ich muß noch telefonieren. Du blutest am Kopf – hol dir noch ein Pflaster.»

Das Ganze ist also nicht nur ein Wahn von mir, dachte er, als er die Treppen hinaufstieg: Vieles, was in der letzten Zeit passierte, war wirklich allzu merkwürdig. Das hier allerdings war mehr als merkwürdig. Zuerst hatten sie ihn mit Bankmanipulationen zu ruinieren versucht, ihn zum Dieb gestempelt. Und nun hatten sie – wer weiß warum – umdisponiert und wollten ihn umbringen. Wer immer die Bombe installiert hatte, wußte, daß er in dieser Villa in Genzano lebte. Und er mußte wissen, daß sein zweiter Leibwächter im Krankenhaus lag und er deshalb selbst fahren würde, weil er grundsätzlich niemand anderen ans Steuer ließ.

Es gab nicht viele Leute, die über all diese Einzelheiten auf dem laufenden waren. Nein: es gab sogar nur eine einzige Person.

Irgendwann zu Anfang des Frühjahrs erkannte Fiorenzo Parravicini, daß sie ihn wie eine Maus in die Falle gelockt hatten.

Die neuen Gesellschafter, die sein Generaldirektor «die Namenlosen» nannte, hatten ihn gerettet, indem sie Aktien zum Preis von hundertfünfzig Dollar kauften, die nur ein Drittel dieser Summe wert waren. Dann waren sie für kurze Zeit aus seinem Blickfeld verschwunden – um plötzlich unvermittelt wieder aufzutauchen. Das Aktienbündel, von dem man nicht genau wußte, wie groß es war, wurde von Hand zu Hand gereicht, und jede Hand verlangte etwas. Dank dem Rektor und seinen Verbindungen hatte der Banco Cisalpino eine große Filiale in Montevideo eröffnet. Wenige Monate später waren dort derart riesige Summen eingezahlt worden, daß Parravicino dem Antrag seiner Sozien sofort entsprochen und einen Direktor dorthin entsandt hatte, der sowohl ihr Vertrauen als auch das der Uruguayer genoß.

Bald danach hatte er sich mit Ursini im Club an der Via degli Omenoni getroffen. Der Schweizer wollte ihm einen Mann vorstellen, der an einem «Beitritt zur Bank» interessiert war. In jenen Monaten hatten sich die wirtschaftlichen Strukturen Catanias und die politischen Verhältnisse in ganz Sizilien deutlich stabilisiert. Kontrolliert wurde diese Entwicklung vom Abgeordneten Santoro, der sich, als eine Art Außenminister des Banco di Sicilia, häufig im Banco Cisalpino sehen ließ. Parravicini erwartete einen schnurrbärtigen Mann im Nadelstreifenanzug. Es erschien jedoch jener Mann, den Ursini «C» nannte (die Zeitung *Il Sole 24 Ore* hatte ihm den Beinamen «der Architekt» verpaßt – nicht weil er etwa nach seinem Examen auch wirklich als Architekt arbeitete, sondern weil er ständig an neuen Projekten bastelte). Zusammen mit den beiden betrat auch Luciano Mangano den Club; er war drauf und dran, die Ausschreibung für das große Europa-Kongreßcenter in Melegnano zu gewinnen und wollte dafür einige hohe Kredite.

Der «Architekt» besaß bereits Aktien der Bank, und so war Parravicini über den neuen Sozius nicht sonderlich beunruhigt. Er vermutete, daß seine Papiere aus jenem Fundus stammten, die Ursinis Freunde immer wieder mal hervorholten und verkauften. Dafür sprach auch, daß der Verkauf von einer Finanzgesellschaft getätigt worden war, die nach den üblichen Modalitäten in Costa Rica registriert war. Doch wenig später liefen Aktien aus Ursinis Besitz aus ganz anderer Richtung ein, und Parravicini mußte erkennen, daß verschiedene Pakete im Spiel waren. Überdies berichtete ihm sein eigener Börsenmakler von einem leichten Rückgang des Aktienumlaufes. Das Bankgeheimnis konnte man in Costa Rica normalerweise nicht brechen, doch dafür gab es eine kleine englische Spezialfirma für Industriespionage und internationale Finanzermittlungen. Vierundzwanzig Stunden später wußte Parravicini, daß die Finanzgesellschaft unter dem Namen «Madonna del Pilar» eingetragen war. Ein Name, der angesichts des starken jesuitischen Einflusses im benachbarten Paraguay höchst mißtrauisch machte.

Nachforschungen über einige Vertreter des Opus Dei und der Vatikanbank IOR erbrachten nichts. Inzwischen wurde der «Architekt» Mitglied des Verwaltungsrates der Bank. Er hatte sein Büro direkt neben Parravicini und brachte einen gewissen Scott sowie eine sechzigjährige Sekretärin mit. Er war es dann auch, der für die Vergabe der von Mangano beantragten Kredite für das Europa-Kongreßzentrum sorgte. Der Unternehmer bot natürlich Sicherheiten. Allerdings hatte er Probleme mit der Antimafia-Kommission, wie alle seine Freunde aus Catania, und so wollte er denn die notwendige Deckung mit Hilfe ausländischer Liegenschaften geben, und zwar durch eine große Schweizer Bank, die auch Rhinozeros genannt wurde, nach dem lebensgroßen Bronzetier vor dem Eingang des Instituts in der Züricher Bahnhofstraße. Als Parravicini die Liste der Sicherheitsleistungen durchsah, die Pessina bereits gegengezeichnet hatte, fielen ihm die «Madonna del Pilar»-Aktien auf. Sie waren von einem unbekannten Eigner abgetreten worden, was von einem costaricanischen Notar mit verschnörkelter Schrift legalisiert und im Gesellschafteramt des Ministero de Hacienda von Jan José registriert worden war; das Siegel darauf stellte einen Adler mit einem ausgebreiteten und einem angelegten Flügel dar. Es sah eher nach einem Straßenschild für Touristen aus.

Parravicini überlegte wochenlang hin und her, zumal er auch mit seinen Nachforschungen nicht weiterkam. Im Grunde trieb ihn nur sein zwanghaftes Mißtrauen weiter voran. Doch dann erfuhr er durch Zufall von der unglaublichsten dieser Transaktionen. Ein deutscher Adeliger, Direktor einer wichtigen deutschen Bank, setzte sich mit ihm in Verbindung. Sie trafen sich in einem Büro des Banco di Lugano. Der Bankier wollte über die Filiale in Montevideo eine Anzahl von «Gutschriften» tätigen, die er als Valutakäufe tarnen wollte. Bevor er jedoch den entsprechenden Antrag stellte, hatte er sich die Liste der Vermögenswerte der uruguayanischen Filiale des Banco Cisalpino besorgt und festgestellt, daß diese die fragliche Summe zwar nicht ganz abdeckten, aber doch hoch genug sein würden, wenn man sie ein wenig aufblähte. Fiorenzo Parravicini hatte die Liste seinerseits mit buchhalterischer Akribie durchgesehen und plötzlich überrascht die Luft angehalten: Die Finanzgesellschaft «Madonna del Pilar» gehörte zur Filiale von Montevideo, und deren Direktor hatte mit dem von der Bank selbst nach Uruguay überwiesenen Geld Aktien des Mutterhauses gekauft und auf den «Architekten» eintragen lassen – kein Wunder, daß der wie verrückt die Wahl des Mannes in den Verwaltungsrat unterstützt hatte. Danach waren die Wertpapiere an Luciano Mangano übergegangen, der sie wiederum als Garantie angeboten hatte. Summa summarum hatte er damit das Geld des Banco Cisalpino selbst als Sicherheit für die von dem Geldinstitut an ihn gegebenen Kredite geboten.

Parravicini hatte sofort zum Telefonhörer gegriffen. Ursini zeigte sich kühler als sonst und erklärte, daß er gerade auf dem Weg nach Guatemala sei und dort ziemlich lange bleiben werde. Er werde ihm jedoch eine «Vertrauensperson» schikken, die ihm die Sache erklären könne. So war Bongard am Sonntag morgen nach Mailand ins Principe & Savoia gekommen. Parravicini war in gewisser Weise sogar erleichtert, daß er nicht auch noch den scharfen Blick Ursinis ertragen mußte, denn der versetzte ihn gewöhnlich ziemlich in Unruhe.

Der Bankier fuhr Bongard sofort sehr hart an und hielt ihm die Beweise für den Betrug unter die Nase. Der Walliser hörte ihn schweigend an und blickte ihm dabei in die Augen. Schließlich schüttelte er den Kopf.

«Ich weiß nicht, was Sie haben. Ist doch alles absolut korrekt. Der Architekt ist für die Bank ein wertvoller Sozius und Herr Mangano ein solventer Kunde.»

«Das ist Betrug», knurrte der Bankier und blätterte die Papiere durch. Irgendwie schien es ihm ab und zu, als blitze ihn der kalte Blick des Schweizers an.

«Ich würde an Ihrer Stelle diese Dinge etwas sorgfältiger aufbewahren», sagte Bongard, «wie wir das mit den Dokumenten über Ihre Operationen in Italien und im Ausland auch tun. Wissen Sie, was das Center of Strategic and International Studies ist? Nein? Das ist eine Forschungsstelle der CIA an der Universität Georgetown. Die Leute dort sind überzeugt, daß der Banco Cisalpino direkt oder über Auslandspartner bzw. über den Banco di Lugano Gelder aus dem Drogenhandel wäscht...»

Fiorenzo Parravicini hielt sich für ziemlich dickfellig. Doch ein derart unverschämter Einschüchterungsversuch verschlug ihm die Sprache.

Tags darauf informierte ihn ein blasser Pessina, daß eine Reihe von Valutawechseln aus dem Tresor im dritten Stock verschwunden war. Das war theoretisch unmöglich. Dennoch war es geschehen, und es blieb zum Ende ungeklärt, wie das hatte passieren können.

Am selben Abend wurde Signora Parravicini nach einem Abendessen bei Freunden auf der Straße von zwei Gangstern überfallen. Sie rissen ihr die Perlenkette vom Hals und schlugen sie zusammen – eine ausgesprochen risikoreiche Tat, denn das Polizeipräsidium an der Via Fatebenefratelli lag direkt um die Ecke. Als Parravicini gegen drei Uhr früh vom Niguarda nach Hause fuhr, um wenigstens ein paar Stunden zu schlafen, überlegte er, ob dieses Verbrechen ein Zufall war oder ob mehr dahintersteckte. Sie hatten ihn bedroht, und da sie seine argwöhnische Natur kannten, konnten sie damit rechnen, daß er nun selbst kleinste Widrigkeiten als natürliche Folge dieser Drohungen sah. Als sie ihn zuerst hereinlegten, hatten sie sich dazu seines Geldes bedient. Nun hatten sie ihn in die Falle gelockt und dabei seinen Charakter ausgenutzt.

Eine regelrechte Mausefalle.

12

RUDI BERCHTOLDS VILLA in Ehrlembach an der Goldküste war, wie alle Häuser ringsum, ein Neubau, wirkte aber, als sei sie uralt. Eine erhabene Atmosphäre, befand Ursini anläßlich seines Besuchs beim Direktor eines der größten schweizerischen Bankverbände. Berchtold strahlte Jugend und gleichzeitig Feierlichkeit aus, wie seine Villa. Er war einer der mächtigsten Männer seines kleines Landes, wo fünfhundert Banken immerhin hunderttausend Angestellte beschäftigten. Sein Institut machte Bank- und Investmentgeschäfte, war im Bargeldsektor ebenso aktiv wie im Warenverkehr und fungierte als Devisen- und Anlageberater. Fast die Hälfte aller Operationen wurde in ausländischer Währung abgewickelt. Dies alles machte Berchtold zu einem unverzichtbaren europäischen Partner für den Apparat, den die Organisation in Guatemala aufbauen wollte.

«Wir scheuen grundsätzlich vor Geschäftsbeziehungen zurück, die eine politische Dimension haben», wiederholte Berchtold nun wohl schon zum drittenmal. Gleichwohl hatte das Institut Hunderte von Millionen Dollar von der Organisation in Verwahrung genommen, investiert und wieder zurückgezahlt.

Die Sonne ging über dem Zürichsee unter, der glatt und glänzend dalag. «Eine Filiale in Guatemala-Stadt zum Beispiel könnte eine voreilige, vielleicht auch kompromittierende Entscheidung sein. Und eins muß klar sein: Geschäfte nur von Bank zu Bank, keine Transaktionen mit einem Staat. Das ist nicht zuletzt auch eine Prestigefrage.»

«Das ist uns aber gar nicht recht», antwortete Ursini. «Wir möchten unseren Ansprechpartner nicht wechseln, das tun wir grundsätzlich nicht. Die Zusammenarbeit sollte unbedingt so weiterlaufen wie bisher.»

«Sicher, das finden wir eigentlich auch. Ich habe gerade heute mit unserem Präsidenten darüber gesprochen. Er hat mir grünes Licht gegeben; trotzdem sehe ich nicht, wie das in diesem spezifischen Fall gehen soll», murmelte der Bankier.

«Ich schon», sagte Ursini. Sein Gesprächspartner blickte auf, immer noch mit feierlicher Miene, in der jedoch schon ein wenig Skepsis zu erkennen war. «Ich weiß, wir sind hier nicht in Sizilien. Das Fach Bürgerkunde spielt an euren Schulen eine große Rolle, ihr habt ein starkes Nationalgefühl, eine effiziente Polizei und eine glaubwürdige Regierung. Aber ihr habt niemals Tote in den eigenen Reihen gehabt. Ihr kennt nicht das Gefühl der Verunsicherung, das einen überfällt, wenn ein Freund sterben mußte. Ich weiß, wir sind hier nicht in Palermo. Eine Kalaschnikow kann man hier nur kaufen, wenn man seinen Personalausweis vorlegt. Und alles, was hierzulande mit Waffen getan wird, ist, daß sie – mit hohem Gewinn – etwa an palästinensische Terroristen weiterverkauft werden. Aber niemals würdet ihr sie selbst benutzen, und ganz bestimmt würdet ihr sie nicht auf einen Bankier richten.»

«Freut mich, daß Sie sich dessen bewußt sind», murmelte Berchtold. Ursini vermutete, daß der Mann, kaum daß er sich wieder gefangen hatte, einen seiner dunkelviolett livrierten Hausdiener rufen und ihn zu seinem Auto bringen lassen würde. Ursini zeigte auf den See hinaus.

«Sehen Sie das Motorboot dort draußen? Stellen Sie sich vor, daß Männer darauf sind, die nur auf ein Signal von mir warten, um hier einzudringen, Sie ins Wasser zu zerren und zu ertränken. Vor ein paar Jahren ist auf diese Weise ein Exilkönig gestorben, wenn ich mich nicht irre. Ein tragischer

Unfall. Das Signal, sagen wir mal, könnte eine kleine, wie zufällig hin- und hergeschwenkte Flamme sein. Gestatten Sie?»

Er nahm das große Tischfeuerzeug, zündete es jedoch nicht. Der Bankier war wie versteinert. Ursini sah ihn prüfend an. Bürgerkunde, Nationalgefühl, effiziente Polizei und glaubwürdige Regierung – genau das waren die Grenzen dieser Leute. Stärke und Selbstbewußtsein hatten sie an andere abgetreten, ihre Kultur beruhte auf Geld, das sie verdient, aber nicht wirklich unter ihre Gewalt gebracht hatten. In Börsenangelegenheiten waren sie unschlagbar, aber wenn ihnen ein Messer entgegenblitzte, rutschte ihnen das Herz in die Hose. Ursini blickte noch einmal auf das Motorboot hinaus und überlegte, was die Passagiere wohl denken würden, wüßten sie, daß er sie gerade zu knallharten Killern gemacht hatte. Vermutlich saß in dem Schiff dort ein Rechtsanwalt, freute sich am Sonnenuntergang und dachte langsam daran, nach Hause zu fahren; vielleicht lag das Boot sogar vor Anker und keine Menschenseele war darauf.

Ursini wandte sich wieder Berchtold zu. Der Bankier saß noch immer reglos da, sein Glas in der Hand.

«Das war natürlich nur ein Scherz. Ich habe das Boot ruhig da draußen liegen sehen und habe es als eine Art dialektische Einleitung herangezogen. Wissen Sie, es ist meine Überzeugung, daß jede Angelegenheit mindestens einen Gesichtspunkt mehr hat als wir denken.»

«Ja... ich verstehe», sagte der Bankier leise und blickte auf das Motorboot. Die Dunkelheit legte sich langsam über die Gegend, der Garten bekam damit etwas Unheimliches. «Verstehe...», wiederholte er. Niemand hätte ihn davon überzeugen können, daß Ursini einfach einen dummen Scherz gemacht hatte, um sich über ihn lustig zu machen und ihn einzuschüchtern. Nie wieder würde ein Schiff an seinem Besitz vorbeidümpeln können, ohne daß er nervös wurde.

Langsam wiederholte er, nun zum viertenmal, daß eine bestimmte Art von Abkommen den Traditionen schweizerischer Geldinstitute widersprach und daß «er persönlich» da nichts machen könne...

Sie vereinbarten ein neues Treffen für den nächsten Morgen, um noch einmal über die Sache zu reden.

Die feierliche Ernennung der beiden «Prokonsuln» – eine Art Statthalter für bestimmte Gebiete – fand im Hotel Capo Taormina statt. Von der Staatsstraße aus sah das Hotel aus wie eine der zahllosen runden Kasematten, die Mussolini an der sizilianischen Küste zur Abwehr der alliierten Flotte hatte errichten lassen. Dieses Gebäude war jedoch bedeutend größer, es war die oberste Etage eines Komplexes, der sich innerhalb des Felsens bis zum Meer hinunter ausdehnte. Dieser oberste Stock diente als Empfangshalle, von der aus man mit einem Aufzug in die Zimmer und weiter bis zum Strand hinabfahren konnte. Die Bucht war eng, eingeschlossen von steilen, rötlichen Felsen, die zum Schutz vor Steinschlag mit einem Metallnetz überzogen waren. Gegen Mittag verschwand die Sonne hinter einem großen Felsen, der Strand lag im Schatten. Die Gäste liefen durch einen schummrigen, mit Fackeln beleuchteten Gang, der zu einem Swimmingpool führte, von den aus man aufs Meer blickte. Die Köche grillten inzwischen Fische und Krebse.

Das Treffen war für zwölf Uhr vereinbart. Ursini hatte seinen Liegestuhl mit dem Rücken zum Meer plaziert. Als die letzten Deutschen mit ihren sonnenverbrannten Schultern zum Tunnel schlenderten, sah er die beiden Männer kommen. Er hatte sie bisher immer getrennt voneinander getroffen, und nun, da er sie so nebeneinander vor sich hatte, überraschte ihn, wie unterschiedlich sie aussahen. Randazzo war ein Riese, kräftig und behaart. Notar Campisi dagegen war klein, kahlköpfig und trug eine Brille.

«Setzen Sie sich!» Ursini deutete auf die beiden Liegestühle, die der Bademeister auf seine Anweisung hin bereitgestellt hatte. «Plaudern wir noch ein wenig, bevor es Essen gibt.»

Randazzo war der Prokonsul für Kalabrien. Wie sein Kollege hatte auch er sich zwei Monate lang in seinem künftigen Territorium einen Überblick verschafft und erste Kontakte hergestellt. Seine Stimme paßte zu seiner Statur, er sprach sehr langsam.

«Die Daten sind nicht sehr genau, aber trotzdem erhellen sie die Lage ganz gut. In Kalabrien gibt es zwischen 140 und 150 Clans mit jeweils unterschiedlicher Macht. Ungefähr 100 arbeiten in der Provinz Reggio Calabria, in der Stadt selbst 23. Die Zusammenarbeit zwischen den Clans ist ziemlich ausgefeilt, aber die meisten Verbindungen sind nicht sonderlich fest, was nicht zuletzt daran liegt, daß dort noch immer viel geschossen wird und der Tod eines Bosses jedesmal das gesamte interne Gleichgewicht eines Clans und seine Beziehungen nach außen radikal verändert. Zwei Gruppen sind auf Entführungen spezialisiert. Die anderen holen sich öffentliche Aufträge, kontrollieren die Märkte und erpressen Schutzgelder.» Er verzog verächtlich das Gesicht. «Da gibt es Geschäfte, die monatlich 50000 Lire Schutzgeld bezahlen müssen, eine alte Frau mit einem Kurzwarenladen zum Beispiel. Eine Schande. Auch das Heroingeschäft ist nicht sonderlich gut organisiert: eine Dosis kann in Catanzaro das Doppelte oder auch nur die Hälfte von einer Dosis in Reggio kosten, es hängt ganz vom Dealer ab. Die kleinen Pusher sind dort fast genauso mächtig wie die Großdealer, sie haben die Kontrolle über den Markt und bestimmen oft sogar die Preise. Sie sind so etwas wie Gebietsrepräsentanten und sind zum Teil nicht einmal Angehörige eines Clans.»

«Es ist wirklich wie in grauer Vorzeit», sagte Campisi. Ursini nickte, ohne ihn anzuschauen.

«Beziehungen zu den Politikern?»

«Auch das ein heilloses Durcheinander. Jeder Clan hat seine eigenen Freunde in der Regierung, die dann alle gegeneinander arbeiten. Von ökonomischem Arbeiten hat man da noch nicht gehört, und eine sinnvolle Koordination der verschiedenen Ansätze wird man wohl auch in fünfzig Jahren noch nicht erreicht haben...»

«Das ist auch gut so», warf Ursini ein. «So wie Sie die Situation beschreiben, gibt sie Ihnen einen großen Spielraum für Ihre eigene Arbeit. Behalten Sie den Überblick, wer die stärksten Clans sind, und unterstützen Sie deren Feinde – und wenn keine Gegner vorhanden sein sollten, dann schaffen Sie sie. Sie müssen diese kleinen Zwistigkeiten schüren: teilen und herrschen, wie man uns das in der Schule so schön beigebracht hat. Bedienen Sie sich einschränkungslos aller nur verfügbaren Mittel: Geld, Denunziation bei den Behörden, Pressekampagnen, Manipulation der Preise bei öffentlichen Ausschreibungen. Wenn jemand umgelegt werden muß – aber das sollten wir möglichst vermeiden –, setzen Sie niemals Killer aus der Region ein... Das gilt auch für Sie, Campisi. Arrangiert es so, daß eine rivalisierende Gruppe das Feuer gegen die Leute eröffnet, die wir loswerden wollen. Wenn es Probleme gibt, wendet euch an mein Büro in Zürich, wir kümmern uns dann darum. Das ist im Augenblick alles.»

Ursini wandte sich nun dem anderen Mann zu, der ständig leicht hüstelte und sich dabei die Faust vor den Mund hielt. Auch er sprach langsam, doch bei ihm hatte man den Eindruck, er brauchte einfach etwas länger, um die richtigen Worte zu finden.

«Neapel und die Region Campania unterscheiden sich in nichts, Dr. Ursini. Der Küstenstreifen von Portici bis Castellammare und die Vesuv-Gemeinden, eingeschlossen Ottaviano, das Gebiet von Camorra-Chef Raffaele Cutolo, hängen, würde ich sagen, kulturell von der Hauptstadt der

Region ab, auch wenn einige der Bosse nicht dort leben. Neapel ist eine Großstadt, ein wichtiger Hafen, alles dreht sich erst einmal um den Handel. Es gibt bei weitem mehr Drogen als die, für die wir verantwortlich sind. Man kann nicht sagen, daß die Camorra regelrecht regiert, sie kontrolliert und interveniert nur dann, wenn es sein muß. Die Beziehungen zur Politik sind eher zufällig, es gibt kein durchorganisiertes Netz von Verbindungen wie in Sizilien, was aber auch darauf zurückzuführen ist, daß es keine stabilen politischen Gruppierungen gibt. Die Regierung schwankt ständig zwischen einer Mitte-Rechts- und einer Links-Koalition. Ich habe bereits Kontakte geknüpft und kann versichern: Alle sind sehr an einer Zusammenarbeit interessiert.»

«Gut, so genau müssen wir das jetzt gar nicht wissen», sagte Ursini. «Es scheint dort alles auf ziemlich wackligem Boden zu stehen, und das kommt uns nur zu gut entgegen. Eins müssen wir den Leuten ein für allemal klarmachen: Sie dürfen ihre Ware nur über uns beziehen. Wir gestehen ihnen zu, was sie fordern, aber sie müssen dafür als Prinzip anerkennen, daß wir in Italien das Monopol haben. Um es zu behalten, sind wir zu allem bereit. Wir bieten gute Preise, beste Ware, Beteiligungen, regelmäßige Lieferung. Und sie sollten es sich sehr gut überlegen, sich an andere Lieferanten zu wenden.»

«Aber Marseille...»

«Ich habe bereits über den amerikanischen Zweig der Inzerillo Kontakt mit Marseille aufgenommen, da wird es keine Probleme geben. Die Geschäfte zwischen uns und den Franzosen bewegen sich in schwindelerregenden Dimensionen.»

«Verstehe.»

«Das gilt auch für Sie, Randazzo. Bei irgendwelchen Jugendlichen mit Ohrringen und Gitarre, die aus Thailand zurückkommen und ein paar Gramm Stoff reinschmuggeln, um sich die Reise zu verdienen, können wir durchaus ein

Auge zudrücken. Aber da hört es dann auch schon auf. Alles muß über uns laufen, und das muß allen klar sein. So, das ist im Augenblick alles. Wir treffen uns von nun ab einmal im Monat. Sobald ihr angefangen habt, gebt meinem Sekretariat und dem im Palermo eine Telefonnummer, über die man euch ständig erreichen kann.»

Die beiden Männer gingen, und Ursini blieb noch im Restaurant sitzen und schaute den Badenden zu. In der Mitte des Swimmingpools war eine längliche Insel mit schweren Liegestühlen auf Rollen; die Insel war über einen schmalen Steg zu erreichen. Auf einem der Stühle räkelte sich eine etwa fünfzigjährige Frau mit einem Strohsombrero und dunkler Brille, die Ursini und seine Gesprächspartner keinen Moment aus den Augen gelassen hatte. Er überlegte, ob ihr Sonnenschutzspray nicht vielleicht in Wirklichkeit ein getarnter Fotoapparat war, mit einem Mikrofon jedenfalls hatte sie nicht hantiert.

Er beachtete sie nicht weiter und hinkte zum Geländer. Sein Bein schmerzte. Um es nicht noch mehr zu belasten, stützte er sich auf den Handlauf und blickte in die Tiefe. Der Fels jenseits des Kaps sah völlig anders aus: Die schneeweiße Fläche war von Seesternen bedeckt und fiel fast senkrecht gut zehn Meter ab.

Ursini streckte sich, etwas benommen vom Essen und von der Sonne, und schaute auf die Uhr: schon zwanzig nach eins. Träge ging er zum Gang zurück und nahm den Aufzug nach oben. Die Klimaanlage hatte sein Zimmer zu stark abgekühlt; er ging zum Balkon und öffnete die Tür ein wenig. Erst in diesem Augenblick bemerkte er den Mann.

Er trug einen beigefarbenen Leinenanzug und eine Krawatte und erhob sich nun aus einem der beiden Sessel am Fußende des Bettes.

«Guten Tag.»

«Guten Tag», sagte Ursini. Er hatte ihn erwartet. Sie waren hier in Capo Taormina verabredet, hatten aber keinen genauen Termin und keinen Treffpunkt vereinbart. Er dachte an die Frau auf dem Inselchen im Swimmingpool, und ihm wurde klar, daß der Besucher sicher den besten Weg zur Kontaktaufnahme gewählt hatte: Niemand würde das Hotelzimmer beobachten, während sein Bewohner sich nicht darin aufhielt.

Der Mann hieß Castoldi und vertrat eine «Service-Agentur», wie er selbst sie nannte. Bereits vor einigen Monaten hatte die Agentur Ursini ihre Dienste angeboten. Castoldi sah aus, als sei er Mitte Sechzig, war aber schon 72, eine der wenigen Informationen, die Uglietti über ihn einzuholen vermocht hatte. Castoldi hatte gut zehn Jahre zuvor dem Geheimdienst den Rücken gekehrt, weil er das Rentenalter erreicht hatte. Nun lebte er mit seiner Frau in Florenz; er hatte eine verheiratete Tochter.

Castoldi schien wirklich schlau zu sein, Ursini war überrascht von seinem Informationsstand: Er wußte sehr viel über Ursini und seine Kontakte, außerdem über den Rektor – für den er im übrigen nicht viel Sympathie zeigte –, den Ministerpräsidenten und viele andere; darüber hinaus hatte er einige Ereignisse vorausgesagt, die dann tatsächlich eingetreten waren.

«Ich weiß bis jetzt noch nicht genau, ob eine Zusammenarbeit zwischen uns in Frage kommt», Ursini setzte sich ihm gegenüber. Castoldi nickte verständnisvoll. «Andererseits wäre eine gelegentliche Zusammenarbeit nur möglich, nachdem von unserer Seite Ihre Fähigkeiten sowie Identität und Vertrauenswürdigkeit Ihrer Leute überprüft wurden... Und das würden Sie wohl kaum zulassen.»

Der Mann lächelte. Ursini bemerkte erst jetzt, bei ihrem dritten Treffen, daß er ein Gebiß hatte. Die Prothese war kaum als solche zu erkennen: Die Zähne waren nicht übertrieben weiß und sogar etwas unregelmäßig gesetzt. Wenn

Castoldis Leute so funktionstüchtig und dabei so unauffällig waren wie diese Zähne, dann würde ein Bündnis mit ihm bestimmt nicht uninteressant sein.

«Dr. Ursini, ich kann Ihre Zweifel verstehen und bitte Sie, das, was ich Ihnen jetzt sage, nicht mißzuverstehen. Wir sind nicht daran interessiert, Ihre Organisation zu überzeugen – wir möchten *Sie* überzeugen.»

«Bilden Sie sich nicht ein, daß Sie ohne Wissen der Organisation für mich arbeiten können. Ich ergreife keinerlei Eigeninitiative, ohne...»

«Hören Sie mich bitte an. Ich gebe Ihnen einmal eine kleine Probe. Sie werden wieder nach Palermo fahren, das tun Sie mit einer gewissen Regelmäßigkeit. Bei dieser Gelegenheit wird man versuchen, Sie umzubringen. Ich weiß weder wie noch wo, habe aber Anlaß zu glauben, daß es für das Ende einer Versammlung geplant ist. Bevor Sie mich nun fragen, wie wir an diese Information gekommen sind, möchte ich Ihnen noch sagen, daß wir auf demselben Weg auch erfahren haben, daß in etwa zehn Tagen Generalstaatsanwalt Costa umgebracht werden soll, um ihn daran zu hindern, gewisse Personen zu verklagen, deren Namen Ihnen sicherlich nicht unbekannt sind. Geschieht der Mord an Costa tatsächlich, haben Sie guten Grund zur Annahme, daß auch der Anschlag auf Sie stattfinden wird. Ich bitte Sie also einfach darum, abzuwarten. Wir treffen uns wieder, wenn der Sommer vorbei ist... wenn Sie von Ihrer Reise in ein mittelamerikanisches Land zurück sind.» Bei diesem letzten Satz war ein gewisser Anflug von Ironie nicht zu überhören.

Informationen waren für Castoldi eine Art Fetisch. Sein Ehrgeiz, über alles genauestens Bescheid zu wissen, entsprach ungefähr dem Stolz, mit dem palermitanische Vorstadtjungen ihre Männlichkeit zur Schau stellen. Die Art, wie Castoldi sprach, verriet, daß er gebildet war. Im Grunde, sann Ursini, war der Mann eine dieser außer Kontrolle geratenen Zellen des demokratischen Staates, wie Uglietti. Castoldi hütete sich davor, im voraus allzuviel preiszugeben; doch seine Firma bot Dienstleistungen an, die Uglietti nicht einmal in Betracht gezogen hätte.

«Am besten verlassen Sie das Zimmer zuerst, und zwar allein», schlug Castoldi vor und erhob sich. Er war groß, mager und hatte eine krumme Haltung, er sah aus wie ein großer kränkelnder Raubvogel: «Ein paar Minuten später gehe ich dann auch hinaus. Ich habe den Verdacht, daß das Zimmer beobachtet wird.»

«Das ist durchaus möglich. Was ist das eigentlich für eine Frau auf der Insel im Swimmingpool? Eine Ihrer Agentinnen?» fragte Ursini unschuldig. Doch der alte Herr ließ sich nicht aus der Fassung bringen.

«Ich habe sie auch bemerkt. Als ich in Pension ging, hat sie als damals junge Kollegin beim Geheimdienst angefangen. Ansonsten...», er deutete mit einer etwas theatralischen Geste auf den Lampenschirm, «war da eine Wanze. Ich habe sie deaktiviert, und wenn...»

«Gut. Schalten Sie sie wieder ein, bevor Sie gehen.»

«Wie Sie wollen. Allerdings weiß ich aus Erfahrung, daß es hinderlich sein kann zu wissen, nicht mehr Herr der eigenen Intimsphäre zu sein...»

«Hinderlich?»

«Bei Begegnungen mit dem anderen Geschlecht beispielsweise», Castoldi wurde plötzlich ordinär. Ursini blickte ihn kalt an.

«Wie dem auch sei. Meine Frau ist in Zürich, und ich bin ein treuer Ehemann.»

Er wartete, bis Castoldi gegangen war, kehrte dann ins Zimmer zurück und nahm sein Spritzbesteck aus dem Koffer. Er war wirklich beeindruckend routiniert: seine Spritzen konnte er sich sogar am Steuer selbst verabreichen. Das Präparat wirkte analgetisch und entzündungshemmend. Sobald er bemerkte, daß die Krämpfe das Denken zu beeinträchtigen begannen, brach er die Spritzenpackung auf, die er stets in seinem Diplomatenkoffer bei sich führte. Wenn er zu Hause war, genügte es auch, daß er sich eine Viertelstunde auf dem Sofa oder im Bett ausstreckte. Klara sorgte dann sofort dafür, daß ihn die Kinder und das Hauspersonal nicht störten. Sobald er sich wieder erhob, brachte sie ihm eine Tasse Tee, einen starken, dunklen, aromatischen Assam.

Vom Felsenhotel zur Villa des Commendatore waren es mit dem Auto fünfundzwanzig Minuten. Das Haus war weder besonders groß noch besonders schön, hatte jedoch einiges an Luxus zu bieten: Klimaanlage, reichhaltiges Buffet, holzgetäfelte Motoryacht im Hafenbecken.

Der Commendatore kam Ursini entgegen, gab ihm die Hand und blickte ihn prüfend an. Dann packte er ihn am Arm und zerrte ihn ungeachtet der Gehbehinderung in ein großes Wohnzimmer, wo sie bereits erwartet wurden: von «der Gruppe», wie Turi Graziano sie schlicht und ergreifend nannte. Er hatte Ursini geraten, die Sache heute zum Abschluß zu bringen: man brauche diese Leute, wenn es in Palermo tatsächlich zu einer Stadtsanierung kommen sollte. Ursini war allerdings der Überzeugung, daß man sie auch über dieses Projekt hinaus brauchen würde. Als er durch die Wohnzimmertür trat, erhob sich der gesamte Geldadel Ostsiziliens und musterte ihn mit ängstlich-gespannten Blicken. Dies war für alle ein wichtiger Tag: der Tag der Einheit Italiens.

«Peppino Garibaldi trägt die Schuld an der Einheit Italiens. Peppino Ursini verdanken wir die Einheit Siziliens», scherzte der Gastgeber. Er hatte sich diesen Witz offenbar vorher zurechtgelegt, denn wie auf Bestellung knallten auch die Sektkorken der Dom-Perignon-Flaschen neben den fünf oder sechs nebeneinander aufgestellten Sektkübeln. Natürlich entsprach es nicht ganz der Wahrheit, was der Commendatore da sagte. Die Gruppe der Catanier hielt schon seit geraumer Zeit Kontakt mit den Palermitanern. Jetzt ging es allerdings um einen richtigen Vertrag, wenn auch um einen recht einfachen: Catania bewarb sich um die großen staatlichen Aufträge Siziliens und Italiens allgemein, die Palermitaner halfen ihnen, sie auch wirklich zu bekommen. Die Einkünfte sollten nach einer von Ursini und seinen Mitarbeitern ausgetüftelten Strategie zusammen mit anderen Kapitalien reinvestiert werden. Dies vor allem sollte beim Buffet besprochen werden.

Ursini wunderte sich über die Anwesenheit eines kleinen, mageren Mannes, der aussah wie ein Gärtner und mit einer langen Haarsträhne seine Glatze zu überdecken suchte. Daß es sich um den Chef des «militärischen Zweiges» der «Gruppe» handelte, wußte er, wobei der Mann natürlich nicht im entferntesten die Rolle innehatte, die Graziano in der Organisation spielte. Dieser Mann hier war lediglich ein ausführendes Organ, kommandiert wurde er von der Gruppe. Und dennoch wurde er in diesem Kreis geduldet, vielleicht sogar gefürchtet.

«Ich kannte deinen Vater», der Mann duzte ihn sogleich. Ursini reagierte nicht auf diese Vertraulichkeit und vermied es fünf Minuten lang, ihn im Gespräch direkt anzureden. Dann rettete ihn einer der anderen Gäste, indem er ihn zu einem Fenster schob, das auf das Meer hinausging. Die Gruppe wurde im wesentlichen von drei ganz unterschiedlichen Persönlichkeiten getragen: einem Industriellen, einem Finanzier und einem Politiker. Es war der Finanzier, der ihn nun am Arm faßte.

«Ich denke, Ihre Schatzbrief-Strategie habe ich verstanden», murmelte er komplizenhaft. «Oberflächlich betrachtet handelt es sich um eine banale Investition, aber ich denke, ich habe Ihre Absichten begriffen und bin ganz auf Ihrer Seite. Bedingungslos.»

«Das freut mich», sagte Ursini, war sich aber klar, daß das dem anderen nicht genügte, daß der Mann ihm vertrauliche Mitteilungen entlocken wollte. Glücklicherweise erschien der Gastgeber mit seiner etwas groben Überschwenglichkeit und wollte mit ihm anstoßen. Danach zogen sie sich in ein Arbeitszimmer zurück, das voller Lexika und Bildbände stand, und diskutierten zwei Stunden lang über die Probleme, die der Vertrag lösen sollte, aber auch über die Schwierigkeiten, die er mit sich bringen könnte. Aus dem Wohnzimmer hörte man das Klirren von Kristallgläsern und das Klappern von Besteck. Zeit zum Abendessen.

13

AM FLUGHAFEN ERWARTETE sie in einem recht bescheidenen Wagen, einem alten Chevrolet, ein Fahrer, der kein Wort Englisch sprach.

«Wichtig ist hier, nicht aufzufallen», kommentierte Bongard heiter. Ursini sagte nichts. Wie immer, wenn er sich an ihm neuen, unbekannten Orten befand, machte er sofort eine Art innere Momentaufnahme, prägte sich die Gerüche ein, die Architektur, den Verkehrsfluß, den Gesichtsausdruck der Menschen, der Polizisten, des Taxifahrers.

Durch das Erdbeben von 1776 wurde die alte Stadt Guatemala vollkommen zerstört und dann an anderer Stelle von Grund auf neu errichtet. Nun war sie – ähnlich wie New York – geometrisch strukturiert: die fortlaufend numerierten *Avenidas* teilten sie von Osten nach Westen, die *Calles* von Norden nach Süden. Einige Straßen, die *Diagonales*, durchzogen dieses Raster schräg, vielleicht waren sie das Ergebnis von Fehlplanungen, oder aber den Stadtplanern waren irgendwann die Nerven durchgegangen.

Die Stadt war nicht sonderlich schön. Und auch ihre Bewohner, so fand Ursini, sahen nach europäischen Vorstellungen nicht besonders gut aus, die meisten liefen zudem in zerlumpten Kleidern herum. Im 13. Bezirk, wo sich der Flughafen befand, lagen auch der Zoo, die Trabrennbahn und die Plaza de Toros. Es herrschte typische Sonntagsstimmung. Je weiter sie die Avenida de la Reforma in Richtung Stadtzentrum entlangfuhren, desto prächtiger, ja eleganter wurden die Gebäude.

Sie waren bei General Arantes zu Gast – aus Sicherheitsgründen hatte man sich gegen ein Hotel entschieden. Die Wohnung des Generals nahm ein ganzes Stockwerk in einem frisch renovierten Jugendstilhaus ein, das neben der Zoll-Generaldirektion stand. Ein Hausdiener in weißem Livree mit goldenen Besätzen führte sie in den Festsaal, der von einem gewaltigen Ölgemälde des Staatspräsidenten beherrscht wurde.

«Guten Tag», grüßte Ursini ein wenig zögerlich. Er war natürlich nicht davon ausgegangen, seinen Gastgeber allein anzutreffen – aber ihn von fünfzehn anderen Gästen umringt zu sehen, hatte er ebensowenig erwartet. Er ging auf den einzigen Mann zu, der eine Uniform trug, dieser jedoch zog sich sofort zurück, und Ursini stand vor einem älteren Herrn, einem stark behaarten Mestizen, der ein himmelblaues Seidenhemd trug.

«Ich bin General Arantes», sagte er in geradezu gesungenem Englisch und stellte Ursini dann die übrigen Gäste vor, fünfzehn Guatemalteken und einen Amerikaner namens Winslow, der aussah wie ein alter Schauspieler aus einer Fernsehserie, die im Hochfinanz-Milieu spielt – seine Worte, die Aussprache, die Gesten: alles wie einstudiert. Winslow gehörte zur CIA, und Ursini hatte nach wenigen Sätzen begriffen, daß er mit uneingeschränkten Vollmachten nach Guatemala-Stadt gekommen war. Auch der General hörte ihm aufmerksam zu.

«Unsere Interessen im nur knapp achtzig Meilen entfernten El Salvador...», begann Winslow. Was er sagte, war außerordentlich konzise, in knapp zehn Minuten brachte er eine Vielzahl ganz wesentlicher Aspekte zur Sprache. Die CIA sah keinen Grund, den Sizilianern und ihren Verbündeten in einem befreundeten Staat eine Operation zu gestatten, die sie genausogut alleine durchführen konnte, zudem mit mehr Vorteilen für sich selbst. Dieser Position war im Grunde nichts entgegenzusetzen. Ursini überlegte und antwortete dann:

«Stellen Sie sich doch einmal die Frage, welche Gegenleistungen wir für Neutralität oder Zusammenarbeit von eurer Seite bieten können! Wir wissen, wo die meisten eurer Agenten in Italien stationiert sind. Wir wissen, wer sie sind – in Italien und den wichtigsten europäischen Städten Europas. Wir wissen über eure Beziehungen mit anderen Geheimdiensten Bescheid, über eure Verbindungen mit Wirtschaftsleuten, Industriekonzernen, mit den Freimaurerlogen und Geheimbünden... Eure Arbeit ist hart, und wir könnten sie euch ein wenig erleichtern. Wir haben überall unsere Kanäle, ein engmaschiges Netz von Kanälen... Andererseits könnten wir euch auch sehr unbequem werden, euch ernsthafte Probleme machen. Wir haben mehr Leute als ihr, haben mehr Geld zur Verfügung, kennen besser als ihr die Verhältnisse des Landes. Daß in Europa alles wesentlich verwickelter ist als in den Vereinigten Staaten, ist Ihnen ja zweifelsohne bewußt...»

«Verstehe», sagte Winslow. Nach außen schien er unbeeindruckt, doch innerlich mußte er vor Wut kochen – sah es doch wirklich so aus, als könte dieser kleine Haufen Südländer den Apparat der CIA in Italien ernsthaft ins Wanken bringen und den in Europa zumindest gefährden.

«Wir verfolgen keine politischen Ziele», fuhr Ursini fort, «jedenfalls nicht hier. Was wir wollen, ist ein Freihafen, der unabhängig vom Wohlwollen unserer Freunde und den Launen unserer Verbündeten funktionieren kann. Wir können alles organisieren; wir haben Kontakte zu großen Industriekonzernen und zu Banken, die unserem Vorhaben nicht abgeneigt wären. Euch fiele nur die Aufgabe zu, die Stabilität dessen, was wir aufbauen, zu garantieren.»

«Ich habe die Pläne, die ihr mir habt zukommen lassen, aufmerksam studiert», unterbrach General Arantes genau im rechten Augenblick: Die Versammlung belebte sich nun sofort. Die Gäste waren mit großer Sorgfalt geladen worden, jeder war in einer ganz bestimmten Eigenschaft hier. Ein Minister war dabei, ein Zeitungsverleger, ein Gewerkschaftsführer, der Direktor der wohl wichtigsten Bank des Landes. Die übrigen erwarteten sich von der Operation wirtschaftliche und soziale Vorteile. Für den General selbst würde sie die Eintrittskarte für den Palacio Nacional in der Sechsten Avenida bedeuten.

Nun ergriff der Bankdirektor das Wort, der «den guten Freund und berühmten Bankier Fiorenzo Parravicino» kannte – er setzte statt des «i» ein «o» ans Ende. Ursini streckte sich in seinem Sessel aus und machte es sich bequem. Ein paar Minuten später servierten die Hausdiener Kanapees und eisgekühlten Wein. Ursini trank mit geschlossenen Augen; als er sie wieder öffnete, bemerkte er, wie ein Mann aus dem Gefolge des Generals seinen Schädel musterte und nun schnell wegschaute, als sei er ganz in die Worte des Redners vertieft.

Gegen Abend kam ein Telegramm des Rektors, der für den Morgen seine Ankunft in Montevideo ankündigte – in einem Ton, der seine feste Überzeugung verriet, dies würde der Adressat als frohe Botschaft empfinden. Ursini las die Nachricht, atmete tief durch und gab Bongard das Telegramm zurück.

«Fahren wir?»

«Das Auto steht bereit.»

Sie bewegten sich langsam durch die dunkle Stadt. Im Zentrum fuhren zahlreiche Polizeistreifen mit Blaulicht im Schrittempo umher. Ursini vermutete, daß die Ordnungshüter Verbrechen wohl lieber verhindern als Kriminelle erst auf frischer Tat ertappen wollten. «Sage mir, was für eine Polizei du hast, und ich sage dir, in was für einem Staat zu lebst», pflegte Giacomo zu sagen. Seit einiger Zeit reiste er viel herum und fällte unwiderrufliche Urteile über alles, was er sah – wobei ihm Porta Nuova, das Viertel Palermos, aus dem er kam, natürlich als oberster Maßstab diente, an den kaum etwas heranreichte.

Der Aufzug aus der Zeit des Jugendstils war mit Mahagoni getäfelt und mit kunstvoll geschmiedetem Eisen verziert. Sie fuhren in den zweiten Stock hinauf, wo sie ein kräftiger Bursche erwartete und in eine mit Statuen geschmückte Halle führte.

Der Mann, dem Ursini den Codenamen «Repetitor» gegeben hatte, erwartete sie regungslos in einem verchromten Rollstuhl. Hinter ihm stand ein weißlivrierter Hausdiener, zu seiner Rechten ein älterer Mann mit Bart.

Der Repetitor war extra für diese Begegnung aus San Paolo angereist. Er war der Besitzer der größten Fernsehgesellschaft in ganz Südamerika, und auch in den USA und in Kanada war er gut im Geschäft. Ursini versuchte zu schätzen, wie alt er war, während er auf ihn zutrat – über neunzig, wie die – wohl von ihm selbst verbreitete – Legende besagte, war er sicher nicht. Aber um die Achtzig war er wohl, auch wenn er aufgrund seiner angegriffenen Gesundheit älter aussah. Wir müssen uns wohl beeilen, mit ihm handelseinig zu werden, dachte Ursini plötzlich amüsiert, als er ihm die Hand entgegenstreckte.

«Ich bin Giuseppe Ursini.»

«Ich bin schon ganz gespannt auf Sie. Ich bin Carlos Bohlen», sagte der Alte und schüttelte ihm die Hand.

In Zürich erwarteten ihn schlechte Nachrichten. Das war in Raddas Augen zu lesen, der ihm um seinen Schreibtisch herum entgegenkam. Ursini nahm Platz, der Anwalt gab über die Sprechanlage Order, nicht gestört werden zu wollen, setzte sich ihm gegenüber und überkreuzte seine dünnen Beine.

«Der Architekt ist durchgedreht. Er ist aus dem Banco Cisalpino ausgetreten und hat sich gut bezahlen lassen, danach hat er auch noch eine der Gesellschaften verkauft, die er in Mailand aufgebaut hatte. Und mit dem Kapital, das wir ihm verschafft haben, hat er sich nicht in die Firma eingekauft, die wir vorgesehen hatten, sondern sich damit die Kontrolle über eine französische Handelsgesellschaft gesichert...» Radda warf einen Blick in sein schwarzes Notizbuch. «Es handelt sich um die Générale des Vosges, eine Gruppe, die auch Korrespondenzverkäufe tätigt.» Er machte eine Pause und blickte Ursini an, versuchte zu erraten, was er dachte. Dann schaute er wieder in sein Notizbuch. «Eine wirkliche Meisterleistung hat er da vollbracht. Solche Gesellschaften sind äußerst wertvoll. Erstens haben sie immer eine positive Bilanz und setzen das Umlaufvermögen sehr schnell um. Zweitens kann man sie auch für den Markt neuer Produkte nutzen und dabei unverkäufliche Überhangmengen losschlagen. Und schließlich bekommt man über sie eine unschätzbare Reihe von Kunden für den Verkauf von Investmentfonds, Kreditkarten, Versicherungen, Abonnements...»

«Wie hat sich der Architekt gerechtfertigt?» fragte Ursini. Der Anwalt klappte sein Notizbuch zu und warf es auf den Tisch. Dann schüttelte er den Kopf.

«Ich habe ihn bisher nicht erreichen können.»

«Gut. Das werde ich dann wohl mal übernehmen. Sagen Sie Susi, sie soll es mal in seinem Büro in Rom versuchen, da wissen sie immer, wo er ist. Und wenn sie dort kein Glück hat, soll sie es unter dieser Nummer probieren...»

Radda gab die Anweisung über die Sprechanlage weiter. Dann ging er zu seinem Kühlschrank und schenkte sich selbst ein Hurlimann, seinem Gast ein Glas Eistee ein. Ein paar Sekunden später meldete die Sekretärin, daß der Architekt sich gerade auf dem Flug nach Madrid befinde und innerhalb der nächsten halben Stunde anrufen werde.

«Da ist noch etwas», sagte Radda, «aber vielleicht haben Sie in Guatemala ja die Nachrichten in den italienischen Zeitungen verfolgen können...»

«Dazu war keine Zeit. Was ist denn passiert?»

«Anfang August ist im Bahnhof von Bologna eine Bombe explodiert – über achtzig Tote. Noch jetzt spricht man in Italien von nichts anderem...»

Ursini verzog keine Miene. Klar: jetzt wurde ausschließlich nach den Attentätern gefahndet, niemand kümmerte sich um die vielen sizilianischen Banken, um das verdächtig große Vermögen des Baulöwen Mangano, um die gefälschten öffentlichen Aufträge von Bürgermeister Palmisano, um untergetauchte Mafiosi... Von daher eine erfolgreiche Aktion, diese achtzig Toten – aber kurzsichtig, ohne langfristige Wirkung, ein schreckliches, völlig unnötiges Blutvergießen. Das Attentat trug eindeutig die Handschrift von Giacomo und seinen Leuten. Ursini erfuhr auch, daß Generalstaatsanwalt Costa tot war, ermordet wegen seiner Ermittlungen gegen die Gruppe Spatola-Inzerillo. Cordaro und sein Antimafia-Pool würden keine Schwierigkeiten haben herauszufinden, wer dahintersteckte. Früher hatte die Polizei beobachtet, wer den ersten Kranz für die Toten schickte, um den Mörder zu ermitteln. Mittlerweile reichte es, die Akten auf dem Tisch eines ermordeten Richters durchzuschauen, um herauszubekommen, ob er an einer Unterschrift gehindert oder für seine Recherchen bestraft werden sollte.

«Wie ist es in Sizilien gelaufen?» fragte Radda, nicht zuletzt um das beunruhigende Schweigen zu durchbrechen.

«Gut, glaube ich. Die Ermittlungsbehörden haben die Triade Catanias ziemlich auf dem Kieker, aber ich glaube, wir können trotzdem ohne große Bedenken weitermachen. Sie sind derzeit ziemlich liquide, und im Augenblick... Übrigens habe ich gehört, daß es so aussieht, als würde die Fußballweltmeisterschaft 1990 in Italien stattfinden. Luciano

Mangano sollte in Norditalien und die Triade zusammen mit Catteneo im Süden einen unangreifbaren Apparat von Gesellschaften aufbauen: sie könnten so auf direktem Wege oder über angeschlossene Firmen mindestens achtzig Prozent der Bauaufträge an Land ziehen.»

Radda berichtete, daß er Mangano wenige Tage zuvor in Nizza getroffen habe. Es sehe so aus, als könne dieser die Ermittlungen der Mailänder Behörden schon im Keim ersticken; Mangano habe ihm außerdem die Beschlüsse über die Vergabe der Bauaufträge vorgelegt. Es fehle nur noch die Gegenzeichnung der diversen Kontrollinstanzen, von denen aber nur die regionalen Schwierigkeiten bereiteten.

«Das kriegen wir schon hin», versprach Ursini.

Sie waren gerade im Begriff die ersten, nicht sonderlich befriedigenden Daten über die von ihnen kontrollierten Investmentfonds zu interpretieren und die Planungen für 1981 durchzusehen, als das Telefon läutete und Susi meldete, daß der Architekt in Madrid gelandet und am Telefon sei. Die metallische, kräftige Stimme war im ganzen Raum zu hören.

«Guten Tag», sagte Ursini, «gerade bin ich nach Europa zurückgekommen und habe von Ihrem plötzlichen Tatendrang gehört...»

«Wir haben jetzt keine Zeit, Konversation zu betreiben. Einige Gesellschafter haben mir unabhängig voneinander ihre Absicht zu verkaufen mitgeteilt. So konnte ich einige Aktienpakete für die Hälfte der Summe kaufen, die sie gekostet hätten, wenn sich die Leute untereinander auf einen gemeinsamen Verkauf geeinigt hätten. Anwalt Radda...»

«Daß Ihre Idee gut war, steht nicht zur Diskussion. Hielte ich Sie nicht für qualifiziert, wäre ich nicht an einer Zusammenarbeit mit Ihnen interessiert. Aber eines scheint Ihnen nicht so ganz klar zu sein: Sie können nicht einfach irgendwelche Schritte einleiten, die weder von uns abgesegnet noch vorher gemeinsam abgesprochen wurden...»

«Also, Moment mal», unterbrach ihn der Architekt deutlich ungehalten: «Was zählt, sind doch wohl die Ergebnisse. Außerdem hätte ich natürlich die gesamte Verantwortung auf mich genommen, wenn etwas schiefgegangen wäre, aber das ist ja zum Glück nicht der Fall...»

«Ich verstehe Ihren Standpunkt. Auch daß Sie aus dem Banco Cisalpino ausgestiegen sind, ist ja wohl...»

«Parravicini ist doch nicht ganz normal. Den interessiert es überhaupt nicht, ob er Erfolg hat, Hauptsache, die anderen haben keinen. Er leitet seine Bank wie mein Großvater sein Gut in Monferrato geführt hat: niemand durfte es wagen, in seiner Abwesenheit auch nur eine Kuh zu melken oder ein Pferd zu beschlagen. Ich bekomme richtiggehend Bauchschmerzen, wenn ich den Mann reden höre, und ich arbeite nicht gut, wenn ich Bauchschmerzen habe.»

Als er aufgelegt hatte, fragte Ursini den Anwalt, wie Parravicini reagiert hatte.

«Schwer zu sagen. Er ist wirklich nicht leicht zu durchschauen. Er hat zweimal angerufen und wollte mit Ihnen sprechen. Er fing wohl an, die Situation zu begreifen, hatte aber keine Ahnung, daß der Architekt mit uns zusammenarbeitet...» Plötzlich unterbrach sich Radda, und Ursini wußte, was ihm durch den Kopf geschossen war.

«Ja. Er hat ein merkwürdiges Verständnis von Zusammenarbeit. Bevor wir mit Parravicini reden, müssen wir entscheiden, wie wir mit ihm verfahren. Aber um das entscheiden zu können, müssen wir wissen, was er eigentlich vorhat.»

Radda überlegte, was die Formulierung «wie wir mit ihm verfahren» bedeuten sollte. Er hatte den Bankier in den vergangenen Monaten ganz gut kennengelernt und verstand die Verzweiflung, mit der dieser Mann derzeit zu kämpfen hatte, sein Gefühl, vollkommen allein zu stehen. Früher oder später würde seine labile psychische Verfassung ihn sicher zu gefährlichen Entscheidungen treiben.

Radda schob diese Gedanken beiseite. Das Telefongespräch, das er soeben mitgehört hatte, beunruhigte ihn. Aber kurze Zeit später hatte er wieder einen dicken Stapel Papier vor sich liegen und war bereit, sich einen nicht enden wollenden Nachmittag lang über Fakten und Zahlen zu beugen.

«Machen wir weiter?» fragte er.

Ursini nickte. «Ja, machen wir weiter. Ist noch etwas Tee da?»

Ursini war es diesmal zu gefährlich, in Palermo auf dem Flughafen Punta Raisi zu landen – und das nicht, weil im Wetterbericht Windböen und Regenschauer angekündigt worden waren: Zwar hatte Ursini dafür keine Beweise, aber er war sicher, daß Castoldi recht hatte und man versuchen würde, ihn in den zwei Tagen, die er gedachte, hier zu verbringen, zu töten.

In Rom hatte er Lillo Raia getroffen, finster und unnahbar wie immer. Sie hatten über die bevorstehende Versammlung gesprochen, denn er sollte Turi Graziano vertreten. Ursini bat Raia, Giacomo davon in Kenntnis zu setzen, daß er mit dem Nachmittagsflug ankommen würde. «Bitte sag es ihm unter vier Augen. Ich habe irgendwie ein komisches Gefühl.» Raia hatte ihn mit seinen hellen Augen angesehen: «Mach dir keine Sorgen. Du hast ja mit den ganzen Problemen nichts mehr zu tun und sollst nicht einmal vermitteln.»

Tatsächlich war es das erste Mal, daß Ursini in Palermo nur als Berater dabei war, eigentlich sollte er wirklich nichts zu befürchten haben. Dennoch nahm er einen Flug nach Reggio Calabria und setzte dann per Schiff nach Messina über. Meer und Himmel waren von dunkler, bleierner Farbe. Von Messina aus fuhr Ursini mit einem Fiat 131 nach Palermo. Kurz vor der Stadt kam er in einen heftigen Sturm. Er mußte des starken Regens wegen wie alle anderen Autos anhalten.

Die Blitze schienen in unmittelbarer Nähe herabzufahren. Das Unwetter dauerte nur wenige Minuten, aber die Straße war nun mit kleinen Steinen, Blättern und Schlamm bedeckt. Er massierte sich sein Bein, das durch die lange Fahrt ganz steif geworden war, widerstand jedoch der Versuchung einer Spritze. Dr. Keller hatte ihm auch ein Aufputschmittel verschrieben – ein leichtes Methamphetamin mit lang anhaltender Wirkung –, aber nur «für absolute Notfälle», er hatte ausdrücklich empfohlen, vorsichtig damit umzugehen. Ursini schaute auf die Uhr, überschlug, wie lange das Medikament wirken würde, und nahm eine Tablette ein. Der Himmel klarte sich vom Meer her auf, doch richtig hell wurde es nicht mehr. Die Autos fuhren mit eingeschalteten Scheinwerfern los.

Er rief Giacomo von einer Telefonzelle aus an und mußte sich zuerst eine Minute lang beschimpfen lassen, weil er ihn nicht über die Routenänderung informiert hatte. «Und wegen dir wäre es mit mir fast aus gewesen. Ich dachte wirklich, die wollten mich umlegen, lieber Giuseppe. Kaum daß ich das Flughafengelände verlassen hatte, hat mich ein Alfa Romeo zum Halten gezwungen und zwei Kerle sprangen heraus. Ich dachte wirklich, mein letztes Stündchen hätte geschlagen. Aber dann haben sie nur in mein Auto geschaut und sind sofort abgehauen...»

«Die werden dich mit jemandem verwechselt haben», beschwichtigte ihn Ursini. Sollte es wirklich stimmen? Nach den langen Jahren in Zürich, immer geduckt in der ständigen Erwartung des Todesschusses, der nie kam, nun plötzlich, hier und jetzt, die ganz reale Bedrohung.

«Die Versammlung findet bei mir zu Hause statt, morgen nachmittag.»

«Wie soll ich mich verhalten?»

«Komm gleich zu Anfang, dann kannst du sofort deinen Vortrag halten. Von mir aus kannst du dann dableiben. Und wenn jemand etwas dagegen haben sollte, hast du wenigstens schon gesagt, was du zu sagen hast.»

Er hatte ein Zimmer im Hotel Politeama reservieren lassen, weil es im Zentrum, nicht weit von Giacomos Wohnung, lag. Als er in die Halle trat, sah er aus dem Augenwinkel zwei Männer mittleren Alters, die sich unauffällig erhoben und mit ihm zusammen den Aufzug erreichten. Eine alte, dicke Frau stieg im ersten Stock aus. Als Ursini den Aufzug verließ, folgten ihm die beiden schweigend. Im Korridor war niemand zu sehen, und keiner bemerkte, wie sie untereinander die Zimmer tauschten. Ein alter Trick, aber immer wieder wirksam.

«Brauchen Sie noch etwas, Dottore?»

«Im Moment nicht. Ich melde mich dann.» Ursini schloß sich ein, duschte und legte sich ein wenig hin. Die zwei Männer, die Uglietti geschickt hatte, hatten die ganze Nacht lang auf ihn gewartet und abwechselnd sein Zimmer bewacht. Aber nichts Außergewöhnliches war geschehen.

Am Morgen danach, als Ursini gerade mit der American Express Card seine Hotelrechnung bezahlen wollte, sagte man ihm an der Rezeption, daß seit einer Stunde ein Mann auf ihn wartete. Ein älterer Herr erhob sich etwas mühsam von einem der Sessel und ging lächelnd auf Ursini zu. Die beiden Leibwächter nahmen die strategisch günstigsten Positionen ein.

«Mein Name ist Antinori, ich arbeite mit Dr. Castaldi zusammen.»

«Freut mich», Ursini drückte ihm die Hand und überlegte, warum die Agentur gerade in diesem Augenblick Kontakt zu ihm aufnahm.

«Nur ein paar Worte, Dottore, aber unter vier Augen», murmelte der Mann. Ursini zog sich mit ihm in eine Ecke am Ausgang zurück. «Ich habe den Auftrag, Sie zu informieren, daß Sie nach der Versammlung von gewissen Leuten erwartet werden. Haben Sie verstanden?»

«Ja, das habe ich. Und was ist das nun, ein Geschenk von Dr. Castoldi?»

Der Alte lächelte wieder und breitete die Arme aus. «Keine Ahnung. Ich kann nichts weiter dazu sagen. Ich hoffe, daß das wenige, das ich Ihnen gesagt habe, nützlich ist für Sie.»

Der Mann verließ das Hotel. Entgegen der Abmachung mit Giacomo beschloß Ursini, frühestens eine Stunde nach dem Beginn der Versammlung dort zu erscheinen und seinen Vortrag erst am Ende zu halten. Ugliettis Männer hielten unweit von Giacomos Wohnung an und inspizierten routiniert die Umgebung, was Ursini sehr beruhigte. Sie signalisierten ihm, daß die Luft rein sei, und Ursini schlüpfte durch die halboffene Tür hinein. Giacomo, wie immer im eleganten Anzug, öffnete ihm selbst.

«Giuseppe, was ist denn passiert?»

«Mir ist etwas dazwischengekommen.»

Neun Männer waren versammelt; Ursini schüttelte allen die Hand. Peppe Tarantino hatte einen Abszeß und hielt sich mit der rechten Hand die Wange, mit der Linken machte er Ursini ein Zeichen. Auch Lillo Raia winkte ihm zu. Bontate lächelte und wies auf einen freien Stuhl. Sie sprachen über das Ermittlungsverfahren zum Mord am Staatsanwalt. Totuccio Inzerillo war gereizt. Er beschimpfte den Alten, der ihn ohne eine Miene zu verziehen ansah. Das Ermittlungsverfahren wurde von De Luca geleitet, der einer Mailänder Zeitschrift ein für die Organisation ziemlich bedenkliches Interview gegeben hatte.

«Ich habe dir gesagt, daß das einfach eine Dummheit war», wiederholte der Alte ruhig, mit einem Ausdruck, als sei dies schon das zehnte Mal.

«Klar, weil auf den Haftbefehlen ja nicht dein Name stand», gab Inzerillo zurück.

Auf der Tagesordnung standen weiterhin die nächsten Wahlen, ein glatzköpfiger Kommissar, der gerade von Trapani hierher versetzt worden war, und eine große Lieferung, die seit vier Tagen auf einem Schiff im Hafen versteckt war.

Schließlich ergriff dann Bontate das Wort. «Hier ist die Liste, die ich vorbereitet habe», erklärte er und verlas die Namen von fünfzehn Bauunternehmern. Ihnen allen hatte man den Vorschlag unterbreitet, 51 Prozent ihrer Firmen zu einem angemessenen Preis zu verkaufen. Bontate wollte innerhalb von zwei Jahren das gesamte Baugewerbe Westsiziliens unter die Kontrolle der Organisation bringen. Er gab zu bedenken, daß schließlich ein Mord an einem Unternehmer auch wesentlich weniger Aufsehen erregen würde als ein Mord an einem Richter – die Ermittler würden immer zuerst die Konkurrenten des Opfers verdächtigen. «Wir müssen gut vorbereitet sein für den Tag, an dem die Pläne zur Stadtsanierung in Kraft treten. Und selbst wenn er nicht in Kraft tritt, haben wir dann wenigstens das Problem der Ausschreibungen ein für allemal zu unseren Gunsten gelöst. Dann kann auch der Bürgermeister wieder ruhig schlafen, der arme Kerl. Bei der Staatsanwaltschaft gehen täglich rund zwanzig anonyme Anzeigen wegen Unregelmäßigkeiten bei den öffentlichen Ausschreibungen ein. Ein Segen, daß niemand diese Anzeigen liest ...»

Alle lachten. Der Alte überließ Ursini das Wort. Während seines halbstündigen Vortrages schaute er immer wieder in seine Notizen. Als er geendet hatte, wandte er sich an Stefano Bontate, der gerade einen Schluck Mineralwasser trank.

«Hast du jetzt etwas vor?»

«Nein, warum?»

«Vielleicht könntest du mich zum Flughafen bringen. Mein Flug geht in zwei Stunden, und ich habe etwas mit dir zu besprechen.»

«Ich müßte dich auch noch einmal sprechen, Giuseppe», mischte sich Giacomo ein, der Lillo Raia untergehakt hatte.

«Laß uns in Rom in Ruhe miteinander reden. Ich muß jetzt weg.»

Sie traten hinaus. Ursini bemerkte sofort, daß Ugliettis Männer ihre Position verändert hatten. Sie waren sichtlich nervös. Ein paar Meter vom Eingang entfernt stand Bontates Alfetta. Der Fahrer, in ein Comic-Heft vertieft, richtete sich auf und blickte zu einer Reihe etwas entfernt geparkter Autos hinüber.

«Ich fahre selbst», sagte Bontate. Der Fahrer ging zu einem Fiat 127, wo ein blonder junger Mann wartete.

«Wie, du fährst mit Eskorte?» Ursini tat überrascht.

«Das ist in Palermo jetzt Mode.»

Während der Fahrt waren sie beide geistesabwesend und hörten einander kaum zu. Ursini war sicher, daß er diese Partie gewonnen hatte. Der Falke würde es nicht wagen zuzuschlagen: Alle hatten gehört, daß er Ursini persönlich zum Flughafen begleiten würde. Freilich: sollte er doch schießen, Ugliettis Männer würden kaum etwas für ihn tun können. Sie waren irgendwo hinter ihnen im Verkehr steckengeblieben. Außerdem hatten sie den Maschinengewehren von Bontates Leuten nur bescheidene Pistolen entgegenzusetzen. Als die ersten Schilder die Nähe des Flughafens ankündigten, blickte Bontate Ursini an, wobei sich seine Unschuldsmiene zu einem breiten Lächeln verzog.

«Hier wären wir. Jetzt ist dir wohler, was?»

«Ja. Ich hatte wirklich Angst, das Flugzeug zu verpassen.» sagte Ursini gelassen. Bontate legte ihm die Hand auf den Arm.

«Du hast die Lage genau richtig eingeschätzt. Du bist nicht nur ein Schlitzohr, mein lieber Freund aus Zürich, du bist auch intelligent, vielleicht sogar intelligenter als ich, was aber noch lange nicht heißt, daß ich ein Trottel bin.»

Er parkte seine Alfetta in der Güterentladungszone und schaltete den Motor aus. «Es scheint, als würde deine Intelligenz uns ja wirklich entscheidend weiterbringen. Ich denke da zwar anders, aber wir werden sehen. Ich bin mir sicher, daß du vor allem für dich selbst arbeitest. Stimmt es, daß du ein Angebot von Turi ausgeschlagen hast? Daß du lieber ein... ein Angestellter bleibst? Mehr brauche ich doch nicht zu wissen, um zu erkennen, daß du etwas im Schilde führst.»

«Ich habe auch eine Frage an dich. Aber ich werde sie mir nicht selbst beantworten, wie du das tust... Ich würde gerne wissen, warum du dich von Anfang an der Gesetzmäßigkeit versperrt, daß sich mit der Zeit alles wandelt und alles expandiert. Du bist Besitzer von gut fünfzehn Firmen, hauptsächlich Bauunternehmen. Alles bleibt in der Familie: Du stehst in der Hierarchie ganz oben, und alle verfügbaren Verwandten und Freunde sowie ein Buchhalter (der sich nebenbei bemerkt nur um recht simple Rechnungen kümmern muß) arbeiten dir zu. Die Bruttorendite unserer Investitionen im Osten schwankt zwischen dreißigtausend und sechzigtausend Prozent, ab und zu liegt sie auch noch höher – Summen, die deine Freunde und Verwandten nicht einmal in arabischen Ziffern darzustellen imstande wären. Ein derartiger Profit kann zu einem Wachstum führen, er birgt allerdings auch die Gefahr, daß man sich vom eigenen Gewicht erdrücken läßt wie ein gestrandeter Walfisch. Im Prinzip weißt du das alles, aber aus einer Art kindlichem Trotz verteidigst du weiter einen längst überkommenen Individualismus und bringst mir eine Feindseligkeit entgegen, die ...»

«Mein lieber Schweizer, du hast keine Ahnung. Was du eine Gesetzmäßigkeit nennst, ist für mich der pure Wahnsinn. Unsere Väter waren reich, hatten Macht und Prestige. Sie waren Mitglieder der ehrenwerten Gesellschaft. Das könnten wir auch sein, und unser gesellschaftlicher Status noch höher. Du hast es wegen des Unfalls nicht geschafft –

aber ich war soweit. Aber dann kam das Heroin, und dann kamst du: zwei Geißeln – für die Organisation und für mich persönlich. Seit das Heroin so im Mittelpunkt steht, kann jeder Idiot – egal wieviel Charakter, Grips oder Weisheit er hat – innerhalb eines halben Jahres mit etwas Risiko und etwas Glück ein Vermögen machen, das zehnmal so groß ist wie das meines und deines Vaters zusammen. Mit diesem Geld kann er sich bewaffnete Männer kaufen, Senatoren, riesige Firmen voller Leute, die intelligenter sind als er selbst. Vor zwanzig Jahren konnten derlei Leute von Glück reden, wenn unsere Väter sie als Kloputzer anstellten. Niemand hätte ihnen zu kommandieren erlaubt, und das war gut so. Doch die Zeit ist nun leider ein für allemal vorbei.»

«Gut. Das ist also die Geißel Heroin. Und was hast du gegen mich?»

«Mit diesen reich gewordenen Witzfiguren hast du natürlich nichts zu tun. Du hast dich an die Bosse gewandt, die schon immens reich und mächtig waren, und hast ihnen eingeredet, daß es besser sei, tausend Milliarden Lire zu besitzen als nur fünfhundert Milliarden. Und sie haben dir geglaubt. Mit diesen zusätzlichen fünfhundert Milliarden Lire aber kann man sich auch nicht den Posten des Staatspräsidenten kaufen, sie sichern einen weder ein sauberes Führungszeugnis noch wahre Freunde, Kultur, Schutz vor Gewalt. Das Geld nützt rein gar nichts. Die Leute sind reicher und mächtiger, aber sie müssen diesen Reichtum dafür nun noch vorsichtiger verstecken. Don Tano Alato, Don Calò Vizzini, Don Ciccio Di Cristina – von denen wußte jeder, daß es sich um wohlhabende Leute handelte. Einiges mußten sie verborgen halten, aber an dem, was sie hatten, konnten sie sich erfreuen. Man richtete sich nach dem Sprichwort, daß man zwei Dinge nicht anhäufen soll: Reichtümer und Schönheit – warum also ein Kapital von tausend Milliarden? Was für ein Leben kann man mit hundert Milliarden Lire führen, ohne daß es einem Journalisten, Justizbehörden, die Finanzämter und alle möglichen Neider madig machen? Ein Privatjet mit Badezimmer? Fünf Millionen Trinkgeld im Restaurant? Du postulierst, es sei unbedingt nötig, Geld auf die ganze Welt zu verteilen. Aber kannst du mir den Unterschied zwischen fünfhundert und tausend Milliarden Lire erklären?»

«Eine ähnliche Frage hat mir Padre Pantano während meines Studiums in Gonzaga gestellt. Ich hatte während einer Diskussion zugegeben, nicht an Gott zu glauben. Das war damals völlig unvorstellbar. Aber der Padre war überhaupt nicht verärgert. Er fragte mich lediglich, woraus ich dann die Existenz des Universums, der Welt, der Schöpfung, des Menschen und seiner sublimen Gedanken herleitete. Er sagte wirklich ‹sublim›. Ich antwortete, daß ich das nicht wisse, daß ich keine Erklärungen für all das hätte, mich aber deshalb nicht verpflichtet fühlte, an Gott zu glauben. Wenn ich sage, daß mir das Leben verhaßt ist, muß ich mir schließlich auch nicht gleich eine Kugel durch den Kopf schießen, nur weil es die logische Konsequenz wäre. Verstehst du? Ich nehme die Welt um mich her an, angefangen bei diesem dreckigen Flughafen hier, der direkt vor einer Felswand gebaut wurde, weil irgendjemand das Land hier für ein paar Lire gekauft hat und ihn unbedingt hierhersetzen wollte. Mir gefällt es ganz und gar nicht, von dieser Rollbahn hier zu starten, und hier zu landen noch weniger. Nun könnte ich Punta Raisi von meinen Reisen einfach ausklammern. Dasselbe müßte ich dann aber auch mit allen anderen Dingen tun, die mir nicht gefallen, die ich nicht verstehe, die mir angst machen, die mich bedrücken... Statt dessen akzeptiere ich die Welt, der du dich verweigerst, und frage mich einfach nicht, was für ein Unterschied zwischen fünfhundert und tausend Milliarden Lire besteht. Es genügt mir zu wissen, daß es sich um unterschiedliche Zahlen handelt und daß die zweite höher ist als die erste. Die Welt beruht auf solchen Unterschieden. Es ist nicht meine Aufgabe, sie moralisch zu bewerten, und deine auch nicht, denke ich. Aber damit mußt du allein klarkommen.»

«Sicher. Aber während meine Ideologie dir keinen Schaden zufügen kann, vermag deine mich zu töten. Und ich muß mich verteidigen...»

«Indem du mich umbringst?» fragte Ursini. Über Bontates angespanntes Gesicht legte sich ein freundliches Lächeln, und er nickte.

«Du wirst nie mehr nach Palermo kommen, lieber Züricher Freund. Ich habe mich diesmal an die Regeln gehalten, wie sie in früheren Zeiten immer gegolten haben. Doch sich mit Leuten wie dich an die Regeln zu halten ist der helle Wahnsinn...»

«Deine Drohung kann mir gar nichts anhaben. Ich kann überall als Berater für die Organisation arbeiten. Ich muß nicht hierherkommen.»

«Das ist logisch. Aber deine Logik interessiert mich nicht. Hier in Palermo mußt du dich meiner Logik unterwerfen. Ich werde Turi Graziano persönlich warnen. Und wenn ihr engumschlungen wie ein Liebespaar aus dem Flugzeug steigt, ich laß dich durchlöchern wie einen Schweizer Käse. Dann wirst du endlich kapieren, daß ich recht habe – zwischen fünfhundert und tausend Kugeln gibt es wirklich keinen Unterschied.» Bontate lächelte. Ursini reichte ihm die Hand.

«Ein schönes Bonmot zum Abschied. Ich muß gehen, in fünf Minuten geht mein Flugzeug.»

«Addio, Giuseppe.»

«Addio, Stefano.» Die Schiebetür öffnete sich, und Ursini betrat die Schalterhalle. Auf dem Weg zum Check-in merkte er, daß er weiche Knie hatte. Ursini zwang sich, es auf die nachlassende Wirkung seines Medikaments zurückzuführen.

14

«DAS IST ALLES, VATER», beendete Vittorio Graziano seinen Bericht und verkniff sich zu fragen: «Was sagst du dazu?» Sein Vater haßte es, wenn ihm diese Frage gestellt wurde, während er nachdachte. Turi war zutiefst irritiert und versuchte angestrengt, sein Gleichgewicht wiederzufinden – das erkannte Vittorio daran, daß er völlig reglos dasaß.

«Giacomo war sich sicher, daß er die beiden Burschen nicht kannte», sagte Turi Graziano. «Er hat ihnen nicht genau ins Gesicht geschaut, weil er nicht begriffen hatte, daß sie da waren, um einen Auftrag auszuführen.»

«Und jetzt? Hat er's jetzt begriffen?»

«Inzwischen ja. Aber jetzt ist es zu spät, ihnen genau ins Gesicht zu schauen...»

«Vater, wer wußte alles von Ursinis Reise?»

«Na ja, da war die Sitzung, und in Palermo landen ja nicht allzu viele Flugzeuge...»

«Schon. Aber wer wußte, daß Onkel Giacomo ihn in Punta Raisi abholen würde?»

«Giacomo behauptet, niemand. Was sagt Ursini?»

«Lillo Raia wußte es bestimmt. Ob er es Bongard, seinem Sekretär, gesagt hat, weiß er nicht mehr, aber der hätte auf jeden Fall dichtgehalten. Er wird wie alle engsten Mitarbeiter der Züricher Organisation einmal monatlich genauestens überprüft. Natürlich gibt es immer die Möglichkeit, daß jemand das Telefon abhört... Jedenfalls ist sicher, daß Bontate das Ganze organisiert hat.»

Turi nickte, ohne ihn anzusehen. Ursini hatte ihn angerufen und ihm nüchtern erklärt, daß er nicht mehr nach Palermo fahren würde, solange Bontate noch lebte. Natürlich wollte er ihn damit unter Druck setzen, ihn schon jetzt zum Handeln zwingen. Am Flughafen hatte ihn ein Killer erwartet, und nur aufgrund seiner eigenen Geistesgegenwart war er noch am Leben. Wieder einmal hatte Ursini recht gehabt. Er hatte überhaupt immer recht. «Giuseppe, da sind drei Männer, und einer davon ist ein Verräter», hatte Turi zu Ursini gesagt. «Entweder dein Sekretär, der über jeden Schritt, den du tust, Bescheid weiß; oder Giacomo; oder mein Freund Lillo. Hast du irgendeinen Verdacht?» Ursini hatte keine Sekunde lang gezögert: «Der Verdächtigste wäre auf jeden Fall Bongard. Er ist keiner von uns und würde vielleicht die Ausmaße einer derartigen Unvorsichtigkeit nicht erkennen. Doch er ist in Ordnung. Ich kontrolliere ihn und die anderen engsten Mitarbeiter ständig, und ich denke, dein Sohn Vittorio tut dasselbe. Giacomo ist eitel, ehrgeizig und schwach. Gefährlich ist er nur, wenn man ihm ein Geheimnis anvertraut, denn früher oder später rutscht es ihm bestimmt heraus. Doch was hätte er von einem solchen Doppelspiel? Noch dazu mit Bontate! Bliebe also noch Lillo. Aber dann könnte man gleich Turi verdächtigen. Nein, das will mir nicht in den Kopf.»

«Mir auch nicht», hatte Graziano gesagt, und sie hatten sich voneinander verabschiedet.

«Ich muß jetzt gehen, Vater. Ich muß heute noch nach London.»

«Gut, gut. Vergiß nicht, dich von deiner Mutter zu verabschieden. Sie liegt schon im Bett.»

«Wie geht's ihr?»

«Eigentlich ganz gut. Aber dann hat sie immer wieder diese schrecklichen Fieberanfälle, und kein Arzt weiß, was die Ursache ist. Sie ist nervös, man darf nichts sagen...»

Als Turi allein war, streckte er sich auf dem Sofa aus, verschränkte die Arme hinter dem Kopf und schloß die Augen.

Die Indizien mehrten sich. Zuerst waren jene fünfhundert Millionen Lire verschwunden. Eine Katastrophe – nicht wegen der Summe als solcher, aber Turi hatte sich schon sehr darüber gewundert, als Vittorio erfahren hatte, daß das Geld auf einem von Lillos Nummernkonten beim Banco di Lugano gelandet war. Dann die Sache in der Via Cavour, das Foto, das ausgerechnet dann aufgenommen wurde, als Lillo die Gruppe bereits verlassen hatte. Die anderen hatten kein Wort gesagt, als sie sich auf diesen dummen Bildern wiedersahen, aber Turi wußte, was ihnen durch den Kopf ging. Dann Lillo und Stefano Bontate, die nach der Kommissionssitzung noch zusammen zu Abend gegessen hatten. Was mochte hinter diesem Treffen stecken?

Turi hatte Lillo zwei Monate später noch einmal in seiner Villa am Monte Gargano getroffen. Es war ihm höchst unangenehm aufgefallen, daß Lillo vier Leibwächter im Schlepptau hatte. Er hatte ihn deswegen sogar aufgezogen, aber die Stimmung war insgesamt recht bedrückt gewesen. Drei Tage lang hatten sie zusammen mit den anderen Clanmitgliedern über Geschäfte und alle möglichen anderen Dinge geredet. Jeden Abend waren sie alle zusammen ausgegangen. Einmal war an Lillos Mercedes etwas kaputt gewesen, und er mußte in die Werkstatt – wieder ein Anlaß, ihn aufzuziehen, da alle wußten, wie sehr er an seinem Auto hing. Doch Lillo hatte nur finster dreingeschaut, und schließlich hatten sie mit ihren Frotzeleien aufgehört.

Vor seiner Abreise hatte Turi Lillo dann einen alten Toyota Land Cruiser angeboten, den er vor Jahren gekauft hatte, um mit seinen Kindern Ausflüge zu machen. «Du kannst ihn behalten, bis dein Mercedes repariert ist. Wenn du es eilig hast, kannst du auch damit nach Rom fahren.» In derselben Nacht hatte dann einer der Leibwächter Lillos, ein braver Bursche mit engen Beziehungen zur Familie Graziano, am Telefon eine aberwitzige Geschichte erzählt: Lillo hatte doch tatsächlich nicht davon abgesehen, den Toyota von seinen Männern genau untersuchen zu lassen. Sie hatten jeden Winkel eines Wagens von Turi Graziano in dessen eigener Garage nach einer Bombe durchsucht. Ausgerechnet einen Wagen, der ihm gehörte! Welchen Grund aber kann ein Mensch zu einem solchen Verdacht haben? Entweder er mißtraut den anderen – oder er weiß, daß die anderen ihm mißtrauen und bangt um sein Leben.

Und nun also das Attentat auf den Schweizer. Das war doppelt so schlimm – in erster Linie, weil das Hinkebein aus Zürich zuviel in den Händen hielt und zuviel Wichtiges in seinem Kopf hatte. Einen Entschluß wie diesen mußte man diskutieren, vorbereiten wie eine Hochzeit: Jedes Detail mußte genauestens ausgeklügelt werden. Und die beauftragten Kerle kamen noch aus Villagrazia, was besonders schwer wog: Es bedeutete, daß es zwischen ihnen und Lillo eine geheime Vereinbarung gab. Vielleicht war das der Grund, warum sich Stefano Bontate seiner Sache so sicher zu sein schien.

In Turis Kopf tauchten Bilder aus einer längst vergangenen Zeit auf, in der er mit Lillo nachts die Felder von Corleone durchstreift und je nach Jahreszeit Oliven, Kaktusfeigen oder Bohnen gestohlen hatte. Mehr war nicht zu bekommen gewesen, denn mehr hatte es einfach nicht gegeben...

Turi setzte sich unvermittelt auf, öffnete die Augen und rieb sich den Rücken.

Wer sollte die Rolle des offiziellen Gastgebers übernehmen? Rudolph Ganley lebte und arbeitete seit Jahren in der amerikanischen Botschaft in der Via Veneto. Er verstand den römischen Dialekt ausgezeichnet, beherrschte zahlreiche typische Redewendungen und hatte, von einem ganz leichten Akzent abgesehen, eine hervorragende Aussprache. McGreery aber war der *Supervisor* über ganz Europa, und Rom lag schließlich in Europa, auch wenn er manchmal, wenn er besonders wütend war, das Gegenteil behauptete. Sie empfingen Robert Winslow daher auf völlig unterschiedliche Weise, hatten jedoch unabhängig voneinander beide den Eindruck, daß der Mann, vielleicht aufgrund seines fortgeschrittenen Alters oder auch, weil er selten reiste, stark unter der Zeitverschiebung litt.

Sowohl Ganley als auch McGreery waren was die «guatemaltekische Frage» betraf auf dem laufenden und wußten, daß das ihr Gesprächsthema sein würde. Winslow, wie alle Bürokraten seines Kalibers, hielt sich streng an die vorgeschriebenen Formalitäten, lieferte knappe Zusammenfassungen, machte keine Geständnisse und vermied überhaupt jeden persönlichen Kommentar. Ganley hatte Zeit gehabt, über mehr als fünfhundert Personen ein Dossier zusammenzustellen, von den bekanntesten palermitanischen Mafiosi bis hin zu Parlamentariern, über die es niemals auch nur Gerüchte gegeben hatte. McGreery hatte seine Sache noch besser gemacht: Er wußte nun fast alles über den Banco Cisalpino und seine Operationen im Bereich der Off-shore-Banken, hatte erste Berichte über Verbindungen zwischen Ursini und Personen jenseits des Eisernen Vorhangs (in CIA-Berichten hatte Ursini übrigens den Codenamen «Bears»). Weiterhin konnte McGreery ungefähre Zahlen über die Umsätze der Organisation und über eine große Anzahl der Investitionen in Europa und Südamerika vorlegen. Damit konnte er Winslow wohl getrost gegenübertreten.

Doch Winslow war nicht gekommen, um etwas zu erhalten – er war gekommen, um etwas zu geben. Er verdünnte seinen Kaffee mit Wasser – typisch amerikanisch – und schlürfte ihn schweigend, die Tramezzini, die italienischen

Sandwiches, schob er weg. Dann zog er einen zerknitterten Zettel hervor, den er auf der Tischplatte glattstrich.

«Das hier ist eine Liste von Personen und ihren derzeitigen Funktionen. Ich lese euch die ersten vor, ihr werdet sofort verstehen, worum es geht. Also... Admiral Giuseppe Turrano vom Generalstab des Verteidigungsministeriums; General Giovanno Santobuco, Geheimdienstchef; Alberto Poccia, General des dritten Regiments der Luftwaffe...»

McGreery wurde kreidebleich. Er blickte zu Ganley hinüber, der sich zu beherrschen versuchte und deutlich schlukken mußte: das waren die Namen einiger ihrer wichtigsten Mitarbeiter in Italien – und wahrscheinlich waren sie auf dieser Liste alle geführt.

«Das Ministerium war anfangs entschlossen, die sizilianischen Projekte in Guatemala schon im Keim zu ersticken – und nun das hier...», er zeigte auf das Blatt Papier, das er inzwischen wieder zusammengefaltet hatte: «...jetzt sieht alles völlig anders aus. Wenn dieses Verzeichnis beim KGB landet, geht jahrelange Arbeit in Rauch auf – es wäre ein absoluter Skandal.» Er trank seinen Kaffee aus und sah sinnierend aus dem Fenster. Draußen regnete es. «Andererseits – wenn uns diese Leute eine Liste von Mitarbeitern des KGB in Italien verschaffen könnten... na, ich glaube, das könnte unseren Standpunkt hinsichtlich Guatemala entscheidend verändern.»

«Glauben Sie denn wirklich, daß diese verdammten Mafiosi es wagen würden, uns den Kampf anzusagen?» fragte McGreery.

Nach einer Pause entgegnete Winslow: «1939 hat Japan das gewagt, 1940 Deutschland und Italien. Natürlich haben sie verloren und hart für ihre Anmaßung bezahlt. Aber ich erinnere mich auch an die ‹Friedhöfe der Alliierten›, wie man sie hier nannte: Tausende von weißen Kreuzen auf grünen Hügeln... Sicher: gewonnen haben wir, aber der Sieg hatte seinen Preis – und dieser Sieg wäre auch nicht ohne Opfer möglich...»

«Dann ist es also schon entschieden? Wir lassen sie gewähren?» fragte Ganley. Er konnte es einfach nicht glauben.

«Ja», sagte Winslow. «Es ist beschlossene Sache. Sie, Ganley, ziehen hier in Italien ein Büro auf, und Sie, McGreery, in Zürich. Mit dieser Sache können wir nicht nebenbei fertig werden, das müssen Leute übernehmen, die sich ausschließlich um diese Angelegenheiten kümmern. Das Datenverarbeitungszentrum richten wir hier in Rom ein. Die entsprechende Software bekommt ihr innerhalb der nächsten Tage. Bereitet ihr inzwischen alles Material vor, das ihr zusammenbekommen könnt. Wir werden uns auf Telefonmitschnitte konzentrieren, da sind wir ihnen ja um einiges voraus. Aber keine Aktionen auf der dritten, der politischen Ebene, auf keinen Fall. Das könnte unseren gesamten Apparat innerhalb einer Nacht zerstören.»

Ganley fand keine Ruhe. Er war schon lange in Italien und erinnerte sich noch an die Zeit der Bilderbuch-Mafiosi mit ihren schwarzen Hüten, dann die Zeit der Bosse, die sich auf den Bausektor spezialisiert hatten, die Haare zurückgekämmt und voller Pomade. Und nun wollten sie in Guatemala sozusagen ihr privates Kuba aufbauen. Und die CIA-Chefs akzeptierten diese Leute auch noch, verhandelten mit ihnen als gleichwertige Geschäftspartner. Er nickte resigniert. «Gut. Und was die Koordination unserer Zusammenarbeit betrifft...»

«Sie erhalten genaue Anweisungen, wenn der Zeitpunkt gekommen ist. Sollten sie sich an uns wenden, gilt folgender Grundsatz: mit Hinweisen sind wir großzügig, mit Informationen vorsichtig, mit Hilfeleistungen äußerst zurückhaltend. Bis zu einer bestimmten Ebene können Sie allein entscheiden. Was darüber hinausgeht, berichten Sie McGreery, und in einigen Fällen wenden Sie sich direkt an mein Büro in Langley. Sie werden sehen, es wird reibungslos laufen, Ganley.»

Nun griff Winslow endlich doch zu einem Tramezzino.

Es nieselte. Der Architekt ging zu seiner Citation-Maschine, die unweit der Glastür zum Büro für «privaten Luftverkehr» wartete. Sein Sekretär folgte ihm und hielt ihm einen schwarzen Regenschirm. Scott saß schon in der Maschine; er erhob sich und ging ihm entgegen.

«Alles erledigt. Sie erwarten uns um fünfzehn Uhr.»

«Ausgezeichnet.» Der Architekt ließ sich in den Polstersessel fallen und atmete zufrieden durch. Dies waren die angenehmsten Momente des Lebens. Als das Flugzeug abgehoben war, machte er sich gutgelaunt an die Arbeit, bestellte sich etwas zu trinken und wechselte gelegentlich ein paar Sätze mit seinen Reisegefährten. Er bemühte sich stets, nur angenehme, geistreiche Menschen mitzunehmen. Sein Sekretär gehörte nicht ganz zu dieser Sorte Mensch, aber der saß allein in einer anderen Sitzreihe, konnte ihm also nicht seine gute Stimmung verderben.

«Das hier sind die Auswertungen der Bilanzen.» Scott hielt ihm ein rotes Blatt hin. Der Architekt zog den Klapptisch heraus, bevor er das Papier in die Hand nahm. Obwohl die Maschine leicht bebte, legte er den Gurt nicht an. Wie Liliana, seine Frau, haßte er das Gefühl, an einem Sitz festgebunden zu sein. Wenn er zum besten gab, daß er sich seinen ersten Privatjet nur gekauft hatte, um unangeschnallt reisen zu können, hatten alle gelacht. Ein Journalist der *Repubblica* hatte diese Äußerung als «Koketterie an der Grenze des Tragbaren» bezeichnet: «Das nächste Mal sagt er vielleicht, daß er sich seinen Hubschrauber nur hat kaufen müssen, weil sich in der Nähe seiner Wohnung keine U-Bahn-Station befindet.»

Mit der Linken hielt er das Blatt, mit der Rechten griff er nach seinem Boardcase und schob ihn auf den Klapptisch. Er hatte sich Notizen gemacht und wollte sie nun mit den Daten, die Scott zusammengetragen hatte, vergleichen. Er ließ das Schloß aufschnappen und öffnete den Koffer. Sein Gesichtsausdruck blieb unverändert, als er ins Innere des Koffers blickte – er verstand einfach nicht, was er da sah: es sah aus wie ein großes, auseinandergebautes Transistorradio, die Batterien waren mit Isolierband zusammengebunden und daneben angebracht.

Bei solchen Dingen schaltete der Architekt einfach nicht. Er würde die Bilanzen auf dem Blatt vor ihm innerhalb weniger Minuten mit einer Scharfsinnigkeit deuten können, die selbst den, der sie erstellt hatte, überrascht hätte. Und er konnte seinen Gesprächspartnern Dinge vom Gesicht ablesen, die andere nicht im entferntesten erahnt hätten. Doch eine Bombe hatte er noch nie zuvor gesehen, und so dauerte es einige Sekunden, bis ihm klar wurde, daß dieses Radio kein Radio und vor allem diese Batterien keine Batterien, sondern Dynamitstäbe waren. Er erkannte dann aber sofort, daß diese Konstruktion offenbar gar nicht explodieren sollte. Ein innen an den Kofferdeckel geklebter Draht hätte bei Öffnen des Deckels die Verbindung unterbrechen müssen, wodurch ein Relais geschaltet und die Explosion ausgelöst worden wäre. Doch die Verbindung war erhalten geblieben: mit zwei durch ein auffälliges, smaragdgrünes Klebeband am Kofferboden festgehaltenen Drahtenden war eine Art Bypass gelegt worden.

«Herr Architekt...»

Er hob ruckartig den Kopf. Auch der Sekretär hatte sich zu ihm umgedreht und blickte ihn an; als er ihm in die Augen schaute, war ihm sofort klar, daß er sicher nicht Komplize in einer derartigen Aktion sein konnte. Sie hatten ihm schlicht und ergreifend einen Streich gespielt und seinen Koffer mit einem anderen vertauscht. Er schloß den Deckel wieder und sah Scott an.

«Ich habe meine Aufzeichnungen vergessen.»

«Lassen Sie sie sich doch faxen!»

«Nein, ich habe keine Ahnung, wo ich sie gelassen habe... Na, versuchen wir's einfach ohne.»

Er tat so, als vertiefe er sich in die Lektüre, um die beiden anderen zu beruhigen. Aber er hatte keine Lust mehr. Er war aufgebracht und verspürte das Bedürfnis, mit den Zähnen zu knirschen, wie er es im dunklen Schlafsaal des Internats immer getan hatte, um seine Kameraden zu erschrekken.

Die Dummköpfe glaubten doch tatsächlich, ihm Angst einjagen zu können. Dieses entschärfte Ding war eine typische Warnung. Vielleicht war es auch das Entlassungsschreiben der Organisation. Plumpe, aufgeblasene Analphabeten! Hunderte von Antworten schossen ihm in diesen Sekunden durch den Kopf, eiskalte wie bissige. Gegenoffensiven im Finanzbereich: er würde ihnen schon zeigen, daß ihm ihre Drohversuche keine angst machten; zur Strafe würde er ihnen ihr schmutziges Geld abknöpfen, ohne daß ihnen hinterher klar sein würde, wie das passieren konnte. In Frankreich hatte er früher solide, treue Verbündete gehabt, von denen er sich getrennt hatte, weil er sie für zu vorsichtig hielt, zu sehr darauf bedacht, jeden seiner Schritte zu kontrollieren, weil sie auf schnelle Erfolge setzten und langfristig angelegte Strategien ablehnten. Er hatte diese Leute aufgegeben und sich statt dessen diesen Gangstern angeschlossen, hatte ihre Kapitalien angenommen, als kämen sie von einer Bank oder von den französischen Freunden oder von einer Gruppe texanischer Ölmillionäre. Er hatte getan, was weltweit alle Finanziers tun: Geld angenommen von Leuten, die es eben besitzen. Diese Bastarde und Verbrecher hatten geglaubt, ihn anheuern zu können wie einen Killer...

«In ungefähr zwanzig Minuten landen wir in Frankfurt», kündigte der zweite Pilot aus dem Cockpit an. Der Architekt bemerkte, daß seine Gedanken sich eine ganze Stunde lang nur um eines gedreht hatten.

Neun Stunden später landete die Citation wieder am Mailänder Flugplatz Linate. Der Regen hatte aufgehört, und es wehte ein schwacher Wind – die Landebahn war bereits wieder trocken. Er war allein: Scott war in Frankfurt von Bord gegangen, um die Einzelheiten des Vertrags auszuhandeln, der Architekt hatte ihm dafür für einige Zeit seinen Sekretär überlassen. Er hatte auf dem Rückflug einfach ganz allein sein wollen. Es war ihm sogar gelungen, eine halbe Stunde wegzunicken, und als er in den BMW 745 stieg, der schon auf ihn wartete, war er noch immer etwas benommen.

Der Architekt und seine Frau bewohnten in Mailand ein großes Appartement in der Via Borgonuovo, in einer typischen Villa des ausgehenden 19. Jahrhunderts, die sehr geschmackvoll renoviert war. Der Innenhof, in dem hochstämmige Bäume wuchsen, war von einem prächtigen Laubengang umgeben. Das Ganze war nicht direkt mit ihrer Villa in Turin zu vergleichen, doch Liliana hatte sich gut eingewöhnt.

Als er die Tür öffnete, wunderte er sich darüber, daß so spät noch Licht brannte. Er rief ein paarmal nach seiner Frau, ging dann ins Büro und hörte den Anrufbeantworter ab. Erst da bemerkte er, daß nicht nur eine Lampe brannte, sondern daß das ganze Appartement erleuchtet war. Er rief erneut, und wieder erhielt er keine Antwort. Jetzt wurde ihm die Sache unheimlich. Er ging von einem Zimmer zum anderen, immer schneller, als er zur Küche gelangte, rannte er beinahe. Liliana lag auf dem Boden, und er konnte sie nur an ihren bestickten Pantoffeln und dem Kragen ihres Morgenmantels erkennen. Es bot sich ihm ein grauenhafter Anblick: das konnte nicht Liliana sein, noch sonst ein menschliches Wesen. Er mußte ganz nahe herantreten, um zu erkennen, woraus der Haufen auf dem Boden bestand. Sein Mund war vor Angst vollkommen ausgetrocknet.

Sie hatten Mac, Lilianas Schäferhund, die Kehle durchgeschnitten, ihn regelrecht abgeschlachtet, und seiner Frau mit der Hundeleine den Kadaver auf den Körper gebunden. Ihr Morgenrock und der helle Fliesenboden waren rot vor Blut. Aber Liliana lebte. Sie zitterte und weinte still in sich hinein, ihre Augen starrten ins Leere. Aber sie war nicht verletzt, ihr hatte man offenbar weiter nichts getan.

Der Architekt zitterte ebenfalls, hatte Angst, ihr weh zu tun, als er mit einem Fleischmesser die Fesseln durchschnitt und dann die Tierleiche wegstieß. Er stammelte irgendwelche Worte, die sie trösten sollten, küßte sie auf die Stirn, versuchte, sie hochzuheben. Doch seine Frau war völlig reglos. Er zog sie in den Gang, half ihr auf die Beine und brachte sie ins Schlafzimmer. Die Polizei? Einen Krankenwagen? Irgend etwas mußte er unternehmen.

«Bringst du mir etwas Wasser?» flüsterte Liliana.

Als er in der Küche die Kühlschranktür öffnete, fiel sein Blick wieder auf Mac. Erst jetzt, als er das arme Tier mit seinem blutdurchtränkten Fell dort liegen sah, wurde ihm klar, was geschehen war. Konnte er zulassen, daß sich die Journalisten über diesen Vorfall das Maul zerrissen? Er füllte das Glas bis zum Rand und durchdachte ein paar Möglichkeiten, wie er erklären könnte, was geschehen war. Die beste Version war wohl, daß der Hund Einbrecher ertappt hatte und von ihnen getötet worden war.

Liliana hatte bestimmt einen Schock. Sie brauchte einen Arzt. Er beobachtete sie beim Trinken, fürchtete, sie müsse sich übergeben. Doch sie schloß nur die Augen und legte sich den Arm über die Stirn. Er ließ sie in Ruhe, ging wieder zurück ins Büro und suchte in seinem Adreßbuch nach der Telefonnummer von Professor Rambaldi, einem Freund aus Turin, der seit zwanzig Jahren in Mailand lebte. Der Architekt meldete sich mit seinem vollen Namen. Er fürchtete, daß der andere seine Stimme nicht erkennen würde.

«Ich erwarte dich bei mir zu Hause, in einer Viertelstunde. Bitte stell jetzt keine Fragen.»

Rambaldi war noch zerzauster als sonst. Er hatte seine Arzttasche aus den vierziger Jahren dabei. Er blieb auf der Schwelle stehen und runzelte die Stirn. Der Architekt erkannte, was Rambaldi dachte.

«Nein, mit mir ist alles in Ordnung. Liliana geht's schlecht.»

«Was hat sie?»

Der Architekt führte den Besucher in die Küche. Rambaldi biß sich auf die Lippen, als er den Hund sah und wurde kreidebleich. Aber er stellte keine Fragen.

«Am besten kümmern wir uns erst einmal um das hier. Dann gehe ich zu Liliana.» Er rief im Krankenhaus an, gab einem Pfleger die Anweisung, an der nächsten Straßenecke auf sie zu warten. Er selbst wollte hinuntergehen und öffnen, ohne daß sie klingeln mußten. «Es sind vertrauenswürdige Leute, sie müssen ja nicht unbedingt wissen, wo genau diese schreckliche Geschichte passiert ist. Wir sagen ihnen, daß es Einbrecher waren...»

«Das habe ich mir auch schon überlegt.»

Rambaldi gab Liliana ein leichtes Beruhigungsmittel und machte sich dann auf, um den Pflegern entgegenzugehen. Der Architekt streichelte das Gesicht seiner Frau, versuchte sie zu beruhigen, die Rolle des Ehemannes, der seiner Frau immer mit Stärke zur Seite steht, überzeugend zu spielen.

«Fühlst du dich etwas besser?»

Liliana antwortete nicht. Dann hob sie beide Arme, nahm sein Gesicht in ihre Hände; sie wollte ihm etwas sagen, und er kniete nieder, beugte sich zu ihr herab, bis ihre Nasen sich fast berührten.

«Hör zu...»

aus Catania bedeutete das Ende aller ihrer Gegner, aber auch ihrer überflüssigen Verbündeten.

Hinter Bontates Plan steckte allerdings auch ein ganz persönliches Anliegen. Wenige Tage zuvor hatten Grazianos Männer in Casteldaccia den alten Panno ermordet, den vielleicht letzten Mafioso vom alten Schlag. Bontate war mit ihm eng befreundet gewesen; er erinnerte sich noch genau daran, wie er ihn kennengelernt hatte. Er selbst hatte noch auf den Schultern seines Vaters gesessen, und Panno war schon in seinen mittleren Jahren gewesen, ein Mann, der einen mit seinen gemessenen Bewegungen und dem wie aus Mandelholz geschnitzten Gesicht sofort in seinen Bann zog. Zwischen dem Alten, der kaum lesen und schreiben konnte, und dem jungen Mann, der im besten Internat Siziliens studierte, hatte sich eine Freundschaft entwickelt. Und nun hatte Turi diese Freundschaft in Blut ertränkt. Vielleicht hatte er eine alte Rechnung mit Panno begleichen wollen, vielleicht aber wollte er in erster Linie ihn, Bontate, provozieren. Im Jahr zuvor hatte er Di Cristina ermorden lassen, dies als Akt der Gerechtigkeit bezeichnet, und nun Panno – und dazu behauptete er auch noch, von nichts zu wissen. Es gab keine andere Lösung: Bontate mußte Graziano umbringen. Nur so konnte er ihn am Weitermachen hindern.

Er mußte die Tat natürlich genauestens vorbereiten, es durfte nichts schiefgehen. Bontate hatte bereits seine besten Männer angeheuert. Graziano kam aus Achtung vor den anderen Kommissionsmitgliedern niemals mit seinen Leibwächtern in die Sitzungen, dennoch überwachten seine Leute stets alles. Man mußte zuerst feststellen, wo sie sich gerade befanden, und sie dann genau zum richtigen Zeitpunkt ausschalten, nicht zu früh und nicht zu spät. Der mißtrauische Turi würde die Einladung niemals annehmen, hätte er Anlaß zu dem leisesten Verdacht.

Die Ampel schaltete auf Gelb, und Bontate bremste. Das

Auto hinter ihm überholte; der Fahrer wollte wohl noch über die Kreuzung kommen, überlegte es sich dann aber anders und bremste so scharf, daß der Wagen leicht ins Schleudern geriet und Bontate den Weg versperrte. Bontate versuchte auszuweichen, bekam den Wagen jedoch nicht schnell genug unter Kontrolle und prallte mit dem linken vorderen Kotflügel gegen eine Mauer. In diesem Augenblick erkannte er die Gefahr, duckte sich und suchte im Handschuhfach nach der Pistole. Als er wieder aus dem Fenster schauen wollte, hatte er den Lauf einer Kalaschnikow vor der Nase.

Stefano De Gregorio, sein Fahrer und Leibwächter, war mit dem Fiat 127 vorausgefahren, um das Gartentor zu öffnen. Als sein Boß nach ziemlich langer Zeit noch immer nicht zu Hause erschienen war, vermutete er, er habe vielleicht eine Panne gehabt und fuhr noch einmal zurück. Der Alfa stand mit eingeschalteten Scheinwerfern da. De Gregorio glaubte an einen Unfall und stieg klopfenden Herzens aus seinem Wagen. Die Leute in den Häusern saßen wohl alle beim Abendessen, jedenfalls war bisher offensichtlich niemand vorbeigekommen, hatte kein Auto angehalten. Die Straße war menschenleer. De Gregorio öffnete die Beifahrertür und beugte sich ins Dunkel des Wageninneren, ohne etwas erkennen zu können. Plötzlich bemerkte er, daß seine Hose und seine Schuhe von Blut und Gehirnmasse verklebt waren. Er versuchte sich zu säubern, schaute auf seine Hände, zitterte... Dann stolperte er zurück zu seinem Fiat. Ein Lastwagenfahrer, der abgebremst hatte und schaute, was da wohl passiert war, erkannte die Situation und beschleunigte sofort wieder, wobei sein kaputter Auspuff einen Höllenlärm verursachte.

Einige Wochen später, direkt nach Stefano Bontates Beerdigung – die Obduktion hatte ziemlich lange gedauert – stieg Toto Inzerillo in sein kugelsicheres Auto, wartete, bis das Eskortefahrzeug unmittelbar zu ihm aufgeschlossen hatte und fuhr mit quietschenden Reifen los.

Bontates «rechte Hand» war kein ängstlicher Mensch. Er galt als Mann der Tat, doch sein extremer Tatendrang war gleichzeitig auch seine größte Schwäche. Ohne den Weitblick Stefanos, der ihn immer als eine Art jüngeren Bruder angesehen hatte, fühlte er sich verloren. In der Kommission hatte er gebrüllt, Himmel und Hölle verwünscht und erklärt, daß niemand das Erbe des Fürsten von Villagrazia antreten könne. Die anderen hatten ihn schweigend angestarrt, undurchdringliche Gesichter. Unmöglich, die Gleichmütigkeit des Komplizen von der des Feiglings zu unterscheiden.

Die gepanzerte Alfetta, die er nun fuhr, war wenige Tage zuvor angekommen, ein Geschenk für Stefano von seinen Freunden. Wer immer ihn umgebracht hatte, mußte genau gewußt haben, daß er zu diesem Zeitpunkt noch keine kugelsicheren Scheiben gehabt hatte. «Nimm du ihn, Totuccio», hatten Stefanos Freunde mit bedrückter Miene gesagt. Alle Verbündeten der Gruppe um Bontate und Inzerillo waren bedrückt: Sie fühlten sich allein, telefonierten viel, um einander Mut zuzusprechen. Aber Beschlüsse zu fassen waren sie nicht in der Lage. Nicht einmal auf der Beerdigung hatten sie sich sehen lassen.

Am Nachmittag besuchte Inzerillo eine Frau, die er vor einigen Monaten kennengelernt hatte. Er blieb zwei Stunden bei ihr, schrie die meiste Zeit herum und schmiedete Rachepläne. Als er seine Freundin wieder verließ, war er müde, fühlte sich aber deutlich erleichtert. Er ging zu seinem Auto, das er direkt vor dem Haus auf dem Bürgersteig geparkt hatte. Auf der gegenüberliegenden Straßenseite stand seit dem frühen Nachmittag ein Kleinlaster. Die drei Männer, die durch die Hintertür heraussprangen, mußten nicht einmal das Feuer auf Inzerillos Leibwächter eröffnen –

seine Schutzengel rannten sofort davon: aus Angst oder weil jemand sie bestochen hatte.

Inzerillo hatte kaum den Griff der Autotür in der Hand, da wurde er von einer Maschinengewehrsalve niedergestreckt. Sie entstammte derselben Waffe, mit der auch Stefano Bontate getötet worden war, so zumindest war es in dem Gutachten des Waffenexperten zu lesen, das zwei Tage später vorlag.

Diesmal waren die ersten Polizeibeamten schon wenige Minuten nach dem Mord am Tatort. Es hatte sich aber schon ein kleiner Menschenauflauf gebildet. Reglos und in respektvoller Entfernung zu der Leiche standen die Neugierigen da. Zuletzt, es war fast absurd, traf auch der Krankenwagen ein.

Richter Cordaro war nicht so ganz von der Notwendigkeit einer Pressekonferenz überzeugt, doch Fofò De Luca hatte darauf bestanden und ihn schließlich überredet. Ein schrecklicher Mafiakrieg war da im Gange, und Zeitungen und Öffentlichkeit bestanden auf ihr «Recht zu erfahren, was da vor sich ging». Cordaro war eher aus mangelndem Durchsetzungsvermögen auf den Vorschlag eingegangen, doch gleichzeitig – er machte es sich selbst zum Vorwurf – war er auch stolz auf seinen Antimafia-Pool, über den jetzt alle berichteten und der in aller Munde war. Der Pool wurde immer besser und immer größer. Einige Tage zuvor war Antonio Cascino, ein junger Jurist vom Gericht in Ragusa, dazugekommen. Er hatte stets ein trauriges Lächeln auf dem Gesicht und hatte einen kraftlosen Händedruck – die Kollegen waren nicht gerade von ihm begeistert. «Ein harmloses Kerlchen», war der – wie immer trockene – Kommentar Messinas. «Klar, der muß sich erst noch entwickeln. Ich werde ihn im Auge behalten», sagte De Luca. Marchianò war wieder einmal der Boshafteste von allen: «Den nehme ich mit, wenn ich zu einem wichtigen Begräbnis muß.» Die Einschätzung der Kollegen entging dem Neuen nicht, er bemerkte sofort die Gleichgültigkeit Messinas, die väterlich-herablassende Art von De Luca, die ironische Arroganz Marchianòs. Er zog sich noch mehr in sich selbst zurück.

Cordaro klopfte und trat ein. Cascino hatte sich in die Berge von Akten über sogenannte «nebensächliche Fälle» eingegraben: Unterschlagungen, auf undurchsichtige Weise vergebene öffentliche Aufträge, Vorteilsannahmen und andere Durchschnittsdelikte, die genau untersucht werden mußten, um herauszufinden, ob sie bei größeren Ermittlungsverfahren weiterhelfen konnten. Tatsächlich bestand bei diesen kleinen Verbrechen fast immer eine Verbindung zu größeren Fällen. Meistens genügte es, einfach ein bißchen genauer hinzusehen, doch die Arbeit erforderte Geduld, besonders für einen ehrgeizigen Neuankömmling.

«Wollen wir nicht bei der Pressekonferenz vorbeischauen?» fragte Cordaro in einem Ton, als gelte es, ein schüchternes kleines Bücherwürmchen zum Fahrradfahren zu überreden. Cascino nickte und war sichtlich geschmeichelt.

Als er den Verhandlungssaal der zweiten Kammer des Schwurgerichts betrat, verschlug es dem obersten Ermittlungsrichter den Atem: Über zweihundert Personen drängelten sich auf den Sitzen. Neben den Journalisten der Lokalblätter und den Korrespondenten aus Norditalien waren Richter, Anwälte und zahlreiche Schaulustige erschienen. Eine Riesensensation. Verdutzt, aber erfreut ging Cordaro zum Podium, wo sich seine Kollegen bereits niedergelassen hatten.

Wie erwartet, saß De Luca in der Mitte. Innerhalb von nur sechs Monaten hatte sich Fofò – wie ihn die Mitarbeiter der Ermittlungsbüros nannten – an die Spitze des Trios emporgearbeitet. Messina, der um einiges älter war als De Luca, hatte eingesehen, daß der Mann einfach qualifizierter und zudem motivierter war als er selbst. Marchianò, der Fofò anfangs als unbedeutenden kleinen Amtsrichter angesehen hatte, bemerkte allmählich, daß der Kollege einfach eine weitreichendere Sicht hatte und daß er außerdem vierundzwanzig Stunden hintereinander über Prozeßakten sitzen konnte. Zwischendrin rasierte er sich, telefonierte nebenbei mit Fernsehsendern und anschließend, todmüde und mit verrutschter Krawatte, gab er noch Interviews.

Gerade hatte De Luca das Wort ergriffen. Er kannte die Journalisten persönlich und lockerte seine Antworten mit Bonmots und privaten Anspielungen auf – eine kleine, durchaus angemessene Show, die den Leuten im Saal offenbar gut gefiel. Die Scheinwerfer schienen De Luca überhaupt nichts auszumachen, das Summen der Kameras störte seine Konzentration ebensowenig. Die Zunft der Juristen auf der Bühne, dachte Cordaro, und seine Gefühle schwankten zwischen Befriedigung und Ratlosigkeit. De Luca hatte sich die Haare wachsen lassen, bemerkte der oberste Ermittlungsrichter. Kein Fassonschnitt mehr, keine akkuraten Koteletten – und vor allem keine Spur mehr von der früheren Schüchternheit. «Exhibitionistische Züge hat er schon, da ist nichts dran zu rütteln», pflegte Messina hinter vorgehaltener Hand zu sagen, wenn sie unter sich waren und keine bösen Ohren lauschten. Normaler, vollkommen menschlicher Neid: die reibungslose Zusammenarbeit störten derartige Bemerkungen nicht. Cordaro war an sich bereit, in der Konferenz ebenfalls das Wort zu ergreifen, aber bisher war das nicht nötig gewesen.

Fünf Minuten später war die Pressekonferenz aber auch schon zu Ende. Die Anwesenden applaudierten, von den Fernsehkameras sofort ins Visier genommen. Die Besucher verließen den Saal und kamen dabei am obersten Ermittlungsrichter vorbei, ohne ihn zu bemerken, geschweige denn zu erkennen. Ein dicker Rechtsanwalt sagte gerade zu einem jüngeren Kollegen, daß De Luca seiner Meinung nach vollkommen recht habe: die Notstandsgesetzgebung sei wirklich ein wesentlicher Faktor der italienischen Gesellschaft, der oft als Alibi diene. Cordaro versuchte, noch mehr von dem Gespräch aufzuschnappen und sah den beiden nach; dabei entdeckte er plötzlich Cascino, der sich an die Wand drückte, um den Menschenstrom vorbeizulassen. Der Neue wähnte sich unbeobachtet, machte große Augen und biß sich auf die schmalen Lippen.

Der alte Richter hatte nichts gegen Ehrgeiz, den er für einen Charakterzug hielt, der eine Persönlichkeit erst vervollkommnete wie Salz oder Gewürze ein Gericht. War er zu ausgeprägt, konnte der Ehrgeiz aber auch zur negativen Eigenschaft werden, vermochte den Blick auf die vornehmsten Ziele zu verstellen. Cordaro, die Hände in den Taschen, verließ den Saal und schlenderte den langen Korridor entlang. Fast schon am Ende holte ihn Cascino ein, der ihm nachgerannt und nun völlig außer Atem war. Er lief links neben ihm, und seine Verzweiflung war ihm ins Gesicht geschrieben.

«Entschuldigen Sie, ich habe nicht bemerkt... Es war so interessant, die Kollegen und ich haben einander gratuliert...»

Cordaro lächelte und sah ihm ins Gesicht, wobei er sich bemühte, seine Neugierde nicht zu zeigen. Das Gesicht des jungen Kollegen, vorhin noch rot vor Eifer, war nun vollkommen blaß geworden.

Irgendwann, als der Frühling fast vorbei war, erschienen eines Abends zwei Offiziere der Finanzwache in den Büros des Banco Cisalpino und legten einen Haftbefehl gegen Fiorenzo Parravicini vor. Der Bankier bat Pessina, seine sämtlichen Anwälte zu verständigen und wollte dann jenes Dokument lesen, das ihm illegalen Kapitalexport unterstellte.

Er schloß die Kassenschränke und gab die notwendigen

Anweisungen, wobei ihn die Beamten genau beobachteten. Währenddessen überlegte er fieberhaft. Wenn Ursini hinter dieser Sache steckte, hatte er kaum Chancen, denn das konnte dann nur bedeuten, daß Ursini und seine Freunde beschlossen hatten, sich die Bank ganz einzuverleiben – oder ihr den Rücken zu kehren, nachdem sie sie völlig ausgeplündert hatten. Dann jedenfalls würde sich die Anklage wohl auf das Verschwinden von Dokumenten aus dem Kassenschrank der Bank beziehen. Sich gegen diese Leute zu wehren, war in jedem Falle unmöglich.

War das Ganze jedoch, und das schien wahrscheinlicher, auf dem Mist des Rektors gewachsen, dann sah es gar nicht so schlecht aus. Während seiner schlaflosen Nacht in der Einzelzelle setzte er seine Überlegungen fort. Er durchschaute auch den Plan der Ermittler: Sie hatten ihn am Abend verhaftet und würden ihn die ganze Nacht lang im Dunkeln vor sich hin grübeln lassen. Sie wollten ihm Angst vor dem Verhör machen, seinen Widerstand brechen. Doch er hatte keine Angst: Seine Gedanken kreisten vor allem darum, die Bank retten zu müssen – um jeden Preis. Es schien ihm immer wahrscheinlicher, daß der Rektor hinter allem steckte. Es hatte eine ganze Reihe von Meinungsverschiedenheiten zwischen ihnen gegeben. Der Rektor war ein alter Freund Sindonas und hatte dem Banco Cisalpino über eine mit ihr zusammenhängende Bank in Illinois ziemlich viele Probleme bereitet und hohe Verluste verursacht. Dann hatte er Blanko-Darlehen und Finanzhilfen für seine amerikanischen und italienischen Freunde verlangt. Schließlich hatte Parravicini sich schlichtweg geweigert, der Forderung des Rektors nach Unterstützung seiner politischen Freundschaften in Südamerika nachzukommen – die Leute dort seien Militärs, die große Versprechungen machten, die sie nicht einhielten.

Als er am Morgen dem Ermittlungsrichter vorgeführt wurde, war ihm klar, wie er sich zu verhalten hatte. Er hörte sich schweigend die ersten Anklagepunkte an: sie betrafen den Banco di Lugano und die Finabank in Genf, die Sindona gehört hatte. Einige fiduziarische Darlehen waren nicht korrekt abgewickelt worden, und einige Kunden hatten Anzeige erstattet. Fiduziarische Darlehen waren im Grunde keine besonders komplizierte Angelegenheit, sie erforderten allerdings Korrektheit und absolutes Vertrauen. Ein Italiener zahlte eine bestimmte Summe in Italien ein, die die Bank dann einem Schweizer Geldinstitut überwies, das seinerseits so tat, als gebe es diese Summe als Darlehen an den Einzahler, und dann «vergaß», die Rückzahlung zu verlangen. Die italienische Bank bekam eine Quittung, aus der hervorging, daß die deponierte Summe regulär gelöscht worden war – ein völlig simples Verfahren. Doch die Finabank hatte ab und zu Provision verlangt, was im Grunde gleichbedeutend mit Diebstahl war – im Vertrauen darauf, daß das Opfer schon den Mund halten würde. Doch die Opfer hatten eben nicht immer geschwiegen.

Parravicini verteidigte sich nicht, sondern begann zu verhandeln. Vor den Augen seiner verblüfften Anwälte, mit denen er sich vorher nicht abgesprochen hatte, erzählte er dem Richter, daß der Rektor in Italien ein dichtes Netz von Komplizen geknüpft hatte, das von Theaterkreisen über Hochfinanz und Militär bis zum diplomatischen Corps reichte. Der Ermittlungsrichter war zunächst deutlich mißtrauisch, doch seine Skepsis wich bald immer regerem Interesse: Jenes Verzeichnis zu konfiszieren, das der Rektor nach Angaben Parravicinis stets bei sich trug oder im Tresor seiner Villa in Portofino aufbewahrte, würde wohl jedem, der in dieser Sache ermittelte, eine steile Karriere sichern.

Die Liste gab es tatsächlich – und sie aufzutreiben rechtfertigte es wohl in der Tat, dem Bankier jede erdenkliche Konzession zu machen. Unter anderem enthielt sie die Namen von gut fünfzig hohen Offizieren aller Regimenter sowie die

Namen sämtlicher Chefs aller Geheimdienste. Der Rektor würde nicht darauf kommen können, daß der Hinweis von Parravicini kam – war letzterer doch selbst unter den mehr als dreitausend Namen in diesem alphabetisch geordneten Verzeichnis.

Eine Woche später wurde der Bankier gegen Kaution freigelassen, wobei er freilich wußte, daß die Ermittler und die Finanzwache ihn fortan nicht mehr aus den Augen lassen würden. Und auch er würde seine Quittung bekommen, sobald die Liste in den Händen der Behörden war. Doch momentan war es für Parravicini das wichtigste, nicht mehr eingesperrt zu sein, damit er seine Bank retten konnte.

«Pessina soll zu mir kommen, wenn er noch in der Bank arbeitet», befahl er dem Bürogehilfen knapp eine halbe Stunde nach seiner Entlassung aus dem Gefängnis. Niemand hatte ihn erwartet; er meinte, physisch zu spüren, wie sich die Nachricht von seiner Rückkehr über die verschiedenen Stockwerke verbreitete. Pessina betrat sein Büro. Er war genauso bleich wie am Tag, als Parravicini verhaftet wurde.

«Und, Fiorenzo? Wie ist es ausgegangen?» fragte Parravicini und ließ sich in einen der beiden Sessel vor dem Schreibtisch fallen. Eine Sekretärin brachte ein Telex herein. Die Carabinieri hatten wenige Stunden zuvor mit der Fahndung nach dem Rektor begonnen, der jedoch rechtzeitig informiert worden war und das nächste Flugzeug genommen hatte. Der Inhalt der Liste war noch nicht öffentlich bekannt, doch man wußte bereits, daß es sie gab. Und einige Namen waren schon im Umlauf – Namen, die eine Regierungskrise auslösen mußten.

«Nun?» fragte Pessina erneut. Er kniff die Augen ein wenig zusammen, wollte den Gesichtsausdruck seines Präsidenten genauer erkennen. War es möglich, daß der Mann tatsächlich lächelte? In einem Augenblick wie diesem?

Eine derart triste Verwaltungsratssitzung hatte der alte Grazzini noch nie geleitet. Vorbei die kämpferischen Zeiten, so schien es: Resignation hatte sich ausgebreitet.

Fünfzig Jahre hatte man schwarze Zahlen geschrieben, zuerst ausschließlich aufgrund der Produktion und der Verkäufe, dann durch Aufträge aus dem Ausland und schließlich auf der Basis immer stärkerer Diversifikation des Unternehmens. Nun öffnete ein vor nicht einmal vier Jahren gegründetes Network seinen Rachen und sollte die Firma innerhalb der nächsten beiden Jahre verschlingen.

Es gab nur einen Käufer: den Brasilianer, ebenjenen, der die plötzliche finanzielle Krise ausgelöst hatte. Seine Kampagnen, mit denen er Filme und Programme an sich reißen wollte, waren unwiderstehlich, seine Werbeaktionen geradezu phänomenal. Zudem schaffte er es in geradezu teuflischer Weise, bei allen möglichen Gelegenheiten Verbindungen mit öffentlichen und privaten Sendeanstalten zu knüpfen. Die einzige relativ niedrige Ziffer in seiner Karriere war ein Kaufangebot für einen Sender gewesen, das über ein Mailänder Anwaltsbüro vermittelt worden war – dreißig Milliarden Lire für einen Betrieb, der gut zwanzig Milliarden mehr wert war und der ihm das Monopol im italienischen Privatfernsehen sichern sollte.

Alle waren gegangen, nur der Vizepräsident und der Generaldirektor waren übriggeblieben. Grazzini bedeutete ihnen, sich zu ihm zu setzen. Der Konferenztisch voller Aschenbecher und Papiere erschien jetzt völlig überdimensioniert. Eine auflagenstarke Zeitschrift lag herum – von der Titelseite lächelte müde jener Mann, den die Schlagzeile den «furchterregenden Großfürsten der Massenmedien» nannte. Grazzini blätterte schweigend in dem Heft herum und sah sich dann wieder die Titelseite an.

«Schon wieder er. Seht ihr? Unser Mann kommt gut an, sein Bild zieht. Daß er so alt ist, erweicht die Herzen der Leser, daß er im Rollstuhl sitzt, erregt Mitleid. Die Sublimierung des Kapitalismus im menschlichen Gesicht. Außerdem ist und bleibt unser Italien ausländerfreundlich, Fremde sind hier fast willkommener als Einheimische. Blind wird hier den noch so zwielichtigen Unternehmungen eines altersschwachen Südamerikaners unbekannter Herkunft, der zudem noch höchst mysteriöse Freunde hat, applaudiert. Habt ihr den Artikel gelesen? Einfach unglaublich. Die Leute glauben, daß die Ressourcen der Kapitalisten unerschöpflich sind. Wenn ein Nachbar sich am Montag ein Paar Schuhe kauft und am Dienstag ein zweites, vermuten sie sofort, daß er eine Bank überfallen haben muß. Doch wenn ein Finanzier jeden Tag einen neuen multinationalen Konzern kauft, ist es für sie das Selbstverständlichste auf der Welt. Doch wir in dieser Runde sehen das anders, oder?»

«Worauf willst du hinaus?»

«Wir wissen nicht, wie er es macht. Immer wieder haben wir seine Geschäfte durchgerechnet, aber es gibt keinerlei Erklärungen für sein unglaubliches Vermögen...»

«Das haben wir doch schon tausendmal diskutiert», unterbrach der Generaldirektor. Er hatte noch immer nicht verstanden. Grazzini blickte ihn an, ohne ihn wirklich zu sehen, und spielte mit seiner unangezündeten Zigarette.

«Ich habe eine genaue Untersuchung zu seiner Person angeordnet, und zwar bei der Hamburger Spezialagentur Fiedler. Für deren Kompetenz bürge ich persönlich...»

«Warum?» fragte der Vizepräsident. Der Generaldirektor war noch zu verblüfft, um Fragen zu stellen. Der Präsident zündete nun endlich seine Zigarette an. Er kümmerte sich nicht um die Ungeduld der beiden. Er gab sich seinen Erinnerungen hin, inhalierte tief und schloß die Augen.

«Weil es dieselbe Firma ist, der sich schon mein Vorgänger bedient hat, um Informationen über mich und die Gesellschaft, deren Präsident ich vorher war, einzuholen. Fragt mich nicht, wie ich zu dem Dokument gekommen bin, es war voriges Jahr. Ein Teil betraf mein Vermögen, das andere betraf einen Vorfall, der dreißig Jahre zurücklag. Wir haben damals in Griechenland Urlaub gemacht, drei Freunde und ich. Wir haben einen Bauern auf seinem Esel angefahren, beide starben. Ich habe nicht am Steuer gesessen, aber da ich der einzige war, der einen Führerschein hatte, verdächtigte man mich. Ich habe eine Nacht im Gefängnis verbracht, bis die Sache geklärt war. All das und dazu eine Fülle von Einzelheiten, die zu erzählen jetzt zu weit führen würde, stand in dem Bericht. Ich habe jahrelang auf den Augenblick gewartet, da ich diese Agentur brauchen würde...»

«Nehmen wir an, daß die tatsächlich etwas herausbekommen. Was willst du dann tun?»

«Wenn der Mann Leute hat, die ihn finanzieren, könnten wir versuchen, sie mit guten Gegenvorschlägen für uns zu interessieren. Oder wir können sie mit falschen Fährten nervös machen... Wir werden sehen... Sollten jedoch illegale Geschäfte ans Tageslicht kommen, werfen wir den Bericht, sobald wir einmal am Verhandlungstisch sitzen, überraschend in die Waagschale.»

Es folgte ein ernstes Schweigen. Natürlich hielt keiner der drei ein solches Vorgehen für unmoralisch. Aber es beschäftigte sie, daß ein Gespräch über Geld, das auf so hohem Niveau begonnen hatte, in diesen Niederungen endete.

16

KURZ VOR WEIHNACHTEN kam der «Rat der Wenigen» in der Talstraße zusammen. Dieses Datum war bereits zur Tradition geworden. Sowohl Osvaldo Sacerdoti als auch Vittorio Graziano wollten einen Teil ihres Winterurlaubs in der Schweiz verbringen. «Natürlich nicht den 25. Dezember», hatte Vittorio eingeschränkt, und Ursini mußte gar nicht fragen, warum. Er wußte, daß Turi Graziano auf gewissen Traditionen bestand, und den ersten Weihnachtsfeiertag verbringt ein Italiener im Kreise seiner Familie. Major Uglietti war zum erstenmal dabei und hielt gleich zu Beginn eine sehr wichtige Rede.

«Die Detektei Fiedler in Hamburg hat soeben mit ihren Nachforschungen über den ‹Repetitor› begonnen, wie wir ihn nennen.» Er lächelte. «Ihr könnt euch ja wohl vorstellen, wer den Auftrag dazu gegeben hat. Mit fünfzigprozentiger Sicherheit wird diese Agentur hinter die Geldquellen des Repetitors kommen. Es wäre unklug, sofort mit der Detektei Kontakt aufzunehmen, und auch zu einem späteren Zeitpunkt hätten wir nichts davon. Die Firma Fiedler wird vom westdeutschen Geheimdienst protegiert und hat internationales Renommee auf diesem Gebiet.»

«Dann sollten wir uns überlegen, was wir tun, wenn sie ihren Bericht vorlegen. Wie genau kommt der ‹Repetitor› denn an seine Gelder?» fragte Ursini Radda.

«Eigentlich ausschließlich über die herkömmlichen Wege. Der direkte Weg ist der über die Akquisition von Werbespots; der deckt ein weites Feld ab und erregt keinen Verdacht...»

Diesen Weg zur Kapitalbeschaffung hatte Sacerdoti ausgetüftelt und Radda vervollkommnet. Die Organisation beschloß etwa, Geschäfte des Repetitors – etwa im Bereich des Fernsehens – mit zehn Milliarden Lire zu unterstützen. Das Geld wurde ihm dann nicht etwa direkt überwiesen, sondern – natürlich schwarz – einer Firma mit einem sehr hohen Werbebudget als Kredit gegeben. Die Firma legte zu den Milliarden weitere zwei Milliarden (die *black tax*) und überwies die Gesamtsumme auf das Konto des Repetitors. Der strahlte nun für diese zwölf Milliarden Werbespots aus, die jedoch allenfalls den Gegenwert von sechs Milliarden hatten. Alle drei beteiligten Parteien machten enorme Gewinne.

Der Repetitor erhielt hohe Summen flüssigen Geldes, wobei die Hälfte Schwarzgeld war. Weil immer mehr Firmen Spots schalten wollten, konnte er die Preise dafür erhöhen – wobei die Firmen, die über die Zusammenhänge nicht Bescheid wußten, natürlich gelinkt wurden. Und natürlich erstellte er Rechnungen, die viel höher waren als die tatsächlichen Kosten.

Die von der Organisation beauftragte Firma erhielt für die zwei Milliarden, die sie investierte, Werbespots zum Gegenwert des Dreifachen und konnte gleichzeitig zwölf Milliarden als Werbekosten von der Steuer absetzen.

Die Organisation schließlich erwarb im Wert von zwölf Milliarden Anteile an den Geschäften des Repetitors, obwohl sie nur zehn eingesetzt hatte. Das System war so einfach, daß kein auch noch so phantasievoller Ermittler Zeit mit Nachforschungen vergeuden würde. Aber die Agentur Fiedler würde bestimmt dahinterkommen.

«Wenn es einen guten Zeitpunkt für unsere Operation ‹Overpress› gibt, dann jetzt», sagte Sacerdoti. «Wir haben alle notwendigen Daten zusammen, ja die Daten sind fast schon veraltet. Unsere Angebote haben wir unterbreitet, wir verfügen über Strohmänner, die als Käufer auftreten, wir kennen die Kosten. Es fehlt eigentlich nur noch jemand, der den Startschuß gibt...» Alle sahen Ursini an, denn er war es, der grünes Licht geben mußte.

«Wir müssen uns noch gedulden. In der Dimension, die wir vorgesehen haben, ist die Aktion frühestens in zwei Jahren durchführbar.»

«Zwei Jahre!» rief Sacerdoti aus. Er brachte immer Leben in diese sonst eher langweiligen Sitzungen. Nie würde er die ernste Gesetztheit von Anwalt Radda erreichen, der schon mit sechzehn Jahren an einer Verwaltungsratssitzung hätte teilnehmen können. Sacerdoti dagegen schnaubte und gestikulierte, und wenn etwas zum Gähnen war, dann gähnte er.

«Mehr oder weniger.»

«Wenn aber nun die Vorschläge für eine Volksabstimmung zur Legalisierung von Drogen noch weiter an Boden gewinnen? Für einen Kampf wie diesen müssen wir doch sämtliche Medien zur Verfügung haben. Da brauchen wir selbst die Gemeindeblätter, um die öffentliche Meinung zu bombardieren.»

«Wir brauchen nichts als die Parteien. Unsere Parlamentskommission hält eine Volksabstimmung derzeit eher für unwahrscheinlich. Sollte es brenzlig werden, können wir die Aktion ‹Overpress› ja immer noch ein bißchen früher in Angriff nehmen. Zunächst werden die entsprechenden Abteilungen der Parteien die ideologische Leitlinie für das Votum der Abgeordneten vorbereiten. Gründe gegen die Legalisierung von Drogen gibt es zu Dutzenden, und einige davon sind zutiefst moralisch. Wir haben explizite Verbündete, und es gibt die Parlamentarier, die gar nicht wissen, daß sie im Grunde mit uns zusammenarbeiten. Auf jeden Fall haben wir derzeit einfach genug andere Probleme, und diese Sache können wir erst einmal auf sich beruhen lassen. Wir werden darüber reden, wenn es wirklich nötig ist. Und nun möchte ich euch über die Fortschritte unserer Operationen jenseits des

Eisernen Vorhangs und über die Kontakte in Guatemala informieren. Daß der Rektor untergetaucht ist, bereitet uns gewisse Probleme. Er pendelt zwischen Argentinien, Nicaragua und Uruguay hin und her, ist also mitten in unserem Aktionsradius. Und er hat wenig zu tun und stolpert uns deswegen ständig in den Weg – der einzige Nachteil an Parravicinis herrlicher Idee, den Rektor zu denunzieren...»

«Na ja, bei einer ganzen Reihe von Namen wäre es für uns wohl besser gewesen, wenn sie geheim geblieben wären», wandte Uglietti ein.

«Das stimmt. Andererseits ist jetzt mal so richtig aussortiert worden. Geradezu ein Großreinemachen. Schon erstaunlich, wie wenig wählerisch dieser Mann war. Ich habe meinen eigenen Augen nicht getraut, als ich einmal die Gelegenheit hatte, die Liste zu überfliegen. Da fehlten nur seine Lieblingsköche und der Gärtner seiner Villa in Portofino.»

Zwei Stunden später wurde beschlossen, die Sitzung am nächsten Morgen fortzusetzen. Gegen neunzehn Uhr verließen alle den Raum. Ursini wußte jedoch, daß Vittorio Graziano wenige Minuten später zurückkehren würde und wartete im Konferenzsaal auf ihn. Er rief schnell zu Hause an, um anzukündigen, daß er sich zum Abendessen ein wenig verspäten würde. Das Gespräch nahm jedoch eine unerwartete Wende. Klara weinte; ihrem Vater ging es offenbar sehr schlecht, mehr brachte sie nicht heraus. Sie schien Angst zu haben, sagte aber nicht, wovor, und drängte Ursini, bald nach Hause zu kommen. Er versprach es und bat sie, vor den Kindern keinen Schmerz zu zeigen. Dann redete er einige Minuten sanft auf sie ein, bis sie aufhörte zu schluchzen. Er wollte, daß sie zuerst auflegte, war froh, daß sie sich wieder beruhigt hatte. Unmittelbar danach kam sein junger Assistent zurück und brachte eine Dose Seven-up mit, die offenbar eiskalt war, denn er hielt sie zwischen zwei Fingern und stellte sie dann schnell auf die polierte Tischplatte.

«Da bin ich. Ich habe... Was ist los? Ist was passiert?» Er schaute Ursini aufmerksam an. Was die Schärfe des Verstandes angeht, ganz der Vater, dachte Ursini. Er schüttelte den Kopf.

«Nein. Alles in Ordnung.»

«Ich habe gestern abend mit Vater gesprochen», begann Vittorio, zog dabei ein Taschentuch hervor, putzte den Deckel der Dose ab und zeigte Ursini, wie schmutzig sie war. «Unglaublich, was? Ich bin ja wirklich nicht pingelig, aber wenn man diese Dosen nicht abwischt, bleibt einem eigentlich nur, mit dem Strohhalm zu trinken...»

«Wenn Sie lieber Bier trinken möchten, ich habe noch eine Flasche Hurlimann im Kühlschrank. Ein Spezialvorrat für Anwalt Radda.»

«Danke, nein, ich mag kein Bier. Also, wie gesagt, ich habe mit Vater gesprochen. Nur wir drei wissen, wie das geschehen wird, was geschehen muß.»

Ursini mußte unwillkürlich lächeln. Der Satz war wie ein Rätsel konstruiert, doch in Wirklichkeit handelte es sich um eine Botschaft. Sie kam natürlich von Turi, und Vittorio hatte sie lediglich etwas verfremdet, mit derselben Liebenswürdigkeit, mit der er auch die Dose gereinigt hatte. Lillo Raia mußte sterben. Doch Turi wußte: setzte er dazu Männer aus der Organisation ein, früher oder später würde herauskommen, daß er dahintersteckte. Gäbe er die Sache aber bei den Vettern an der amerikanischen Ostküste oder bei den Franzosen in Auftrag, wäre die nötige Diskretion nicht hundertprozentig gesichert.

«Sie haben doch einmal von dieser Agentur gesprochen, mit der Sie vor einiger Zeit Kontakt hatten. Das scheinen doch zuverlässige Leute zu sein. Am besten nehmen Sie persönlich Kontakt zu denen auf und tun so, als seien Sie der Auftraggeber. Nur wenige wissen, daß Sie zur Organisation gehören, kaum jemand kennt diese Agentur, und nur wir drei wissen, daß wir uns dieser Agentur einmal bedient haben...»

«Und wenn die Sache trotzdem herauskommt?»

«Niemand wird darauf kommen, daß sich die Organisation an einen Außenstehenden gewandt hat, und das auch noch über einen Mann, der halb Sizilianer und halb Schweizer ist und in Zürich lebt.» Vittorio sagte das in einem sehr ernsten Tonfall, dann sagte er leise: «Es tut mir leid, Dr. Ursini, aber ich wußte nicht, daß Lillo Raia hinter dem Mord an Ihrem Vater steckte... Das könnte man Ihnen theoretisch natürlich als Alibi unterstellen, sollte uns doch jemand auf die Schliche kommen...»

«Ich habe verstanden.» Ursini schnitt ihm das Wort ab. Er fühlte sich keineswegs als Werkzeug, sah aber auch keine Notwendigkeit, sich in die Logik dieser Eventualitäten zu verstricken. Er blickte auf die Uhr und stand auf. «Ich werde zum Abendessen erwartet.»

«Gut... Ich will Sie nicht weiter aufhalten.» Irgend etwas in seinem Tonfall überraschte Ursini. Während er seine Aufzeichnungen in die Tasche steckte, musterte er ihn kurz. Erwartete der junge Mann etwa, eingeladen zu werden? Ursini hatte ihn in den ganzen zwei Jahren, die sie nun schon zusammenarbeiteten, nicht ein einziges Mal eingeladen und bisher auch nicht den Eindruck gehabt, daß Vittorio Graziano das vermißte.

«Gute Nacht. Bis morgen.»

«Gute Nacht», sagte Vittorio und öffnete die Dose Sevenup.

In Zürich hatte das Thermometer acht Grad unter Null angezeigt, und als Ursini in Palermo ankam, wirkte das Stadtzentrum auf ihn wie eine Filmkulisse: Die Schaufenster waren mit Tannenbäumen und kleinen Päckchen dekoriert, aber die Menschen liefen in dünnen Pullovern und leichten Schuhen durch die Straßen. Johann hatte ihn gebeten, ihm «echte» Marzipanfrüchte mitzubringen, «nicht diese winzigen, die es hier gibt». So langsam wird Johann zu einem richtigen kleinen Sizilianer, dachte Ursini zärtlich – und das betrifft nicht nur seinen Geschmack, sondern seinen ganzen Charakter. Er kaufte einen Granatapfel, eine Kaktusfeige und eine Melonenscheibe, außerdem einen Fisch, eine Pfanne mit zwei Spiegeleiern und ein Paar Würstchen – alles aus Marzipan natürlich. Klara würde sich freuen, und bestimmt würde auch der Schwiegervater lächeln, wenn er diese originellen Naschereien sah. Dem Alten schien es besserzugehen, aber sicherlich riß er sich auch mit protestantischer Strenge zusammen, damit Klara sich keine Sorgen machte, die über jeden Hoffnungsschimmer überglücklich war.

Als Ursini wieder seinen ursprünglichen Platz in der Kommission einnahm, war diese keine wirklich lebendige Institution mehr. Sie war zu einem reinen Beratungsorgan geworden, für die es im Grunde keine Gegner mehr gab – die ehemaligen Verbündeten waren zu Dienern und die Diener zu Sklaven geworden. Der Untergang der Kommission hatte bisher einige hundert Tote gekostet, weitere würden folgen, viele würden noch untertauchen, andere verhaftet werden. Aus der Asche der Kommission war jedoch eine neue Organisation hervorgegangen: Ursini hatte sie im Gespräch mit Vittorio Graziano «das Direktorium» getauft, doch keines der Mitglieder – von denen niemand eine feste Stelle oder einen konkreten Auftrag hatte – wußte davon.

Der Abgeordnete Santoro ließ sich im Direktorium meist von seinem Kollegen Consalvo vertreten, mitunter nahm er jedoch auch persönlich an einer Sitzung teil. Er war der Mann des Regionalpräsidenten und beherrschte gut die Hälfte der 170 000 von der Organisation kontrollierten Wählerstimmen. Dann war da Dr. Pennisi aus Catania, der die «Triade», die drei Großen aus Ostsizilien, vertrat. Giacomo war sozusagen der Handlungsreisende des Rates: Er verwaltete das Geld und pflegte die diversen Kontakte. Turi Graziano pflegte ihn den «elegantesten Hansdampf in allen Gassen von Palermo» zu nennen. Turi war bei fast allen Versammlungen anwesend, und Raia saß fast immer zu seiner Rechten. Manchmal, nicht immer, war auch ein Angestellter der Geheimdienste dabei, ein Mann, der wegen seiner hohen Stellung problemlos ein Doppelspiel betreiben und seine häufigen Reisen nach Sizilien rechtfertigen konnte. Ursini hatte ihn schon als jungen Kommissar bei der Mordkommission in Palermo gekannt. Er erinnerte sich auch noch daran, was sein Vater über ihn gesagt hatte: «Die Mordkommission ist eine Nummer zu klein für den. Der ist zu Höherem geboren.» Als sie sich bei einer dieser Sitzungen zum erstenmal wiedersahen, hatten sie einander nicht gezeigt, daß sie sich wiedererkannten, sondern sich mit einem förmlichen Handschlag begrüßt.

Ursini hatte einen kurzen Bericht über den neuesten Stand der Dinge in Guatemala vorbereitet. Aber Turi war da, und dem mußte man die Sache etwas anders erklären. Aus der Talstraße hatte er eine Diskette mitgebracht, und die zog er nun aus der Tasche und präsentierte sie Turi wie ein Spieler sein Blatt.

«Das ist eine Diskette, Turi. Auf zwei davon kann man ein ganzes Buch abspeichern, Tausende von Daten. Doch solange keiner diese Daten eingibt, ist eine Diskette einfach nur ein Stück Spezialkunststoff. Der Prozeß, mit der man eine neue Diskette zum Beschreiben vorbereitet, heißt bekanntlich Formatieren. Wir formatieren jetzt gerade die politische Führung Guatemalas. Zwei Mitarbeiter der Chartered Bank in Hongkong kümmern sich um den Bereich Finanzen. Dann ist da der Anwalt Radda aus Zürich, einer meiner Assistenten, der mithilft, das Gesellschaftsrecht zu verbessern. Auf weiteren Sektoren arbeiten wir mit einem Börsenmakler aus

Genf, einem Professor für internationales Recht sowie mit einer Kommission zusammen, die sich aus Mitgliedern großer schweizerischer und deutscher Banken zusammensetzt. Das Ganze soll aber keineswegs einfach eine Kopie der schweizerischen Eidgenossenschaft werden. Vielmehr bemühen wir uns, diejenigen Strukturen aus den einzelnen Ländern zu übernehmen, die für die Vermehrung von Kapitalien am förderlichsten sind, einen Gesetzesrahmen zu schaffen, der dem ganzen Unternehmen den nötigen Schutz garantiert.»

Dann hielt er seinen Vortrag, wobei er nicht ablas, sondern frei sprach. Nur der Abgeordnete Consalvo zeigte wenig Interesse an Ursinis Ausführungen: Er gehörte zu den Menschen, die ihre Provinz allenfalls für eine Urlaubsreise verließen. Ihn interessierten wohl ausschließlich die Ränkespiele im Palazzo d'Orleans und im Bürgermeisteramt an der Piazza Pretorio in Palermo.

«Pio La Torre von der Kommunistischen Partei hat vor, einen Gesetzentwurf vorzulegen, der die Aufhebung des Bankgeheimnisses vorsieht, außerdem die Möglichkeit, Güter verdächtiger Herkunft zu beschlagnahmen. Das genügt ihnen aber offenbar noch nicht: Sie wollen auch noch einen Carabiniere zum Präfekten von Palermo machen. Das soll wohl eine Offensive in ganz großem Stil werden...»

«... die sich aber nicht gegen uns richtet, sondern gegen die, von denen sie denken, wir seien es», sagte Turi beschwichtigend. Ursini schätzte solche Wortspiele, die viele der Anwesenden nicht verstanden. Die Gesetzesinitiative der Kommunistischen Partei und die Entsendung eines «bewaffneten Präfekten» brachten Probleme mit sich: für Santoro und seinen Vertrauten Consalvo, für Bürgermeister Palmisano, für die «Vettern», für den Alten, für Cattaneo, für Giacomo und andere alte Bekannte, ebenso für ein ganzes Heer von Vorbestraften und in krumme Geschäfte verwickelte Kleinunternehmer – doch es bedeutete keine Gefahr für Turi, der sozusagen nur noch abstrakt in alles verwickelt war; und es machte auch der Triade von Catania keine Schwierigkeiten, zumindest nicht ihren seit Jahren perfekt legalisierten Kapitalien, ebensowenig wie dem Geheimdienstbeamten und den anderen Mitgliedern der Organisation, die sich bereits tief in den Staatsorganismus eingenistet hatten.

«Dem muß man zuvorkommen», sagte Giacomo. Turi sah ihn kalt an.

«Und wie, Giacomo? Mit einer Bombe?»

Verlegenes Schweigen. Dann räusperte sich der Mann vom Geheimdienst.

«Der Mann, den sie schicken wollen, ist Dalla Chiesa. Der war schon vor Jahren hier auf Sizilien stationiert. Er ist ein wirklicher Sizilien-Experte.»

«Und es ist sicher, daß er ernannt wird?» fragte Dr. Pennisi.

«Nein, er steht noch in den Verhandlungen. Er möchte absolute Vollmachten.»

«Ach ja? Und mit wem verhandelt er?»

«Mit allen, die ihn anhören müssen: dem Ministerpräsidenten, dem Innenminister, dem Justizminister, den Parteien...»

Nach der Sitzung saßen Ursini und Graziano noch bei einem Espresso zusammen. Schweigend rührten sie in ihren Tassen und sahen einander an.

«Wie wirst du das mit Lillo machen?» fragte Turi leise, eine merkwürdige Frage für einen Mann wie ihn. Aber seine Bemerkung war mehr als eine simple Frage. «Es gibt da einiges zu beachten, Giuseppe. Vor allem darf es nicht hier in Sizilien geschehen. Und es darf nicht in die Presse kommen: Lillo ist untergetaucht, und alle müssen glauben, daß er noch immer nicht aufzufinden ist. Es darf auch nicht wie ein Unfall aussehen – daran würde in unseren Kreisen niemand glauben...»

«Meinst du, es wird Racheakte geben?»

«Vielleicht schon. Aber das laß meine Sorge sein. Sag mir jetzt lieber, wie du die Reden fandst, die heute gehalten wurden.»

«Ich fürchte, noch ist nicht alles ausgestanden, auch wenn Bontate und seine Leute weg vom Fenster sind. Kaum hat man ein Problem gelöst, ergibt sich ein neues.»

«Das weiß ich. Mir geht es wie einem Gewerkschafter. Es gibt eine Basis von Arbeitern, die nichts verstehen, nichts sehen und nicht abwarten können. Aber sie sind eben die Basis, verstehst du? Ein Mann wie Giacomo bedeutet überhaupt nichts. Aber fünfzig von seinem Schlag kann man eben nicht einfach ignorieren...»

«Sagen wir mal, sie repräsentieren eine Generation», sagte Ursini, und Turi lächelte.

«Du Glücklicher! Du hast studiert und kannst die Dinge in die richtigen Worte fassen. Diese Generation ist also außer Gefecht. Aber um völlig auszusterben, ist sie auch noch nicht alt genug. Und man kann ja auch schlecht darauf geiern, daß diese Leute endlich in Pension gehen.»

«Es sind einfach zu viele, das ist das Problem. Und sie sind überall bekannt. Deswegen bemühen wir uns ja auch im Moment, viele Anteile an den Zeitungen und an Fernsehsendern zu erwerben. Wenn die Generation verschwunden ist, die nichts mehr taugt, und es keine eindeutigen Zielscheiben mehr für unsere Gegner gibt, dann gehen wir zum Gegenangriff über. Die Leute, die den Staat repräsentieren, sind eindeutig identifizierbar. Es wird in Zukunft keine gepanzerten Autos und Leibwächter mehr geben – aus dem einfachen Grund, daß es nicht mehr nötig sein wird, sie umzubringen.»

«Und wie willst du es nun anstellen?» fragte Graziano. Ursini bemerkte, daß in dieser Frage kein Mißtrauen zum Ausdruck kam, sondern einfach nur Neugier.

Castoldi, der Mann von der geheimnisvollen Agentur, wartete in der Mystère und blätterte in einer Autozeitschrift, um sich über die neuesten Modelle zu informieren. Ursini grüßte, der Pilot startete und stellte die Funkverbindung her.

«Wissen Sie nicht, was für ein Auto Sie sich kaufen sollen?» fragte Ursini und wies auf das Magazin, das sein Partner auf den Nebensitz gelegt hatte, um sich anzuschnallen.

«Ich habe ja leider keine große Wahl. Ich darf nur einen Kleinwagen fahren – ich habe ein Glasauge.»

«Also, das habe ich ehrlich gesagt noch gar nicht bemerkt.»

«Es ist eine ganz merkwürdige Geschichte: früher hatten meine Augen nicht dieselbe Farbe. Das hat den Mädchen großen Eindruck gemacht, ich selbst hatte aber Probleme damit. Nach dem Unfall habe ich mich für die Farbe des Auges entschieden, das ich noch hatte...» Das Flugzeug hob gerade ab, und Castoldi hörte auf zu sprechen. Ursini erriet, was der andere dachte. In Privatflugzeugen fühlt man sich anders als in großen Linienjets, sowohl beim Abheben als auch bei der Landung, es fühlt sich an, als ginge alles wie von selbst. «Also, die Person, die uns in Rom besonders interessiert...»

«Bevor Sie weiterreden», unterbrach ihn Ursini, «muß ich Ihnen sagen, daß Sie nicht völlig uneingeschränkte Handlungsfreiheit haben.» In wenigen Worten wiederholte er, was ihm Turi Graziano kurz zuvor anempfohlen hatte. Castoldi hörte schweigend zu und schaute dabei aus dem Fenster. Dann räusperte er sich.

«Das habe ich vermutet. Aber trotzdem brauche ich Ihre Hilfe, Dottore. Es wird Ihnen keine Arbeit machen, ich brauche nur einen oder zwei Namen, um den richtigen Mann auswählen zu können.»

17

«SPÄTESTENS IN EINER STUNDE», sagte Peppe Tarantino und legte auf. Er hätte gerne ein Taxi genommen und auf dem Weg zu Raia noch die schöne Landschaft um die Castelli Romani genossen. Doch Lillo war übervorsichtig und sah es gar nicht gerne, wenn jemand etwas über ihn in Erfahrung brachte, sei es ein Taxifahrer. Also mietete sich Tarantino einen Alfa Giulietta, kaufte sich eine Landkarte des römischen Hinterlandes und fuhr los.

Er mußte nicht weit fahren, und sein Ziel war leicht zu finden. Dennoch war die Fahrt ziemlich anstrengend. Es wurde schon dunkel, und Tarantino kannte eigentlich nur Palermo und die direkte Umgebung der sizilianischen Hafenstadt. Er sah die hellerleuchtete Tankstelle am Ortsausgang, mußte also nach Lillos Beschreibung fast angekommen sein. Am Ende einer geraden Straße bog er vorsichtig rechts ab.

Knapp fünfzig Meter vor ihm schwenkte jemand eine Kelle, und Tarantino bemerkte einen blauen Polizeiwagen, einen Fiat 132, und zwei Beamte in Zivil. Er hatte gehört, daß in dieser Gegend noch immer der Zigarettenschmuggel florierte, und tatsächlich forderten ihn die Beamten auf, den Kofferraum zu öffnen.

Er kam der Aufforderung nach, und während er den Schlüssel im Kofferraumschloß drehte, schoß ihm durch den Kopf, wie absurd es war: Hunderte von Malen hatte er, der mehrfach vorbestraft war, Polizeikontrollen über sich ergehen lassen müssen, und immer hatte er zuerst seine Ausweise vorzeigen müssen. Nicht immer waren seine Papiere in Ordnung gewesen – und ausgerechnet jetzt, da er nichts zu verbergen hatte, fragten ihn die Beamten nicht danach.

«Hier, bitte», sagte er und drehte sich zu dem Polizisten um. Im selben Moment packte ihn jemand von hinten, und bevor er reagieren konnte, wurde ihm ein grauenhaft stinkendes Tuch ins Gesicht gedrückt und er sackte in sich zusammen.

Fünf Minuten später leuchteten zwei Scheinwerfer am Eingangstor auf. Domenico lief hinaus und öffnete. Ein weiterer junger Mann wartete mit verschränkten Armen an der Seite der Einfahrt. Der Fahrer des blauen Fiat 132 mit dem Taxischild darauf schaltete das Standlicht ein. Domenico erkannte den alten Tarantino auf dem Beifahrersitz. Er hatte ihn in Palermo öfters gesehen und erinnerte sich gut an ihn: ein kräftiger Mann mit dunkler Haut und weißem Haar.

Der Fiat hielt hinter dem Mercedes unter dem Wetterdach. Der Fahrer lief um das Auto herum und öffnete Tarantino die Autotür. Doch der Alte bewegte sich nicht, schien ohnmächtig zu sein. Lillo Raia trat ins Freie und kam die Treppe herunter. Daß sein Gast wohl nun doch im Taxi kam, beunruhigte ihn eher, als daß es ihn ärgerte: Er vermutete, daß sein Gast eine Panne gehabt und darum einen Wagen genommen hatte. Je näher er dem Auto aber kam, desto klarer wurde ihm, daß da etwas nicht stimmte.

«Was ist los? Fehlt ihm was?»

«Ja», sagte der Fahrer und drehte sich plötzlich um. Drei unmittelbar hintereinander abgegebene Schüsse durchlöcherten Raia die Brust, der Schalldämpfer erstickte den Knall zu einem kurzen, hustenartigen Geräusch. Domenico hatte gerade die Wagentür geschlossen und griff nach seiner P 38 – da wurde er mit einem Faustschlag gegen die Schläfe niedergeschlagen und fiel auf den Kiesweg. Der Mann, der auf Raia geschossen hatte, feuerte drei weitere Schüsse ab, auf Raias Kopf und in seine Beine. Dann schraubte er den Schalldämpfer ab und steckte ihn in die Tasche. Domenico wand sich am Boden.

Sie zogen Raia seine Pistole aus der Revolvertasche und ließen sie auf die Erde fallen, neben die rechte Hand der Leiche. Dann zerrten sie Peppe Tarantino aus dem Wagen. Der Alte war noch immer völlig benommen, konnte sich kaum auf den Beinen halten. Einer der Männer trat ein paar Meter zurück und schoß das gesamte Magazin auf ihn leer. Sein Schalldämpfer war weniger wirksam als der des Mannes aus dem Fiat: Trocken knallten die Schüsse durch die anbrechende Nacht. Der Alte sackte auf die Knie und fiel dann auf den Rücken. Inzwischen war die Giulietta am Gartentor vorgefahren. Die Scheinwerfer waren nicht eingeschaltet; der Wagen fuhr dicht neben den Fiat, mit dem die beiden falschen Polizisten dann verschwanden.

Der junge Mann, der an der Einfahrt gestanden hatte, blieb alleine zurück, versuchte, sich schnell einen genauen Überblick zu verschaffen, schloß das Gartentor und lief ins Haus zurück, um zu telefonieren. Er raste die Stufen hinauf und keuchte noch, als die rauhe Stimme von Anwalt Saieva nach dem ersten Läuten antwortete. Saieva vertrat Raia in Rom, er war der einzige, der über alle seine Geschäfte Bescheid wußte. Er hörte zu und sagte lange gar nichts. Dann stammelte er:

«Tarantino? Das kann doch nicht sein, großer Gott! Ich muß jetzt ein paar Anrufe machen. Du... hat niemand etwas gehört? Ganz sicher nicht?»

«Nein. Ich habe alles kontrolliert. Aber das Haus steht hier doch völlig allein, außerdem weht heute abend ein ziemlich starker Wind...»

«Gut. Hör zu... bleib dort und warte. Ich weiß nicht, ob ich zuerst hinfahre oder jemand anderes... Mach jedenfalls nur auf, wenn ein Auto mit ausgeschalteten Lichtern vorfährt und man dir vor dem Tor Blinkzeichen macht. Verstanden?»

«Ja, alles klar.»

«Man muß seine Frau verständigen. Ist sie in Palermo?»

«Nein, sie ist bei ihrer Schwester zu Besuch...»

«Gut. Warte also auf mich...», unterbrach ihn der Anwalt. Dann fiel ihm noch etwas ein. «Dir ist aber nichts passiert, oder?»

«Nein, Euer Gnaden, zum Glück nicht. Tarantino hat nur Don Lillo und Domenico erwischt. Ich stand weiter hinten und konnte rechtzeitig...»

«Da hast du aber wirklich Schwein gehabt.»

Der junge Mann legte auf, ging auf den Treppenabsatz hinaus, lehnte sich gegen das Geländer und zündete sich eine Zigarette an. Erst jetzt, als er die drei Leichen auf dem Kies liegen sah, wurde ihm bewußt, was geschehen war.

Irgendwann in der Weihnachtszeit lernte Fiorenzo Parravicini Dr. Padovani kennen. Der Mann war wirklich ein Phänomen: Es gab niemanden, den er nicht kannte, über jeden wußte er einfach alles. Padovani war elegant, hatte eine feine Beobachtungsgabe, seine mitunter etwas vulgären Scherze blieben im Rahmen des Erträglichen. Es lag ihm im Blut, zu vermitteln – ein mehr als brauchbarer freier Mitarbeiter. Außerdem hatte er eine Eigenschaft, die Parravicini überaus beruhigte – er war extrem geldgierig, und er stand dazu: Geld war für ihn ein Ziel, kein Mittel. Endlich ein normaler Mensch, dachte Parravicini.

Innerhalb weniger Wochen konnte er beweisen, daß er sowohl in den Geheimdiensten als auch im Vatikan und in der Regierung seine Verbindungen hatte, und wo er ausnahmsweise niemanden kannte, wußte er sich immer Gehör zu verschaffen, ohne erst durchs Vorzimmer zu müssen. Woher er seinen Doktortitel hatte, war ein wenig mysteriös, denn er hatte nicht promoviert, ja niemals eine Universität von innen gesehen – was ihn für Parravicini jedoch um so sympathischer machte.

Eines Tages brachte Padovani den Bankier auf eine Idee. Von allein wäre er nie darauf gekommen, obwohl sein Geldinstitut ja Filialen in Peru, Argentinien und in Uruguay hatte und er über die politische Situation in diesen Ländern immer bestens informiert war.

Parravicini wußte, daß die Argentinier planten, die Falklandinseln von den Briten zurückzuerobern und sie wieder «Las Malvinas» zu nennen – ein Konflikt, den Parravicini nicht verstand und der ihn auch nicht interessierte. Doch Padovani erklärte ihm geduldig, daß diese Inseln ja wohl nicht mit Schlauchbooten einzunehmen seien – da brauchte man schon eine Flotte, eine Luftwaffe, hochtechnisierte Waffen. Die Verteidigung der Argentinier würde durch sowjetische Spionagesatelliten gewährleistet sein. Um anzugreifen, brauchten sie jedoch Mittelstreckenraketen, die die UdSSR nicht liefern wollte. Die Amerikaner würden natürlich Großbritannien unterstützen. Blieben als potentielle Lieferanten nur die Franzosen, die sich zwar offiziell neutral erklärten, gleichzeitig aber stark daran interessiert waren, ihre Exocet zu verkaufen – heimlich natürlich.

Parravicini begriff zunächst nicht, wie ihm die argentinische Regierung bei seinen Problemen helfen konnte. Er wußte genau über dieses Land Bescheid: In den Bereichen Energie und Nahrungsmittelversorgung war Argentinien autonom, das Land hatte jedoch hohe Schulden beim Internationalen Währungsfonds. Wie sollten die seine Bank retten?

«Das sollen sie ja gar nicht», erklärte Padovani lächelnd. «Das Ganze wird ein Bluff.»

Sie waren in London und hatten sich in Queensway einquartiert, einem bunten, lebendigen Viertel. Parravicini hatte diese Gegend vorher nicht gekannt und war begeistert: der Geruch von Fish and Chips, die bunten Reklameschilder, die einander übertrumpfen zu wollen schienen; außerdem schien es in Queensway nie zu regnen. Sie hatten draußen

Tee getrunken, an einem Tischchen, das auf einem Fuß aus schmiedeeisernen Blumen stand. Padovani fühlte sich hier pudelwohl und erklärte Parravicini nun, wie der Bluff aussehen sollte. Nur ein europäischer Finanzier konnte die Exocet kaufen, und zwar über Genf, um sie dann dem argentinischen Kriegsministerium anzubieten. Oder aber (und dabei schaute ihn Padovani verschwörerisch an) man konnte den Engländern anbieten, sie nicht den Argentiniern anzubieten.

Es schien geradezu absurd. Doch schon einen Tag später brachte ihn Padovani im Royal Court Hotel am Sloane Square mit einem Beamten des M15 zusammen. Der Mann war um die Fünfzig, sympathisch, zurückhaltend. Er bot sich an, den Kontakt mit einer Freimaurerlobby in der City herzustellen. Die Freimaurer, erklärte er, haben in England anders als in anderen Ländern eine starke nationalistische Tradition. Zudem, fügte er zu Parravicinis Beruhigung dazu, hatten sie niemals Sympathien für den Rektor gezeigt. Der Beamte sprach nicht in seiner Rolle als Repräsentant der Geheimdienste seines Landes: er habe sich, sagte er, nur auf das Gespräch eingelassen, weil Padovani es vermittelt hatte. Es war ihm klar, wie wichtig die Sache war, und er versprach, sich sofort mit seinen Vorgesetzten zu beraten und die entsprechenden Kontakte herzustellen.

Parravicini eilte zum Flughafen Heathrow und nahm den nächsten Flug nach Buenos Aires. Padovani bot ihm natürlich an, ihn zu begleiten.

Als die Boeing 747 abhob, schloß der Bankier die Augen und dachte an Ursini. Er wußte, daß die Sache nur klappen würde, wenn der Schweizer nichts davon erfuhr.

Am Anfang des neuen Jahres kam in einer Villa der «Vettern» in Cefalù ein Komitee zu einer inoffiziellen Sitzung zusammen. Längst war klar, daß alle Gruppierungen aufgelöst waren und daß es außerhalb der danach entstandenen «Kirche», also Ursinis Organisation, nur noch die ewige Verdammnis gab. Eine abgelegene, geheimnisvolle Kirche, in der der Schweizer die Riten der internationalen Hochfinanz vollzog. Palermo jedoch, die Wiege sämtlichen Geschehens, schien von diesen Riten ausgeschlossen. Ihre Probleme wurden immer größer, was die «Kirche» ignorierte.

Das erste große Problem der Palermitaner, die sich hier versammelt hatten, war, wie sie angesichts dessen, was in den Justizbehörden passierte, überhaupt überleben sollten. Die Ermittler des sogenannten «Antimafia-Pools» widmeten sich mit immer größerer Aufmerksamkeit den «Vettern», dem Bürgermeister Palmisano und Cattaneo, einem Ritter vom «Orden des Heiligen Geistes», Wahlsizilianer und der größte Bauunternehmer im westlichen Teil der Insel. Diese Männer beschäftigten zusammen gut zehntausend Leute und bildeten somit sozusagen die Hauptschlagader der Stadt. Richter Cordaro sammelte Beweise gegen sie und wollte sie zerstören. Der oberste Ermittlungsrichter hatte sein Verhalten im letzten Jahr vollkommen verändert – keiner der Anwesenden war gut auf ihn zu sprechen.

Das zweite Problem war politischer Natur. Zwar ergaben sich aus der Konkurrenz zwischen dem Kapital aus Catania und dem aus Palermo derzeit noch keine Probleme, doch es sah so aus, als würde sich das bald ändern. Die Catanier verfolgten eigene Ziele, hatten ihre eigenen Freunde – und während sie sich immer weiter in Cattaneos Terrain vorarbeiteten, hatten die Palermitaner keine Chance, sich in ihren Gebieten umzutun.

Das dritte Problem betraf die Wirtschaft. Die Organisation hatte das Monopol im Rauschgiftmarkt, erzielte unkontrollierbar hohe Einkünfte, die sie in der Industrie bzw. in Staatsschuldverschreibungen reinvestierte (was wenig Zinsen einbrachte, weswegen sich die Mitglieder der Versammlung sehr darüber wunderten).

An der Sitzung nahmen Bürgermeister Palmisano, die «Vettern», Cattaneo, der Abgeordnete Consalvo und etwa zehn palermitanische Industriemagnaten teil. Das Komitee bekräftigte den festen Willen, sich um jeden Preis gegen alle Angriffe zu wehren, ob sie vom obersten Ermittlungsrichter und seiner Schar ehrgeiziger Intriganten, vom Kommunisten La Torre, vom künftigen Präfekten von Palermo oder von sonst jemandem kamen. Gegen Ursini wurden jedoch keine Beschlüsse gefaßt. Alle haßten den Schweizer, sie nannten ihn Richelieu, Gasparre Pisciotta – nach dem legendären Verräter des Banditen Giuliano – oder auch *grandissimu curnutu*, Gehörnter, die schlimmste Beleidigung, die ein Sizilianer aussprechen konnte. Sie hätten wohl Besorgnis darüber zum Ausdruck gebracht, wie mächtig dieser Ursini geworden war – aber niemand wußte so genau, wie umfassend und unerschütterlich diese Macht tatsächlich war.

Am Ende des Treffens beauftragte das Komitee Bürgermeister Palmisano, sich unter dem Schutz des Abgeordneten Santoro mit Graziano zu treffen. Einige der Teilnehmer blieben noch zusammen und diskutierten bei einem Glas Marsala den Verlauf der Versammlung.

«Wenn wir bekommen, was wir fordern, ist der Fall erledigt», sagte Palmisano. «Doch wenn die Antwort nein ist oder wir keine Antwort bekommen, gibt es nur eine einzige Möglichkeit zur Lösung der Probleme: Wir müssen die unglückliche Ehe zwischen Peppino Ursini und der Organisation beenden...»

«Indem wir diese Ehe scheiden?» fragte Consalvo.

«Oder indem wir auf die Mittel zurückgreifen, die Mutter Natur bereithält und die der Herr gesegnet hat...», sagte Cattaneo. Der Abgeordnete Consalvo hob sein Glas, und alle taten es ihm nach.

«Zum Wohl.»

Eine Stunde später saß Consalvo bereits bei Michele Santoro, der allein in seinem Büro auf dessen Bericht wartete. Consalvo referierte die Sitzung in allen Einzelheiten, kommentierte den einen oder anderen Punkt und verschwieg auch seine persönlichen Eindrücke nicht. Santoro war seit Jahren an diese Bemerkungen gewohnt und unterbrach ihn nicht. Am Ende nickte er, offenkundig zufrieden.

«Das scheint ja alles ganz gut zu laufen.» Er wählte eine römische Telefonnummer und wartete gut fünf Minuten, bis er verbunden wurde. Dann lächelte er und lehnte sich in seinen Sessel zurück. «Mein lieber Präsident, wie geht's dir?»

Die Unterhaltung dauerte eine Viertelstunde. Santoro sprach in Rätseln. Er befürchtete eigentlich nicht, abgehört zu werden, niemand in Palermo würde das wagen (abgesehen davon ließ er die Leitung in regelmäßigen Abständen überprüfen). Aber Santoros Gesprächspartner verschlüsselte, was er sagen wollte und bewog ihn damit, dasselbe zu tun. Als Santoro nach einigen scherzhaften «Ganz wie Euer Gnaden wünschen» einhängte, hatte er offenbar einen weiteren Grund, zufrieden zu sein. Er sah nun auch seinem Besucher direkt ins Gesicht.

«Das Komitee hat einen Freund gefunden.»

«Das freut mich.»

«Er empfiehlt, vorerst nichts zu unternehmen. Wir müssen nicht geheimhalten, daß wir eine Sitzung abgehalten haben, aber keine Initiative ergreifen. Er selbst wird sich um alles kümmern, denn... Aber ich will den Ereignissen nicht vorausgreifen. Jedenfalls stimmen all eure Vermutungen.»

«Also auch das mit La Torre und mit Dalla Chiesa...»

«Das und noch viel mehr. Bis jetzt ist noch sehr vieles Spekulation. Sobald die Dinge sich konkretisieren, wird das Komitee freie Hand haben...»

«Vollkommen freie Hand?»

«Ja. Turi wird nichts dagegen haben, weil er nichts zu verlieren hat. Der Ministerpräsident hat nichts dagegen, weil keine seiner Freunde betroffen sein werden. Und das Komitee wird endlich mit der Quengelei aufhören. Außerdem werden bald auch aus Catania Verbündete dazukommen. Glaubst du nicht? Der Präfekt Dalla Chiesa hat da ziemlich konkrete Vorstellungen. Er vermutet, daß die Catanesier bereits so ihre Geschäftsverbindungen mit den Palermitanern haben. In Sizilien und auf dem Kontinent.»

«Mein Gott, der ist verrückt», lachte Consalvo. «Wie ist er bloß auf so eine hinterhältige Idee gekommen?»

«Die Armee ist wachsam, mein Lieber. Außerdem hat er seine Informanten.»

«Ich weiß. Turi Graziano hat sich beschwert, daß es wirklich schwierig ist, sie auf unsere Seite zu ziehen...»

Santoro lächelte und spielte mit seinem bronzenen Briefbeschwerer. «Wir sollten uns keine Illusionen machen. Das ist kein Spiel. Es wird hart für alle, mein Lieber...»

«Ich weiß», sagte Consalvo. In diesem Augenblick meldete der Sekretär die «Vettern» an. Michele Santoro blickte Consalvo vielsagend an und deutete auf die Tür.

«Für die Jungs wird es zum Beispiel schwer werden. Für sie vor allem.»

18

«*DER MORD AN PIO LA TORRE*», schrieb eine Mailänder Zeitung am Tag nach dem Tod des Sekretärs der Kommunistischen Partei der Region und seines Fahrers, «ist grauenhaft wie alle Verbrechen der Mafia. Und wer immer dahintersteckt, überblickt die Situation ganz offensichtlich nicht. Welche politische Kraft kann sich denn noch dem Gesetzentwurf widersetzen, den der sizilianische Politiker so mutig lancierte?»

Ursini las diesen Kommentar am frühen Nachmittag in seinem Büro in der Talstraße. Der Journalist hatte recht. Das La-Torre-Gesetz würde bald, vielleicht schon vor dem nächsten Sommer, verabschiedet werden, und die allgemeine Stimmung, die der Mord auslöste, würde diesen Schritt noch beschleunigen. Der Antimafia-Pool würde dann ein wertvolles Instrument zur Aushebelung der alten Machtzentren in den Händen halten. Und die bevorstehende Übernahme der palermitanischen Präfektur durch den General Dalla Chiesa würde einen weiteren Höhepunkt der Offensive darstellen.

In Sizilien sagte man einfach «der General», wenn man über Dalla Chiesa sprach – so hatte man bisher nur Garibaldi genannt. Man erhoffte sich viel von Dalla Chiesa, aber größer als diese Hoffnung war die Angst. Der General unterstand im Grunde keiner Kontrolle, und die Tatsache, daß er ohne Waffen ankam, tröstete die Schlaueren unter seinen Gegnern nur bedingt. Er war in derselben Situation wie ein Mann, dem man die Augen verbunden und in einen Saal geführt hatte, in dem eine Schar ausgelassener Festgäste darauf wartete, ihn an der Nase herumzuführen. Er fuchtelte mit den Armen herum und griff ins Leere – und mit einer unkontrollierten Bewegung würde er vielleicht aus Versehen jemanden erwischen, der zu langsam reagierte.

«Dies wird das letzte dieser blutigen Jahre sein», hatte Ursini gegenüber Osvaldo Sacerdoti prophezeit. Sie hatten zusammen einen ersten Plan entworfen, den Sacerdoti bösartig «die Endlösung» nannte. Die erste Phase sollte vom Januar 1982 bis zum Dezember 1984 reichen und sah das Verschwinden des «Ancien régime» vor – und zwar auf beiden Seiten des Flusses: Räuber und Gendarmen sollten das gleiche Schicksal erleiden – ein tragisches, dramatisches, in gewisser Hinsicht einfach lächerliches Schicksal.

Die zweite Phase, von Anfang 1985 bis Ende 1987, sah offiziell den Sieg des Staates vor, außerdem das Verschwinden der letzten identifizierbaren Feinde. In dieser Zeit würden zwei mächtige Agenten der Organisation sämtliche Massenmedien an sich reißen. Damit sollte dann die dritte Phase des Gegenangriffs beginnen. Und 1988 sollte dann alles abgeschlossen sein – und das Kapital der Organisation würde die erstrebte Größe erreicht haben.

Die Hintergründe einiger Morde würden sogar innerhalb der Organisation nicht alle durchschauen – wie das mysteriöse Feuergefecht, bei dem Peppe Tarantino und Lillo Raia ums Leben gekommen waren. Diese Operation hatte viel gekostet – doch wenn er es sich in der Stille seines gepanzerten Studios so überlegte, kam Ursini immer wieder zu dem Schluß, daß Perfektion eben nur mit großen Investitionen zu erreichen ist.

Es war nicht leicht gewesen, die fünfhunderttausend Dollar aus dem Bargeld zu stehlen, das Lillo nach Marseille geschickt hatte. Der Mann, den sie damit beauftragt hatten, hatte den gesamten Betrag behalten wollen, weshalb Ursini die Überweisung auf Raias Nummernkonto beim Banco di Lugano, das die Chiffre «Sara 12213» trug, aus eigener Tasche hatte zahlen müssen. Eine absolut legale Operation: die Zentrale einer großen Schweizer Bank hatte sie durchgeführt, einer der höchsten Beamten, ein Duzfreund Ursinis, den er Filippe oder mitunter auch scherzhaft «Don Filippo» nannte, hatte gegengezeichnet und extra eine neue Software installiert, die die Transaktionen des betreffenden Tages aufzeigte, ohne daß diejenige Ursinis auftauchte. Nur der Programmierer hätte den Eingriff erkennen können, doch wie alle seine Kollegen hatte er die Tasten bedient, ohne zu wissen, in welchem Kontext die Aktion stand.

Der Rest hatte sich dann wie von selbst ergeben: das Foto, das aufgenommen wurde, nachdem Raia die anderen verlassen hatte; Raias und Bontates Essen (letzterer hatte sich nur zu gerne bereit erklärt, seinen Erzfeind zu kompromittieren); die Männer, die der «Falke» geschickt hatte, um das Attentat auf den «elenden Schweizer» durchzuführen, als nur Raia und Giacomo gewußt hatten, wann Ursini in Palermo landen würde; die Bombe in Raias Mercedes, die gar nicht explodieren sollte. Ursini hatte es sozusagen per Fernsteuerung soweit gebracht, daß Raia allen mißtraute und sich inzwischen so merkwürdig verhielt, daß auch Turi Graziano seinem Freund mißtrauisch gegenüberstand. Und je argwöhnischer Graziano wurde, desto mehr mißtraute umgekehrt Raia ihm und machte sich so noch verdächtiger. Ursini hatte sie beobachtet: Sie belauerten einander immer mehr, insgeheim empört über den vermeintlichen Verrat des anderen, für den sie keine Beweise hatten. Keiner der beiden war mehr imstande, auf den anderen offen zuzugehen und die Mißverständnisse auszuräumen, die ihre Beziehung vergifteten.

Ursini hatte dafür gesorgt, daß Turi Graziano von allein zu der logischen und schmerzlichen Schlußfolgerung kam. Erst nachdem ihn Turi ausdrücklich darum gebeten hatte,

hatte er Castoldis Agentur mit der Angelegenheit beauftragt. Und so wurde Calogero Raia, genannt Lillo, den die Behörden seit zwanzig Jahren suchten, allem Anschein nach von einem alten Waffenbruder umgebracht – das jedenfalls vermutete man innerhalb der Organisation. Turi und Vittorio Graziano hielten sich für diejenigen, die für den Mord verantwortlich waren. In Wirklichkeit aber waren sie, ohne es zu wissen, zu Werkzeugen Ursinis geworden – Lillo Raia hatte sterben müssen, weil er Don Vannuzzu Ursini, einen alten, leidenden Mann, in einem Krankenzimmer umgebracht hatte, während sein einziger Sohn in einem Züricher Krankenhaus mit dem Tod kämpfte und die Verbündeten der Familie Ursini keinen Chef und deswegen auch keine Anweisungen hatten.

Um 18 Uhr klingelte es, Klara und Johann waren pünktlich wie immer. Die Züricher Geschäfte schlossen um halb sieben, nur donnerstags hatten sie bis 21 Uhr geöffnet, samstags mußte man bis 16 Uhr alles eingekauft haben. Sie wollten Johanns Geburtstagsgeschenk abholen, das, obwohl Ursini es schon vor längerer Zeit bestellt hatte, erst heute in dem Geschäft in der Bahnhofstraße angekommen war.

Als er auf die Straße trat, erklärte Klara gerade in ihrem Schulfranzösisch einem Touristenpaar den Weg. Johann sah seinen Vater sofort, kümmerte sich nicht um die vorbeifahrenden Autos und lief zu ihm hinüber, nahm seine Hand und zerrte ihn in Richtung des Geschäftes.

«Also, wollen wir?»

«Ja.»

Sein Sohn umarmte ihn kurz. Die Touristen hatten sich auf den Weg gemacht, und Klara holte ihre Familie ein. Ursini überlegte, ob sein Sohn ihn nicht eigentlich fragen wollte, ob er Genugtuung empfand, weil Großvater nun endlich gerächt worden war.

Ursinis Augen wurden feucht beim Gedanken an seinen

Vater, der mit diesem Enkel sicher nicht so ganz zufrieden gewesen wäre, denn er war still, melancholisch, niemals fröhlich, allenfalls einmal aufgeregt. Doch der Großvater hätte seinen Enkel bedingungslos geliebt: «Die Stimme des Blutes ist wie der Klang einer Glocke: selbst Taube hören sie», hatte der Alte immer gesagt. Er hätte die dünne Stimme Johanns gehört, obwohl er nur Schwyzerdütsch sprach.

Das Abkommen wurde schließlich mit einem «Loan Agreement» abgeschlossen, einem kurzfristigen Kredit mit sechsjähriger Laufzeit. Natürlich konnte sich der Banco Cisalpino momentan einen derartigen Aderlaß eigentlich gar nicht erlauben. Parravicini hatte die Details mit Akribie studiert. Die Operation stand auf Messers Schneide: Entweder würde er damit die Bank retten, oder sie würde untergehen.

Die Argentinier hatten in Liechtenstein eine Briefkastenfirma gegründet, an die der Kredit über hundert Millionen Dollar gezahlt werden sollte. Wie erwartet, hatten sie sich bis zur ersten Zinszahlung eine lange Frist ausgebeten. Parravicini hatte lange und mit einem gewissen Vergnügen mit den Argentiniern darüber verhandelt, und am Ende hatten sie sich geeinigt. Die Summe war bereits auf ein Nummernkonto in Genf überwiesen worden, eine Gutschrift mit Rückrufrecht, natürlich ebenfalls chiffriert. Wenn Parravicini bis zum 20. Juni nicht persönlich die Rücknahme verfügte, sollte der Betrag automatisch per Telex der argentinischen Briefkastenfirma in Liechtenstein gutgeschrieben werden.

Im Rahmen seiner Vorbereitungen auf die anstrengende London-Reise sah der Bankier noch einmal alle Dokumente durch. Er hatte alles dabei, um die Engländer davon zu überzeugen, daß es sich nicht um einen Bluff handelte. Doch auch im unwahrscheinlichen Fall, daß die Vereinbarung mit London nicht zustande kommen würde, würde er das chiffrierte Telex mit dem Rückruf abschicken: Den Argentiniern konnte er ja erzählen, daß die derzeitige Lage des Banco Cisalpino und des Banco di Lugano eine Suspendierung «jedenfalls für den Augenblick» ratsam erscheinen lasse.

Kurz vor seinem Abflug rief ihn Biagi vom Banco di Lugano an. Der Arme war verzweifelt. Der Beitrag, den seine Bank für den Kredit der Schweizer Bank zahlen sollte, hatte ihn dazu gezwungen, seine Kassen vollkommen zu leeren – er war völlig abgebrannt. Jahrelang hatten die beiden Banken mit dem System der doppelten Buchführung gearbeitet, was eigentlich fast alle Banken tun: sie transferieren Wertpapiere, Kredite und Bargeld von einer Filiale zur anderen, und dort tauchen die Kapitalien immer dann auf, wenn sie gerade gebraucht werden. In der «gesäuberten» Buchführung – in die allein die staatlichen Aufsichtsbehörden Einblick haben – ist von diesen Blitz-Transaktionen natürlich nichts zu sehen. Allumfassende Datenkontrollsysteme, wie sie in den USA eingesetzt wurden, gab es in Europa noch nicht. Zum Glück.

Parravicini und Padovani reisten am Wochenende ab. Parravicini erklärte Pessina, daß er auf «Betteltour» gehe. Seiner Frau sagte er, daß er zunächst nach Zürich und dann nach Nicaragua fliegen würde, sofern sich bestätigen sollte, daß ein weiterer Haftbefehl gegen ihn vorlag. Er legte einen Zwischenstopp in Österreich ein, wartete auf das vereinbarte Signal und nahm dann ein Privatflugzeug nach Heathrow.

Parravicini hatte sich ein Zimmer im Mayfair Castels reserviert, es war für die geplanten Verabredungen gut gelegen. Aber zwei Tage lang hörte er nichts von seinen Gesprächspartnern. Natürlich war ihm klar, daß ihm mit diesem Trick Angst eingeflößt werden sollte, und es verstörte ihn, daß er auch tatsächlich Angst hatte. Er überlegte, ob seine Gesprächspartner den drohenden Haftbefehl – von dem sie wohl wußten – abwarten und ihn dann in die Ecke drängen wollten, um den Preis für ihre Hilfe in die Höhe zu treiben. Allerdings würden sie ihren Bluff nur bis zum nächsten

Freitag abend durchhalten können: dann würden die Argentinier ihre hundert Millionen haben – die nötige Summe, um die Exocet zu kaufen und die Flotte Ihrer Majestät kurz und klein zu schießen. Dumm war freilich, daß auch er nur bluffte: nur zu gerne hätte er wirklich über die hundert Millionen aus der Schweiz verfügt und das getan, was die Engländer befürchteten. Allerdings war sein Bluff wesentlich stärker, handelte es sich doch nicht um eine subtile psychologische Strategie, sondern um eine Tatsache – das Geld lag tatsächlich auf einer Schweizer Bank, was für die Engländer eine konkrete Bedrohung bedeutete. Mit diesem Gedanken legte er sich am Mittwoch abend heiterer Stimmung schlafen.

Tags darauf nahmen die Dinge eine unvermutete Wendung. Parravicini wurde in einen Club am Piccadilly – mit Blick auf den Hyde Park – gebeten und wurde dort äußerst herzlich empfangen. Auch Padovani war eingeladen, was merkwürdig war: Parravicini vermutete, daß sie die Vermittlerrolle seines Begleiters mißverstanden hatten und ihn für einen seiner engeren Mitarbeiter, vielleicht sogar für einen Gesellschafter der Bank hielten. Lord B, ein junger Logenbruder, den Parravicini im vergangenen Jahr an der Börse kennengelernt hatte, begrüßte ihn. Außerdem waren noch zwei ältere Logenmitglieder anwesend, außerdem ein Geheimdienstbeamter und der Direktor einer Merchant Bank, der kein Logenbruder war.

Parravicini reizte sämtliche Karten aus, die er in den Händen hielt. Er hob hervor, daß die Banco Cisalpino und seine ausländischen Filialen in Gefahr waren, daß er zu allem bereit war, um die Bank zu retten – was ja auch stimmte. Doch weiter mußte er nicht gehen: Er spürte, daß eine erfreulich wohlwollende Atmosphäre herrschte. Die Engländer waren nicht mit leeren Händen gekommen. Zwar verschenkten sie nichts, hielten aber einen Kredit bereit, der mit einer proportionalen Beteiligung an der Bank abgesichert werden sollte. Die Rückgabe der Summe und die Zinszahlung konnten mithin auch durch einen entsprechenden Aktionär vorgenommen werden. Dafür hatten die Partner Bedingungen erarbeitet, die auf den ersten Blick recht einfach aussahen. Parravicini wollte sie am Abend im Hotel aufmerksam studieren. Offenbar wollte man ihn auf die Probe stellen. Seine eigenen Anteile waren zurückgegangen, bei einem Absinken um mehr als vierzehn Prozent hätte er die Mehrheit verloren: Das wußten sie und wollten wissen, wie stark er wirklich auf ihre Hilfe angewiesen und was er zu riskieren bereit war.

Eine äußerst heikle Situation. Würde er zu bereitwillig auf ihre Bedingungen eingehen, es würde sie skeptisch machen. Andererseits konnte er auch nicht mehr allzulange warten: Das verschlüsselte Telex an die Schweizer Bank mußte bis 20 Uhr am nächsten Abend losgeschickt werden. Zu diesem Zeitpunkt würde der diensthabende Angestellte der argentinischen Firma in Liechtenstein den Kredit gutschreiben.

Um kurz nach zehn ging Parravicini in sein Hotel zurück. Padovani begleitete ihn, offenbar hellauf begeistert und fest entschlossen, noch auf den Erfolg anzustoßen, für den er sich anscheinend das Verdienst zuschrieb. Aber Parravicini war zu müde und zu ungeduldig. Er verzog sich so schnell wie möglich in sein Zimmer und legte sich aufs Bett. Auf zwei Kissen gestützt, studierte er bis drei Uhr morgens seine Akten: riskant, aber durchführbar, aufwendig, aber nicht ganz unrealistisch: Die Logenbrüder waren, ganz wie es ihrer Tradition entsprach, korrekt. Er schlief beruhigt ein, wobei er sich noch überlegte, wie er die Sitzung am nächsten Tag am besten eröffnen sollte. Sie war für 16 Uhr 30 anberaumt, wo sie stattfinden sollte, stand noch nicht fest.

Um 16 Uhr fuhr ein schwarzer Mercedes vor. Es herrschte dichter Verkehr, und Parravicini nutzte die zwanzig Minuten Fahrt, um die vor ihm liegende arbeitsreiche Woche genauestens zu planen. Er wechselte auch ein paar

Worte mit Padovani, der heute im Vergleich zu den vorausgegangenen Tagen bedeutend ruhiger war.

Der Wagen fuhr in den Hof einer zweistöckigen alten Villa mit vielen Schornsteinen, die weder ein Club noch ein Wohnhaus zu sein schien. Ein etwa vierzigjähriger Geheimdienstbeamter mit blassen, schmalen Lippen empfing sie und geleitete sie in einen Warteraum, in dem ein Sofa und zwei alte Ledersessel standen. Ein ziemlich schmuddeliges Zimmer, und auch das Atrium und die Treppen waren recht schmutzig. Um kurz vor fünf hatte die Sitzung noch immer nicht begonnen. Padovani bemerkte Parravicinis Nervosität und ging hinaus, um nach dem Grund für die Verzögerung zu fragen. Als er nach zehn Minuten noch immer nicht zurück war, erhob sich auch Parravicini. Er hatte gerade die bunte Glastür geöffnet, als ein hochgewachsener, magerer Agent in Zivil ihn brüsk in den Raum zurückstieß.

Er ließ sich auf das Sofa fallen und starrte ins Leere. Was konnte passiert sein? Wo war Padovani? Wirr schossen unterschiedlichste Gedanken in seinem Kopf umher. Um sieben Uhr hatte sich noch immer nichts getan. Die mußten verrückt sein! Würde das Telex nicht innerhalb der nächsten Stunde nach Zürich geschickt, würde den Engländern die Sache durch die Lappen gehen, und die Argentinier würden ihren Kredit und ihre Raketen bekommen...

«Ich muß raus», sagte er laut und riß die Tür auf. Der Agent glaubte wohl, er müsse auf die Toilette, und Parravicini folgte ihm. Er hoffte, irgend jemandem zu begegnen, doch weit und breit war keine Menschenseele zu sehen. Parravicini schloß sich in die stinkende Toilettenkabine ein, in der es von Insekten wimmelte, und wurde dann wieder in den Warteraum zurückgeleitet. Etwa um Mitternacht erschien der Wächter schließlich wieder, in Begleitung eines kleineren, aber wesentlich muskulöseren Kollegen.

«Come on», sagte letzterer, und Parravicini erhob sich

schwankend. Er griff nach seiner Tasche, die die beiden ihm jedoch sofort aus der Hand rissen und auf einen der Sessel warfen. Dann zerrten sie ihn hinaus. Der Mercedes war verschwunden, an seiner Stelle stand der Bedford eines Lebensmittelgeschäftes, wie an der Aufschrift zu erkennen war. Er wurde regelrecht hineingestoßen, es roch bestialisch nach Käse und Wurst. Während der ganzen Fahrt, die etwa eine halbe Stunde dauerte, hielt er die Augen geschlossen.

Als die hintere Wagentür wieder geöffnet wurde, umgab ihn der feuchte, erdrückende Nebel der Themse. Er atmete tief durch, während sie ihn über eine enge, rutschige Treppe zum Ufer hinabzerrten. Er vermutete, daß sie ihn ins Wasser stoßen wollten und lauschte auf den stillen Fluß. Sollte er schreien? Er wußte, daß er keinen Laut herausbringen würde. Sein Gehirn verweigerte ihm den Dienst – ebenso wie seine Beine. Die beiden Männer hatten ihn in die Mitte genommen und stützten ihn. Als sie unter dem Brückenbogen angekommen waren, erschienen zwei weitere Gestalten, die etwas murmelten, irgendeinen Befehl.

Er wurde gepackt, begriff nicht, was genau sie mit ihm taten. Er starrte ins Dunkle, unternahm nicht den leisesten Versuch, den Männern ins Gesicht zu sehen. Die vier keuchten und sprachen leise miteinander. Seine Gedanken überschlugen sich. Er dachte an seine Frau, an das Telex, das nicht rechtzeitig losgeschickt worden war, an die Tasche mit den Dokumenten, an Lord B, der immer so liebenswürdig und freundlich gewesen war, an den Fluß gleich neben ihm, an sein Büro in Mailand, an das letzte Glas Milch, das er getrunken hatte.

Sie legten ihm etwas Kaltes um den Hals und hoben ihn hoch, wobei sie ununterbrochen miteinander redeten, einander Anweisungen gaben. Aus dem Augenwinkel sah er, wie ein beleuchtetes Boot vorbeiglitt. Im letzten Augenblick vor seinem Tod dachte er merkwürdigerweise an Biagi, der wohl gerade in seiner Villa in Lugano ahnungslos den Schlaf der Gerechten schlief, ohne etwas zu wissen. Sich vorzustellen, wie er im *Corriere del Ticino* die Nachricht von seinem Tod lesen und «armer Biagi» denken würde, blieb Parravicini indes keine Zeit mehr.

Kurz vor zwei Uhr läutete in Ursinis Büro in der Talstraße das Telefon.

«Ja?» Nur das Rauschen der Leitung war zu hören. Er legte wieder auf, löschte das Licht seiner Schreibtischlampe und stand auf. Die Straßen waren menschenleer. Er fuhr sehr langsam. Ein weißer Volvo der Polizei machte ihn mit der Lichthupe darauf aufmerksam, daß er vergessen hatte, seine Scheinwerfer einzuschalten. Ursini bedankte sich mit einem kurzen Hupen.

Seit gut sechs Stunden waren Fiorenzo Parravicinis hundert Millionen Dollar in Liechtenstein, Spesen und Padovanis Bezahlung würden abgezogen werden, die argentinischen Geheimdienste dann zwanzig, die englischen dreißig Prozent erhalten. Der Rest war für die Organisation. Ursini sicherte sich gegen mögliche Unkorrektheiten ab, indem er eine Bank – gegen ein entsprechendes Entgelt, versteht sich – bat, die Anteile der Organisation zunächst bei sich zu behalten.

Dieses Geld, zusammen mit den Einnahmen aus den jüngsten Aktiengeschäften des Instituts, stellte den Gewinn aus der Operation dar, den letzten Profit aus dem Geschäft mit der Bank – deren Schicksal damit natürlich besiegelt war: gestorben, wie ihr Direktor. Die italienischen Untersuchungsbehörden hatten zusammen mit der Finanzwache und der Banca d'Italia bereits vor Wochen eine Ermittlung gegen den Banco Cisalpino eingeleitet. Die Untersuchungen würden jetzt natürlich noch schärfer werden, schon aufgrund des Drucks durch die Medien, die sich wie Bluthunde auf den

Fall Parravicini stürzen würden. Ursini stellte sich schon die Reihe der Enthüllungen vor, Interviews, Skandale. Er hätte das alles zu gerne in der italienischen Presse verfolgt, beim Tee, in seiner Bibliothek oder am Schreibtisch in der Talstraße. Doch leider würde er dazu keine Zeit haben, denn aus Palermo erreichten ihn zunehmend besorgte, verschreckte Nachrichten.

Vor gut einem Monat war General Dalla Chiesa in Sizilien eingetroffen, um die alte Garde der Mafia zu besiegen – oder das, was von ihr geblieben war.

19

MAN HATTE ES SICH sorgfältig überlegt, General Carlo Alberto Dalla Chiesa zum Präfekten* von Palermo zu machen, und seine Ernennung war Teil einer großangelegten Strategie, die natürlich nicht allein von seiner Person abhing. Jedermann erwartete, daß der Einsatz der Justizbehörden durch eine bahnbrechende Neubesetzung in der Präfektur weitergeführt werden würde. Für eine solche Neubesetzung gab es zwei Möglichkeiten: entweder einen vertrauenerwekkenden, diplomatischen, erfahrenen Beamten, der einen guten Eindruck machen und im ohnehin durchrüttelten Palermo kein neues Erdbeben auslösen würde – oder aber eine über jeden Verdacht erhabene Person, einen starken, treuen Staatsdiener, mit dessen Sieg oder Niederlage die öffentliche Meinung und die Presse zwangsweise auch den Sieg oder die Niederlage des Staates identifizierte. Der General stand für die zweite Lösung, und einigen Palermitanern war das gar nicht so recht. Vor allem die Geschäftswelt bekam es mit der Angst zu tun: Sie war Ermittlungen faktisch schutzlos ausgesetzt – eine Erfahrung, die die Unternehmer bislang noch nie hatten machen müssen.

Ursini sah sich gezwungen, höchstpersönlich festzustel-

* Das Amt des Präfekten ist am ehesten mit dem Amt des Regierungspräsidenten in Deutschland zu vergleichen, allerdings beinhalten seine Vollmachten einen größeren Teil an polizeilichen Befugnissen. Dalla Chiesa z. B. koordinierte auch den Einsatz aller exekutiven Antimafia-Kräfte auf der Insel.

len, ob die Maßnahmen, die ergriffen worden waren, um dem neuen Präfekten die Hände zu binden, ausreichten. In Dalla Chiesas Amtssitz in der Villa Pajno hatte die Organisation in allen Abteilungen ihre Verbündeten. Da es unmöglich war, Telefonleitungen anzuzapfen, waren Richtmikrofone installiert worden. Doch sie nutzten nichts. Der General traute, zu Recht, niemandem, nicht einmal seinem eigenen Tagebuch. Er war ein einfacher Mann, berechenbar und von außerordentlicher Entschlußkraft, der den Stolz und den Mut eines typischen Piemontesers besaß. Bei der Durchsicht eines langweiligen Aktenpaketes aus Guatemala-Stadt kam Ursini einmal der Gedanke, daß der General für den Staat wohl dieselbe Bedeutung hatte wie Uglietti für die Organisation: niemand beutete ihn aus, boykottierte ihn, schwärzte ihn an oder verriet ihn. Dalla Chiesa diente eindeutig den falschen Leuten, doch er wäre wohl lieber gestorben, als das zuzugeben. Er würde hier vernichtet werden. Ursini hätte ihm das gerne persönlich mit knallharten Beweisen demonstriert, aber der Versuch, den General hiervon zu überzeugen, wäre ein nutzloses Unterfangen gewesen.

Der neue Präfekt hatte schon in Mailand genaue Konzepte entwickelt und richtete seine Aufmerksamkeit sofort auf Catania und die dortige Triade von Mafiafamilien. Die Finanzwache hatte ihm einen geheimen Bericht über die Unternehmer der Insel und die Zonen, in denen sie arbeiteten, übergeben. Außerdem hatte er ein – allerdings unvollständiges – Verzeichnis der wichtigsten öffentlichen Aufträge mit den jeweiligen Auftragnehmern zur Verfügung, aus dem ersichtlich wurde, daß es immer wieder Verbindungen zwischen Cattaneo aus Palermo und Mitgliedern der Triade gab. Während die Palermitaner derartige Ermittlungen schon kannten, waren die Catanier doch sehr beunruhigt und forderten eine Gewaltaktion gegen Dalla Chiesa.

«Von mir haben sie nichts verlangt», sagte Turi Graziano,

als Ursini ihn fragte, ob sich die Catanier auch an ihn gewandt hatten. Das stimmte wahrscheinlich nicht, doch Ursini ließ sich auf Grazianos Versteckspiel ein und fragte ihn, was er ihnen denn theoretisch antworten würde. «Ich bin dagegen, Giuseppe. Der Lärm, der dadurch verursacht würde, wäre lauter als eine Eruption des Ätna. Aber die Basis hat eben Angst. So stellen sie eben Fragen und beklagen sich. Und wir leben in einer Demokratie, was bedeutet: Wir müssen zwar nicht alle Forderungen erfüllen, aber anhören müssen wir sie uns.»

Dreimal fuhr Ursini nach Catania und besuchte den Finanzier, den Industriellen und den Politiker. Alle stellten sie ihm verfängliche Fragen, und bei allen drei Gesprächen war Dr. Pennisi dabei, der allerdings in Anwesenheit seines Chefs nur selten etwas sagte.

Der Finanzier beobachtete kritisch: «Wir haben genau nach Ihren Anweisungen investiert. Nun müssen Sie uns und unsere Investitionen beschützen, wenn Sie nicht wollen, daß wir auf eigene Faust handeln.»

Der Industrielle sagte: «Ich habe achtzehnhundert Angestellte und bin in Catania hoch angesehen. Ich lasse mich nicht wie ein kleiner Krimineller in Handschellen abführen...» Sein ausgeprägter Dialekt brachte sogar seine beiden Kollegen zum Lachen.

«Wir müssen verhindern, daß der General voreilige Initiativen ergreift», sagte der Politiker, «in Palermo geschieht das immer wieder: sie schicken irgendwelche Carabinieri los, ohne Beweise oder Zeugen zu haben. Die Menschenrechte dürfen nicht nur für Edelmänner gelten...»

Es war ein wunderschöner, milder Nachmittag, sie saßen auf einer Terrasse an der Piazza Europa, von der aus man das schaumige Meer mit den vielen kleinen Segeln sah. Wie sollte man diesen Männern erklären, daß man den harten, so undiplomatischen General deswegen zum Präfekten ernannt hatte, weil die Offensive des Staates für die Presse und die öffentliche Meinung glaubwürdig sein mußte? Ursini versuchte die Männer zu beruhigen, beschrieb das Spinnennetz, mit dem man die Handlungsfreiheit des Präfekten völlig eingeschränkt hatte: Seine Anrufe in Rom führten zu nichts, seine Anträge ans Ministerium blieben unbeantwortet, seine Angebote zur Zusammenarbeit mit den palermitanischen Ermittlungsbehörden scheiterten an der – tatsächlichen oder vermeintlichen – bürokratischen Inkompatibilität. Man überhäufte ihn mit Kritik, verbreitete Verdächtigungen, plagte ihn mit Anzeigen und falschen Angeboten zur Zusammenarbeit...

«Was zählt, ist, daß er scheitert. Leute wie ihn kann man nicht einfach umbringen: Sie müssen als Verlierer vom Platz gehen, am besten wegen Unfähigkeit vom Platz verwiesen werden. Oder man muß es soweit bringen, daß alle ihnen mißtrauen. Bringt man sie einfach um, führt das zu Mitleid, zu Abscheu vor den Mördern. Und stets gibt es dann irgendein kleines Gesetz, eine restriktive Maßnahme, die man für diesen Fall herauskramen kann. Natürlich gibt es eine Anzahl von Rechnungen, die noch zu begleichen sind, und einige davon sind eben nur in bar zu zahlen. Aber das sind die letzten Ausläufer der längst überholten Methode, immer gleich Blut zu vergießen. Es ist eine historische Notwendigkeit, daß wir in der Art, wie wir unsere Konflikte lösen, neue Wege beschreiten.»

Der Industrielle war an diesem Tag nicht der Gastgeber, aber wie immer benahm er sich so. Er wetterte darüber, daß sie sich hier in theoretischen Diskussionen ergingen, obwohl es sich um eine ganz konkrete Notlage handelte: Irgendein hergelaufener Bulle (so bezeichnete er den General) könne hier von einem Augenblick zum nächsten gutsituierte Bürger hinter Gitter bringen (damit meinte er natürlich sich selbst).

«Wir haben in Palermo gerade ein neues Büro eingerichtet», sagte Ursini. «Dort bereiten wir die ‹Operation Zerrspiegel› vor. Das Büro wird von einem palermitanischen Journalisten geleitet, einem wirklich scharfsinnigen Kopf, der in dieser Stadt alles weiß, was man nur wissen kann. Dann ist da sein Berater, ein bekannter Anwalt, der unser Ziel, die Justizbehörden, genauestens kennt. Die Aktivität dieses Büros beschränkt sich darauf, der Öffentlichkeit das Bild bestimmter Personen in einem Zerrspiegel zu präsentieren. Wenn zum Beispiel ein Senator ein behindertes Kind hat, genügt es vollkommen, dieses Detail entsprechend zu vergrößern, und schon erscheint der Mann in einem völlig anderen Licht. Ist das Kind behindert, weil eine Abtreibung versucht wurde? Ein Genschaden des Vaters? Kümmern sich die Eltern genügend um das Kind? Schämt sich der Vater für die Behinderung seines Sprößlings? Man muß gar nicht viel tun, um einen Menschen zu vernichten. Es ist nicht nötig, ihn wie einen Hund abzuschießen, zwei Maschinenpistolen auf ihn zu richten und den Bürgersteig mit Blut zu bedecken!»

«Der General», sagte der Politiker, der mit diesem neuen Kurs offensichtlich mehr anfangen konnte als die anderen, «der General hat zum Beispiel eine sehr viel jüngere Frau.»

«Aber er wacht eifersüchtig über sie, und außerdem scheint die Frau trotz ihrer Jugend von gestern zu sein. Die Hoffnung, sie dabei zu fotografieren, wie sie mit einem jungen Liebhaber ein Strandrestaurant verläßt, ist völlig aussichtslos...»

«Blödsinn», explodierte der Industrielle, «wir verschwenden unsere Zeit mit Blödsinn.» Ursini sah ihn kühl an.

«Mein lieber Freund, ich weiß nicht, was für ein Ende es mit dem Präfekten von Palermo nehmen wird. Es hängt zum Teil auch von ihm selbst ab. Doch auch wenn er auf traditionelle Weise endet, wird es das letzte Mal sein, daß zu diesem Mittel gegriffen wird. Die Zukunft sieht so aus, wie ich sie euch eben beschrieben habe. Ohne diesen neuen Kurs wird es nämlich für niemanden eine Zukunft geben. Politiker werden künftig auf politischem Wege beseitigt – ob aus dem Parlament in Rom oder aus der Stadtverwaltung von Palermo. Unternehmer werden unter ihren Konkurs gegangenen Firmen begraben. Staatsbeamte werden bestochen oder erpreßt. Richter und Staatsanwälte werden in schlechten Ruf gebracht, eingeschüchtert oder mundtot gemacht. Und wer zur Waffe greift, um seine Probleme auf eigene Faust zu lösen, wird nicht einmal mehr Zeit zu zielen finden.»

Finsteres Schweigen folgte. Nun hatte selbst der Industrielle verstanden, daß diesen harten, so nüchtern vorgebrachten Worten nicht zu widersprechen war. Es war Ursinis letzte Reise nach Catania. Dr. Pennisi bestand darauf, ihn persönlich nach Fontanarossa zu bringen. Vielleicht wollte er sich ein letztes, persönliches Urteil bilden, oder aber Ursini noch eine verschlüsselte Botschaft übermitteln. In der Stadt, sagte er, gebe es unverdächtige «Reserven an Leuten», die gegenwärtigen Probleme seien auch zu lösen «ohne die Freunde in Palermo zu stören».

«Wenn ich Sie recht verstehe, kann ich nur hoffen, daß Sie diese Reserven nicht aktivieren, ohne sich vorher mit den Freunden in Palermo abzusprechen. Der Vorwand, sie nicht stören zu wollen, gefällt mir überhaupt nicht...»

Der Anwalt tat so, als fände er die Antwort witzig und murmelte etwas über die Unabhängigkeit des Urteils und des Handelns. Unabhängigkeit nämlich, ließ er stolz vernehmen, bedeute auch persönliche Effizienz. Im Parlament stehe zum Beispiel eine Abstimmung bevor, die die Geschäfte der «Vettern» ernsthaft bedrohen würde. Doch die sogenannten Heckenschützen, die immer wieder mal Regierungen stürzten – «allzeit bewährte Freunde» –, bereiteten eine feine Überraschung für die vor, die diese Offensive organisiert hatten (an ihrer Spitze standen die Kommunisten). Die Regierung würde die Abstimmung verlieren.

«Aber das bedeutet ja dann, daß sie zurücktreten muß», sagte Ursini. Der Anwalt starrte ihn verständnislos an.

«Ja, natürlich. Eine Niederlage, die sie verdient hat.»

«Und was soll das? Die Regierung wird sich doch nicht leisten, ihr Gesicht zu verlieren, und die Gesetzesinitiative sausenlassen, nur weil ihr die erste Runde gewonnen habt. Die Position der ‹Vettern› ist nicht mehr zu halten, egal von welchem Standpunkt aus man sie betrachtet. Ihr schlagt eine Schlacht, die ihr in jedem Fall verlieren werdet. Es wäre viel klüger, die Niederlage sofort und ohne Blutvergießen einzustecken. Die Zeit, die ihr mit einer Regierungskrise gewinnt, wird euch vielleicht ein paar Milliarden Lire einbringen. Die Regierungskrise jedoch wird die Organisation am Ende Geschäfte über einige Dutzend Milliarden Lire einbringen. Eure – wie war das noch? – Effizienz ist gefährlich und egoistisch. Keiner verbietet euch zu tun, was ihr tun wollt, aber Sie werden mir das Recht einräumen, meine Meinung zu sagen. Ich prophezeie euch: Was ihr da vorhabt, würde für uns alle in einer Katastrophe enden.»

«Ich sehe das anders.»

«Und wie sehen Sie den Bericht der Finanzwache über das Vermögen von rund zweihundert Sizilianern, die nun genauestens überprüft werden sollen? Könnt ihr da auch etwas verhindern oder verzögern?»

«Wir wissen davon, aber wir haben nicht die Mittel, da etwas zu tun», antwortete der Anwalt, und seine Miene verfinsterte sich zusehends. «Sie haben das ‹wir› betont, und damit wollen Sie wohl sagen, daß ich durchaus etwas hätte tun können. Mag sein, keine Ahnung. Aber warum hätte ich eingreifen sollen? Ihr macht was ihr wollt und schützt Interessen, die nichts mit den allgemeinen Zusammenhängen zu tun haben. Und gleichzeitig erwartet ihr Interventionen von anderen, die aber ausschließlich eurem Vorteil dienen sollen. Ein wenig egoistisch, scheint mir...»

Der Flughafen war bereits in Sicht, in zehn Minuten endete der Check-in. Ursini beschloß, den tadelnden Ton in seiner Stimme zu unterdrücken.

«Mein lieber Freund, ich bin wie Barbarossa aus einem kalten Land gekommen, um mit dem Wort – und nicht mit dem Schwert – das Ende der alten Mafia predigen, das heißt einer Epoche, die von einem Individualismus bestimmt war, der bis zur Selbstzerstörung ging. Ich hoffe, Sie sind imstande, unseren Freunden in Catania – Sie wissen, auf wen ich anspiele – die Notwendigkeit klarzumachen, daß man nur einem einzigen Banner folgen kann. Gemeinsam sind wir stark, Dr. Pennisi. Gab's diesen Slogan noch nicht, als Sie die Uni besuchten?»

Ursini flog zurück nach Zürich. Er hoffte, daß die Sache damit ausgestanden war und berichtete Vittorio Graziano zwei Tage später in der Konfiserie Sprüngli bei einer heißen Schokolade über seine Reise.

In Guatemala-Stadt regnete es. Der Rektor wartete am Flughafen La Aurora in einer Halle, die dringend einen neuen Anstrich benötigte. Der ergraute Spitzbart des Rektors war gepflegt wie immer, und er selbst war makellos gebräunt. Sie tranken eine Dulce quinina, eine guatemaltekische Spezialität, nicht direkt süß, aber auch nicht bitter. Ursini und der Rektor warteten seit vierzig Minuten auf ein neues Auto; das, mit dem der Rektor gekommen war, wollte nicht mehr anspringen. Die Infrastruktur ließ auch noch immer zu wünschen übrig, dachte Ursini.

Die Organisation hatte ihren Sitz in der Decima Calle, nur wenige Meter vom Teatro de La Universidad Popular: ein karger, schmuckloser, viel zu massiver Palast, bei dem sogar die Installation der Klimaanlage Schwierigkeiten bereitet hatte. Ursini hatte mit Klara zusammen in einem Antiquitätengeschäft ein Empire-Regal gesehen, das demjenigen, das er in Zürich hatte, sehr ähnlich sah, und war auf die Idee verfallen, sein Büro in der Decima Calle wie sein Arbeitszimmer in der Aurorastraße einzurichten. Abgesehen von einigen seltenen Büchern und den Nippesfiguren war ihm das tatsächlich gelungen. Klara würde es bestimmt den Atem verschlagen, wenn sie zehntausend Kilometer von zu Hause entfernt ein Stück ihrer Wohnung wiederfand.

«Alles läuft bestens, das weiß ich», sagte der Rektor mit jovialem Lächeln. In Wirklichkeit jedoch war er verärgert, weil es ihm bisher nicht gelungen war, hinter die Geheimnisse der Organisation zu kommen und er kaum etwas über deren Entwicklung wußte.

Ursini nickte. «Der diplomatische Apparat ist nahezu komplett. Auch das Bankensystem nähert sich rapide unseren Idealvorstellungen. Allerdings herrscht hier eine etwas veraltete Vorstellung von Kassenführung, und die Guatemalteken schaffen es nicht, mit der Geschwindigkeit Schritt zu halten, in der heutzutage Geld angelegt wird. Wir haben Fortbildungskurse auf verschiedenen Niveaus organisiert und dafür qualifizierte Lehrkräfte aus Italien und der Schweiz eingesetzt. Doch wir werden lange brauchen, zumal es immer wieder Verständigungsprobleme gibt. Hier kann niemand Französisch und kaum jemand Englisch und schon gar nicht die technische Fachsprache. Immerhin wickeln wir bereits fünfundzwanzig Prozent unserer Operationen über diese Stadt ab. Das ist nicht gerade wenig.»

«Allerdings.»

«Was hier soviel kostet, viel zuviel, ist die Erhaltung des inneren Friedens. Das Land ist von Unruhen erschüttert, und es wird immer schlimmer. Vor allem die Eingeborenen machen Schwierigkeiten. Wir haben die Polizei verstärkt, Spezialeinheiten aufgebaut und den alten, auf bloßen Klatsch angewiesenen Geheimdienst durch ein modernes Informations- und Datenspeichersystem ersetzt. Aber wir sind hier nicht in Haiti, und nicht einmal das brasilianische System scheint zu genügen. Wir werden noch fünf oder sechs Jahre brauchen. Doch sobald die Amerikaner ihre Firmen in Quezaltenango und Puerto Barrios gegründet haben...»

«Wann wollt ihr loslegen? Ich habe mit General Arantes gesprochen...»

Ursini hörte ihn an und suchte dabei seinen Ärger zu unterdrücken. Der Rektor mußte immer irgend etwas anstiften, immer intrigieren. Durchaus wahrscheinlich, daß er mit seinen Prahlereien über hochgestellte Bekannte in ganz Mittel- und Südamerika sogar General Arantes getäuscht hatte. Der Mann war eine hochexplosive Treibmine, und dazu hatte er eine absurde, fast spielerische Vorstellung von Macht. Er mußte unbedingt nach Europa zurückgeschickt werden, und wenn man ihm dafür den Diplomatenpaß zugestand, den er unbedingt haben wollte und um den er bislang noch nicht hatte bitten können.

«General Arantes ist bereit, doch die Zeit ist noch nicht reif. Präsident Flores hat noch immer einige Leute hinter sich, der Staatsstreich muß aber auf breitem Konsens beruhen. Glücklicherweise hat der Kongreß hier nur gut sechzig Mitglieder, die kann man einzeln bearbeiten, ohne daß es allzuviel kostet.»

«Habt ihr das Heer mit euren Leuten durchsetzt?» fragte der Rektor, obwohl sich das von selbst verstand. Alle hatten sie ihre Männer in die Reihen des Militärs eingeschleust, vor allem McGreery, der sein Potential in Guatemala seit dem Treffen von Paris verdreifacht hatte. Das Militär war in ganz Südamerika ein sicheres Mittel zur Macht, doch gerade deshalb durfte man es nicht als stabil und folglich auch nicht als vertrauenswürdig ansehen. Es mußte so schnell wie möglich aufgelöst und durch eine stark, gut geschulte Polizei nach nordamerikanischem oder europäischem Muster ersetzt werden. Dabei sollten die Führungskader zwar im Prinzip in ihren bisherigen Positionen bleiben und besser entlohnt werden, aber ihre Macht sollte wesentlich eingeschränkt werden. Vor allem mußte verhindert werden, daß sie ihre Departements in eine Art Satrapie und das Militärkommando ihrer Provinzhauptstädte in kleine Regierungspaläste verwandelten.

«Wir haben nicht so viele Spitzel eingesetzt», sagte Ursini gelassen, «wir vertrauen auf Arantes und seinen Generalstab. Schließlich sind beide Seiten daran interessiert, daß alles glatt läuft. Ich habe ein ganz anderes Problem.»

«Die Gewerkschaften?»

«Das Klima. Hier regnet es noch mehr als in London, und wir befinden uns in tausendfünfhundert Meter Höhe. Ich bin ja selten länger als eine Woche hier, aber das reicht mir schon. Und künftig werde ich öfter kommen müssen. Ich mache mir Sorgen um meine Gesundheit.»

«Na ja, man gewöhnt sich an alles.»

«Dazu habe ich keine Zeit und ehrlich gesagt auch keine Lust. So geht es im übrigen vielen unserer Mitarbeiter aus Europa. Offen gesagt: als ich diese Stadt hier ausgewählt habe, war mir nicht klar, daß sie so hoch liegt.»

«Sie werden sich daran gewöhnen», wiederholte der Rektor. Dann faltete er die Hände zusammen und sagte mit gesenkter Stimme: «Das mit dem armen Parravicini tut mir wirklich leid. Mit dem Banco Casalpino ist es nun auch zu Ende.»

«Nicht unbedingt, aber wir sind jedenfalls draußen. In der Bank arbeiten im Moment mehr Polizisten als Angestellte.»

«Das glaube ich gerne.» Der Rektor machte es sich in seinem Sessel bequem und schlug die Beine übereinander. Ursini war klar, daß er jetzt mit ihm über einen Diplomatenpaß reden wollte.

Der Mann vom Geheimdienst erwartete ihn am Flughafen Charles de Gaulle am Ende einer der nicht enden wollenden Rollbänder. Er hatte in Guatemala-Stadt angerufen und um eine Unterredung gebeten. Er hatte von einem neu entstandenen Problem gesprochen, mit dem man sich dringend auseinandersetzen mußte – worum genau es ging, hatte er im dunkeln gelassen.

Er hatte den typischen Ehrgeiz eines Mannes, der als Polizist auf der obersten Stufe der Karriereleiter angekommen war und nun auf eine politische Laufbahn spekulierte. Er kam ihm mit ausgestreckter Hand entgegen.

«Ich habe Ihnen im Saint-James in der Rue Rivoli ein Zimmer reservieren lassen.»

Ursini nickte. Er hätte das Gespräch gerne schnell hinter sich gebracht und sich dann ins Flugzeug nach Zürich gesetzt, aber die Zeitverschiebung machte sich bemerkbar. Er brauchte Schlaf, mußte jedenfalls eine Weile in einem abgedunkelten Zimmer allein sein. Außerdem hatte er für den nächsten Tag auch noch einige zusätzliche Termine vereinbart.

Er ruhte sich ein wenig aus und ging dann hinunter in den kleinen Speisesaal des Hotels, in dem nur etwa zehn Tische standen. Der Mann vom Geheimdienst hatte dafür gesorgt, daß sie hinter einer Säule abseits von den anderen Gästen saßen. Sie bestellten Wein und etwas zu essen.

«Schießen Sie los», sagte Ursini.

«Also: Gestern früh hat der Minister eine Anfrage vom General Dalla Chiesa erhalten. Unter dem Code M, also streng geheim. Es handelt sich um eine Anfrage, die nicht in den Akten erscheinen wird. Was unter Code M läuft, wird über eine ‹eingefrorene Leitung› abgewickelt, wie wir das nennen.»

«Und was ist der Gegenstand dieser geheimnisvollen Anfrage?»

«Sie, Dr. Ursini.»

Der General hatte faktisch nichts in der Hand. Nur Ursinis Codenamen, XIVO, doch das hatte offenbar ausgereicht, um seine Neugier zu wecken. Dalla Chiesa beschäftigte sich momentan mit der sogenannten «dritten Ebene», der Zusammenarbeit von Mafia und hohen Politikern. Auch Ursinis Name mußte irgendwo in Dalla Chiesas Archiven aufgeführt sein. Daß man sich ihn bald vorknöpfen würde, war also durchaus möglich, um so wahrscheinlicher, je stärker sich der General mit dem palermitanischen Antimafia-Pool abstimmte.

«Wie sind seine Chancen?» fragte Ursini, nachdem er kurz nachgedacht hatte.

«Offiziell wissen wir von nichts, und das werden wir ihm auch sagen, wenn er sich bei uns meldet. Vom Ermittlungsrichter wird er wohl dasselbe zu hören bekommen. Aber Dalla Chiesas Leute werden am Ball bleiben, zumal der Name Ursini in Palermo bei älteren Justizbeamten gewisse Erinnerungen wachrufen könnte... Da ist aber noch etwas anderes... ziemlich ärgerlich. Das wissen wir, weil der General die Angewohnheit hat, seiner Frau alles zu erzählen, und wir haben da ein paar Gesprächsmitschnitte... Sie scheint im übrigen die einzige Person zu sein, der er vertraut. Jedenfalls wissen wir eines ganz sicher: Wenn der General etwas wittert, läßt er nicht locker. Obwohl ihm mittlerweile klar sein muß, daß er aus Rom nicht die Vollmachten bekommen wird, die er will, und daß er in Palermo völlig isoliert ist – er läßt sich nicht kleinkriegen, und das bekommen auch unsere Justizbehörden zu spüren, die ansonsten immer ruhig vor sich hin zu arbeiten gewöhnt sind...»

«Was schlagen Sie vor?» unterbrach Ursini.

Der Kellner hatte gerade den ersten Gang serviert. Der Geheimdienstmann zuckte mit den Schultern. Er gefiel sich darin zu zeigen, daß er über alles genauestens informiert war, und daß Ursini ihn ernst nahm, schmeichelte ihm.

«Vielleicht ist es ja auch alles halb so wild. Solche Ermittlungen führen ja meistens zu nichts. Aber auf der Hut sein müssen wir trotzdem. Die Akten der Mordkommission und der Kripo werden alle fünf Jahre vernichtet, ausgenommen einige sogenannte ‹permanente Akten›. Ein Ordner mit der Aufschrift ‹Ursini› wird zweifelsohne in die permanenten Akten eingeordnet werden und könnte früher oder später in die falschen Hände geraten...»

Ursini hörte nur mit einem Ohr zu. Wenn es stimmte, was sein Gegenüber sagte, gab es nur eine Lösung: Der General mußte sterben. Stimmte es nicht, steckte die Triade, Giacomo, der Alte, Santoro, Palmisano, Consalvo oder ein anderer aus ihren Kreisen dahinter, und das Ziel war, ihn unter Druck zu setzen, ihn davon zu überzeugen, daß Dalla Chiesa um jeden Preis beseitigt werden mußte. Es war durchaus möglich, daß der Mann vom Geheimdienst in ihrem Auftrag handelte. Vielleicht gab es diese Anfrage der Präfektur an das Ministerium gar nicht. Vielleicht sagte der Mann aber auch die Wahrheit, aber ohne einen Tip hätte der General vom Codenamen XIVO nichts erfahren können...

«Was die Verhaftung des Rektors anbelangt...», hob der Geheimdienstmann wieder an. Ursini musterte ihn: Über dieses Thema wollten sie doch eigentlich nicht reden, und Ursini war gespannt, was jetzt kommen würde. Aber der Mann wollte nur wissen, wie es weitergehen sollte. Sollten sie ihn protegieren oder dafür sorgen, daß weiter gegen ihn ermittelt wurde?

«Der Rektor ist derzeit als freier Mann möglicherweise gefährlicher als im Gefängnis. Gleichwohl ist er ein wertvoller Verbündeter. Er soll selber sehen, wie er sich mit der italienischen Justiz arrangiert. Ein international gesuchter Mitarbeiter, der untertauchen muß, ist für uns uninteressant. Das ist für den Augenblick alles.»

Er war so müde, daß er sich einen Espresso bestellte, ohne Angst zu haben, danach nicht schlafen zu können. An sich hätte er sofort mit seinen Recherchen begonnen, aber die Zeit dazu war zu knapp. Und die einzig sichere Methode, der Wahrheit auf den Grund zu kommen, war sowieso, anzurufen und den General persönlich zu fragen, ob er sich tatsächlich für einen gewissen XIVO interessiere.

«Gut, wir sehen uns morgen früh... Ich weiß allerdings noch nicht genau, wann ich aufstehe.» Ursini erhob sich mühsam, ging in sein Zimmer hinauf, duschte und legte sich ins Bett. Vor dem Einschlafen rief er noch bei Uglietti an.

«Ich hätte nicht gedacht, heute abend noch von Ihnen zu hören», sagte der Major.

«Haben Sie schon geschlafen?»

«Nein, keine Sorge.»

«Neuigkeiten?»

«Leider ja. Die Agentur Fiedler aus Hamburg hat der Gruppe Grazzini heute morgen ihren Bericht übergeben. Sie sind dem Repetitor auf die Spur gekommen. Nichts Schlimmes, aber einiges haben sie doch herausgefunden. Jetzt haben sie, fürchte ich, ein As in der Hand.»

«Werden die diese Karte bald ausspielen?»

«Ich glaube nicht. Sie werden sie einige Wochen lang hin- und herdrehen, vielleicht auch einige Monate lang, und sie für die Verhandlungen aufbewahren. Dann allerdings könnte es schwierig werden...»

«Das Ganze könnte aber auch eine positive Wendung für uns nehmen. Wissen Sie denn, was genau in dem Bericht steht?»

«Im großen und ganzen ja. Ich hoffe, daß ich die komplette Akte bekomme, sobald der Verwaltungsrat der Grazzini-Gruppe ihn diskutiert hat.»

«Gut. Ich muß noch darüber nachdenken.» Ursini legte auf, löschte das Licht und dachte nach. Nach einer Viertelstunde hatte er einen Plan umrissen. Er mußte mit dem Repetitor sprechen, allerdings erst nachdem er den Bericht der Agentur Fiedler gesehen hatte.

20

ANFANG DES SOMMERS GAB es den ersten Streit zwischen dem obersten Ermittlungsrichter und seinem Mitarbeiter, Richter De Luca. Cordaro war auf seinen potentiellen Nachfolger weder neidisch, noch hegte er ihm gegenüber irgendwelche anderen negativen Gefühle. De Luca wurde von allen Seiten hofiert, fotografiert und interviewt und irgendwie löste sich Cordaros eigene Schüchternheit in diesem brillanten Richter, der der Öffentlichkeit die Absichten des palermitanischen Antimafia-Pools nahebrachte.

Doch seine Kollegen waren beunruhigt. Immer wieder mal nahm der Gerichtspräsident Cordaro am Arm, oder es rief ihn der Generalstaatsanwalt an, oder der Vorsitzende des Revisionsgerichts schickte ihm ein paar Zeilen: Sie alle waren beunruhigt, weil der «junge Mann» sich so in den Vordergrund drängte, waren verwundert, weil «jene Person» so viel im Alleingang unternahm, befürchteten, daß der Eindruck entstehen könnte, die Justiz sei insgesamt oberflächlich und geschwätzig. Cordaro seufzte, blickte gen Himmel und zuckte mit den Achseln, aber was er dachte, sagte er nicht. Er amüsierte sich: Der Neid, der in diesen Befürchtungen zum Ausdruck kam, war dümmlich und stand für Minderwertigkeitskomplexe, die Leute in ihrer Position sich eigentlich nicht erlauben konnten. Sie waren von verbohrtem, kurzsichtigem Konservatismus, hatten vielleicht aber auch Angst, De Luca könne einige ihrer nicht so ganz standesgemäßen Freunde und Bekannten aufstöbern.

Das Gespräch mit dem Vorsitzenden des Revisionsgerichts war für Cordaro geradezu eine Erniedrigung gewesen. Ohne Rücksicht auf sein Alter hatte der Mann seinen Dienstgrad ausgespielt und erklärt, Cordaro dürfe im Grunde gar keine Ermittlungen durchführen, weil Ermittlungsrichter «sowieso noch nie etwas herausgebracht» hätten – was nicht stimmte. Weiter hatte er darauf bestehen wollen, daß die Ermittlungsrichter hier schön brav zu sein hatten, ihre Nasen nicht in die Banken stecken sollten – das war geradezu eine Unverschämtheit. Wäre Cordaro nicht durch einen starken Respekt für Hierarchien und seine unüberwindbare Schüchternheit geprägt gewesen, er hätte ihm gesagt, daß er wohl nur deshalb so rede, weil seine eigenen Verbindungen zur Mafia ja wohl nicht gerade als locker zu bezeichnen seien. Doch statt dessen hatte Cordaro nur den Kopf gebeugt, als ihm der Gerichtsvorsitzende mit einer Stippvisite «bei euch da unten» drohte, um sich höchstpersönlich ein Bild davon zu machen, wie «dieses Ermittlungsamt überhaupt funktioniert, das ja wohl eher an eine Theatertruppe erinnert».

Und ausgerechnet nach dieser Unterhaltung begannen Cordaros Probleme mit De Luca. Cordaro bereitete einen Coup gegen eine Gruppe von Männern vor, die man in Palermo und ganz Sizilien für geradezu allmächtig hielt. Es handelte sich nicht um wirkliche Mafiosi, obwohl sie in diesen Umkreis gehörten, und sie waren bei weitem brutaler als der Vorsitzende des Revisionsgerichts. Offensichtlich hatte diese Gruppe die Aufgabe, den verrufenen Lagern der italienischen Politikerschaft eine aggressive, ja kriminelle Basis zu verschaffen.

Cordaro wollte nun Haftbefehle gegen eine ganze Reihe dieser Männer erlassen. Er hatte diskret recherchiert und sich seine Beweise mit der Methode des «armen Verwandten» verschafft, wie sie unter den Mitarbeitern des Ermittlungsgerichts scherzhaft genannt wurde. Arbeitete der Alte beispielsweise mit einem kleinen Unternehmer oder Beamten zusammen, so würde man zuerst sie ausquetschen, denn in der Regel waren diese «kleinen Fische» schnell zu fangen. Oft führte diese Methode natürlich nicht weiter. Mitunter jedoch gab es Leute, die vom großen Rahmen der Ermittlungen nichts wußten, sich in keiner Weise bedroht fühlten und daher natürlich nicht so vorsichtig waren. Im Nu hatten sie dann sich selbst kompromittiert – und die eigentliche Zielperson der Ermittlungen gleich mit hineingezogen.

Alfonso De Luca war gegen die Verhaftungsaktion. Er teilte Cordaros Wunsch, diesen Schmutz aus dem öffentlichen Leben in Palermo und ganz Sizilien zu beseitigen. Doch er hielt es für sinnvoller, bei den Banken, im Finanzbereich, anzusetzen. Vor allem der Rauschgifthandel – die Mafia machte hier bereits einen Jahresumsatz von zehntausend Milliarden Lire – mußte in De Lucas Augen genauer untersucht werden.

«Wir müssen die Ökonomie angreifen», sagte er immer wieder, «nicht ihre diplomatischen Beziehungen oder gar ihre Kasernen.» De Luca war dickköpfig, aber vor allem war er unabhängig. Er konnte handeln, ohne den anderen Rechenschaft abzulegen.

Auch über die Ernennung Dalla Chiesas waren sie unterschiedlicher Meinung. De Luca glaubte nicht, daß ihre eigene Arbeit mit der des neuen Präfekten zu verbinden war, er erkannte zu große Divergenzen in ihre Methoden und Absichten. Cordaro aber war begeistert von Dalla Chiesa, vor allem seit ihm der General von seinem besonderen Interesse für Catania berichtet hatte.

Die anderen Mitglieder des Pools hielten sich so gut es ging aus diesem Konflikt heraus. Marchianò stand eher auf der Seite De Lucas, Messina auf der Seite Cordaros. Cascino, der zuletzt dazugestoßen war, war sich noch nicht sicher. Er verstand nicht so recht, warum der oberste Ermittlungsrichter sich so zurücknahm und sich der dominanten Art eines

Untergebenen unterwarf. Bei ihren freitäglichen Abendessen mußte er verwundert beobachten, wie die beiden sich von Tischende zu Tischende anschrien. Deswegen aß er meist wenig, was natürlich Signora Cordaro beunruhigte, die schon nach dem ersten Abendessen, an dem De Luca teilgenommen hatte, zu ihrem Mann gesagt hatte: «Wie wenig dieser Bursche ißt, Tanino. Ich traue Leuten nicht, die so wenig essen...»

Cordaro fühlte sich allein. Um einmal andere Gesichter um sich zu haben, nahm er an einem Kongreß über die neue Wirtschaftskriminalität im Palazzo delle Stelline in Mailand teil: Offiziere der Finanzwache, Wirtschaftsjournalisten, hohe Tiere aus der Justiz und sogar der Oberbürgermeister waren anwesend. Gut eine Viertelstunde zog er sich mit Generalstaatsanwalt Neppi Bagatti, einem ernsthaften, vertrauenerweckenden Mann, in eine Ecke zurück und erzählte ihm von den Schwierigkeiten in Palermo. Er erwartete ja keine Solidarität, hatte jedoch den Eindruck, daß der Kollege ihn nicht einmal verstand. Bagatti erklärte, ein auf Mafiafragen spezialisierter Richter und Staatsanwalt sei für ihn unvorstellbar, und den Antimafia-Pool könne er nicht befürworten. Er argumentierte schlüssig und logisch, aber mit Logik kam man in Palermo nicht weiter, was wiederum außerhalb der Grenzen dieser Stadt schwer zu erklären war. Cordaro war richtiggehend erleichtert, als er sich wieder auf dem Weg nach Palermo befand.

Anfang September wurden Dalla Chiesa und seine junge piemontesische Frau ermordet. Das hätte Cordaro nicht erwartet. Er fuhr gerade mit seinem Auto nach Hause, und plötzlich fuhr der Wagen mit seinen Leibwächtern ganz dicht neben ihn. Sie hatten die Nachricht von dem Mord soeben im Radio gehört. Sie rasten durch den abendlichen Berufsverkehr. Am Tatort hatten sich bereits Massen von Schaulustigen um die fürchterlich zugerichteten Leichen geschart. Ein Polizeimeister berichtete ihm, daß Dr. Santangelo bis vor wenigen Augenblicken ebenfalls dagewesen und nun zum Präfekten gefahren sei, um Leintücher zu holen, mit denen er die Leichen bedecken wollte. Santangelo pendelte zwischen Palermo und Rom hin und her. Es hieß, daß er bald in den Geheimdienst überwechseln und die Abteilung Sizilien übernehmen werde. Tatsächlich sah man ihn häufiger in der Zentrale des Geheimdienstes in der Via Roma. Cordaro wollte seine Meinung zu diesem Verbrechen hören. Santangelo war ein kluger Mann, der die schwarze Seele dieser unglücklichen Stadt gut kannte.

Eine halbe Stunde später kam Santangelo mit den Leintüchern zurück. Er und Cordaro verzogen sich hinter einen Krankenwagen.

«Nun?» fragte der oberste Ermittlungsrichter.

«Ich war gerade in der Nähe und habe die Nachricht über Funk gehört. Als ich hier ankam, waren die Täter schon weg, Fenster und Türen verrammelt. Niemand hat etwas gesehen. In dieser Straße scheinen nur Blinde und Taube zu wohnen...»

«Warum, Santangelo? Warum haben sie das bloß getan?» Er zeigte auf den von Kugeln durchlöcherten Autobianchi A 112. Santangelo betrachtete sein Gesicht.

«Sie sind ja ganz bleich. Ich bin auch zutiefst erschüttert. Ich weiß einfach nicht, wie ich das interpretieren soll. Eine Warnung im großen Stil vielleicht, dafür sprächen Ansehen und Stellung des Opfers.»

«Könnte die Tat nicht auch einfach bedeuten, daß jemand fürchterliche Angst hatte? Die Aufmerksamkeit des Generals galt...» Er flüsterte einige Namen, und Santangelo, zwanzig Zentimeter größer als er, mußte sich zu ihm hinabbeugen, um ihn zu verstehen. «Verstehen Sie?» fuhr Cordaro fort. «Das ist durchgesickert. Sogar ich habe Wind davon bekommen. Übrigens: Wir müssen sofort seine Aufzeichnungen und Notizen einsehen. Die liegen in seinem Tresor...»

«Ich habe schon nachgesehen. Aber der Tresor ist verschlossen. Den Schlüssel hatte er nicht bei sich, aber wir werden ihn bestimmt finden.»

«Gut, sehr gut», sagte Cordaro. Er vermutete allerdings, daß der General den roten Faden seiner Ermittlungen eher seinem Gehirn denn irgendwelchen Zetteln anvertraut hatte. Aber vielleicht würden sie doch etwas Interessantes finden. Sein Tagebuch mußte schließlich auch im Tresor liegen – merkwürdig, daß ein Mann in seinem Alter und in seiner Stellung ein Tagebuch geführt hatte. «Es ist schon spät; ich muß nach Hause. Und vorher möchte ich noch für diese armen Seelen beten.»

Seit er als junger Mann bei der Behörde angefangen hatte, hatte er immer wieder zu den Tatorten gemußt, immer hatten ihn müde Carabinieri und verzweifelte Verwandte erwartet, außerdem Dutzende von Neugierigen. Er kannte den Tod gut, besonders diese Todesart. Doch hier in der Via Carini hatte Tod einen bestialischen Geruch, einen wilden Geruch, grauenerregend. Die Mörder hatten keinen Mut bewiesen, nur nackte Brutalität. Sie hatten hundertmal so viele Kugeln abgefeuert wie nötig gewesen wären – nur um die Opfer noch als Tote zu schmähen. Die Salven, die aus einem Maschinengewehr auf eine blasse, fremde junge Frau abgegeben worden waren, schienen zu bedeuten, daß man die Unschuld hatte anspucken wollen, die Gerechtigkeit, die Menschen selbst...

Seine Frau, die ihm mit rotgeweinten Augen, ein besticktes Taschentuch in der Hand, die Tür öffnete, schaute stumm zu, als er um Mitternacht De Luca anrief. Der junge Richter hob gleich nach dem ersten Läuten ab.

«Ich bin's, Fofò.»

«Dachte ich mir. Wir haben uns ganz knapp verfehlt. Ich bin auch erst vor zwei Minuten heimgekommen», sagte De Luca und begann dann über ganz andere Dinge zu reden, wichtige, interessante Dinge, wie immer. Richter Cordaro hörte ihn geduldig an, ohne zu unterbrechen; doch er starrte dabei ins Leere.

«Was uns anbetrifft, so bin ich der Meinung, daß wir nun entschieden so vorgehen müssen, wie ich es in unserem letzten Gespräch umrissen habe», sagte Cordaro schließlich bestimmt. Es ging um 228 Haftbefehle. Das letzte Mal hatte De Luca die Entscheidung noch einmal hinausgeschoben, indem er sich lustig machte: Er fühle sich nicht kräftig genug, die Unsumme von 228 Unterschriften zu leisten, hatte er gesagt. Doch jetzt waren Scherze wirklich nicht angebracht.

«Ich glaube, wir haben noch immer nicht genügend Beweise...»

«Wie kannst du jetzt von Beweisen reden, Fofò? Du führst dich auf wie ein Richter aus der tiefsten Provinz. Dir muß doch klar sein, was das für Leute sind? Warum in Gottes Namen bist du so zögerlich?»

«Was heißt hier zögerlich? Außerdem weiß ich genau, mit was für Leuten wir es zu tun haben. Aber du weißt, für mich zählen nur Gerichtsurteile, sonst nichts. Wenn ich in einer Diebstahlsache ermittle und sich herausstellt, daß der vermeintliche Täter zufällig auch mehrere Menschen umgebracht hat, würde ich keine Sekunde lang zögern, ihn freizusprechen, wenn er den Diebstahl nicht begangen hat. Ich verurteile keinen Menschen wegen Diebstahls, weil er ein Mörder ist.»

«Das ist ja sehr erfreulich. Aber du vergißt dabei, daß es Leute gibt, die gemeingefährlich sind, und dieser Gedanke muß doch allen Haftbefehlen zugrunde liegen, die du je unterschreiben mußt. Außerdem vergißt du noch etwas: Hat man es mit der Mafia zu tun, macht man immer auch Politik. Entschuldige bitte, aber jetzt muß ich wirklich mit dir reden, als kämst du aus der Provinz.» Wie immer, wenn er stark angespannt war, klang seine Stimme schwach und kränklich. Er verabschiedete sich und legte auf. Seine Frau nahm ihn am Arm und führte ihn ins Schlafzimmer, wo er sich seinen Pyjama anzog.

Im kleinen Abhörraum unter dem Haus gegenüber wartete der Mann am Schaltpult nach dem Ende des Gesprächs noch einige Sekunden und drückte dann auf einen Knopf. Er drehte sich zu einem Kollegen um, der Zeitung las.

«Da ist interessantes Zeug drauf. Ich spule das Band zurück, hol du ein neues. Mach schnell...»

Der stand auf, und die Zeitung fiel raschelnd zu Boden.

Diesmal trafen sie sich nicht in dem Konferenzraum, wo sie zum erstenmal über das Problem gesprochen hatten. Es war Sonntagnachmittag, und Grazzini senior hatte die Männer zu sich nach Hause in die Via Santo Spirito zum Kaffee eingeladen. Es nieselte. Der Bericht lag auf dem niedrigen Tischchen zwischen den Tassen.

«Soll ich ihn ganz vorlesen? Oder reicht euch eine kurze Zusammenfassung?» fragte Grazzini. Der Vizepräsident und der Generaldirektor nickten. Der Präsident machte es sich in seinem Sessel bequem, ein Zeichen, daß die Zusammenfassung vielleicht doch nicht so kurz sein würde. «Unser Mann wurde vor zweiundachtzig Jahren in Rio geboren: Mutter Indianerin, Vater Deutscher. Von seinem Vater erbt er eine kleine Baumwollfabrik. Zwanzig Jahre lang experimentiert er auf allen möglichen Wirtschaftssektoren: Kaffee, Bauxit, Schiffe, Gummi. Er reist viel, vor allem in den Vereinigten Staaten. Nach dem Krieg gründet er seine erste Zeitung, ein Wochenmagazin, vor fünfzehn Jahren dann sein Network in São Paulo, wo er jetzt schon seit einiger Zeit lebt. Das Netz seiner Verbindungen zu den Vereinigten Staaten verdichtet sich, er importiert Programme, Werbespots – und Ideologie. Viele halten ihn für die graue Eminenz der Außenpolitik von Präsident Goulart. Aus dieser Zeit stammt seine Freundschaft mit den Bonannos, den Gambinos und den Inzerillos.

Er realisiert riesige Projekte, für die er, so wie es aussieht, keine Kredite aufnimmt. Kaum zu glauben, daß ein Mann in seiner Position nie versucht hat, eine Bank oder eine Versicherung zu kaufen, weder in Brasilien noch in Europa, wo er in den letzten Jahren immer mal wieder auftaucht. Gelder braucht er offenbar keine, und wenn er jetzt in Italien engagiert wird, wird es ihm finanziell noch besser gehen...»

Der Verleger unterbrach kurz, bis ein älterer Hausdiener das Kaffeegeschirr abgeräumt hatte. Dann zählte er mit Blick in den Bericht eine Reihe von Vergehen, in erster Linie Steuerhinterziehungen, auf, die Carlos Bohlen in Italien begangen hatte. Der Bericht enthielt genaue, fundiert belegte Schätzungen über die Entwicklung seines Vermögens in den letzten Jahren, darüber hinaus eine beeindruckend genaue Dokumentation seiner Kontakte in Politik und Wirtschaft sowie seiner Verbindungen mit den Freimaurern. Besonders verblüffend war, mit welcher Leichtigkeit Bohlen im Medienbereich seine Coups gelandet hatte, ohne je einen Fehler zu machen. Und jedesmal hatte er die Firmen innerhalb kürzester Zeit konsolidiert und neue Investitionen getätigt.

«Hier kommt nun das erste große Fragezeichen. Um sich in den Mediensektor einzukaufen, brauchte er ungefähr sechzig Milliarden Lire in bar, die er unmöglich allein aufbringen konnte, und doch gibt es nicht die Spur eines Sozius in der Gründungsakte seiner Gesellschaft in einem großen Notariat in der Via Sant'Andrea. Woher kam also das Geld? Es sollte so aussehen, als käme es von einer monegassischen Aktiengesellschaft in der Rue Grimaldi. Aber dahinter steckte ein Trick. Verfolgt man die verschiedenen Geldtransfers zurück, landet man am Ende in der Londoner Filiale des Banco Cisalpino. Damals lebte Parravicini noch und kungelte mit den Freimaurerlogen, mit Politikern, der Mafia und noch so manch anderem. Das Geld kam von seinem Institut, aber es war natürlich mit Sicherheit nicht sein Geld...»

«Heißt das, daß ihm jemand das notwendige Geld gab, ohne daß er auch nur eine Beteiligung als Garantie verlangte?» fragte der Vize.

«Es sieht fast so aus.»

«Absolut unglaublich!»

«Das kann man wohl sagen. Um so mehr, als unser Mann unmittelbar danach zu kaufen beginnt, daß es einem schwindlig wird. Und er gründet weitere Vertretungen, Zentralen und Generaldirektionen, ohne auf das Geld zu schauen. Verglichen mit den Gebäuden, in denen seine Gesellschaften untergebracht sind, nimmt sich sogar unsere Zentrale ziemlich bescheiden aus. Doch auch die Dokumente für diese Neugründungen sind ausschließlich mit seiner Unterschrift versehen, und sämtliche Einrichtungen unterstehen nur ihm. Nachdem alles für ihn so gelaufen ist, hat er nun auf uns ein Auge geworfen. Zwei, drei Jahre können wir ihm vielleicht noch standhalten. Und wenn wir herausbekommen wollen, über wieviel Geld er nun eigentlich wirklich verfügt, kommen wir mit bloßem Herumstöbern in seinen Bilanzen nicht weiter. Wir müssen wissen, wer sein Geldgeber ist. Und wenn es sich dabei um die Person handelt, die ich im Verdacht habe, dann gibt es keine Hoffnung mehr für uns.»

«Geht das denn aus dem Bericht so deutlich hervor?» Zum erstenmal schaltete sich nun auch der Generaldirektor ein. Grazzini zuckte die Achseln.

«Es wird kein Name genannt. Vielleicht kennen sie ihn selbst nicht. Doch wir wissen, wer in Italien soviel Geld zur Verfügung hätte, oder? Im Bericht ist von Unsummen die Rede, zwischen sechzehn- und achtzehntausend Milliarden. Doch das sind Gerüchte, versteht ihr...»

«Und auf diese Agentur in Hamburg kann man sich wirklich verlassen? Wenn herauskommt, daß wir diesen Bericht hier in Händen haben, besteht die Gefahr...»

«Keine Bange. Wenn du das alles gelesen hast, wirst du erkennen, daß diese Leute keine dubiosen Ziele verfolgen. Das ist wirklich nicht unser Problem. Paradoxerweise würde ich sagen, daß unsere Nachforschungen bisher fast zu gut verlaufen sind. Die Frage ist: Wie gehen wir jetzt vor? Ich selbst war noch nie in einer so schwierigen Lage. Bisher haben wir immer unseren Beruf ausgeübt, und damit basta. Doch nun geht es für uns ums nackte Überleben. Wir sind verantwortlich für sechstausend Angestellte und müssen unseren Aktionären Rechenschaft ablegen. Uns zu verteidigen ist nicht nur unser Recht – es ist unsere Pflicht. Genau dafür müssen wir den Bericht einsetzen. Wir müssen diesen alten Fuchs wissen lassen, daß wir gute Karten in Händen haben. Wir müssen...»

«... ihm einen Vorschlag unterbreiten, den er nicht ablehnen kann», schlug der Vizepräsident vor. Grazzini nickte mit ernstem Gesicht.

«Genau, auch wenn ich noch nicht weiß wie, wann und über wen. Wir können uns ja darüber nicht einmal mit unseren Anwälten beraten. Ich schlage daher vor, daß wir erst einmal eine kleine Pause machen und jeder für sich darüber nachdenkt. Dann soll jeder seine Ideen vorbringen. Einverstanden?»

Alan McGreery saß in seinem Büro in Langley. Er trank sein Bier aus und bat dann Miß Royce, Lynch hereinzulassen. Martin Lynch war in Lateinamerika für die Personalfragen verantwortlich. McGreery hatte ihn ein paarmal getroffen, aber nie unter vier Augen mit ihm gesprochen. Als der Mann hereinkam, streckte er ihm mit gespielter Herzlichkeit und Sympathie über den Schreibtisch die Hand entgegen.

«Setzen Sie sich, Lynch. Möchten Sie auch ein Bier?»

«Gerne.»

«Miß Royce, noch ein Bier», bat er seine Sekretärin über

die Sprechanlage. Er musterte seinen Gast. «Lynch, wer von uns sitzt denn in São Paulo in Brasilien?»

«Das Büro ist in Rio. In São Paulo haben wir niemanden stationiert. Aber wir können jemanden hinschicken.»

«Shannon?»

«Nein, Shannon arbeitet nicht mehr mit mir zusammen. Er ist in Südafrika.»

«Schade. Es handelt sich um keine schwierige Tätigkeit. Reine Verwaltungsarbeit. Doch wir müssen besonders vorsichtig vorgehen, mit Sensibilität, damit der Betroffene nicht zu Schaden kommt...»

«Eine politische Entführung?» fragte Lynch interessiert. Doch da mußte McGreery ihn leider enttäuschen.

«Es geht nicht um eine Entführung, sondern um eine Verhaftung. Und es geht auch nicht um einen Politiker, sondern um einen ganz gewöhnlichen Verbrecher. Mit den Brasilianern wurde das schon abgesprochen.» Er goß sich langsam sein Bier ein, das Miß Royce inzwischen gebracht hatte. Lynch zog die Augenbrauen hoch. «Der Mann ist für uns eine Art Ware. Er oder ein anderer – das ist im Prinzip egal. Doch bevor wir ihn auf den Markt werfen, müssen wir herausfinden, ob wir auch einen guten Preis für ihn verlangen können. Und um das herauszufinden, müssen Sie sofort nach seiner Verhaftung und vor seiner Auslieferung... seiner möglichen Auslieferung, mit ihm sprechen und herausfinden, ob er zu einer Mitarbeit bereit wäre, seine Glaubwürdigkeit überprüfen und seine Vertrauenswürdigkeit testen.»

Lynch trank einen Schluck und nickte kommentarlos.

«Er heißt Marchese. Saverio Marchese. Er ist Italiener, genauer gesagt, Sizilianer.»

«Verstehe.»

«Er wird steckbrieflich gesucht. Nach Italien darf er nicht einreisen, und unser Ganley in Rom versichert, daß die italienischen Behörden nicht wissen, wo er sich derzeit versteckt hält. Wir haben ein Dossier über ihn, das uns die Drug Enforcement Administration freundlicherweise übersandt hat. Nichts Besonderes, aber wenn er auf unsere Vorschläge nicht eingeht, behalten sie ihn ein gutes Dutzend Jahre im Knast, und danach schicken wir ihn nach Italien, wo er natürlich auch seine Schwierigkeiten haben wird. Ich habe gehört, daß es in italienischen Gefängnissen so etwas wie die Todesstrafe gibt.»

«Verstehe», wiederholte Lynch. McGreery begann, die Details der Operation aufzulisten.

Kurz vor Weihnachten tagte das Direktorium im Landhaus des Alten, wie in den Zeiten, als es noch die Kommission gegeben hatte. Das letzte Treffen war geplatzt, weil der Staatspräsident Ende Oktober zu einem offiziellen Besuch nach Palermo gekommen war. Da er in den wenigen Tagen, die er in der Stadt verbrachte, möglichst viele der wichtigen Persönlichkeiten unter vier Augen sprechen wollte, hatten sie sich alle rund um die Uhr bereithalten müssen – die Termine des illustren Gastes wurden immer sehr kurzfristig und spontan festgelegt.

Drei große Keramikteller mit riesigen Mandarinen standen auf dem Tisch, wunderschöne Früchte, die alle gleich aussahen, als seien sie aus Marzipan. Sie dufteten herrlich, und am Ende des Treffens gab es niemanden, der der Versuchung widerstanden und nicht wenigstens eine gegessen hätte.

Schon seit gut einem halben Jahr raubten das Antimafiagesetz und die dazugehörigenn Bestimmungen den sizilianischen Unternehmern und so manchem, der heimlich Reichtümer angehäuft hatte, den Schlaf, weswegen die Mitglieder des Direktoriums ausdrücklich um die Anwesenheit Turi Grazianos und Ursinis gebeten hatten. Turi hatte noch einen anderen Termin, und so traf man sich ungewöhnlicherweise um drei Uhr nachmittags. Für ein gemeinsames Mittag- oder Abendessen war diesmal keine Zeit.

Das Antimafiagesetz zielte auf Vermögen, von denen nicht klar war, woher sie kamen, und bedrohte sie ernsthaft: Die Behörden konnten entsprechende Gelder nun einfrieren beziehungsweise konfiszieren. Die Freunde in Rom hatten es immerhin fertiggebracht, daß das Gesetz einige kleine Lücken aufwies; so konnte es nicht sofort in Kraft treten, und sie hatten etwas Zeit gewonnen, um wenigstens die heikelsten Angelegenheiten noch rechtzeitig zu regeln. Aber das Gesetz war und blieb eine überaus gefährliche Waffe, die die Ermittler nun in der Hand hatten. Artikel 416b des Mafiagesetzes richtete sich gegen «mafiose Vereinigungen», ein absichtlich sehr allgemein gehaltener Begriff, der auf viele Straftatbestände bezogen werden konnte. Aufgeführt wurden unter anderem «Einschüchterungsversuche», «unrechtmäßiger Erwerb von Firmen, Konzessionen und Genehmigungen» und «ungerechtfertigte Profite oder Vorteile». Die im Gesetz genannten «mafiaartigen Verbindungen» konnten, wie die «Vettern» beunruhigt feststellten, problemlos verdeckte Geschäfte von Parteien, die verschiedensten Formen von Korruption und sogar Wahlkampagnen meinen. Die beiden Redner schlossen ihren Vortrag mit der Forderung an die Anwesenden, eine Strategie für die neue Situation auszuarbeiten.

Turi Graziano schälte sich eine Mandarine. Er aß sie beim Sprechen, schluckte die einzelnen Stücke ohne zu kauen und mitsamt den Kernen hinunter. Das hatte er sich als Kind angewöhnt, als es beim Obstessen galt, sich soviel wie möglich in die Taschen und in den Mund zu stopfen, bevor der Bauer erschien, um einen mit seiner Harke zu verjagen.

«Diese beiden Gesetze sind nach dem Tod La Torres ausgearbeitet und nach dem Tod Dalla Chiesas verabschiedet worden. Als Folge der Ermordung Dalla Chiesas haben die Herrschaften in Rom zudem die Einrichtung eines Antimafiaamtes angekündigt. Wieder einmal eine der üblichen Albernheiten? Mag sein. Leicht zu kontrollieren? Mag auch sein. Aber es ist nicht zu leugnen, daß da wieder einmal einige Ungelegenheiten auf euch zukommen – und in gewisser Hinsicht habt ihr es nicht anders gewollt: Es mußte ja unbedingt wieder Tote geben. Also jammert jetzt bitte nicht.» Graziano sagte dies mit großem Wohlwollen und ärgerte sich nur, daß ihm die Worte nicht wieder einfielen, mit denen Ursini das Direktorium beschrieben hatte («der Rat der Krokodile, die Politiker und Generale verschlingen und sich dann über Verdauungsbeschwerden beklagen»). Aber das war sowieso nicht seine Art zu reden, und er wollte sich eigentlich nicht als Papagei produzieren.

«Geschehen ist geschehen», mischte sich der Alte ein. Er sah in letzter Zeit schlecht aus; die Angst, dachte Graziano. «Schauen wir der Realität ins Gesicht: Cordaro hat ein Ermittlungsverfahren gegen die ‹Vettern›, gegen Cattaneo und gegen die Gruppe aus Catania eingeleitet. Und schon bald wird es auch mir und vielen anderen an den Kragen gehen. Die brauchen keine Beweise. Die Öffentlichkeit applaudiert jeder Dummheit, die auf dem Mist der Ermittlungsbehörden gewachsen ist, egal ob die Beweise ausreichen oder nicht. Wir haben Mitschnitte von Telefonaten darüber: Cordaro ist zu allem entschlossen. Dabei wollen ihn derzeit sogar seine eigenen Leute, allen voran De Luca, davon überzeugen, daß es nicht genügend Beweise gibt...»

«Ihr wollt doch nicht etwa auch noch Cordaro umbringen...» Graziano sah den Alten entrüstet an. Der Alte antwortete nicht. Er blickte die anderen an, einen nach dem anderen, als letzten Ursini, der bisher kein einziges Wort gesagt hatte und seinen Blick erwiderte. «Wir könnten zwei Wagenladungen Dynamit in den Justizpalast bringen und es auf sämtliche Winkel verteilen, das würde uns das Problem für einige Zeit vom Hals schaffen, auf jeden Fall so lange, wie sie brauchen, um einen neuen zu bauen und mit neuen Richtern zu besetzen. Und dann fangen wir wieder von vorne an. Dynamit kostet nicht viel...» Er wußte, was nun alle dachten: daß ausgerechnet er das sagte... «Und das aus deinem Munde...», hätte der Alte gesagt, wenn er den Mut dazu hätte aufbringen können, und wohl auch Giacomo, der sowieso gerne zu Dynamit griff. «Ihr habt euch einfach viel zu sehr exponiert. Ihr habt getan, was ihr wolltet, ohne an die Risiken zu denken. Der Staat verhält sich euch gegenüber ausgesprochen fair: Niemand zwingt euch, Steuern zu zahlen, ja nicht einmal, euch an die Gesetze zu halten. Die einzige Bedingung, die er stellt, ist, daß er sein Gesicht nicht verliert. Er will nicht plötzlich vor den Leuten als Haufen von Trotteln erscheinen. Und so verteilt er eben ab und zu an euch seine Hiebe. Und wer einen Hieb bekommt, hat ihn meistens auch verdient.»

Cattaneo und Consalvo sprangen gleichzeitig wutentbrannt auf. Turi Graziano ließ sie schimpfen und schälte sich eine weitere Mandarine. Cattaneo fiel ihm noch mehr als alle anderen auf die Nerven. Er war ein Ritter des «Ordens des Heiligen Geistes», eine Art Luxus-Ministrant. Ab und zu traf er sich mit gleichgesinnten Ministranten im Dom von Cefalù, alle in der Kluft des Ritters Orlando, allerdings ohne Waffen, und sie ernannten in Gegenwart des Bischofs neue Ministranten, wobei sie lateinische Lieder sangen. Zum Orden gehörten Polizeipräsidenten, Bankbeamte, Chefärzte und Politiker – Leute, die man mit einer Bonbontüte kaufen konnte –, und Cattaneo, der aus der Lombardei stammte und aus einer durchschnittlichen Familie kam, fühlte sich unter allen diesen untreuen Staatsdienern, als sei er ein Aristokrat. In sämtlichen öffentlichen Aufträgen Siziliens hatte er seine Finger, und damit es so blieb, mußte er sich mit Leuten abgeben, denen nicht einmal das Zuchthaus freiwillig die Tür geöffnet hätte.

«Ich verstehe nicht, wieso ihr auf mich losgeht», sagte Graziano und streckte ihnen seine Handflächen entgegen, als seien dort Stigmata zu sehen. Sie haßten den Schweizer, weil er das Zentrum der Organisation aus Palermo verlegt und sie alle der Gewalt der Ermittler und Generale ausgesetzt hatte. «Und ich verstehe nicht, was ihr eigentlich wollt. Es wäre doch viel besser, wenn wir alle im Gleichschritt marschieren würden – was finanzielle Fragen betrifft, den Umgang mit Politikern, Verbindungen, Gewalttaten, so sie nötig sein sollten... Wenn ihr dazu nicht bereit seid, dann eben nicht. Ich sehe das eben alles ganz anders als ihr, kann euch auch nicht vorschreiben, was ihr tun sollt. Wollt ihr wirklich Cordaro umbringen? Ob es nicht sinnvoller wäre, De Luca umzubringen...»

«Cordaro ist der Chef. De Luca läßt sich in erster Linie interviewen und fotografieren», sagte Palmisano.

«Was soll ich mir hier den Mund fusselig reden? Ihr habt eure festen Vorstellungen, und wehe, jemand sagt etwas dagegen. Ihr tut sowieso, was ihr wollt. Und das heißt: Wenn sie nach der Ermordung Cordaros in jedem Viertel ein Antimafiaamt einrichten und ein weiteres Gesetz erlassen, nach dem man Leute allein aufgrund der Tatsache einsperren kann, daß sie Sizilianer sind, dann sollen die Verantwortlichen gefälligst dafür bezahlen.»

Die Mandarinen schmeckten ihm immer besser. Das war vielleicht das einzige, was der Alte wirklich gut konnte: Mandarinen züchten. Etwas melancholisch dachte Graziano an seine Kindheit zurück.

Gegen 19 Uhr war die Sitzung zu Ende. Beim Abschied gab Turi dem Schweizer ein Zeichen und ging zur Tür. Bis der Wagen durch das Gartentor gefahren war, sagten sie beide kein Wort. Es war Abend geworden und es nieselte.

«Du hast recht, Giuseppe. Ich glaube, es ist soweit.»

«Fangen wir also an?»

«Ja.» Dann erinnerte er sich plötzlich an etwas und grinste. «Wie hast du die Operation noch getauft?»

«‹Mea culpa›», sagte Ursini, wobei er keine Miene verzog. Graziano hatte ihn noch nie lachen sehen. Dennoch schien ihm, zumindest im Lichtreflex einer Tankstelle, als sei Ursini vielleicht doch amüsiert. «Ein Scherz, doch wenn wir offiziell loslegen, können wir diese Bezeichnung gerne beibehalten, wenn sie dir gefällt.»

«Ja, gefällt mir gut. Ich hatte schon immer einen Sinn für Komik», sagte Graziano und blickte Ursini herausfordernd an. Er bekam keine Antwort, und so schwiegen sie beide, bis sie die Stadtgrenze erreicht hatten.

21

«AUS SICHERHEITSGRÜNDEN TREFFEN wir uns diesmal in Wien», hatte Ursini bekanntgegeben: das Büro in der Talstraße werde abgehört, von wo, sei bisher noch nicht herauszubekommen gewesen.

Sie trafen sich zur Teestunde im Sacher, wo sie sich an einem Tisch neben dem Kamin niederließen. Vittorio Graziano hatte sich ein Stück Linzer Torte bestellt, Anwalt Radda Kaffee, Ursini und Sacerdoti nahmen Tee und Sachertorte; die Kellnerin war weder jung noch schön, hatte aber den bezaubernden Gang einer Vestalin.

Zunächst plauderten sie ein wenig über die anderen Gäste, zum Großteil ältere Leute, die sich mit Kuchen vollstopften. Nur Ursini erwähnte einmal kurz die Tagesordnung; auf eine Bemerkung Sacerdotis über die spannungsvolle Atmosphäre antwortete er: «Ich hoffe, daß ich eure Erwartungen nicht enttäusche.» Das war alles. Im «Korso bei der Oper» in der Mahlerstraße aßen sie zu Abend und gingen dann ins Palais Schwarzenberg. Offiziell wohnten sie im Plaza Wien, einem modernen Hotel am Ring. Ursini hatte dort zur Tarnung auch für 23 Uhr einen Konferenzsaal gemietet. Im Palais Schwarzenberg am Schwarzenbergplatz jedoch hatte drei Tage zuvor ein Pärchen eine Suite belegt, unverdächtige Touristen, die vor allem die regionale Küche genießen und Erinnerungsfotos schießen wollten. Beide waren jedoch in Wirklichkeit Agenten Ugliettis: Kurz vor 23 Uhr überließen sie die Suite Ursini und seinen Gästen und begaben sich auf eine lange Taxifahrt durch das verschneite Wien.

«Diese überraschenden Ortswechsel mögen ein wenig verwirrend erscheinen», sagte Ursini zu Beginn der Sitzung, «aber ich hoffe, daß wir dadurch heute nacht in Ruhe diskutieren können. Inzwischen wird die Talstraße was Wanzen betrifft wieder in Ordnung gebracht.»

Die erste halbe Stunde verging schnell. In der letzten Zeit hatte es mehrere Treffen gegeben, und so war nicht viel Neues zu berichten. Dann räusperte sich Ursini. Uglietti, Radda, Sacerdoti und Graziano blickten ihn gespannt an.

«In wenigen Tagen beginnt das neue Jahr – es wird für uns ein sehr arbeitsintensives sein. Wir werden die Planungen für Operationen von fundamentaler Bedeutung abschließen, mit denen wir 1984 beginnen.» Ugliettis Agent hatte natürlich auch an Mineralwasser gedacht. Ursini, der der Versuchung erlegen war, Beuschel zu essen, brannte noch die scharfe Soße in der Kehle, und er trank ein ganzes Glas in einem Zug aus. «Die Freunde von der CIA können sich offensichtlich nicht so ganz entscheiden. Auf der einen Seite versuchen sie, in der Talstraße unsere Gespräche abzuhören, andererseits helfen sie uns dabei, die alte Garde in Sizilien endgültig loszuwerden. In ein paar Monaten wird ein Mann verhaftet, der vor zwei Jahren nach Südamerika geflohen ist. Die Verhandlungen laufen noch, doch das Abkommen ist schon fast fertig. Es ist nicht das erste Mal in der Geschichte der Organisation, daß ein Mitglied Namen und andere Geheimnisse verrät; manche haben es aus Rache getan, andere aus Verzweiflung oder weil sie verrückt wurden... Doch nun wird zum erstenmal ein *uomo di rispetto*, ein richtiger Boß, aussagen, und man wird ihm auch glauben. Über ihn, das bereiten wir derzeit vor, werden wir den italienischen Behörden sämtliche Beweismittel für einen Prozeß verschaffen, der Geschichte machen wird und die großen Namen der Vergangenheit zusammen mit der dazugehörigen blutrünstigen Ideologie ein für allemal begräbt.»

Allen in der Runde blieb die Luft weg. Ursini war sicher, daß nicht einmal Vittorio Graziano etwas vom Projekt «Mea culpa» wußte. Der Mann, der sich gerade darauf vorbereitete, durch seine Aussagen weltberühmt zu werden, hieß Saverio Marchese. Sein bis in die Details vorbereitetes Geständnis – sein «mea culpa» – würde mit Sicherheit weitere Geständnisse nach sich ziehen, echte genauso wie getürkte, und das wiederum würde seine Glaubwürdigkeit stärken.

«Wir haben zwei Leute in der Drug Enforcement Administration. Einer der Männer steht mit der CIA in Verbindung, die die Operation auf unsere Bitte hin leiten wird. Der andere ist einer von unseren Agenten. Die beiden werden Marchese einbleuen, was er zu sagen hat, und das müssen sie hervorragend machen, denn wenn ihn die italienischen Behörden erst einmal in Händen haben, können wir ihm nur noch Signale zusenden, nichts weiter. Meine Herren, wir bereiten die Auslieferung fast der gesamten alten Organisation an den Staat vor. Danach werden die Ermittler keine weiteren Wünsche mehr haben – was sollten sie noch haben wollen? Es wird keine Namen und keine Orte mehr für sie geben, nichts, auf das sich neue Ermittlung richten könnte...»

Ursini trank noch einen Schluck. Die anderen sahen ihn gebannt an.

«Unmittelbar nach dem Prozeß, wenn die Justiz ihren Triumph feiert – den wir über unsere Fernsehsender und Zeitungen gebührend herausstreichen werden –, beginnen wir damit, das Image der Leute zu zerstören, die über den Prozeß berühmt geworden sind. Unsere Agentur in Palermo wird uns dazu Vorschläge unterbreiten und sodann die Direktiven durchführen, die Osvaldo Sacerdoti und ich ausgearbeitet haben.»

«Eine Kampagne des negativen Images», sagte Sacerdoti: «Wir greifen die Menschen an, um die Institutionen zu zerstören, für die sie arbeiten.»

«Wir schlagen sie alle – einen ausgenommen, aber darüber sprechen wir erst, wenn die Zeit reif ist. Eines sollten wir aber auf jeden Fall schon jetzt tun: uns der italienischen Börse widmen. Unser Makler sagt, daß die Konjunkturlage jetzt günstig ist. Es geht darum, mit Hilfe unserer Investmentfonds und einer entsprechenden Pressekampagne einen nie dagewesenen Aufschwung herbeizuführen, der die Börsianer in den Außenstellen in Hochstimmung versetzen und den kleinen Mann veranlassen soll, mit Aktienspekulation sein Glück zu versuchen. Dann folgt der Kollaps, und wir kaufen wieder zu ganz niedrigen Preisen ein. Das Ganze klingt auf den ersten Blick zu simpel, aber in Wirklichkeit haben wir ein völlig neues Prinzip in die Wirtschaft eingeführt: Wir erzielen mit dem Einsatz von einer Million Lire einen Nettoverdienst von mindestens dreihundert Millionen, ohne die belastenden Kosten für festes Personal und langfristige Einrichtungen, und vor allem ohne Steuern zahlen zu müssen. So können wir auch Käufe, die eigentlich zu miserablen Bedingungen erfolgten, in ein gutes Geschäft verwandeln, etwa wenn wir eine Firma für zehn Milliarden Lire kaufen, die nur fünf wert ist. Der Verkäufer verdient fünf Milliarden über den tatsächlichen Wert hinaus, uns aber kostet die Beschaffung dieser zehn Milliarden in Wirklichkeit nur dreißig Millionen. Wir ersetzen sozusagen den Sachwert durch den subjektiven Wert. Immer wenn wir an einem Schaufenster vorbeigehen und etwas sehen, das, sagen wir, dreihundert Franken kostet, können wir hineingehen und es für einen Franken kaufen. Das ist alles… Sie wollen etwas sagen, Major Uglietti?»

«Grazzini hat sich jetzt entschlossen, in Aktion zu treten, und will dazu den Bericht der Agentur Fiedler über den Repetitor ausschlachten. Wir müssen unbedingt so schnell wie möglich intervenieren.»

Ursini nickte. Die Sache konnte unangenehm werden,

obwohl sie darauf vorbereitet waren. Dennoch lasen die Anwesenden Zufriedenheit in Ursinis Gesicht.

«Freut mich, daß ich jetzt schon die Gelegenheit habe, euch darzulegen, was ich unter der Veränderung eines ökonomischen Gesetzes verstehe. Rechtsanwalt Radda: Wie hoch ist der Schätzwert des Networks der Gruppe Grazzini?»

«Das ist schwer zu sagen, weil sie in letzter Zeit zunehmend Verluste machen. Gute fünfzig Milliarden Lire wird es wohl noch wert sein. Der Repetitor hat allerdings nur dreißig Milliarden angeboten.»

«Völlig richtig, nach den bisher gültigen Gesetzen des Marktes. Da er der einzige ist, der daran interessiert ist zu kaufen, bestimmt er den Preis, mit dem Ergebnis, daß seine Gegner Bankrott machen – oder sich zu einem verzweifelten Schritt gezwungen sehen, den sie ja auch tatsächlich getan haben, wie wir sehen. Eigentlich ist diese Methode aber unnötig riskant. Warten wir ein paar Monate und setzen wir die Leute Grazzinis dem nötigen politischen Druck aus – dann bietet der Repetitor achtzig Milliarden und der Vertrag ist in kürzester Zeit unter Dach und Fach.»

«Achtzig!» rief jemand.

Ursini nickte. «Sicher! Für achtzig Milliarden Lire, die für uns in Wirklichkeit nur dreihundert Millionen sind, kaufen wir den Fiedler-Bericht, den Frieden mit Grazzini und ein Network, das unter unserer Führung innerhalb von fünf Jahren das Doppelte wert sein wird. Kein schlechtes Geschäft, scheint mir. Und gleichzeitig nehmen wir die Operation Overpress in Angriff... Zufrieden, Osvaldo?»

Sacerdoti lächelte. Seit gut zwei Jahren plante und aktualisierte er die Strategien für den Erwerb sämtlicher italienischer Zeitungen, die nicht zum Fiat-Konzern oder zur staatlichen Holding ENI gehörten. «Wird der Architekt derjenige sein, der die Aktion offiziell durchführt?»

«Nein, Sie werden die notwendigen Kontakte aufnehmen

und die entsprechenden Vereinbarungen treffen. Wichtig ist nur, daß alles bereit ist, wenn wir in einem Jahr loslegen wollen.»

«Da brauchen Sie sich keine Sorgen zu machen.»

«Wie werden wir, bis Marchese sein ‹mea culpa› anhebt, in Palermo den Status quo aufrechterhalten?» fragte Vittorio Graziano, der heute zum erstenmal das Wort ergriff. Die Frage war durchaus berechtigt; und doch hatte Ursini den Eindruck, daß der junge Mann sie vor allem gestellt hatte, um überhaupt etwas zu sagen – er war der einzige, der kein Projekt vorzuschlagen hatte.

«Ich weiß, worauf Sie hinauswollen, Vittorio, und Sie werden meine Antwort etwas vage finden. In Kürze wird in Palermo ein schweres Verbrechen geschehen, das viel Staub aufwirbelt. Doch es wird das letzte dieser Art sein. Danach wird sich, abgesehen von einigen Ausnahmen, die vorher genauestens überlegt und explizit genehmigt werden müssen, große Ruhe ausbreiten.»

«Wird diese Ruhe nicht merkwürdig erscheinen nach all den...»

«Auch daran habe ich gedacht. Die Kleinkriminalität überlassen wir anderen und sorgen dafür, daß die alten Rechnungen mit prominenten Persönlichkeiten mit möglichst viel Lärm beglichen werden. So werden Presse und öffentliche Meinung stets den Eindruck haben, daß die Dinge wie gehabt weiterlaufen. Außerdem haben die kleinen Clans ja auch bereits eine ziemlich ausgeprägte Selbständigkeit. Wir beschränken uns auf eine Art Oberaufsicht. Doch auch wenn die kleineren Organisationen bereits zu allerhand imstande sind, wäre es mir lieb, wenn Sie bei Ihrer nächsten Sizilienreise die Möglichkeit zur Einrichtung einer Art Kriegsschauplatz studieren, der die Aufmerksamkeit aller auf sich zieht. Am besten in einer Provinzhauptstadt.»

«Eine gute Idee. Ich möchte noch etwas dazu sagen. In

Apulien herrscht derzeit eine merkwürdige Situation. Die Region ist reich, besitzt wichtige Industrieeinrichtungen und eine Landwirtschaft, die viel exportiert. Dennoch tut sich dort überhaupt nichts. Es gibt ein paar Organisationen, wie die ‹Corona di Cristo›, die eigentlich schnell wachsen könnte. Vielleicht sollten wir auch für Apulien einen ‹Prokonsul› ernennen.»

«Ich werde mich mal informieren, bei der nächsten Sitzung treffen wir dann eine Entscheidung», sagte Ursini. Dann schaute er auf die Uhr: «Wir sollten nicht vergessen, daß unsere Gastgeber in Wien herumfahren und nicht ins Bett können, bis wir hier fertig sind.»

«Ich habe ihnen gesagt, daß sie sich ruhig ein anderes Hotel nehmen können, wenn sie müde sind», sagte Uglietti. «Allerdings ist mir keine gute Ausrede für den Fall in den Sinn gekommen, daß die Polizei sie fragt, warum sie sich gleich in zwei Hotels einquartiert haben.»

«Sie können denen ja erzählen, daß sie ihre Suite für eine kleine Tagung von Neonazis zur Verfügung gestellt haben. Dann läßt sie die Polizei mit tausend Entschuldigungen laufen», sagte Radda. Als Österreicher wußte er, wovon er sprach.

«Sie sind da», sagte Signora Cordaro. Der oberste Untersuchungsrichter band sich gerade seine Krawatte und lächelte sie an. Seine Frau weigerte sich, das Wort «Leibwächter» in den Mund zu nehmen.

Er zog sich sein Jackett über, ging in sein Arbeitszimmer und griff die Dokumente, die er ins Amt mitnehmen mußte: die besonders brisanten Akten, das hatte er sich schon lange angewöhnt, führte er stets mit sich. Einem weiteren Spitzel war es gelungen, sich ins Amt hineinzuschmuggeln. Marchianò hatte auf seinem Schreibtisch einen bereits unterschriebenen Haftbefehl gegen einen gewissen Marino liegengelassen, der als eine Art Boß des Obst- und Gemüsemarkts galt, ein brutaler Kerl mit drei oder vier Vorstrafen auf dem Buckel. Einen Tag später hatte der Ermittler zwei Carabinieri in Zivil losgeschickt, um ihn aufzuspüren. Sie suchten ihn erst zu Hause, dann auf dem Markt, dann wieder zu Hause, dann bei seinem Bruder und schließlich noch ein drittes Mal zu Hause. Doch auch zur Mittagszeit war Marino nicht heimgekommen – und seine Frau schien über seine Abwesenheit ebensowenig erstaunt zu sein wie über die Tatsache, daß die Carabinieri ihn so dringend suchten.

Der Haftbefehl war eine Falle gewesen. Tatsächlich hatte ihn Marchianò nie weitergeleitet, der Ermittlungsrichter selbst hatte ihn zerrissen und in den Papierkorb geworfen. Gegen Marino lag nichts vor, doch es war durchaus glaubwürdig, daß sich die Behörden für einen Mann wie ihn interessieren könnten. Jemand hatte das Formular gesehen und den Mann sofort benachrichtigt. Wer der Spitzel war, lag vorerst noch im dunkeln, aber es bestand kein Zweifel mehr daran, daß es ihn gab. «Wie lange wird unser armer Marino sich nun wohl völlig überflüssigerweise versteckt halten?» hatte Marchianò am Ende seines Berichtes gefragt, und sein Chef hatte, was selten vorkam, erheitert gelacht. Kollege Cascino allerdings ließ sich durch derlei Scherze nicht aus der Reserve locken. Nono, wie ihn alle nannten, arbeitete schon seit einem Jahr mit ihnen zusammen und war gewiß kein Neuling mehr, verhielt sich aber so, als habe er gerade erst angefangen. Die Skrupellosigkeit, mit der Marchianò einen der geheiligten Haftbefehle benutzt hatte, um einen Unbekannten in die Falle zu locken, hatte ihn schockiert. «Und wenn der Haftbefehl nun versehentlich doch weitergeleitet worden wäre?» hatte er entrüstet gefragt.

«Na ja, das wäre dann auf keinen Fall ein Fehler der Justiz gewesen. Bei Leuten wie Marino kann es gar keinen Justizirrtum geben. Außerdem betrifft der Artikel 416b über mafiose

Vereinigungen Leute wie ihn allemal... Weißt du, wenn ich es mir so überlege, könnte er sogar auf dich bezogen werden...» Marchianò hatte seinen Kollegen genau gemustert, der bei diesen Worten kreidebleich geworden war.

Als der oberste Untersuchungsrichter nun seine Wohnung verlassen wollte, fiel ihm dieses Gespräch wieder ein, aber heute lachte er nicht darüber. Er tat die Papiere in seine Aktentasche und dachte an seinen Zwist mit Fofò De Luca. Sie hatten genügend Beweise, um die «Vettern», Cattaneo und vielleicht sogar auch den Abgeordneten Consalvo zu verhaften. Doch De Luca war noch immer dagegen. In seinen Augen bestand das Risiko, daß die Angeklagten am Ende freigesprochen werden mußten. In seinen Augen war es unabdingbar, noch weitere Beweise zu sammeln. Damit aber verlor man Zeit, und sicherlich würde die Aktion unterdessen den Betroffenen zu Ohren kommen. Waren sie aber schuldig, das stand wiederum für Cordaro fest, durfte man ihnen nicht die geringste Chance zum Vertuschen geben.

Da sich De Luca fortan kaum mehr für die Ermittlungen interessierte, und da die restlichen Mitglieder des Antimafia-Pools andere Fälle zu bearbeiten hatten, war am Ende Cordaro selbst der einzige, der noch an diesen Akten arbeitete – im Amt und zu Hause, im Auto und im Bett, werktags und am Sonntag. Vor einigen Tagen war ihm ein Satz herausgerutscht, der den gesamten Pool zum Lachen gebracht hatte, obwohl er ihn ernst gemeint und mit Bitterkeit ausgesprochen hatte: «Der einzige Gefangene in diesem Ermittlungsverfahren bin ich.»

Es hätte freilich auch einen anderen, einen wirklichen Häftling geben können. Doch der Haftbefehl gegen den ältesten und angesehensten Clanchef Palermos war ein Schuß ins Leere gewesen. Der Spitzel hatte trotz aller Vorkehrungen zugeschlagen, obwohl der Haftbefehl innerhalb einer halben Stunde geschrieben, unterzeichnet und einem Polizeileutnant zur Vollstreckung ausgehändigt worden war. Der Gesuchte verfügte über einen nagelneuen Paß, den er – erstaunlich für Italien – noch am selben Tag erhalten hatte, an dem er seinen Antrag stellte. Aller Wahrscheinlichkeit nach war der Gesuchte bereits im Ausland. Die anderen Haftbefehle waren von vornherein eher reine Formsache gewesen: Graziano, Raia und ihre Genossen waren schon lange untergetaucht. Sie würden diese lächerlichen Dokumente sicherlich nie zugestellt bekommen, doch immerhin würden sie in ihren Verstecken im palermitanischen Hinterland oder auf den Jungfraueninseln erfahren, daß der Richter Cordaro sie als Auftraggeber der Morde an La Torre, Costa, Dalla Chiesa, Bontate und Inzerillo ausgemacht hatte...

Cordaro gab seiner Frau einen Kuß und stieg die Treppe hinunter. Wieder kam ihm sein Ausspruch, selbst Gefangener zu sein, über den alle gelacht hatten, in den Sinn. Er stimmte, dieser Satz, allerdings hatte er sich nicht primär über die ständige Anspannung beklagen wollen, der er in seinem Alter eigentlich nicht mehr gewachsen war, auch nicht über die viele Arbeit, die weit über die Pflichten, die sein Amt eigentlich umfaßte, hinausging – was ihm wirklich weh tat, war das Gefühl der Einsamkeit: Er fühlte sich wie ein alter Trottel, der sich auf einen längst verlorenen Prozeß versteift, ohne auf die vernünftigen Argumente der anderen zu hören.

Und da war noch etwas, es war durch Zufall herausgekommen, ein kleines Geheimnis, das er starrsinnig für sich behalten hatte. Er hatte einen mehrere Jahre alten Bericht des Polizeipräsidenten Chiarello in die Hände bekommen. Chiarello, ein Neapolitaner aus Portici, war damals für die letzten Monate vor seiner Pensionierung nach Palermo geschickt worden. Cordaro erinnerte sich kaum an ihn: ein kleiner, dunkler, lebendiger Mensch. Einmal hatten sie bei einer Beerdigung in der zweiten Reihe, hinter den Verwandten und den engeren Kollegen des Ermordeten, nebeneinander gestanden. Plötzlich hatte der Polizeipräsident auf die Uhr geschaut, sich am Kopf gekratzt und im schönsten Neapolitanisch gemurmelt: «Oje, über diesen Spielchen hier ist es schon fünf Uhr geworden.»

Niemand hatte den Polizeipräsidenten in seiner kurzen Amtszeit in Palermo besonders ernst genommen, viele der Honoratioren aus Politik und Justiz hatten ihn nicht einmal kennengelernt. Doch dieser kleine neapolitanische Fahnder hatte sein Amt sehr ernst genommen und ein dickes Bündel von Ermittlungen über eine Reihe von mafiaverdächtigen Personen sowie über einige heiße Treffpunkte zusammengetragen, etwa den Kulturverein Capuana, wo sich die Ehefrauen von Beamten, Politikern und Richtern dem Glücksspiel hingaben – und zwar mit Einsätzen, die in keinem Verhältnis zum offiziellen Einkommen ihrer Gatten standen. Auch über die Loge in der Via Roma 391 hatte er einiges in Erfahrung gebracht: Im Gegensatz zum Circolo Scontrino in Trapani, der nach seiner Entdeckung durchsucht und dann in Frieden gelassen worden war, wurde die Existenz dieses Bundes in Palermo von den Behörden einfach ignoriert, wohl aus Angst, daß man bei einer Durchsuchung auf Leute stoßen würde, die zu identifizieren und zu verhören recht peinlich gewesen wäre.

Verantwortungsbewußt hatte der Polizeichef die Akten an die zuständigen Behörden weitergeleitet. Cordaro hatte bis vor einem Jahr nichts von der Existenz dieser Akten gewußt und hatte bis vor einem Monat auch nicht die Zeit gehabt, sie zu studieren. Als er sie dann aufklappte, waren ihm allerhand Mistkäfer und böse Gespenster entgegengeflattert und geisterten seither in seinem Amtszimmer umher. Einige der aufgeführten Personen waren bereits tot, in Pension oder in weiter Ferne untergetaucht. Andere aber waren noch immer aktiv; darunter Bruno Santangelo, einst Chef der Mordkommission, dann der Kriminalpolizei, der schließlich für höchst wichtige, geheimnisvolle Aufträge nach Rom gerufen wurde, in Palermo aber immer noch präsent war, wo er inzwischen sogar größeres Ansehen genoß als vor seinem Weggang.

Er war ein Freund des armen Gianni Martinez gewesen, und er war der erste gewesen, der am Tatort eingetroffen war, nachdem man den Polizisten ermordet hatte. Auch nach dem Mord an Vinci war er unter den ersten gewesen, möglicherweise auch nach dem Attentat auf La Torre. In der Via Carini hatte Cordaro ihn unmittelbar nach dem Mord an Dalla Chiesa gesehen. Chiarelli hatte Santangelo überprüft und ihn als «in die Clans integrierte Persönlichkeit» definiert, eine mysteriöse Zuordnung in einer Stadt wie Palermo, vor allem wenn man bedachte, daß hier ein Staatsbeamter von einem anderen Staatsbeamten sprach.

Während er die letzten Stufen hinunterstieg, suchte Cordaro sich erneut die spitzen Züge des Polizeichefs ins Gedächtnis zu rufen, aber es gelang ihm nicht. Dann versuchte er sich in den Seelenzustand dieses Mannes zu versetzen, in dem er seine Ermittlungen durchgeführt und unterzeichnet hatte. War das Naivität gewesen? War es ein Stück neapolitanischen Gangstertums, nur auf der anderen Seite? Ein letztes Aufbäumen eines Mannes, der kurz vor dem Ende seiner Karriere stand? Oder schlicht eine in höchstem Maße provokative Geste, die aber niemand zur Kenntnis genommen – oder gar bestraft hatte? Man würde es nie herausbekommen. Der alte Beamte war drei Jahre nach diesem unfrisierten Bericht gestorben, er hatte also wohl noch bewußt erlebt, daß seine Arbeit ohne Folgen blieb.

«In die Clans integriert», wiederholte der oberste Ermittlungsrichter noch einmal: Santangelos selbstbewußtes Lächeln kam ihm, im Gegensatz zur Physiognomie des Neapolitaners, sofort wieder in Erinnerung. Verwunderlich war es schon, daß niemand diesen heißen Bericht in den Reißwolf geworfen hatte, daß ihn die Beamten einfach so mit anderem, harmlosem Schriftkram aufbewahrt hatten – als stünde es ganz im persönlichen Belieben, einen Fall wie diesen hier weiterzuverfolgen oder eben nicht. Cordaro erschien mit finsterer Miene im Hof. Einer seiner Leibwächter wandte sich an seinen Chef, einen kleinen, kräftigen Unteroffizier: «Dem Doktor ist eine Laus über die Leber gelaufen», flüsterte er. Der Feldwebel konnte nicht mehr antworten, weil Cordaro bereits vor ihnen stand.

«Guten Tag, Dottore», sagte er freundlich.

«Guten Tag, Herr Richter», sagte der Portier.

«Guten Morgen, guten Morgen», brummte der oberste Untersuchungsrichter mürrisch. Er trat auf den Bürgersteig hinaus, die Leibwächter flankierten ihn. Er nahm die beiden nicht so recht wahr, blickte statt dessen auf einen Kleinwagen vor der Eingangstür. Im selben Augenblick explodierte das Auto mit einem Knall, der das gesamte Viertel erschütterte. Die Bombe zerfetzte den Richter Cordaro, seine Aktentasche, seine Leibwächter und den Portier.

Die Nachricht von einem Mord erreichte den Justizpalast, und sämtliche Verhandlungen wurden sofort unterbrochen. De Luca hatte über Funk von dem Attentat gehört und war gar nicht erst ins Amt gefahren, und so verbreitete sich zunächst das Gerücht, er sei umgebracht worden. Die palermitanischen Zeitungen bastelten über eine Stunde lang an Titelseiten über ihn. De Luca war eine Persönlichkeit. Alle kannten ihn, und alle waren entsetzt über seinen vermeintlichen Tod. Als dann klar wurde, daß es der oberste Ermittlungsrichter war, den man ermordet hatte, mußte so mancher jüngere Reporter erst herumfragen, wer dieser Cordaro denn eigentlich gewesen sei. Und als ein Archivar einer Zeitung eine Großaufnahme für die erste Seite brachte, zeigte man sie zuerst einem alten Chefredakteur, der in Palermo jeden kannte und so bestätigen konnte, daß wirklich dieser traurige Alte mit der Brille der Tote war. In allen Zeitungen wurden die Schlagzeilen umgeschrieben – mit heimlichem Bedauern über die spektakuläre Meldung, die ihnen nun durch die Lappen gegangen war.

Der Antimafia-Pool konnte erst am späten Abend zusammenkommen. De Luca wurde von Journalisten belagert, sie besetzten sein Büro und belagerten ihn am Telefon. Als ihn ein Korrespondent fragte, ob nun er diese mächtige Lücke füllen müsse, antwortete er ohne zu zögern, daß es niemanden gab, der diese Lücke überhaupt füllen könnte.

Marchianò hatte sich zusammen mit einigen Staatsanwälten seines Vertrauens in seinem Amtszimmer verbarrikadiert, sprach mit dem Ministerium, mit dem obersten Richterrat, mit dem Büro des Antimafia-Hochkommissars, suchte vorsichtig die Stimmungslage in Rom zu erkunden. Er schlug niemanden vor, er wartete darauf, daß man ihm Namen nannte. Palermo charakterisierte er immer wieder als nicht mehr regierbar. Daß er nicht einmal Zeit für ein paar bewegte Worte im Andenken an den Toten fand, verwunderte keinen seiner Kollegen.

Messina speiste derweil beim Generalstaatsanwalt zu Abend, der bereits erste Schritte eingeleitet hatte. Nach dem Espresso kamen auch noch der Vorsitzende des Revisionsgerichts und der Gerichtspräsident dazu, und als sich die Versammlung auflöste, strömten etwa zehn Staatsanwälte, Ermittler und Richter zusammen mit Messina zum Aufzug. Der Generalstaatsanwalt begab sich eiligst zum Flughafen, wo die letzte Maschine nach Rom vollbesetzt auf ihn wartete.

Die eigentliche Arbeit blieb an Cascino hängen. Niemand war darauf gekommen, ihn zu interviewen, nur ein Reporter von einem Privatsender, dessen Aufnahmegerät unentwegt pfiff. Den ganzen Tag lang ärgerte er sich über die Carabinieri, die unentwegt aufeinander schimpften und einander böse Blicke zuwarfen. Als er zur Sitzung des Pools kam, waren die anderen schon fast fertig.

Vittorio Graziano traf erst gegen Mitternacht ein. Die meisten der Anwesenden hatten ihn schon einmal gesehen, aber nur wenige hatten bisher mit ihm gesprochen. Bis vor einigen Jahren hatte er keine Bedeutung gehabt, er war einfach nur der Sohn seines Vaters gewesen.

Der Abgeordnete Santoro erwartete die Männer in seiner Kanzlei. Hier würde sie niemand stören, nicht einmal an einem Tag wie diesem, an dem die Polizei einfach nicht aufhören wollte, herumzuschnüffeln. Santoro zeigte mit seiner Gastfreundschaft auf den ersten Blick Freundschaft und Solidarität, tatsächlich hatte er so einen ausgezeichneten Vorwand, um bei dem Treffen anwesend zu sein, ohne daß es seinem Ansehen schaden würde. Und er war keineswegs einfach nur neugierig auf den jungen Mann: Er wußte besser als alle anderen, daß Turis Sohn seinen Vater, Ursini und jene geheimnisvolle Finanzlobby vertrat, die diese beiden weit von Palermo entfernt, irgendwo zwischen Mailand und Zürich, auf die Beine gestellt hatten. Vittorio war vollkommen unverkrampft, was Santoro zur Vorsicht gemahnte. Gewisse Zeichen wußte er einfach gut zu deuten, auch wenn sie nicht bewußt gesetzt wurden.

«Es tut mir leid, daß ich erst so spät Zeit habe», begann der junge Graziano, «aber ich habe eben die Nachricht erhalten, daß der Rektor ohne Genehmigung der Gefängnisleitung seine Zelle verlassen hat... Ich werde versuchen, mich kurz zu fassen...»

«Keine Sorge, es ist ja nicht so, daß wir danach noch weitere Termine hätten», scherzte einer der «Vettern», und einige der Anwesenden lachten.

«Also. Die Operation La Torre, die Operation Dalla Chiesa und die von heute vormittag scheinen für Abläufe zu stehen, die automatisch immer dann erfolgen, wenn jemand seine Nase in unsere Angelegenheiten steckt oder die Freiheit eines von uns bedroht. Doch so ist es eben nicht. Die Operation Cordaro war die letzte dieser Art. So etwas wird in Palermo künftig nicht wieder geschehen.»

«Und warum nicht?» fragte Palmisano, während einige andere zustimmend nickten. Der Bürgermeister hatte sich immer sehr erleichtert gefühlt, wenn wieder einmal einer seiner Verfolger beseitigt wurde. Er und viele andere hatten sogar so etwas wie patriotischen Stolz empfunden, wenn solche Entscheidungen getroffen und ausgeführt wurden. Graziano musterte ihn. Die Art, wie er schaute, versetzte alle in Erstaunen. Santoro bereute bereits, daß er sich bereit erklärt hatte, diese Sitzung zu leiten.

«Wo ist der Alte?» fragte Graziano mit tonloser Stimme. Die wenigsten wußten es, aber alle verstanden den Sinn der Frage, und es stockte ihnen der Atem. «Er ist untergetaucht. Er ist am Ende. Und das kann jedem von euch passieren, von einer Sekunde zur nächsten. Dieser idiotische Krieg ist zu Ende. Heute abend. Die anderen verlieren Blut, wir verlieren Leute, und vor allem verlieren wir unsere Handlungsfreiheit. Wir schaffen ein Bild von uns, gegen das auch die idiotischste Gesetzgebung ungestraft loslegen und absurde, sogar verfassungswidrige Gesetze durchdrücken kann, mit dem einzigen Ziel, uns wegen dieser unnützen Morde zu belangen...»

Niemand hatte diese Taten jemals Morde genannt. Alle schwiegen. Vittorio Graziano schaute ostentativ auf die Uhr.

«Natürlich kann man bestimmte Dinge nicht einfach so verlangen und davon ausgehen, daß alle mitmachen. Ich meine nicht euch, ihr habt ja eine politische Sicht auf die Dinge und seid imstande, Botschaften sofort zu verstehen. Doch eines müssen jetzt alle begreifen, ob in Palermo oder sonst irgendwo in Sizilien: Sollte es noch einmal zu einer Aktion wie der von heute kommen, so wird sie mit der Todesstrafe geahndet werden, und zwar ohne daß da vorher groß debattiert wird oder der Verantwortliche Gelegenheit hat, sich in irgendeiner Weise zu rechtfertigen...»

Santoro bemerkte, daß drei oder vier der Anwesenden deutlich schluckten. Niemand protestierte – konnte doch in der Tat niemand öffentlich erklären, für die Ausrottung von Polizisten, Carabinieri, Richtern und Politikern zu sein. Außerdem hatten die meisten Angst, wie der Alte zu enden. Aber sie fühlten sich durch Grazianos Ton erniedrigt: Korrekt und sachlich setzte er sie einfach so davon in Kenntnis, daß die alte Mafia nicht mehr existierte. Fortan würde es nur noch eine Hierarchie geben – und sie würde gegen jeden und um jeden Preis durchgesetzt werden.

Es gab noch eine kurze, relativ emotionslose Debatte, in der nichts Bedeutendes mehr zur Sprache kam. Um ein Uhr hatten die Teilnehmer des Treffens Santoros Büro schon wieder verlassen, vielleicht um sich heimlich noch woanders zu treffen. Als sie unter sich waren, machten sie es sich in den zwei Sesseln bequem, die in Santoros Büro standen.

«Also alles aus und vorbei?» fragte Santoro. Graziano wies den Aschenbecher zurück, den ihm sein Gastgeber hinschob.

«Ja. Du sollst allerdings eine Ausnahme sein. Der Ministerpräsident möchte nicht, daß dir etwas geschieht, ebensowenig wie wir. Aber du mußt mit uns zusammenarbeiten. Die Dokumente, die der General in seinem Tresor hatte, betreffen auch dich, und das weißt du.» Santoro nickte und versuchte einen Rauchring zu blasen, was ihm mitunter gelang, doch es war offenbar nicht die Nacht für solche Spielereien. Graziano nickte ebenfalls. «Der Tod des Generals kam dir ganz gelegen, wie so manchem in Palermo und Catania...»

«Vergiß nicht, daß dein Vater zu der Gruppe von Leuten gehört, die von Cordaros Haftbefehlen betroffen waren...»

«Meinen Vater gibt es nicht mehr. Seit zwanzig Jahren darf er sich nicht mehr in der Öffentlichkeit zeigen. Sie werden noch Haftbefehle gegen ihn ausstellen, wenn er längst in der Gruft liegt, die er sich hat bauen lassen. Benutzt ihn nicht als Argument zur Durchsetzung eurer Interessen. Vergeßt ihn.»

«Werden wir ihn nicht wiedersehen?»

«Ich denke schon. Aber die Sitzungen sind vorbei, Don Michele.»

«Das ist mir klar. Es ist das Ende einer Epoche...»

«... und der Beginn einer neuen. Als die Nordstaatler und die Rothäute aufhörten, mit Pfeilen und Planwagen herumzuspielen, sind die Vereinigten Staaten von Amerika entstanden. Heute ist in Palermo der letzte Planwagen angezündet worden. Von nun gibt es nur noch absolut unabdingbare Aktionen und ab und zu ein Scharmützel für die Touristen.»

«Ist das denn nicht etwas verdächtig, wenn es plötzlich so still wird?»

«Stille erregt nur bei Paaren Angst, die in einer Krise stekken, mein Freund. Und absolut still wird es ja auch nicht werden. Nicht zuletzt deshalb ich ich ja hier. Wir haben ein paar heiße Punkte ausgewählt, wo die kleinen örtlichen Clans grünes Licht bekommen, damit den Reportern nicht die Arbeit ausgeht. Die Stadt Gela wird da wohl das Zentrum werden, aber wir werden auch andere Städte benutzen. Und in Palermo ist ja sowieso immer genug los. Bald wird dann auch jemand zu singen anfangen und erzählen, was man erzählen darf. Und nach ihm werden andere kommen. Einige davon werden wir manövrieren. Das allerdings ist nicht immer möglich, viele werden sich auch aus Rache oder Verzweiflung freiwillig den Behörden zur Verfügung stellen. Eines vergiß nie, Don Michele: Selbst wenn einer sämtliche alten und neuen Geheimnisse von Palermo ausplaudern würde – niemand wäre je imstande, die Geheimnisse von Rom, Mailand, Brüssel oder Zürich zu erzählen. Wirklich gefährlich ist es nur in Palermo.»

«Genau das macht mir Sorge. Diese Leute, die reden, reden, reden... Hunde mit Maulkorb können nicht beißen. Aber einen Maulkorb kann man kaputtmachen oder abnehmen – und ein Hund bleibt immer ein Hund, ein gefährliches Tier.»

«Keine Bange. Weißt du noch, wie es bis vor wenigen Jahren hieß? Bei Mafiamorden kommt der erste Kranz immer vom Auftraggeber. Ich weiß nicht, ob es je gestimmt hat, heute jedenfalls ist es Geschichte. Und noch ein Tip: Wenn jemand ein Geständnis macht, hör ihm zu. Solange er über seine alten Clankameraden spricht, über Heroin, gerade geschehene Morde, geheime Friedhöfe und Waffenverstecke, solange er Freunde beschuldigt, die schon im Gefängnis sitzen oder untergetaucht sind, wenn er sich von seiner eigenen Vergangenheit distanziert und weitere Enthüllungen ankündigt – dann brauchst du dir keine Sorgen zu machen, dann besteht nicht einmal in Palermo Gefahr. Grund zur Aufregung besteht nur dann, wenn einer einen Politiker, einen Richter, einen Polizeipräsidenten oder einen Carabinieri-Oberst denunziert. Dann ist es berechtigt, Angst zu haben. Aber der Tag ist noch weit.»

«Hoffen wir's», sagte Santoro. Sein Gast erhob sich. Er sah seinem Vater ähnlich, obwohl er nicht im Dialekt sprach und anders schaute. Niemals würde in seinen Augen Trauer darüber zu lesen sein, daß eine Ära vorbei war: Vittorio hatte sie ja nicht selbst erlebt.

«Also, grüß mir den lieben Ursini, wenn du ihn siehst», sagte Santoro mit einer Spur Bosheit. Doch Graziano nickte lächelnd: Er war keineswegs beleidigt, wenn er als Zögling des Schweizers angesehen wurde. Das Wort «Zögling» war seiner Ansicht nach sowieso ein veralteter, ironischer Begriff. Er selbst hätte sich im Managerjargon als «Junior» Ursinis definiert. Und auf diese Position war er stolz.

Santoro wurde dies klar, während er Graziano zur Tür begleitete. Er war ein wenig deprimiert, ging zurück in sein Arbeitszimmer, zündete sich eine weitere Zigarette an und ließ sich wieder in seinen Sessel fallen. Dann versuchte er noch einmal, einen Rauchring zu blasen.

22

DE LUCA SPRACH kein Wort Englisch, Marchianò konnte nur ein paar Brocken, die er in der Schule und für irgendwelche Reisen gelernt hatte, und das reichte bei weitem nicht aus, um den Slang des Zuchthauses von New England zu verstehen, wo Saverio Marchese auf sie wartete. Doch der Dolmetscher, ein Unteroffizier namens Philip, kräftig und mit rötlicher Haut, der einen sizilianischen Nachnamen hatte, beruhigte sie sofort. Ihre Reise über den Ozean würden sie nicht umsonst gemacht haben. Leutnant Keyfitz von der Drug Enforcement Administration erklärte in einem etwas holprigen Italienisch, daß er bei sämtlichen Terminen anwesend sein müsse. Er erklärte, daß Marchese auch nicht richtig nach Italien ausgeliefert werden würde, es sich vielmehr um eine Art «widerrufbare Ausleihe» handeln sollte. Eine Wärterin fragte, ob sie etwas trinken wollten, und brachte De Luca einen Kaffee und Marchianò eine Cola. De Luca mußte feststellen, daß amerikanischer Kaffee eine gräßlich dünne Brühe war, und Marchianò bekam einen Pappbecher in die Hand, der zur Hälfte mit zertrümmertem Eis gefüllt war und die Lemon-Coke innerhalb kürzester Zeit in ungenießbaren, kalten Matsch verwandelte.

Kurz danach wurde Marchese hereingeführt. De Luca bemerkte, daß er einen Gesichtsausdruck hatte, wie er ihn noch bei keinem Mafioso gesehen hatte, und in all den Jahren beim Pool war er Hunderten begegnet.

«Tu es Petrus», murmelte er, allerdings so leise, daß selbst Philip, der dicht neben ihm saß, es nicht hörte. «Nehmen Sie bitte Platz, Herr Marchese», sagte Marchianò. Es war nicht so ganz klar, ob er das «Herr» ironisch meinte. Marchese nickte dankend und brachte dann seine Erklärung hervor, wobei er die sizilianischen Ermittler, die ihm «wirklich eine große Ehre erwiesen», abwechselnd anblickte.

«... eine Ehre, für die ich euch danke. Und ich gebe euch mein Wort, daß euer langer Flug nicht umsonst war. Ich bin vor mehr als zwanzig Jahren in die Organisation eingetreten und habe schon immer an ihre Ideale der Freundschaft und der Brüderlichkeit geglaubt. Heute gibt es diese Ideale nicht mehr, denn einige der Freunde von früher haben alles mit blinder Gewalt umgestoßen...»

«Wer sind denn diese Freunde?» fragte De Luc spontan dazwischen – ein Fehler, wie er jedoch sofort bemerkte, schließlich hatte das Verhör gerade erst begonnen. Doch der Gefangene zögerte nicht und nannte sofort zehn oder zwölf Namen, überaus bekannte Namen, die jedoch allen, die er zuvor verhört hatte, grundsätzlich unbekannt gewesen waren. Er hatte jahrelang Männer verhört, die im selben Viertel geboren und aufgewachsen waren und die Hunderte von gemeinsamen Bekannten hatten, doch immer, wenn er sie nach ihren Nachbarn gefragt hatte, hatten sie mit den Schultern gezuckt und gesagt: «Kenn ich nicht!» Und dieser Marchese gab nun plötzlich zu, sie alle zu kennen. Er beschrieb sie, listete ihre Verbrechen auf, berichtete von ihren Bündnissen, ihren internen Rivalitäten...

Er sprach fast drei Stunden lang. Man mußte ihn nur ab und zu darauf aufmerksam machen, daß er gerade etwas vom Thema abschweifte. Allerdings bestand vieles, was er sagte, aus Andeutungen und blieb selbst für die Männer des Antimafia-Pools unverständlich. Gleichwohl protokollierten sie jedes Wort, und wenn wieder einmal ein Satz eine ihrer Thesen erhärtete oder bisher unverständliche Vorgänge erklärte, warfen sie einander vielsagende Blicke zu.

Schließlich klappten sie ihre Notizblöcke zu und erhoben sich.

«Das reicht für heute, Herr Marchese, wir danken Ihnen», sagte Marchianò, jetzt ohne jede Spur von Ironie.

Sie warteten ab, bis der Häftling wieder abgeführt worden war. Seine kleine, fast feierliche Verbeugung beim Abschied quittierten sie mit einem leichten Kopfnicken. Das Eisengitter öffnete und schloß sich geräuschlos.

«Und, was meint ihr?» Keyfitz blickte fragend in die Runde. De Luca räusperte sich.

«Na ja... Sicher, einen Zeugen von dem Kaliber auf italienischem Boden zu haben, wäre schon sehr wichtig...»

«Aber nicht in Palermo...»

«Versteht sich. Aber in Rom gäbe es zum Beispiel Gefängnisse, die absolute Sicherheit vor...»

«Das ist das Problem: die Garantien.»

«Garantien. Wir werden euch natürlich diesbezüglich noch sämtliche Einzelheiten mitteilen. Während ihr die Dokumente fertig macht, fahre ich nach Rom und spreche die Details direkt mit dem Ministerium und dem Antimafia-Hochkommissariat ab. Wie lange wird es dauern?»

«Ein Monat wird reichen.»

Sie verabschiedeten sich voneinander, und die beiden italienischen Ermittlungsrichter gingen hinaus. Ein Auto ohne offizielles Kennzeichen erwartete sie. Es sah nach Regen aus, doch das bemerkten sie nicht. Sie waren viel zu aufgeregt, warteten voller Ungeduld darauf, ihre Eindrücke austauschen zu können, erste Pläne zu entwerfen, nach Palermo berichten zu können, nach Rom...

«Ein Volltreffer», sagte Marchianò, als das Auto sie hinausfuhr und sie den niedrigen, klotzigen Gefängnisbau hinter sich ließen. «Der arme Cordaro wäre vor Freude in die Luft gesprungen, wo er sich doch bisher immer nur mit ein paar mickrigen Indizien begnügen mußte...»

Er ist völlig ohne Grund gestorben, dachte De Luca. Der ermordete oberste Untersuchungsrichter hatte seine Manie, ständig zu prozessieren und zu verhaften, mit dem Leben bezahlt. Und nun waren die Beweise, nach denen er immer gesucht hatte, mit einem Schlag zutage gekommen. Marchese hatte überdies auch noch zwei seiner Clankameraden genannt – einen in den Vereinigten Staaten, den anderen in einem Gefängnis in Cuneo –, die seiner Meinung nach bei einem entsprechenden Anreiz ebenfalls zur Zusammenarbeit bereit wären, beides enttäuschte, verbitterte Männer, die bereuten...

Im darauffolgenden Sommer brach die gesamte ehemalige Kommission unter den Schlägen der Ermittler zusammen. Der Alte verschickte aus seinem ländlichen Versteck nahe Misilmeri geheime, bekümmerte Botschaften, in denen er sich abwechselnd als Sündenbock, als Opfer, das man einfach abgeschlachtet hatte, und als armer, von tausend Kains umzingelter Abel bezeichnete. Allerdings gab es immer weniger Adressaten für die Briefe des Alten: Giacomo war in Rom untergetaucht. Palmisano rechnete täglich damit, daß sein Verfahren wegen mafioser Bandenbildung eröffnet wurde – seine Informanten hatten trotz der Geheimhaltung des Ermittlungsverfahrens herausgefunden, daß es bald soweit sein würde, allerdings konnten sie nichts für ihn tun. Den «Vettern» blühte das gleiche Schicksal, sie hofften verzweifelt auf Hilfe von ihren Freunden in Rom. Der Abgeordnete Santoro wiederum erklärte nach einem kurzen Besuch in Rom, er wolle sich aus der sizilianischen Politik zurückziehen. Er hatte das eigentlich nur einigen engen Vertrauten mitgeteilt, doch schon nach einem halben Tag durchstieß die Nachricht das Herz der Regierung Palermos wie ein Bajonettstoß.

Niemand hatte da noch Zeit, die resignierten Bitten des Alten anzuhören. Auch kam niemand auf den Gedanken, sich an Turi Graziano zu wenden – sein Name stand auf der Liste der fünf- bis sechshundert bereitliegenden Haftbefehle, von denen geredet wurde, ganz oben.

Ursini jedoch traf sich häufig mit ihm. An einem düsteren Oktobertag empfing ihn Graziano auf seiner mit Jasminbüschen bewachsenen Terrasse, noch im Pyjama und Bademantel, obwohl es schon kurz vor zwölf war.

«Siehst du, Giuseppe? Ich bin zum armen Rentner geworden, aber wenigstens bin ich kein Staatspensionär.»

«Soll wohl heißen, daß wir mit Champagner anstoßen und nicht mit Limonade?»

«Champagner um diese Zeit? Na, vielleicht magst du ein Glas Mandelmilch. Wir bereiten diese Köstlichkeit immerhin noch mit gekochten, geschälten, gemahlenen und gesiebten Nüssen zu.»

Sie prosteten einander wortlos zu. Dann schnalzte Graziano mit der Zunge und bat Ursini, sich zu setzen.

«Es geht also los. Bist du bisher zufrieden?»

«Ja. Hast du die Zeitungen gelesen? Alle sind hellauf begeistert. Niemandem ist aufgefallen, daß die meisten Beschuldigten untergetaucht sind, schon einsitzen oder daß es sich bei ihnen um einfache Handlanger handelt. Es ist wie in einem Varietétheater: Zwei berühmte Namen genügen, und schon bemerkt niemand mehr, daß die Tänzerinnen Zellulitis haben, die Choreographie veraltet und der Text sterbenslangweilig ist. Wir müssen vielleicht ein Attentat auf Marchese planen, damit unsere ohnmächtige Wut öffentlich sichtbar wird. Vittorio hat mich allerdings darauf hingewiesen, daß ein solcher Anschlag, obwohl er natürlich schiefgehen wird, den Freudentänzen der Justiz einen Dämpfer aufsetzen könnte...» Er unterbrach, etwas überrascht, weil Turis Augen aufleuchteten, kaum daß der Name seines Sohnes fiel. Graziano barst fast vor Stolz auf seinen Jungen. «Hast du das von Santoro gehört?» fragte er weiter.

«Ja.»

«Über bestimmte Dinge wird Marchese kein Wort aussagen, ich habe die Bedingung gestellt, daß sich dafür Santoro verkrümelt. Ohne ihn werden auch andere zu Nullen, Consalvo ebenso wie Cattaneo und Palmisano...»

Als nächstes traf sich Ursini mit Osvaldo Sacerdoti in der Zentralverwaltung der Hirs-Sandberg. In Kürze sollte die sogenannte Operation «Overpress» beginnen: Innerhalb eines Jahres würden nahezu sechzig Prozent der Tagespresse und der Zeitschriften entweder von der Organisation direkt oder von ihren Verbündeten kontrolliert werden.

«Wir sind die viertgrößte Verlagsgruppe in Europa. Schade, daß wir nicht auch ein paar Fachzeitschriften unter unserer Fuchtel haben», kommentierte Sacerdoti aufrichtig betrübt.

«Du bist wirklich unersättlich – übrigens der einzige kleine Charakterfehler, den ich bisher an dir entdecken konnte.»

«Ein verzeihlicher Fehler. Ich möchte dir jetzt den Manager vorstellen, von dem ich gesprochen habe.»

Ursini trank den Rest Mandelmilch aus und schaute auf die Uhr. Er hatte noch eine Menge zu tun und war außerdem müde. Statt sich zum Abendessen einladen zu lassen, wollte er sich deswegen lieber in sein Büro am Corso Monforte einschließen und dort einen Toast und ein Glas Milch zu sich nehmen, bevor er sich im Hotel schlafen legte. Ein kleiner, etwa vierzigjähriger Mann mit gerötetem Gesicht und schütternem Bart trat ein. Er sah aus wie ein Altachtundsechziger, der sich nun dem bürgerlichen Leben verschrieben hatte. Ursini überlegte, ob Sacerdoti den Mann nicht doch etwas voreilig für eine derart heikle Aufgabe auserkoren hatte, zumal er auch noch leicht stotterte, aber das war vielleicht auch darauf zurückzuführen, daß er aufgeregt war.

«Wir haben drei Ermittler des Antimafia-Pools ausgesucht, weiterhin einen hohen Richter aus Palermo, einen engen

Mitarbeiter des Antimafia-Hochkommissariats und den Präsidenten einer Sektion des Kassationsgerichtshofs.»

«Die Namen?»

«Die wissen wir noch nicht genau. Es steht nur fest, um welche Ämter es sich handeln soll. Wir arbeiten derzeit noch an der Strategie und suchen frühzeitig letzte Schwachpunkte zu beseitigen. Danach werden sich die Opfer wohl von sich aus anbieten. Unsere Verbindungsstelle mit Palermo untersucht derzeit die Zielpersonen, die am gefährdetsten sind, und für die wird dann eine Kampagne maßgeschneidert. Für den Kassationspräsidenten brauchen wir einen absolut unschuldigen Richter. Einen, für den die Menschenrechte das wichtigste sind und der reformbedürftige Urteilsverfahren zu überprüfen hat. Man könnte sie Selbstmord-Verfahren nennen, denn sie sind so angelegt, daß sie am Ende auf jeden Fall aufgehoben werden. Und solche Verfahren können wir einerseits mit Hilfe uns verbundener Richter selbst provozieren, auf Kosten nicht so wichtiger Angeklagter. Andererseits brauchen wir aber auch nur darauf zu warten, daß solche Urteile von selbst zustande kommen – durch die immer zahlreicheren Hexenjäger, durch Richter, die nicht urteilen, sondern kämpfen, und die glauben, daß sie eine Lizenz zum Verurteilen haben, ohne Rücksicht auf die vorgeschriebenen Prozeduren nehmen zu müssen. Unser Mann im Kassationsgerichtshof wird diese Urteile also gezwungenermaßen aufheben. Gibt es dann irgendwann zu viele derartiger Urteilsrevisionen, lösen wir eine entsprechende Pressekampagne gegen ihn aus.»

«Klingt gut», bestätigte Ursini, ohne eine Miene zu verziehen. Sein Gegenüber redete und gestikulierte, als sei er besessen, doch was er sagte, war logisch und klar. Ursini dachte an Sandro Pantò, den Journalisten, der in Palermo die Operation «Zerrspiegel» leitete: Er war das genaue Gegenteil dieses Mannes, gab sich stets kühl und sachlich.

«Bitte, fahren Sie fort», sagte Ursini.

«Da ist noch etwas anderes im Busch: In acht Monaten geht der derzeitige oberste Ermittlungsrichter in Pension. Das wird eine mächtige Kampagne zugunsten von De Luca auslösen, dem ‹Antimafia-Messias›. Nun gibt es aber mindestens fünf Richter, die eigentlich sehr viel erfahrener sind als er. Einer von ihnen ist allerdings zu alt und kommt deshalb nicht in Frage. Von den anderen vier wollen sich drei nicht auf ein derartiges Glatteis begeben und würden es nicht wagen, als Konkurrent des ‹Messias› aufzutreten. Aber einer hat Interesse, und ihm stünde die Stelle eigentlich zu. Es kann passieren, daß er probiert, die Stelle auf gerichtlichem Weg zu bekommen – und das Recht wäre auf seiner Seite. Mit der Hilfe des obersten Richterrates allerdings ...»

«Wer ist der Mann?» wollte Ursini wissen. Der junge Mann sagte es ihm. Natürlich würde das eine ziemliche Schlacht geben und zuerst den Justizpalast von Palermo und dann den obersten Richterrat in Rom in zwei Lager spalten. Zum erstenmal würden Presse und öffentliche Meinung in dieser geradezu priesterlichen Kaste einen Machtkampf erleben, ausgerechnet in diesem Berufsstand, der bis dahin aufgrund seiner Tradition und der vielen Todesopfer höchstes Ansehen genoß und eine Macht errungen hatte, die allenfalls der eine oder andere einsame Intellektuelle noch anzugreifen wagte.

«Was De Luca angeht», fuhr der junge Mann fort, «so glaube ich an seine absolute Unangreifbarkeit. Und wir sollten ihn schön in Ruhe lassen – in unserem eigenen Interesse.»

«Warum?»

«Bisher ist er lediglich eine Berühmtheit. Wenn wir die Justizbehörden in Palermo zerstören, wird um ihn herum eine absolute Leere entstehen, und am Ende wird er mehr sein als eine Berühmtheit: ein Symbol. Das, was man in der Werbesprache als Träger der *message* bezeichnet – wobei es sich hier um einen von der Justiz gesponserten Spot handelt:

Es ist, als würde eine Lupe auf ein Gruppenfoto gelegt, aus dem dadurch ein einziges Gesicht aus den übrigen hervorsticht. Der Mann wächst über seine Funktion hinaus. Am Ende glaubt keiner mehr an die Justiz, sondern nur noch an einen Richter. An ihn.»

«Wenn es dann an ihm ist, umzustürzen, gibt es einen riesigen Knall», unterbrach Sacerdoti. «Die Zeit arbeitet in jedem Fall gegen ihn. Im Unterbewußtsein der Sizilianer und der Italiener allgemein ist ein Richter, der gegen den Terrorismus und gegen die Mafia kämpft, ein Mensch, der sein Leben aufs Spiel setzt; er kann jeden Augenblick ermordet werden. Passiert das nicht, läßt die Spannung nach, es wird ihm immer weniger zugehört. Doch unser Mann ist listig und intelligent. Vielleicht geht er, bevor all das geschieht. Dann knöpfen wir uns das Antimafia-Hochkommissariat vor, dieses degenerierte Kind einer edlen Gesetzgebung...»

An der Tür schüttelten sie sich die Hand. Osvaldo Sacerdotis Mann schwitzte und hatte die Augen weit aufgerissen; erst jetzt fiel ihm auf, daß er weder vorgestellt worden war noch sich selbst vorgestellt hatte.

«Ach ja, ich heiße Klein.»

«Sie sind deutscher Abstammung? Sie sprechen Ihren Namen aber nicht deutsch aus.»

«Mein Vater war Franzose. Aus Metz. Meine Mutter stammte aus Fiume; sie wurde nach Mailand evakuiert. Ich selbst wurde hier geboren...»

«Waren Sie schon einmal in Sizilien, Herr Klein?»

«Im vergangenen Jahr, zwei Wochen lang. In Cefalù gibt es einen Club Méditerranée.»

«Als Erfahrung mehr als ausreichend», schnitt ihm der gutgelaunte Sacerdoti das Wort ab. «Auf der anderen Seite ist es immer besser, das Produkt nicht selbst zu probieren, für das man wirbt.»

In diesem Augenblick mußte Ursini – er verstand auch

nicht warum – an seinen Vater denken. Was hätte Don Vannuzzu zu alledem gesagt? Welchen Eindruck hätte er von diesem Herrn Klein gehabt, der soeben ernannt worden war, um das Image der Organisation aufzuputzen – ein Stotterer, dessen Vater von der Loire und dessen Mutter aus Istrien kam?

Noch knapp zwei Tage bis zur Haushaltssitzung einer ihrer Banken in Zürich. Klaras Vater lag im Kantonshospital im Sterben. Eigentlich hätte er sofort hinfahren müssen, doch Ursini wollte die letzten Stunden seines Schwiegervaters nicht bei ihm verbringen. Klara würde still vor sich hinweinen – im Korridor des Krankenhauses, damit ihr Vater sie nicht hörte. Zu Hause würde sie bei der ersten zärtlichen Geste ihres Mannes vor den Augen von Johann und Patrick hemmungslos in Schluchzen ausbrechen. Ursini dachte an seine Familie, vor allem an Patrick, der noch klein und besonders sensibel war. Sie hatten ihren Großvater nicht besonders häufig gesehen und würden ihn vielleicht gar nicht vermissen. Doch es war der einzige Alte in der Welt ihrer Kindheit, und es war das erste Mal, daß sie mit dem Tod in Berührung kamen. Er erinnerte sich an seine eigene Kindheit, an die vielen plötzlichen Todesfälle, furchtbare Besuche in Häusern, deren Fenster verrammelt waren, die Menschen darin alle in Schwarz, und alle weinten. Niemals hatte ihm jemand dies alles erklärt. Er aber hatte das Ganze als Vorahnung für kommenden Schmerz empfunden – zu Recht, wie sich später herausgestellt hatte. Jetzt noch lief es ihm kalt über den Rücken, wenn er an all das zurückdachte. Johann und Patrick waren natürlich in einer anderen Situation. Dennoch wollte er bei seiner Rückkehr nicht Umarmungen verteilen und eine zärtliche Rede über den Großvater halten, der jetzt im Himmel war. Er nahm sich vor, seine Kinder behutsam zu fragen, wie sie diesen Tod erlebten – um sie dann aufzuheitern, ohne daß sie es durchschauten. Vor allem aber wollte er verhindern, daß sie ihre Mutter weinen sahen.

Er stützte sich auf das Geländer der Fähre. Aus dem Augenwinkel sah er zwei alte Frauen, die sich bekreuzigten. Das Schiff fuhr an der Madonnenfigur vorbei. Er hörte, wie eine der beiden Alten mühsam die große Schrift auf dem Felsen buchstabierte: VOS ET CIVITATEM IPSAM BENEDICIMUS. Als Heranwachsender hatte er seinen Vater einmal gefragt, was der Satz bedeute: «Er soll daran erinnern, wie der Herrgott in Messina einmal hunderttausend Menschen umgebracht hat», hatte der Alte mit ungewohnter Härte gesagt, ohne ihn anzuschauen. Ursini hatte diese Worte nie vergessen und auch nicht, was er dabei empfunden hatte. Auch das war ein Schmerz gewesen, wenn auch von anderer Art. Tausende von Männern und Frauen und Kinder in Tränen. Alle litten und schrien. Doch Giuseppe hatte damals nicht verstanden, daß es der Schmerz über den kürzlichen Verlust seiner eigenen Frau war, der seinen Vater zu diesen Worten veranlaßt hatte.

Das Auto war in diesen Tagen das einzig sichere Transportmittel für eine Reise nach Palermo. Palmisano hatten sie schon verhaftet, die Wohnung des Abgeordneten Consalvo durchsucht, und am Abend zuvor waren auch bei den «Vettern» die Handschellen zugeschnappt. Ganz Westsizilien stand unter Schock. Außerhalb Siziliens konnte niemand nachfühlen, welche Bedeutung diese nun auseinandergenommene Führungsclique in Palermo gehabt hatte. Keiner mochte glauben, daß diese Männer nun wirklich von Staub bedeckt am Boden lagen. Hier und da regte sich so etwas wie eine zaghafte Hoffnung: «Gibt es vielleicht doch eine Gerechtigkeit?» hatte eine linksextreme Zeitung in Rom in glücklicher Ungläubigkeit getitelt. Zusammen mit den Vorstadtkillern und den kleinen Dealern hatte man nun auch die «dritte Ebene», die Bosse und die Politiker, hinter Schloß und Riegel gebracht. Ein geradezu historischer Moment, voller Emotionen...

Ursini fuhr auf der Autobahn Messina–Palermo relativ langsam und schonte – soweit es ging – seinen schmerzenden Fuß. Er wollte sich jetzt keine seiner krampflösenden Spritzen verabreichen, auch die Einnahme eines Aufputschmittels versuchte er so lange wie möglich hinauszuzögern. Der Termin lag am späten Nachmittag. Die genaue Zeit und den Ort hatte er, eine weitere Vorsichtsmaßnahme, nur vage angedeutet. Er hatte noch Zeit, Jabbicu und seinen Sohn Giovanni zu besuchen. Seit seiner letzten Stippvisite waren Jahre vergangen. Er hatte sie bewußt nicht mehr aufgesucht und sich auch nicht nach ihnen erkundigt. Hier traute er selbst Castoldis und Ugliettis Leuten nicht, obwohl die mit der Sache überhaupt nichts zu tun hatten. Er wollte nicht, daß auch noch Giovanni und der alte Bauer umgebracht wurden.

Er bog in die Landstraße ein, die erweitert und mit hellem Sand, der durch den Regen fest geworden war, neu aufgeschüttet worden war. Die Steine von früher waren verschwunden, was in ihm eine böse Vorahnung hervorrief. Tatsächlich: Die Bauernhütte hinter dem Hügel war verschwunden, an seiner Stelle stand ein kleines, niedriges Haus aus Beton – scheußlich. In der letzten Kurve sah er, wie eine fremde Frau mit einem Jungen aus dem Haus kam. Er überlegte, wie er ihnen erklären sollte, daß er sich hierher verirrt hatte.

«Entschuldigung, ich bin fremd hier und habe mich verfahren.» Er beugte sich aus dem Fenster. Es gibt keine bessere Art, die Sympathie einer sizilianischen Bäuerin zu erobern. Die Frau fragte, wohin er denn fahren wolle. Sie hatte ein faltiges Gesicht und zeigte keinerlei Mißtrauen. Er gab die einfachste Antwort: Wohin würde wohl ein Fremder mit einem römischen Kennzeichen am Auto wollen?

«Nach Cefalù.»

«Das ist weit weg, ganz auf der anderen Seite»; der Junge neben ihr nickte. Er mochte achtzehn Jahre alt sein und war seiner Mutter wie aus dem Gesicht geschnitten. Nach kürzester Zeit waren sie bereits in ein lebhaftes Gespräch vertieft. Ursini nahm das Angebot an, ein Glas Wasser zu trinken, und fragte sie aus. Er erfuhr, daß sie seit einem Jahr dort lebten. Sie hatten das Grundstück gekauft, nachdem der alte Eigentümer gestorben war.

«Er war krank», sagte die Frau, um mögliche Mißverständnisse auszuräumen. Fremde unterstellten den Sizilianern immer schnell Schlechtes. Mit etwas Mühe entlockte er ihr noch, daß der Alte keine Erben hinterlassen hatte, nur einen verrückten Neffen, der jetzt in Collesano lebte. Das war alles. Aber Ursini genügte es.

Eine Stunde später hatte er in der Nähe des Hotels Villa Igiea endlich einen Parkplatz gefunden. Im Hotel fand ein Kongreß statt – zu welchem Thema, konnte er nicht ergründen, in der Dunkelheit konnte er das Schild nicht lesen. Angesichts der vielen Autos, Chauffeure und Polizisten vermutete er jedoch, daß der Kongreß unter hochrangiger Schirmherrschaft stehen mußte. Pantò und der Mann vom Geheimdienst, die er von einer Telefonzelle aus angerufen hatte, erwarteten ihn an der Bar. Der Journalist grinste, als sie einander begrüßten.

«Sie haben den richtigen Abend ausgesucht. Hier trifft sich heute die Crème de la crème der italienischen Justiz. Später soll niemand Geringerer als Richter De Luca kommen, sofern es ihm gelingt, sich eine Stunde lang von seinen fünfhundert Verhafteten zu trennen...»

«Gehen wir lieber etwas nach hinten», schlug der Mann vom Geheimdienst vor und deutete auf eine Ecke im Halbdunkel. «Ich möchte nicht, daß mich jemand für einen improvisierten Vortrag in den Konferenzsaal abschleppt. Hier kennen sie mich alle.»

Ursini informierte den Journalisten kurz über das Gespräch mit Sacerdoti und Klein.

«In drei Wochen findet in Florenz ein Kongreß der Tageszeitungen statt. Lassen Sie sich dorthin abordern oder fahren Sie so hin. Trefft euch dort und legt zusammen die Strategie für die Operation fest. Ich habe schon einen groben Rahmen gesteckt.»

«Gut. Wird er mich suchen?»

«Ja. Ich lasse Sie wissen, in welches Hotel Sie gehen sollen und wie Klein Kontakt zu Ihnen aufnehmen wird.»

Sie sprachen noch zehn Minuten miteinander, dann blickte Pantò auf die Uhr. Im selben Augenblick waren Polizeisirenen zu hören. Bei den Kongreßteilnehmern, die mit ihren Getränken herumstanden und die langweiligen Vorträge mit Plaudereien überbrückten, entstand plötzlich aufgeregtes Flüstern. «De Luca! De Luca ist da!» Sie rannten zu dem Auto wie Teenager zur Limousine eines Rockstars. Der Ermittlungsrichter erschien im Hintergrund des Saales, umringt von einem halben Dutzend finsterer Gestalten in Zivil. Die Auseinandersetzung über die Nachfolge für den obersten Ermittlungsrichter Messina, der bald abtreten würde, hatte vor wenigen Tagen begonnen und teilte die Kommentatoren und Meinungsmacher der Zeitungen in zwei feindliche Lager. De Luca war dennoch heiter und selbstsicher. Er lachte, und die vielen Blitzlichter veranlaßten ihn nicht einmal dazu, mit der Wimper zu zucken. Ursini hörte ihn reden und scherzen. Der Richter marschierte schnell durch den Saal und verschwand dann hinter den schweren Vorhängen, die zahlreiche dienstbereite Hände zur Seite schoben, um ihm den Durchgang zu ermöglichen.

«Ich muß jetzt an meine Arbeit, als Reporter», sagte Pantò und seufzte resigniert. Er folgte den letzten Teilnehmern, die in den Saal zurückdrängten, um den Vortrag De Lucas nicht zu versäumen. Ursini trank den Rest seines Aperitifs aus und sah den Mann vom Geheimdienst an.

«Nun, Dr. Santangelo, wie kommt denn unser Marchese mit Gesprächspartnern dieses Kalibers zurecht?» Ursini wies mit dem Kopf in Richtung der Vorhänge, die sich eben wieder geschlossen hatten. Einer der Leibwächter bewachte den Eingang, sah jedoch nicht zu ihnen herüber und hätte im Halbdunkel wohl auch nicht bemerkt, daß der Mann vom Geheimdienst einer seiner früheren Chefs war.

«Alles unter Kontrolle. Marchese hat in diesem Augenblick fast mehr Bedeutung als De Luca. Der Prozeß gegen die Mafia-Clans stützt sich ausschließlich auf ihn. Seine Worte haben Gewicht...»

«Ist für seine Sicherheit gesorgt?»

«Ja. Soweit ich weiß, plant auch niemand etwas gegen ihn. Alles nur finstere Absichten und böse Gedanken.»

«Gut. Und weiter?»

«Was machen wir mit Marcheses Verwandten? Bei so vielen Angeklagten wird es unvermeidlich Repressalien geben. So etwas können wir weder im voraus erkennen noch verhindern.»

«Müssen wir auch nicht. Der Mann ist bei seinen Aussagen gut motiviert, aber man kann nie genug Motivation haben. Verliert er einen Sohn oder einen Bruder, steigt seine Motivation noch an. Es gibt ihm weiteren Schliff. Vor allem wird es ihm selbst in Augenblicken der Resignation klarmachen, daß er den *point of no return* bereits überschritten hat und nun bis zur bitteren Neige weitermachen muß. Welche Verbindungsleute stehen derzeit in Kontakt zu ihm?»

«Wenige, aber sichere. Wir haben drei Männer eingesetzt, wobei keiner von den beiden anderen weiß. Der erste...»

Ursini hörte eine Viertelstunde zu. Gerade als Santangelo seinen Bericht abschloß, war im Saalinneren auch De Luca mit seinem Vortrag fertig. Er erntete großen Beifall. Wenige

Sekunden später kam der Richter heraus, gefolgt von gut fünfzig Personen. Auch Ursini erhob sich.

«Ich erwarte Sie kommende Woche in Mailand», sagte er zu Santangelo. Sie gaben sich die Hand.

Er drängte sich durch die Menge, die sich um die Fernsehjournalisten scharte. Er stieg in sein Auto und wendete mühsam, streifte dabei leicht eine Mauer. Kurz vor der Stadt sah er im Rückspiegel die Blaulichter der Polizeifahrzeuge und beschleunigte. Er wußte, daß das nicht nötig war, daß seine Sicherheit nicht bedroht war. Es war einfach eine instinktive Reaktion. Er fuhr wenige hundert Meter vor De Lucas Eskorte mit ihren Sirenen her, die so, ohne es zu wissen, auch für seine Sicherheit sorgte und ihm den Weg durch den Verkehr ebnete.

Als sich das Gewühl in den Straßen verdichtete, mußte er den Konvoi dann doch vorbeilassen und reihte sich in die anderen Wagen ein, suchte wie die anderen Autofahrer irgendwie den abendlichen Stau zu umfahren. Die Leute auf der Straße drehten sich nicht einmal um, als die Polizeiautos vorbeisausten, gingen gleichgültig weiter ihrer Wege. Ursini hielt an einer Bar und rief in Rom an: Seinen Berechnungen zufolge könnte die Mystère etwa zu der Zeit landen, zu der er seinen Mietwagen am Flughafen zurückgab. Dann telefonierte er auch noch mit Castoldi: Er sollte die Schwester von Jabbicu in Collesano aufspüren.

«Schicken Sie eine junge Frau hin, der man abnimmt, daß sie Sozialarbeiterin ist, und passen Sie auf, daß ihre Autonummer keine Rückschlüsse erlaubt...»

«Keine Sorge», unterbrach ihn Castoldi höflich; Ursini stellte sich vor, wie sein Gesprächspartner wie ein melancholischer Marabu hinter seinem schwarzen Nußbaumschreibtisch im römischen Stadtteil Prati saß.

Als er einhängte, strömte ihm Espressoduft in die Nase. Der Barmann musterte ihn neugierig. In diese Bar kamen normalerweise nur Stammkunden, Leute in dunklem Anzug waren selten.

«Einen starken Espresso bitte», sagte Ursini und lehnte sich auf den Tresen. Das hier war vielleicht für ein Jahr sein letzter palermitanischer Kaffee. Er trank ihn in kleinen Schlucken.

Der Barmann verschränkte die Arme und lächelte ihn an. «Sagen Sie mal ehrlich – ist er nicht gut?»

Er hält mich sicher für einen der Richter vom Kongreß, dachte Ursini, oder für einen hohen Polizeibeamten.

«Wollen mal sehen... jetzt ist November, ja?» Der Barmann nickte. «Gut. Dann würde ich sagen, es war der beste Espresso, den ich dieses Jahr getrunken habe.»

«Dann gestatten Sie, daß er auf meine Rechnung geht.»

23

IN DER SILVESTERNACHT spielte Untersuchungsrichter Marchianò Poker. Seine Einsätze waren nicht höher als sonst und auch nicht höher als die der anderen Gäste, und das Glück seiner Gegner, von denen er einige ganz und gar nicht schätzte, brachte ihn zur Raserei. Bis ihn einige Freunde um sieben Uhr morgens vom Spieltisch wegzuzerren vermochten, hatte er Baron La Paglia bereits Schuldscheine über sechzig Millionen Lire ausgestellt. Das bekümmerte ihn nicht sonderlich: Er hatte noch andere Schulden, aber er konnte auch einiges aus dem Familienbesitz sein eigen nennen. Überhaupt stand er Geld mit eleganter Gleichgültigkeit gegenüber (vor allem dem, das er nicht besaß oder das er jemandem schuldete). Diese Haltung hatte er wohl von seinem Großvater väterlicherseits geerbt, der ihm nach einem verschwenderischen Leben nichts anderes hatte vermachen können.

In den Monaten danach war er vollkommen von seinen Prozessen absorbiert, mußte ein Interview nach dem anderen geben und war ständig von Leuten umringt. Für seine eigenen Geschäfte hatte er da kaum Zeit. Außerdem hatte er gleich eine ganze Reihe von kleineren Unfällen, die ihn trotzdem ziemlich viel Geld kosteten. Er ließ die Reparaturen an seinem Auto meist sofort erledigen und stellte so manchen Scheck aus. Er ließ sich kleine Kredite geben, die er dann bald überzog. Natürlich wagte es niemand, ihn zur Rechenschaft zu ziehen. Sollte er es übertreiben, würden ihm seine Freunde schon unter die Arme greifen, zumindest übergangsweise.

Kurz danach warf ihn dann eines Abends seine Frau aus

dem Haus – wegen einer dummen Weibergeschichte. Er verbrachte eine Nacht im Treppenhaus und ließ sich dann rasch und diskret scheiden, was natürlich auch wieder mit Kosten verbunden war. Er mußte ihr ein altes Haus im Stadtzentrum überlassen, das er eigentlich hatte verkaufen wollen, um seine Schulden zu zahlen.

So brauchte er weitere Kredite. Da er und De Luca gerade so im Rampenlicht standen, konnte und wollte ihn auch niemand abweisen. Eine Bank aus Catania hatte gerade in Palermo eine Filiale eröffnet und bot ihm ein beträchtliches Darlehen an. Sie akzeptierte als Pfand seine Eigentumswohnung, ohne Hypothek und unter Zugrundelegung eines mehr als großzügigen Schätzwertes. Dieser Versuchung konnte er nicht widerstehen. Von dem Geld bezahlte er Baron La Paglia, der schon langsam nervös wurde. Die anderen konnten noch warten. Und er ließ sie warten, vermied den Pokertisch und gestattete sich allenfalls hie und da einmal eine Runde Bakkarat.

Von den Mitgliedern des Pools war lediglich Cascino eine Randfigur geblieben. Sogar der kleine, magere Sabbatini, der aus den Marken stammte und noch immer Schwierigkeiten hatte mit der gespannten, oft bedrückenden Arbeitsatmosphäre im palermitanischen Justizpalast, hatte einen gewissen Bekanntheitsgrad erreicht. Er war in der Partei, war Mitglied eines angesehenen Clubs und gab sich der Presse gegenüber ziemlich aufgeschlossen. Er wurde von vielen als die rechte Hand De Lucas angesehen. Man vermutete, Cascino sei neidisch auf die Erfolge seiner Mitarbeiter. Er selbst freilich hielt das, was den anderen zum Ruhm verhalf, für reine Ungerechtigkeiten. Cascino schätzte Starallüren ebensowenig wie den Mangel an Diskretion. Und besonders mißfiel ihm, mit welcher Vertrauensseligkeit De Luca und seine Freunde Kriminelle vom Schlag des Marchese behandelten. Sie brachten ihn dazu, genau das zu erzählen, was sie hören wollten, manipulierten die Gegenüberstellungen und blokkierten ihn sofort, wenn er von Dingen zu berichten begann, die sie nicht interessierten.

Mit heimlicher (aber durchaus sichtbarer) Freude hatte er den unwürdigen Kampf zwischen De Luca und Richter Todaro beobachtet: Todaro als der ältere von beiden hatte diesen Kampf gewonnen und die Stelle besetzt, auf der vorher Cordaro und dann Messina gesessen hatten. Die Männer des Pools erhoben auf sämtliche Ermittlungen in Sachen Mafia Ansprüche, als handele es sich um Lehnsgut, in dessen Führung sich niemand einmischen und das vor allem niemand außer ihnen kontrollieren durfte. Die ersten Konflikte mit dem Antimafia-Hochkommissariat in Rom zeichneten sich bereits ab.

Cascino wagte nicht, De Luca seine Meinung zu sagen, war dieser doch so eine Art Denkmal des Ansehens und der Autorität. Auch an Marchianò traute er sich nicht heran – der Kollege schüchterte ihn geradezu ein. Wenn Cascino etwas loswerden wollte, wählte er seine Gesprächspartner mit Bedacht. De Luca bedachte er dann mit ironischen Ausdrücken wie «Der Papst», «Seine Heiligkeit» und «Heiliger Pantoffel»; Marchianò wurde zu seinem «Johannes», zum «Alter ego», zu «Klein De Luca». Nur in solchen Formulierungen wurde Cascino witzig und kreativ. Aber auch wer nicht in den Genuß seiner pfiffigen Anspielungen kam, bemerkte, wie geistreich Cascino eigentlich war. Rechtsanwalt Frinò, ein Veteran palermitanischer Gerichtssäle, bezeichnete den Antimafia-Pool als «eine Art patriotische Institution», «einen lebendigen Ausdruck der Nationalfarben»; Italien sei weiß wie das Gesicht De Lucas, rot wie die Zahlen auf Marchianòs Konto und grün wie die Galle Cascinos...

In Catania, weit von den Verschwörungen im Justizpalast von Palermo entfernt, fand unter Richter Magri ein Verfahren nach Artikel 416b, «mafiose Bandenbildung», statt, ein interessanter Prozeß, der in der Presse großen Wirbel machte. Die Atmosphäre in der Stadt war nicht so hektisch, ja geradezu neurotisch wie in Palermo. Der Richter hatte von Anfang an wiederholt, zum laufenden Verfahren keine Erklärungen abgeben zu wollen, und sämtliche offiziellen Einladungen abgesagt. Die Journalisten akzeptierten diese Entscheidung, und seine Kollegen und die Anwälte bewunderten ihn für seine Ausgeglichenheit.

Eines Samstagmorgens rief ihn De Falco, der Chef des Antimafia-Hochkommissariats, von den Medien Superkommissar genannt, zu Hause an. Magri hatte ihn bisher noch nicht persönlich kennengelernt, er war überrascht und fühlte sich geehrt. De Falco lud ihn herzlich zu einem «absolut vertraulichen» Gespräch nach Rom ein. Das Flugticket war bereits vorausbezahlt worden, ein Detail, das den Richter erstaunte, wußte er doch nur zu gut, wie langsam Reisekostenanträge sonst bearbeitet wurden, wie knapp die Spesen kalkuliert waren und wie lästig es war, jeden Beleg aufheben zu müssen.

Das Hochkommissariat lag, ganz unauffällig, an der Ecke Piazza Libertà und Via Cola di Rienzo. Magri zeigte dem Pförtner seinen Ausweis vor und stieg die Treppen hinauf. Er war aufgeregt und wußte nicht genau, warum. De Falco, der «Superkommissar», kam ihm mit ausgebreiteten Armen vom Ende des Korridors entgegen.

«Sagen wir doch gleich du zueinander.»

«Gerne...»

«Komm rein, komm rein... hast du schon gefrühstückt?»

Nichts erinnerte hier an ein Amt, es gab nicht einmal die üblichen grauen Aktenschränke, und sogar die Telefone waren bunt. Nirgendwo war auch nur ein einziger Uniformierter zu sehen: weder Unteroffiziere noch Offiziere. Die bewaffnete Abteilung des Amtes wurde vom Geheimdienst gestellt, sie gehörte zum Verfassungsschutz SISDE, mehr wußte niemand darüber.

«Auch ich habe die Absicht, eine Sonderkommission von Staatsanwälten und Richtern zu bilden, die große Handlungsfreiheit bekommen sollen.» De Falco setzte sich in einen der beiden Sessel vor der Fensterfront seines Amtszimmers. «Sie soll nicht gegen oder in Konkurrenz zum Antimafia-Pool der Staatsanwaltschaft und der Ermittlungsrichter in Palermo arbeiten, damit wir uns recht verstehen... Ich denke vielmehr an ein Organ, das aus der Ferne die Arbeit des gesamten Ermittlungs- und Justizapparates auswerten soll. Natürlich soll sie auch eigene Nachforschungen anstellen und gegebenenfalls sogar intervenieren. Verstehst du?»

Magri verstand sehr gut. De Falco hatte sein Amt kaum angetreten, und schon schlugen alle auf ihn ein. Jemand, der sich wie er auf die Bekämpfung des organisierten Verbrechens spezialisierte, war im Gerichts- und Ermittlungswesen eigentlich nicht vorgesehen, seine Abteilung war in einer Notsituation aus dem Boden gestampft worden und hatte keine genau umrissenen Vollmachten. Alle hatten sie Angst: Menschenrechtskämpfer und Verfassungsrechtler ebenso wie hohe Richter. Man sprach schon von einer Super-Generalstaatsanwaltschaft, entsprechend der Bezeichnung «Superkommissar» für De Falco selbst. Mit Verwunderung stellte Magri allerdings auch fest, daß der Präfekt hinsichtlich der palermitanischen Ermittler immer vom «Pool De Lucas» sprach – wobei De Luca doch eigentlich nicht mehr als eines von vielen Mitgliedern dieser Gruppe war. Und warum De Falco ihn überhaupt eingeladen hatte, war Magri noch immer nicht klar.

«Ich bin gerade dabei, meine Mitarbeiter zu ernennen, sie alle sind Juristen von Format, kämpfen gegen die Mafia, den Terrorismus und gegen Kriminalität auf hoher Ebene. Du weißt ja vielleicht, mein Lieber, daß ich aus Ligurien stamme.

Die anderen vier potentiellen Mitarbeiter, mit denen ich Kontakt aufgenommen habe, kommen ebenfalls, wie soll ich sagen, vom Kontinent, sie arbeiten nicht auf Sizilien. Wenn du auch mitmachen würdest, wärst du der einzige Sizilianer, und du hättest die schwierigste Aufgabe von allen. Allerdings auch die, die am meisten Prestige verspricht...»

«Aber ich stecke mitten im Prozeß gegen...»

«Ich weiß. Eine Riesensache. Es sieht so aus, als würden die Fäden, die da zwischen den Angeklagten bestehen, auch zu der Gruppe von Unternehmern führen, die Catania beherrschen... Aber wir sollten nicht über diese Dinge reden, bevor du nicht angenommen hast. Wenn dich mein Vorschlag interessiert, könntest du ja den Prozeß abgeben, oder aber wir warten noch bis zum Urteil. Natürlich müßtest du dich offiziell einverstanden erklären.»

«Das kommt alles recht überraschend... Eigentlich hatte ich nicht die Absicht, den Prozeß abzugeben...»

«Das verstehe ich», unterbrach De Falco etwas verdrossen. «Es ist ja auch alles noch nicht offiziell. Ich warte noch auf die Genehmigung vom Ministerium, und das kann auch noch dauern... Ja, ich glaube, deine Lösung ist die schlauere.»

Welche Lösung? dachte Magri. Er war schon als Kind besonders nachdenklich gewesen und wollte diese Eigenschaft mit seinen fünfzig Jahren nicht plötzlich aufgeben. Erst einmal genau darüber nachdenken, mit seine Frau und ein paar alten Freunden darüber sprechen.

«Ich müßte dann wohl nach Rom ziehen...»

«Nicht unbedingt. Das müßtest du entscheiden. Auf jeden Fall würdest du viel zwischen Rom und Sizilien hin und her reisen. Du müßtest zum Beispiel die Verbindung zum Justizpalast von Palermo halten, eine ziemlich schwierige Aufgabe...»

«Allerdings.» Doch der Gedanke an Schwierigkeiten

nahm ihm keineswegs den Mut – im Gegenteil, er motivierte ihn. Endlich würde es ein Ende haben mit der Routine, mit den grauen, langweiligen Gerichtssälen, mit den Angeklagten und der schmierigen Unterwürfigkeit der Verteidiger; statt dessen reisen wie ein Botschafter, Prestige, Freiheit, Leibwächter, vor allem aber die Befreiung von den festen Arbeitszeiten und von seinem Terminkalender.

Zum Teufel noch mal, dachte er und hatte immer mehr Lust, einfach zuzusagen. Der Superkommissar sah ihn lächelnd an.

Giacomo hatte keine Angst, er konnte es einfach nicht so ganz glauben, als es im Morgengrauen an der Tür der Villa seines Freundes in Camilluccia klopfte, wo er sich seit ein paar Monaten vorsichtshalber versteckt hielt. Dabei war er eigentlich recht zufrieden und wartete einfach auf bessere Zeiten.

Giacomos Gastgeber war schon seit vielen Jahren nicht mehr Mitglied der Organisation. Wie Ursini war er aus gesundheitlichen Gründen ausgeschieden, ihn allerdings hatte man im Unterschied zu Ursini nicht wieder zurückgeholt. Man war sich einig, daß er ein Trottel war, allerdings ein Trottel, der Gold wert war: keine Frau, keine Kinder, keine gefährlichen Besuche, keine finanziellen Probleme. Wen er beherbergte und warum, das wußte nur er selbst. Und nur er konnte einen verraten. Giacomo hatte nicht einmal seiner Frau gesagt, wo er war. «Ich bin in Rom, mehr brauchst du nicht zu wissen», hatte er sie am Telefon unterbrochen. Er rief sie drei- bis viermal pro Woche an, immer aus einer anderen Telefonzelle, und immer sprachen sie nur ein paar Sekunden lang. Unterzutauchen hatte so manche angenehme Begleiterscheinung.

Er zog sich noch etwas schlaftrunken an. Hatte ihn sein Freund der Polizei verraten? Nein, der stand in der Eingangshalle, umringt von Polizisten, die ihm die Handschellen schon angelegt hatten. Er hatte nicht einmal die Zeit gehabt, sich sein Toupet aufzusetzen und war den Tränen nahe. Als Ehrenmann vom alten Schlag versuchte Giacomo, ihn zu trösten.

«Tut mir leid! Jetzt bist du wegen mir in Schwierigkeiten gekommen.»

Der Freund schüttelte den Kopf und zuckte deprimiert die Achseln. Als Giacomo an ihm vorbeiging, zwinkerte er ihm zu und tat völlig gleichgültig – obwohl das seiner Gemütslage nicht entsprach und wohl auch nie entsprechen würde. Die Polizisten führten die beiden die Treppe hinunter und hinaus. Zwei Straßenkehrer und eine Prostituierte blieben stehen und schauten zu. Die Handschellen klirrten, als die beiden Verhafteten in getrennte Autos geschoben wurden. Das erste fuhr mit quietschenden Reifen los, das zweite blieb noch eine Weile mit laufendem Motor stehen. Als der erste Wagen nicht mehr zu sehen war, schaltete der Fahrer den Motor des zweiten Wagens wieder ab und stieg zusammen mit den anderen aus. Giacomos «Freund» fuhr sich durch sein dünnes Haar, als sie ihm die Handschellen abgenommen hatten; er schaute zu einem gutaussehenden, etwa fünfzigjährigen Mann hinüber, der auf sie zukam.

«Meine Verehrung, Dr. Santangelo», sagte er und deutete eine Verbeugung an. Sein Gegenüber beschränkte sich auf ein knappes Kopfnicken.

«Gehen wir einen Augenblick hinauf? Wir müssen ein paar Takte miteinander reden.»

«Stehe zur Verfügung, Dottore.»

Sie traten durch die Tür, und das Polizeiauto fuhr gemächlich davon. Die Prostituierte schaute die Straßenkehrer an, die das Ganze aber auch nicht so ganz zu verstehen schienen. Die Frau hatte in Cinecittà öfter Statistenrollen übernommen und wußte, daß mißlungene Szenen öfter wiederholt wurden, doch noch nie hatte sie gesehen, daß die Polizei für eine Verhaftung eine Generalprobe abhielt.

Giacomo saß eingezwängt zwischen den beiden Beamten und schwieg. Wie war das alles nur möglich? Sicher, nachdem fast schon die gesamte Kommission verhaftet worden war – ausgenommen die, die schon vor zwanzig Jahren untergetaucht waren –, hatte er damit rechnen müssen. Aber daß es ihn nun tatsächlich erwischt hatte bei all seinen Bekanntschaften, seiner Macht, seiner Fähigkeit zum Manövrieren, konnte er doch nicht fassen.

«Wohin fahren wir eigentlich?» fragte er, als er bemerkte, daß sie bereits am Gefängnis Regina Coeli vorbeigefahren waren. Er bekam keine Antwort und hörte mit dem Grübeln auf, achtete nur noch darauf, wohin sie fuhren. Vielleicht waren diese Männer ja gar keine Polizisten. Vielleicht wollten sie ihn umbringen, sobald sie den dicksten Stadtverkehr hinter sich gelassen hatten. Doch die Männer stanken wie Bullen und sprachen wie Bullen, und als sie kurz danach in eine Villa in der Via Cassia einbogen, öffneten und schlossen weitere Bullen in Zivil mühsam ein schmiedeeisernes Tor.

Über eine halbe Stunde mußte er in einem stillen Raum warten. Man brachte ihm einen dünnen Kaffee. Hinter dem verrammelten Fenster konnte er verschiedene Automotoren hören. Dann wurde er in einen größeren Raum gebracht. Und da sah er zwischen zwei Unbekannten ein mehr als vertrautes Gesicht. Er mußte lächeln.

«Dr. De Luca, welche Ehre...»

«Setzen Sie sich. Das hier ist ein... informelles Treffen. Kein Protokoll, keine Anwälte. Es geht darum, daß wir einander abschätzen. Danach sehen wir weiter.»

Eine etwas obskure Einleitung, doch er hatte keine Zeit, weiter darüber nachzudenken. Die Tür wurde geöffnet, und ein Beamter in Zivil brachte einen kleinen Mann mit langen schwarzen Haaren herein. Giacomo sah ihn mit zusammengekniffenen Augen an. War das möglich? Der andere Mann lächelte.

«Giacomo. Mein lieber Giacomo... Wie geht's dir?»

«Saverio, alter Junge!»

Saverio Marchese wollte ihn umarmen, doch Giacomo, noch immer etwas durcheinander, versperrte sich. Hatte man jemals gesehen, daß ein Opfer seinen Henker umarmt?

Es war kalt auf der Terrasse. «Du verbringst viel zuviel Zeit hier draußen», sagte Vittorio Graziano, als er sich vor seinem Vater auf einem Liegestuhl niederließ. Turi zuckte die Achseln und sagte nichts. Er war älter, sogar ein wenig gebrechlich geworden. Seit seine Frau bettlägerig war, wurde er immer verschlossener. Man hatte den Plan aufgegeben, sie in die Vereinigten Staaten zu bringen. Sie glaubte einfach nicht mehr an eine Heilung. Keiner der vielen Spezialisten, die sie aufgesucht hatten, hatte ihnen Hoffnung machen können.

«Gibt's was Neues?» fragte Turi Graziano.

«Sie haben Giacomo und Marchese einander gegenübergestellt. Er soll ihm einen Fußtritt versetzt haben...»

«Na ja, laß mal. Giacomino ist ein braver Junge, nur etwas schwer von Begriff. Er hat nie viel kapiert. Und die anderen?»

«Santangelo hat die Lage unter Kontrolle. Die Anklage wird wohl Ende des Sommers erhoben werden. Es gibt nur zwei Probleme. Es sieht so aus, als könnte die Gruppe von Catania auch ein Verfahren an den Hals bekommen. Was man ihnen vorwirft, würde automatisch zum Haftbefehl führen, aber so genau weiß man das ja nie. Alle sind ziemlich besorgt. Und die Ermittler machen sich bereits einen Sport daraus herauszufinden, wer von ihnen der Mutigste und Beste ist. Sie wüten gegen die Unternehmerschaft, weil sie keine anderen Zugriffsmöglichkeiten haben. Und wir wiederum können mit den Cataniern nicht so umgehen wie wir es mit den Palermitanern getan haben. Ihr Geld ist überaus wichtig. Wir beginnen dieses Jahr den Sturm auf die Börse, um den größten Boom der Geschichte auszulösen. Wir brauchen die Gruppe.»

«Was sagt Ursini zu dem Fall?»

«Er ist im Moment in wichtigere Projekte eingespannt. In ein paar Monaten werden wir die Santarini-Gruppe aufkaufen und die größte Verlagsgruppe Italiens bilden. Da müssen wir auf eine mächtige Gegenkampagne gefaßt sein, die Kommunisten, die Gewerkschaften, die Konkurrenz, die Intellektuellen, sogar die Journalisten selbst...»

«Alle diese Leute?» fragte Turi Graziano ironisch und ohne eine Miene zu verziehen. Vieles an derartigen Operationen verstand er einfach nicht, oft tat er aber auch nur so. Er kokettierte gerne.

«Weißt du, was das Merkwürdige ist, Papa? Es ist nicht das erste Mal, daß sich in Italien und in Europa derartige Konzentrationen herausbilden. Und es sind immer dieselben Leute, die zetern und um die Pressefreiheit bangen. Ich frage mich dann immer: Was haben die eigentlich? Sie regen sich auf, weil jemand eine Zeitung oder einen Fernsehsender kauft und dann für politische oder für Werbezwecke einsetzt. Was soll er denn sonst damit machen? Warum sollte er sie denn sonst kaufen? Und wenn nicht diese Leute kaufen, wer dann? Die Leute, die da protestieren, haben nicht eine Lira und leiten ihre Zeitungen, auch wenn sie Verlust machen. Und sie wollen nicht, daß andere Leute Zeitungen kaufen und damit Gewinne machen. Ursini hat gerade gestern gesagt: ‹Na gut, bieten wir unsere Zeitungen der Kommunistischen Partei an, den Redaktionsräten, den Menschenrechtsverfechtern. Wir wollen sie nicht mehr, diese Zeitungen; sollen sie uns den Marktwert zahlen und mit dem Zeug selig werden.› Natürlich meldet sich da niemand, denn keiner hat das nötige Geld; und wer es hat, dem ist das Risiko zu groß.

Verstehst du? Im Grunde sagen sie: Kaufen wir die Zeitungen zusammen – ihr gebt das Geld, und wir steuern die Demokratie bei. Die verstehen nicht, daß Demokratie ihre Mittel übersteigt. Niemand, der sie aus eigener Tasche zahlen muß, kann sich Demokratie leisten. Ich habe ja gar nichts gegen diese Menschenrechtsverfechter: Sie sind unsere wirklichen Verbündeten. Als die Intellektuellen in Palermo und Rom sich mit der Antimafiakultur und der Macht der Antimafiaämter beschäftigten, haben sie richtige und gute Argumente vorgebracht. Aber sie verstehen einfach nicht, daß die Wirklichkeit anders aussieht als irgendwelche abstrakten Vorstellungen vom Richtigen und Guten. Sie hätten besser die Polizei damit beauftragt, in unsere Häuser einzudringen und blindwütig herumzuschießen: Dann hätten sie zwar ein paar hundert Unschuldige umgebracht, aber auch wir beide wären heute nicht mehr hier, um über solche Dinge zu reden...» Er zögerte einen Augenblick, weil er den amüsierten Gesichtsausdruck seines Vaters sah, erwartete eine der üblichen Redewendungen («Das Unglück mit diesen jungen Leuten ist, daß sie zuviel studieren und zu viele Schweinereien in Büchern lesen»). Doch er sagte nichts, und Vittorio fuhr fort: «Jedenfalls nützen uns diese Zeitungen, Vater. Derzeit bekommt die Idee, Drogen zu legalisieren, Aufwind, und wir müssen unsere Gegenthese lancieren, wonach man nicht nur die Dealer, sondern auch die Drogenabhängigen selbst bestrafen muß. Tatsächlich sind wir im Begriff, unsere politischen Verbündeten zu wechseln. Den Kampf müssen wir aber eben auf jeden Fall gewinnen. Wir brauchen Verbündete, und unsere Verbündeten brauchen Wählerstimmen. Und dazu brauchen wir die Gruppe von Catania. In der nächsten Woche trifft Ursini sich mit Dr. Pennisi, um mit ihm über das ‹Brodeln im Ätna› zu sprechen, wie er zu sagen pflegt. Du wirst sehen: Er überzeugt ihn davon, daß man die Finger von Gewalttaten lassen sollte... Wenn dieser Mann dich zu überzeugen vermag, kann er das bei jedem anderen auch.» Der letzte Satz war eine kleine Provokation – Vittorio ertrug diesen abwesenden Ausdruck im Gesicht seines Vaters einfach nicht. Immerhin lächelte dieser jetzt.

«Ursini ist ein großer Mann, aber eines muß ich dir sagen: Ich verstehe ihn in einigen Dingen nicht so ganz. Ich weiß nicht, wie ich es dir erklären soll. Er verdient zum Beispiel sehr wenig für das, was er tut.»

«Vater, dieser Mann verwirklicht in der Position eines Komparsen, was er eigentlich als Hauptdarsteller hatte realisieren wollen. Vor ein paar Tagen saßen wir zusammen im Flugzeug. Da es sehr windig war, konnte er weder lesen noch schreiben, und so haben wir eine halbe Stunde lang geplaudert. Ursini hatte schon große Ideen als sein Vater, Don Vannuzzu, noch lebte. Er hat mir gesagt, daß er auch nach dem Unfall immer weiter über solche Projekte nachgedacht hat. Er las die Zeitungen und hatte Freude daran herauszufinden, was hinter den Nachrichten stand. Er analysierte die Fehler und die Erfolge, und er verglich sie mit seinen eigenen Vorstellungen. Verstehst du? Am Ende unseres Gesprächs hat er mir gesagt, daß ich heute in der Position bin, die er erlangt hätte, wenn sein Unfall nicht gewesen wäre. Ich weiß, wozu er fähig gewesen wäre. Als ihr ihn nach Palermo geholt habt, mußte er viel reden, um euch zu überzeugen. Wäre der Unfall nicht gewesen, hätte er nur mit seinem Vater gesprochen. Er hätte gehandelt, ohne sich mit uns abzusprechen. Und dann, Papa, wärst du vielleicht schon längst tot. Wie Lillo Raia.»

«Vielleicht», sagte Turi Graziano, «vielleicht auch nicht.»

Er war wieder etwas aufgetaut. Einen Augenblick lang sah der Sohn den alten Glanz in seinen Augen und war erleichtert.

«Ursini ist ein überaus gefährlicher Mann, Vater. Ein Mann des Jahres 2000, der die Methoden des 19. Jahrhunderts aber noch anzuwenden versteht, wenn das vonnöten ist. Er ist kein gewalttätiger Mensch, doch ab und zu setzt er gezielt Gewalt ein wie ein Chirurg sein Skalpell.»

«Wenn du ihn für so gefährlich hältst, wie schützt du dich vor ihm?»

«Ich kontrolliere ihn, und ich lasse ihn kontrollieren. Niemand wird je seine Gedanken kennen, doch davon abgesehen weiß ich alles über ihn. Er hat keine Ambitionen, die für uns eine Gefahr darstellen. Da bin ich ganz sicher.»

«Und nur das muß uns interessieren.» Turi Graziano drehte sich um, weil er Schritte hinter sich hörte: Tante Bettina, die gute Seele; wie immer sah sie besorgt aus.

«Die gnädige Frau möchte Sie sehen», murmelte sie. Turi Graziano sprang auf und ging hinein. Tante Bettina blieb auf der Terrasse und sah traurig drein.

«Was sagt Mama, Bettina?»

«Immer dasselbe. Sie ißt nicht, sie schläft nicht... Was können wir bloß tun?» Sie zuckte mit den Achseln. In Vittorios Gegenwart zwang sie sich immer, sauberes Italienisch zu sprechen, weswegen sie in möglichst einfachen Worten und kurzen Sätzen redete. «Ich mache jetzt einen Kaffee. Möchten Sie auch eine Tasse?»

«Ja, bitte.» Vittorio Graziano blieb auf der Terrasse sitzen. Er wollte nicht zu seiner Mutter hineingehen. Ihr Zimmer wirkte auf ihn wie eine Kapelle; stundenlang lag sie unbeweglich da, mit geschlossenen Lidern, die Augen tief in den Höhlen. Und der Vater saß auf dem Polsterstuhl daneben und sah sie stundenlang stumm an. Bettina sagte: «Sie reden mit dem Tod.» Und mit dem spricht man in aller Stille.

24

VERDROSSEN UND UNENTSCHLOSSEN ließ der oberste Ermittlungsrichter Todaro den Brief über eine Woche in seiner Schublade liegen.

Dies war nicht eines der üblichen anonymen Schreiben: Der Verfasser benutzte juristische Fachbegriffe und kannte Hintergründe, von denen selbst im Justizpalast nur wenige wußten. Ein aggressiver Brief.

Als ein zweiter Brief dieser Art eintraf, beschloß Todaro, doch etwas zu unternehmen, denn hier wurde De Luca heftig attackiert. Todaro mochte den Kollegen nicht – er hielt ihn für einen politischen Ehrgeizling, der ihm bis zuletzt seine Stelle hatte streitig machen wollen, obwohl er keinerlei Anspruch darauf hatte. Doch De Luca genoß hohes Ansehen, und alles, was ihn betraf, war wichtig. Todaro erwähnte die Briefe gegenüber dem Chef der Kriminalpolizei und dem Staatsanwalt – und erfuhr, daß er nicht der einzige war, der sie erhielt. Sogar beim Ministerpräsidenten in Rom waren zwei Schreiben eingetroffen. Dem obersten Ermittlungsrichter wurde klar, daß er jetzt einfach handeln mußte.

Am Nachmittag bat er De Luca zu sich. Sie lasen gemeinsam die bisher vorhandenen fünf Briefe. Auch Marchianò gesellte sich zu ihnen. Über ihn schrieb der Anonymus, er sei «in den Händen von Wucherern und zwielichtigen Gestalten gelandet», die ihn erpreßten und manövrierten. Angefügt waren Zahlen sowie Namen von Personen und Banken.

«Reines Dynamit. Wenn das in die Hände der Presse gelangt!» sagte Todaro ernst. Über seinen Dialekt hatten die beiden anderen oft gelacht, doch heute warfen sie sich keine amüsierten Blicke zu. Vor allem De Luca machte sich große Sorgen. Die Anschuldigungen gegen ihn begannen mit einem ganz harmlosen Vorfall und steigerten sich dann zu der Unterstellung, er sei ein Karrierist – weitere Enthüllungen wurden angekündigt.

Marchianò wandte sich an Todaro: «Was können wir da tun?»

Sein Vorgesetzter zuckte die Achseln: «Eine Ermittlung anstellen, *top secret* natürlich. Das Problem ist: Wenn das alles durchsickert, werden alle davon überzeugt sein, daß etwas an der Sache dran ist.»

«Es klingt fast so, als hätte jemand aus den eigenen Reihen die Briefe geschrieben», stellte De Luca trocken fest. Todaro antwortete nicht. Im Grunde dachte er dasselbe, wagte es aber nicht auszusprechen, aus Angst, einer seiner Gegner könne verbreiten, er selbst stecke hinter diesen Briefen. Schließlich war der Kampf, den er mit De Luca um die Stelle ausgefochten hatte, noch allen in Erinnerung.

De Luca und Marchianò gingen den Flur entlang, erwiderten die Grüße ihrer Kollegen, sprachen aber kein Wort miteinander. Sie schlossen sich in De Lucas gepanzertem Amtszimmer ein und sahen einander an.

«Was sagst du zu der Geschichte, Fofò?»

De Luca zerknüllte wutentbrannt die Fotokopie eines der Briefe. Dann strich er sie wieder glatt. In Kürze würden Hunderte solcher Fotokopien kursieren, das würde man nicht verhindern können – und das war ja wohl auch das Ziel des anonymen Verfassers. De Luca steckte die Kopie in die Tasche und blickte wieder seine Kollegen an.

«Ein Tiefschlag unseres Kollegen Cascino, schätze ich.»

Marchianò grinste.

Am Abend grinste er noch einmal: Ein Freund, der ihm Geld geliehen hatte, rief ihn zu Hause an und fragte, ob denn etwas an den Gerüchten dran sei, die da kursierten. Marchianò dachte, der Freund beziehe sich auf seine vermeintliche Affäre mit der Frau eines der größten Kaufleute Palermos (leider war es wirklich nur ein Gerücht). Doch sein Freund meinte etwas ganz anderes.

«Ich habe gehört, daß es Ermittlungen über deine finanzielle Lage gibt und über gewisse deiner Freundschaften...»

Der Mann hatte schlicht Angst um die sechzig Millionen Lire, die er Marchianò geliehen hatte, und vor allem befürchtete er, daß die Behörden nun von dem Darlehen erfahren würden; wenn jemand einem Mitglied des Antimafia-Pools Geld lieh, konnte das viel bedeuten, und keine dieser Bedeutungen war harmlos.

«Und wo hast du diese Gerüchte gehört?»

«Na ja, die gehen eben so um.»

«Kannst du nicht etwas konkreter werden?»

«Ich weiß nur, was ich dir schon gesagt habe. Vielleicht sollte es auch einfach ein dummer Scherz sein. Du weißt ja, wie so was läuft.»

Diese verdammten Briefe waren schon überall im Umlauf, unkontrollierbar wie ein Virus. Es hatte auch früher schon anonyme Briefe gegeben, Tausende, sogar noch schlimmere als diese. Doch bei keinem hatte es je Grund zur Annahme gegeben, ein Richter oder ein Staatsanwalt sei der Verfasser. Traf diese Annahme aber zu, so konnte es sich nur um ein Mitglied des Antimafia-Pools selbst handeln. Zu allem Überfluß war all das nun auch noch die Chance schlechthin für den obersten Ermittlungsrichter: Todaro bestand darauf, die Ermittlungen nach seinem eigenen Gutdünken zu verteilen, ohne daß jemand ein Privileg für bestimmte Recherchen hatte. Das bedeutete, daß er die Vorrechte des Pools aushöhlen wollte, die dieser durch Erfahrung und Kompetenz erworben hatte. Natürlich würde er nun mit Schwung die anonymen Briefe in die Waagschale werfen.

Nach längerem Nachdenken fragte sich Marchianò, ob wirklich Cascino und nicht doch der alte Todaro der Absender dieser Schweinereien war. Über diesen Gedanken schlief er ein.

Das Telefon läutete am folgenden Morgen schon um acht Uhr, als er sich gerade rasierte. Inspektor Marino von der Kripo war am Apparat, ein unerwarteter Anruf.

«Sagen Sie mir bloß nicht, Sie hätten schon das Ergebnis einer Ermittlung, mit der Sie noch gar nicht beauftragt worden sind», scherzte Marchianò. Doch der Polizist war nicht zu Scherzen aufgelegt.

«Die Leute vom Geheimdienst sind da, Dr. Marchianò. Direkt aus Rom, Dr. De Falco hat sie geschickt.»

«Ach so», sagte Marchianò. Das Datum würde man sich merken müssen: der offizielle Beginn der Feindseligkeiten zwischen dem Antimafia-Pool in Palermo und dem Antimafia-Hochkommissariat von De Falco in Rom. Noch bevor es zu ersten Meinungsverschiedenheiten gekommen war, hatte Fofò De Luca diesen Krieg um Kompetenzen vorausgesagt. Marchianò legte auf und rasierte sich schnell fertig. Dummerweise hatte er den vergangenen Abend bei einer neuen Freundin vergeudet; er hätte besser daran getan, zu Hause Schreibkram zu erledigen und seine finanzielle Lage genau abzuklären. Vielleicht würde er ja noch alles einrenken können, bevor der Prozeß zu Ende ging. Während des Verfahrens würden sie sicher nicht wagen, ihn anzugreifen – aber danach, das war sicher, würden sie ihn in der Luft zerfetzen.

Kurz vor Mitternacht parkte die Tochter von Richter Magri den Fiat Panda ihrer Mutter vor dem Haus. Den Mann bemerkte sie erst, als sie die Tür schloß: ein bleicher Bursche mit einem großen Revolver in der Hand. Er redete sie freundlich an, leise, nannte sie Lisa und Lisetta, wie eine alte Bekannte; vielleicht brach sie deswegen nicht sofort in Panik aus. Sie war bisher dreimal von Straßenräubern angefallen worden. Straßenräuber gab es in Catania viele. Sie schluckte und wollte ihre Handtasche öffnen.

Der Mann lächelte. Im selben Moment fuhr ein BMW heran, die Tür wurde aufgestoßen. Zwei Burschen saßen darin, sie waren etwas älter als der auf der Straße, der sie nun in den Wagen schob. Die beiden anderen sprachen kein Wort, sahen sie nicht einmal an, wendeten das Auto und fuhren dann die Via Etna hinauf, zur Umgehungsstraße, die in Richtung Meer führte, und bogen kurz vor dem Motel AGIP rechts in einen dunklen, einsamen Feldweg ab. Lisa schoß durch den Kopf, daß sie sie vielleicht vergewaltigen wollten. Sie war unfähig, auch nur einen klaren Gedanken zu fassen, wußte nicht einmal, ob sie die Kraft haben würde, sich zu wehren oder wenigstens zu schreien. Der BMW hielt an, der Fahrer stellte den Motor ab und schaltete die Lichter aus. Der junge Mann stieg aus, er allein, und hielt ihr die Tür auf.

«Komm, Lisetta...»

Er schob das Mädchen in die dunkle Telefonzelle am Straßenrand und drängte sich selbst mit hinein. Lisa konnte das Gesicht des Mannes nicht richtig erkennen, aber vergewaltigen wollte er sie eindeutig nicht.

«Los, anrufen.»

«Wen denn?» flüsterte sie, und ihre Angst wich für einen Augenblick völliger Ratlosigkeit.

«Na wen wohl? Deinen Vater natürlich. Ruf ihn an und bitte ihn um Hilfe. Sag ihm, was passiert ist, wo du bist, mit wem du zusammen bist und so weiter und so weiter.»

Lisa gehorchte. Als sie die vertraute Stimme ihres Vaters hörte, hätte sie fast angefangen zu weinen. Sie umklammerte den Hörer ganz fest und war erst nach ein paar Sekunden imstande zu sprechen. Dann stotterte sie heraus, was geschehen war, den Tränen immer näher. Schließlich fragte ihr Vater sie etwas ganz Einfaches:

«Was will der Mann denn eigentlich?»

«Ich weiß es nicht.» Der Bursche bedeutete ihr, ihm den Hörer zu geben. Dann zog er einen Trommelrevolver mit kurzem Lauf hervor.

«Mach den Mund auf, Lisetta», sagte er freundlich, aber sehr laut. Er steckte ihr den Lauf in den Mund, wobei er darauf achtete, ihr nicht weh zu tun. «Mach keine abrupten Bewegungen, ich habe entsichert», empfahl er. Dann sprach er zum Richter. «Guten Abend, Dottore. Entschuldigen Sie die späte Störung. Bleiben Sie ruhig. Ihre Tochter ist bald wieder zu Hause. Das hier ist nur eine kleine Demonstration. Wir hätten uns übrigens auch Ihre Frau schnappen können, die, wie wir wissen, im Picanello-Gymnasium unterrichtet und jeden Tag – außer dienstags, da wird es meistens zwei Uhr – um zwölf Uhr aus dem Gebäude herauskommt; oder Ihren Sohn, der ist allerdings noch klein und hätte sich wohl zu sehr erschreckt. Aber Ihre Mutter wäre noch eine Möglichkeit, wenn sie in die Kirche, zum Arzt oder donnerstags zu ihrem Bibelkreis geht... Das alles werden wir auch tun, ganz bald, wenn Sie das Angebot De Falcos annehmen. Das Antimafia-Kommissariat ist etwas für Norditaliener, es hat die Aufgabe, die Journalisten und die öffentliche Meinung zu beruhigen. Sie aber sind Sizilianer. Sie dürfen sich nicht mit diesem Pack zusammentun, das nur auf Karriere aus ist und dabei das Leben ihrer Leute und deren Kinder in Gefahr bringt...»

Eine Stunde später kam Magris Frau aus dem Zimmer der Tochter und ging zu ihrem Mann ins Schlafzimmer. Sie war vollkommen durcheinander und konnte sich kaum beruhigen.

«Sie ist am Einschlafen», flüsterte sie und setzte sich neben ihren Mann, lehnte ihren Kopf an das Polster und schloß die Augen. «Was machen wir jetzt?»

Der Richter war leichenblaß und leckte sich vor Nervosität immer wieder die Lippen. Er hätte die Polizei verständigen müssen, die Staatsanwaltschaft, De Falco in Rom, in welcher Reihenfolge, wußte er nicht. Als Vater hatte er Angst, als Bürger war er beleidigt, als Mann des Rechts erniedrigt – er hätte nicht sagen können, welches dieser Gefühle am stärksten war. Im Morgengrauen zog er sich an und wählte die Nummer des Antimafia-Kommissariats in Rom. Er bat den diensthabenden Sekretär, ihn mit seinem Chef zu verbinden.

De Falco rief fünf Minuten später zurück. Er hörte schweigend zu und sagte auch, nachdem der Richter geendet hatte, erst einmal nichts. Magri sah auf die Uhr, dachte an den Prozeß, zu dem er mußte. Zum erstenmal hatte er eine unerklärliche Vorahnung. Irgend etwas geschah mit ihm – doch er wußte weder was noch wann und warum.

«Wir müssen uns unbedingt treffen», sagte De Falco. «Wie sieht's mit deinen Terminen aus?»

«Ich bin bis Freitag nachmittag ausgebucht...»

«Dann komm Samstag früh. Wir gehen zusammen Mittag essen und reden darüber.»

Als Richter Magri am Samstag nachmittag gegen vier Uhr das Chefzimmer des Antimafia-Kommissariats verließ, hatte er faktisch seine Kündigung auf den Schreibtisch De Falcos gelegt. «Daß ich auch als Person gefährdet bin, gehört zu meinem Beruf, daß meine Verwandten bedroht sind, jedoch nicht. Ich kann das nicht akzeptieren, und niemand kann das von mir verlangen», hatte er gesagt, bevor er seinem Chef zum letztenmal die Hand gab.

De Falco schloß die Tür hinter seinem ehemaligen Mitarbeiter und drückte auf den Knopf der Sprechanlage.

«Lassen Sie ihn herein», sagte er und stopfte sich eine Pfeife. Kurz danach trat Bruno Santangelo ein. «Hast du alles gehört?»

«Ja.»

«Was hältst du davon?»

«Die einzige Möglichkeit für das Antimafia-Kommissariat aus der Sache gut rauszukommen, ist, ihn sofort hinauszuwerfen. Am besten werfen wir ihn der Presse zum Fraß vor. Seine Argumente sind zwar nicht von der Hand zu weisen, aber es wird nicht schwierig sein, ihn als Hasenfuß hinzustellen, der sich beim ersten Anzeichen von Gefahr zurückzieht. Und die Geschichte mit der Tochter, die eine Stunde lang entführt war, stinkt doch zum Himmel.»

«Wie gehen wir vor? Er hat gesagt, daß er dem Staatsanwalt innerhalb der nächsten zwei Tage ein detailliertes Memorandum zustellen will...»

«Darum werden wir uns nachher kümmern.»

Am folgenden Mittag rief ein Korrespondent des staatlichen Fernsehens RAI vom catanesischen Flughafen Fontanarossa aus bei Richter Magri an. Er habe von seinem Rücktritt gehört und hätte gerne eine Erklärung für die Abendschau.

«Ich habe nichts zu erklären.»

«Dr. Magri, ich werde in einer halben Stunde vor Ihrem Haus stehen und die Reportage in jedem Fall machen. Ich kann auch aus dieser kleinen Information etwas machen, dazu einige Archivbilder und einen Blick auf die verbarrikadierten Balkone am Haus. Die Zuschauer werden sich dann eben ihren Teil denken... Ich biete Ihnen die Chance zu erklären, warum Sie Ihre Stelle aufgegeben haben, Sätze, die wir aufnehmen und filmen, nicht eines der üblichen Zeitungsinterviews, die dann umgeschrieben und zusammengestrichen werden...»

Der Mann hat recht, überlegte der Richter. Außerdem handelte es sich nicht um irgendeinen hergelaufenen Reporter. Er hatte schon öfter Sendungen von ihm gesehen: ein guter Journalist, dessen Berichte objektiv waren. Dennoch überfiel Magri erneut die böse Vorahnung der Tage zuvor, noch beunruhigender, noch drängender.

Gleichwohl erklärte er sich am Ende zu dem Interview bereit und sagte offen, was er zu sagen hatte. Die Frage, woher der Journalist eigentlich die Information hatte, daß er zurückgetreten war, wagte er allerdings nicht zu stellen: Er wußte, daß Presseleute dieses Niveaus vertrauliche Kontakte zu allen möglichen Personen pflegten, auf die nie jemand kommen würde.

Am Abend sah er sich selbst im Fernsehen. Zehn Minuten später begannen die Anrufe: Gratulationen, Verblüffung, anonyme Beleidigungen, Bitten um weitere Interviews. Tags darauf fand er sich auf den Titelseiten der Zeitungen, betrat das Gericht unter den neugierigen Blicken aller, bemerkte, wie die Leute aufhörten zu reden, wenn er vorbeikam, um sofort hinter ihm wieder damit zu beginnen – es war, als bahne er sich wie Moses einen Weg durch ein Meer, das sich dann hinter ihm wieder schloß.

Nun hatte er keine Zeit mehr für Vorahnungen. Die Journalisten belagerten seine Frau, seine Kinder, die Haushälterin. Der vertrauliche Bericht, den er versiegelt an die Staatsanwaltschaft in Rom geschickt hatte, erschien in großer Aufmachung in einer Zeitung, gleichzeitig wurde der Besuch eines Inspektors des Justizministeriums in Catania angekündigt. Täglich gaben Politiker, die er nicht kannte, und Soziologen, deren Namen er noch nie gehört hatte, ihre Meinung über ihn zum besten, urteilten über seine Moral und seine Berufstauglichkeit – bis hin zur Frage, ob er überhaupt noch einem Mafiaprozeß vorsitzen könne.

Der «Fall Magri» wurde, kaum geboren, zu einem monströsen, unkontrollierbaren Phänomen. «Die wollen, daß du den Prozeß abgibst», sagte ein Kollege, einer der wenigen, die weiter zu ihm hielten. «Sie wissen, daß du ein strenger, ehrenhafter Richter bist, und sie wollen dich durch einen ersetzen, den sie besser in der Hand haben...»

Er konnte es einfach nicht glauben, aber er saß in der Falle. Das Urteil im Prozeß stand bevor, und einige Kollegen schienen sicher zu sein, daß der Einschüchterungsversuch von den Angeklagten und deren Freunden gekommen war. Verhängte er nur leichte Strafen, würden alle unterstellen, er tue das aus Angst. Brummte er den Angeklagten dagegen lebenslänglich auf, würde man sagen, er wolle sich rächen, zeigen, daß er sich nicht einschüchtern ließ. Gab er, die dritte Möglichkeit, den Prozeß ab, würde das sein Ende bedeuten – als Mensch und als Richter. Drei Wochen blieben ihm noch bis zur Urteilsverkündung. Doch so sehr er auch überlegte, es fiel ihm keine vierte Alternative ein. Das Telefon war abgemeldet, die Kinder hatte er in Verona bei einer Tante versteckt, seine Frau hatte Urlaub genommen und sich zu Hause eingeschlossen.

Als der Inspektor des Justizministeriums eintraf, erkannte Magri, daß sowieso schon alle Würfel gefallen waren. Er wurde einem scharfen Verhör unterzogen, verstrickte sich in Widersprüche, war nicht einmal mehr imstande, sich zu wehren, auch nur etwas lauter zu reden. Mit dem Gerichtshof zog er sich zwei Tage lang ins Beratungszimmer zurück, um im Mafiaprozeß zu einem Urteil zu kommen.

In diesen Tagen begannen einige Zeitungen mit dem Abdruck ganzer wörtlicher Passagen aus dem Bericht des Ministerialinspektors. Darin wurde sein Verhalten als widersprüchlich und verdächtig beurteilt, das nächtliche Abenteuer der Tochter als wenig glaubwürdig bezeichnet. Der Bericht hätte an sich geheim bleiben müssen, doch nun schien es, als kannten ihn alle. Nur Richter Magri, eingeschlossen im Beratungszimmer, wußte von nichts. Als er das Urteil verkündete, bombardierten ihn Publikum und Verurteilte mit Beleidigungen. Mehrere Leibwächter mußten ihn nach Hause geleiten und vor über achtzig Reportern schützen, die ihm am Justizpalast auflauerten.

«Du Schuft», schrie ihm einer der Verurteilten mit vor Wut verzerrtem Gesicht immer wieder hinterher, «du warst nicht würdig, über uns zu richten. Wir wollen eine Revision.»

Ein Reporter aus Rom hatte diesen Satz gehört und trat zu dem Angeklagten. Was für eine Schulbildung er denn habe, wollte der Journalist wissen.

«Grundschule bis zur dritten Klasse.»

«Und woher kennst du die vielen juristischen Fachausdrücke?»

Ein Verteidiger trat schnell dazwischen und bedeutete dem zu lebenslänglicher Haft verurteilten Mann, seinen Mund zu halten. Dann ging er in das Anwaltszimmer und diskutierte mit seinen Kollegen, wie sie gegen das Urteil vorgehen konnten. Noch bis vor kurzem hatten alle Anwälte ihre Solidarität mit Magri bekundet – in der Hoffnung auf ein mildes Urteil. Nun aber hielten sie sich die Strafen, die er den Angeklagten aufgebrummt hatte, vor Augen und erklärten in ihren Kurzinterviews, daß der Ausgang des Prozesses offenbar durch Dr. Magris persönliche Situation – dem sie natürlich sowohl als Mensch als auch als Richter vollstes Verständnis entgegenbrachten – beeinflußt gewesen sei.

Die Aggressivität der Journalisten wurde nur von der Wut der Verwandten und Freunde der Angeklagten überboten. Es wurde sogar mit Steinen geworfen, als Magri, beschützt von einem halben Dutzend Polizisten und Carabinieri, gerade in sein Auto steigen wollte. Als der Wagen losfuhr, klatschte ein großer Klecks Spucke auf die Windschutzscheibe. Der Fahrer wagte nicht, den Fleck sofort mit dem Scheibenwischer wegzuputzen.

Klein hatte sich einen goldenen Kneifer gekauft, den er sich auf die Nase setzte, bevor er ein Bündel Zeitungsausschnitte aus seinem Koffer herauszog, die er einen nach dem anderen durchlas und dann mit deutlicher Genugtuung an Osvaldo Sacerdoti weiterreichte. Die Operation verlief wie geplant.

Die Artikel berichteten über Revisionen von Urteilen, die eine bestimmte Sektion des Kassationsgerichtshofes innerhalb der letzten beiden Jahre ausgesprochen hatte. Nach den ersten revidierten Urteilen waren Interviews erschienen, in denen Girardi, der Vorsitzende des Gerichtshofes, erklärte, daß «gewisse Kollegen» wohl glaubten, sie könnten Urteile «allein aufgrund von Indizien oder mysteriösen persönlichen Überzeugungen» fällen; und da sei es Aufgabe des höchsten Gerichtes, einzugreifen und für gerechte Urteile zu sorgen. «Es geht hier nicht um eine der üblichen Menschenrechtskampagnen», so eine seiner Erklärungen gegenüber einem Journalisten, «sondern schlicht und ergreifend um die Anwendung geltender Normen des Strafgesetzbuches und des Strafprozeßrechts.» Die Polemiken verschärften sich immer dann, wenn notorische Mafiosi durch eine Revision wieder freikamen.

«Sehr gut.»

«Girardi steht in unserer Kampagne für ‹Verdacht›. Richter Magri – hier, ich habe Ihnen eine Mappe mit den wichtigsten Artikeln mitgebracht –, Richter Magri stellt die ‹Treulosigkeit› dar. Und wenn Richter Marchianò dran ist, wird er für die ‹Verschwendungssucht› stehen; Richter Cascino wiederum ist das Symbol der internen Kämpfe.»

«Im Fall Cascino müssen wir uns beeilen. Ich habe erfahren, daß sie im Justizpalast die angezapften Telefonleitungen entdeckt haben, die ins Büro des damaligen Behördenchefs Cordaro gelegt und nicht mehr rechtzeitig beseitigt wurden. Sie haben herausgefunden, daß die Anlagen nicht mehr in Gebrauch sind, aber sie werden die Entdeckung bekanntgeben – damit können sie im Justizpalast die Helden spielen, die von unbekannten Feinden eingekreist sind. Wir müssen also zum Gegenschlag bereit sein. Lancieren wir also ab sofort Nachrichten über die anonymen Briefe. Auf den Titelseiten müssen die Überschriften lauten ‹Cascino verfaßte anonyme

Briefe›. Seine Kollegen in Palermo werden gar nicht glauben, daß sie ihn so leicht loskriegen sollen. Wenn es hilfreich ist, gibt es da auch einen Mann beim Geheimdienst, der die technischen Möglichkeiten hat, um zu beweisen, daß Cascino Zugang zu der Schreibmaschine hatte, mit der die Briefe getippt wurden, und das Papier...»

«Und was machen wir mit De Luca?» fragte Klein.

«Eindeutige Order: Der Mann ist heilig. So einen muß man entweder umbringen, oder man muß ihn so lange fördern, bis er so bedeutend ist, daß er sich um Kleinigkeiten nicht mehr selbst kümmert. Wichtig ist im Augenblick, daß sich das Vertrauen der Öffentlichkeit auf ihn konzentriert. Danach wird man sehen. Wenn die Justiz keine Idee mehr ist, sondern eine Person, genügt eine Erkältung, um den Mythos zum Zusammensturz zu bringen. Wie heißt es in dem Sprichwort so schön: Alle Blumen welken.»

«Ich überlege...», sagte Klein unterwürfig, «ob es nicht gut wäre, dieses Bild noch zu festigen durch irgendein... überzeugendes... spektakuläres Ereignis. Ich hätte da so ein paar Ideen, über die ich mit Ihnen reden wollte...»

«Aber ganz unverbindlich», sagte Sacerdoti streng. Klein nickte.

«Natürlich, selbstverständlich.»

25

ALS «NEUTRALES TERRAIN» hatte Radda eine herrliche Terrasse an der Seepromenade von Lugano gewählt. Unten spielten zwei Männer auf einem riesigen, auf das Pflaster gemalten Brett mit kindsgroßen Figuren eine Partie Schach. Unter den aufmerksamen Blicken des Verleihers glitten in Ufernähe Tretboote aneinander vorbei, die so groß waren wie Autos.

Der junge italienische Schatzminister wußte nicht genau, wer sein Gesprächspartner war. Er hielt ihn für einen Vertreter italienisch-schweizerischer Finanzgruppen, die er als die Verantwortlichen für den verrückten Börsenaufschwung aussah. Möglicherweise steckten sie auch noch hinter anderen Operationen in der Industrie und im Verlagsbereich, die ihn jedoch im Augenblick weniger beunruhigten.

Ursini indes wußte alles über den Minister. «Ein junger Kerl, neugierig – und gefährlich», so die Einschätzung des Ministerpräsidenten (der selbst niemanden fürchtete und für den nur gefährlich war, wer es nicht verstand, der Realität ins Auge zu sehen und sich ihr anzupassen). «Ein Technokrat, ein Oberlehrertyp», hatte Uglietti gesagt, «alle schätzen ihn, seine Partei behandelt ihn wie eine Nelke im Knopfloch – ein losgelassener wilder Hund, ein Mann, der tut, als hätte er eine Meinung und würde danach handeln.» Castoldi wiederum hatte berichtet, daß der Minister vor diesem Treffen ein Gespräch mit den Kollegen vom Finanz- und Haushaltsministerium geführt hatte. Der wertvollste Informant war jedoch der Generaldirektor des Schatzministeriums selbst: Er hatte Ursini kommentarlos die Fotokopie ebenjenes schmalen Dossiers zukommen lassen, das der Minister in seiner hellen Ledermappe mitgebracht und neben sich auf den Stuhl gelegt hatte. «Es ist wie ein Pokerspiel mit gezinkten Karten», dachte Ursini, als sie sich in die gepolsterten Korbstühle setzten.

Aber Ursini hatte nicht vor, seinen Gesprächspartner zu «besiegen». Vielmehr wollte er Klarheit schaffen, ein für allemal.

Der Mann, den Ursini den «Repetitor» getauft hatte, beobachtete das Treffen als eine Art Schiedsrichter. Eine Krankenschwester hatte seinen Rollstuhl zwischen die Sessel der beiden Kontrahenten geschoben und stand nun auf das Geländer gestützt da und blickte auf den See. Ursini musterte den Repetitor: ein magerer, gebeugter Mann, der kaum gestikulierte, aber eine klare, energische Stimme hatte – was den Verdacht erweckte, daß er Theater spielte (vielleicht auch gar nicht im Rollstuhl sitzen mußte), um seine Gegner in Sicherheit zu wiegen. Trotz seines hohen Alters war er geistig noch sehr rege. Der Minister war von Ehrfurcht erfüllt, wenn er mit ihm sprach oder ihm zuhörte. Nach den Begrüßungsförmlichkeiten begann der Schlagabtausch. Der Minister zeigte sich ausgesprochen schlagfertig und legte dabei eine vorsichtige Sicherheit an den Tag.

«Unser gemeinsamer Freund», er wies auf den Repetitor, «hat Ihnen bereits angedeutet, warum wir zu diesem informellen Treffen zusammengekommen sind. Sowohl im politischen als auch im wirtschaftlichen Bereich macht man sich Sorgen über die Situation, die in den beiden letzten Jahren im Börsensektor entstanden ist. 1984...», er warf einen Blick in seine Notizen, nachdem er seine lächerliche Lesebrille aufgesetzt hatte, «... wurden auf der Börse ungefähr 52000 Milliarden Lire umgesetzt. Das ist die geschätzte Summe, Genaueres kann man ja da nicht erfahren, doch es dürfte in etwa hinkommen. 1985 jedenfalls waren es schon 98000 Milliarden Lire, was sich überhaupt nicht vernünftig begründen läßt, zudem es auch nicht annähernd dem Realwert der umgesetzten Aktien entspricht. Ich gebe zu, daß ich selbst in einer Rede, die ich an der Universität von Bologna gehalten habe, eher eine Baisse vorausgesagt hatte. Und heute...», er schaute noch einmal in seine Notizen und nahm die Brille ab, bevor er die Zahl nannte, «...heute sind wir schon bei fast 150000 Milliarden Lire Umsatz, eine geradezu verrückte Entwicklung, die durchaus das Vorspiel zu einem beispiellosen Desaster sein könnte.»

Ursini nickte. «Stimmt, aber was folgern Sie daraus?»

«Also, mein Kollege vom Finanzministerium und ich glauben, daß ein Großteil des Liquiditätsschubes, der diesen Boom auslöste, nicht nur auf den starken Zufluß von ausländischem Kapital, sondern auch auf italienische Lire zurückzuführen ist. Wenn es stimmt, daß Sie jene Investmentgruppe repräsentieren, die...»

«Ich verstehe, und ich antworte Ihnen in aller Offenheit. Die Investitionen sind abgeschlossen. Nun beginnen in wenigen Tagen die Verkäufe, und sie werden äußerst umfangreich sein.» Der Minister schien überrascht von der Härte, mit der Ursini antwortete. Eine derart knappe, schnelle Sprache war ihm bisher weder als Universitätsdozent noch als Politiker begegnet, und das bereitete ihm Unbehagen. Er war sichtlich bemüht, sich nicht überfahren zu lassen, gab die eher entspannte Haltung auf, die er bis dahin eingenommen hatte, setzte sich und stützte die Arme auf die Knie.

«Darf ich fragen, was mit dem Erlös aus den Verkäufen geschehen soll?»

«Etwas, das Sie betrifft. Wir werden fast alles in Bundesschatzbriefe und Staatsschuldverschreibungen investieren, was wir übrigens schon seit Jahren tun, bisher allerdings in eher bescheidenem Umfang.»

«Das habe ich mir gedacht. Wir haben ausgerechnet, daß ihr in diesem Bereich so um die 35 000 Milliarden investiert habt.»

«Schlecht gerechnet. Tatsächlich sind wir schon bei 90 000 Milliarden Lire angelangt, wenn wir sämtliche Gruppen, die mit uns zusammenarbeiten, dazunehmen.» Der Minister fuhr sich mit der Zunge über die Lippen. «Nachdem wir uns vom Aktienmarkt zurückgezogen haben», fuhr Ursini fort, «wird diese Summe auf etwa 125 000 Milliarden Lire steigen. Ende 1990 werden wir 250 000 Milliarden Lire erreichen, mindestens zwanzig Prozent der laufenden Staatsverschuldungen. Wenn Sie mir die Formulierung gestatten: Wir beabsichtigen, ein dickes Aktienpaket des italienischen Staates zu halten.»

Der Minister wußte offenbar nicht, ob er das für einen Bluff halten sollte oder nicht. Beeindruckt war er jedenfalls, und er fragte sich, welches Interesse Ursini daran haben sollte, ihm solche Märchen zu erzählen, so es welche sein sollten. Es war ihm nicht besonders wohl bei diesem Gespräch, andererseits wollte er sich als Mann von Welt zeigen. Vielleicht hatte er auch das Gefühl, das Schicksal der Nation liege geheimnisvollerweise in diesem Augenblick in seinen Händen. Auf jeden Fall war er sehr neugierig, und er hatte Mühe, das zu verbergen. Ursini beschloß, ihm zu helfen.

«Bei Bedarf kann ich Ihnen mindestens 75 Prozent dieser Investitionen mit den entsprechenden Dokumenten belegen. Aber das ist im Moment wohl nicht nötig, denke ich...» Er brach ab, weil er bemerkte, daß der Minister etwas sagen wollte. Tatsächlich kam jetzt sein Gegenangriff:

«Ich frage mich, was das für ein Geschütz ist, aus dem man so hohe Summen verschießen kann, geradezu verheerende Summen, wenn Sie den Ausdruck gestatten. Ich denke, die Finanz- und Industriereserven des Landes gut zu kennen...»

«Herr Minister, Sie selbst haben vorhin von einem informellen Treffen gesprochen. Das heißt, es muß erlaubt sein, Begriffe zu verwenden, die man sonst lieber vermeidet. Wollen Sie also sagen, daß diese Summen nur aus illegalen Quellen kommen können?»

«Wenn Sie mich so direkt fragen: Ja, genau das denke ich. Allerdings lasse ich mich auch gerne davon überzeugen, daß das nicht stimmt...»

«Ich will mal einen Vergleich aus der Astronomie heranziehen. Illegale Kapitalien dieser Größenordnung sind so etwas wie der Urknall, die Explosion, die die Wissenschaft als Anfang unseres Universums ansieht. Illegales Kapital ist wie eine kurze Explosion, die Galaxien, Sonnensysteme, Sterne, Planeten, Satelliten und Asteroiden schafft... ein nach den Gesetzen der Himmelskörper durchaus harmonisches, geordnetes System. Pecunia non olet, Geld stinkt nicht, Herr Minister. Ist Kapital illegaler Herkunft einmal zu Aktienpaketen, Bündeln von Schatzbriefen und Immobilien geworden, wird es schlichtweg zu Kapital – wie jedes andere Kapital dazu bestimmt, sich zu vergrößern und neuen Reichtum zu schaffen. Eine Summierung vieler Kapitalien schafft ein harmonisches, geordnetes System, das entspricht einfach den Gesetzen der Ökonomie.»

«Ich habe durchaus einen Sinn für Ihren Witz, doch der Vergleich hinkt. Sind die illegalen Quellen nach dem Urknall nicht erschöpft, sondern werden genutzt, um die einleitenden Investitionen mit weiteren flüssigen Mitteln zu nähren, muß man von Wirtschaftskriminalität sprechen. Damit befaßt sich übrigens eine interessante Studie, an der ein guter Freund von mir gerade arbeitet, Professor für Wirtschaftssoziologie...»

«Ja, ich weiß, eine hochinteressante Arbeit. Sie zeigt sehr deutlich, wie gefährlich es ist, kleine Erfolge überzubewerten – oder pilotierte Erfolge, würde ich hinzufügen. Ich würde Ihnen gerne ein Buch von Professor Naylor zusenden, einem Dozenten für Wirtschaft an der McGill-Universität in Montreal. Er empfiehlt für solche Fälle weder Verhütungsmittel noch Abtreibungen. Er beschreibt einfach die Sachlage, ohne zu moralisieren, was in den meisten wissenschaftlichen Arbeiten leider stark verbreitet ist: Die meinen ja immer – selbst wenn sie keiner Ideologie anhängen –, daß sie sämtliche der von ihnen aufgedeckten Übel verurteilen und mit Gegenmitteln aufwarten müssen. Professor Naylor gibt interessante Anregungen, die ich Ihnen sehr ans Herz lege. Vor einigen Jahren hat die Türkei eine Art Amnestie für *hot money* in den Händen von Geschäftemachern, Schmugglern und Steuerhinterziehern erlassen: Das heiße Geld mußte lediglich in der Zeit von Freitag nachmittag bis Montag früh auf der Staatsbank, der Ziraat, eingezahlt werden. Der Staat kassierte ein Prozent, stellte keine lästigen Fragen und reinigte so das schmutzige Geld. Die Methode selbst ist alt: In Sizilien recyclen kleine Banken Erpressungsgelder aus Kalabrien, in Florida funktionieren die Kreditinstitute als Waschanstalten für Narcodollars. Doch in der Türkei war es zum erstenmal der Staat, der eingriff, und es war nicht das letzte Mal, weder in der Türkei noch anderswo. In Italien allerdings ist das bisher noch nicht geschehen...»

«Es wird auch nicht geschehen. Eine derartige Aktion ist hier undenkbar. Sie wäre weder mit der Verfassung noch mit der Moral zu vereinbaren.»

«Meinen Sie wirklich? Aber was ist eine Amnestie? Oder was sind Steuererlässe, wie es sie auch in Italien immer wieder gegeben hat? Nichts anderes als das Dulden eines Vergehens und das Angebot der Straflosigkeit unter bestimmten Voraussetzungen, wobei das staatliche Inkasso in unserem Falle sogar bis auf zwei Prozent steigen könnte: denn es würde ja auch einiges kosten, wenn man das Geld, um es zu waschen, illegal ausführte, und es wäre überdies auch noch mit einem gewissen Risiko verbunden. Vor allem für Leute, die nicht unter dem Schutz großer Organisationen stehen.»

«Diese ‹großen Organisationen›, wie Sie sie nennen, sind illegal: kriminelle Banden, sonst nichts...»

«Das ist ein Problem, das die Justizbehörden beschäftigen muß, nicht Sie als Schatzminister. Dennoch bin ich froh, daß wir heute auch dieses Thema streifen. Wir arbeiten an bestimmten Projekten, die eine gewisse politische Stabilität und rechtliche Absicherung verlangen. Diese Stabilität fordern wir, und gleichzeitig bieten wir sie auch.»

«Das verstehe ich nicht.»

«Professore: die Regierungen in der ganzen Welt sind kurz davor, die Kontrolle über den Drogenmarkt zu übernehmen, wo weltweit gut zwei Millionen Milliarden Lire pro Jahr umgesetzt werden, also gut tausenddreihundert Milliarden Dollar. Plantagen, Veredelung und Export werden von staatlicher Seite übernommen werden. Aber in erster Linie werden die Regierungen einfach die Gewinne besteuern. In den westlichen Industrieländern, wo seit Jahren klar ist, daß man die Drogensucht nicht besiegen kann, sorgt man sich vor allem um die großen Geldmengen, die durch Drogen in Umlauf kommen, und darum, was geschehen würde, wenn dieses Geld in die falschen Hände geriete. In Kolumbien haben die Mitglieder des Kartells von Medellín eine regelrechte private Armee aufgebaut und schaffen sich eine Macht, die dem Staat ernsthaft Konkurrenz macht. In anderen Ländern wiederum finanzieren die Dealer politische Initiativen und greifen mit brutalen Mitteln die nationale Wirtschaft an. All das wird man in wenigen Jahren wohl nicht mehr tolerieren. Staat bedeutet nicht nur Gerechtigkeit, Professore, sondern vor allem Stabilität. Und damit sind wir wieder am Anfang meiner Rede: Meine Organisation braucht Stabilität – sie fordert sie und bietet sie gleichzeitig an.»

«Und auf welche Weise gedenken Sie, sie zu fordern?»

«Auf ganz traditionellem Weg. Wenn ein Arbeits-, Industrie- oder Gesundheitsminister eine Delegation von Gewerkschaftlern empfängt, steht er Leuten gegenüber, die das, was sie tun, geschützt sehen oder erweitern wollen, nicht wahr? Dasselbe werden wir jetzt tun. Wir haben Forderungen zu stellen und verfügen für derlei Verhandlungen über eine starke Macht...»

«Wie meinen Sie das?» fragte der Minister mit seiner viel zu leisen Stimme. Ursini musterte ihn erneut. Ein richtiger Politiker hätte an diesem Punkt bereits verstanden; doch dieser Oberlehrer hatte es offenbar nicht so mit der Wahrnehmung von Nuancen. Ursini beschloß also, sich auf möglichst nette Weise der Sprache des Oberlehrers anzupassen.

«Wir haben heute 90000 Milliarden Lire in Schatzbriefen einzubringen, und diese Summe wird sich in drei Jahren verdreifacht haben. Verlangen wir bei Fälligkeit dieser Briefe, daß uns die gesamte Summe ausgezahlt wird, so bedeutet das für den Staat den Bankrott. Ein Notdekret könnte die Rückzahlung zwar noch hinauszögern, doch das würde gleichzeitig auch alle anderen Investoren schädigen – und die Glaubwürdigkeit jeglicher Regierung wäre zerstört. Außerdem könnte man ein Moratorium auch nicht unendlich lange aufrechterhalten. Finden Sie nicht, Herr Minister, daß dies eine glaubwürdige Verhandlungsmacht darstellt?»

Am Schachfeld unter der Terrasse wurde applaudiert. Die Zuschauer kommentierten das Spiel, dem sie gerade zugeschaut hatten.

Auf der Fahrt nach Zürich, in Vittorio Grazianos Mercedes, berichtete Ursini vom Gespräch mit dem Minister. Er redete in betont fröhlichem Ton, denn sein Reisegefährte war sichtlich deprimiert. Dabei ließ gerade jetzt die Wirkung seines Methamphetamins nach, und er begann wieder diese Leere in sich zu fühlen. Als er geendet hatte, schaute er Vittorio ins Gesicht.

«Gibt's bei euch etwas Neues?»

«Nein. Seit vier Monaten ist meine Mutter nun schon tot, und er hockt immer noch auf der Terrasse oder in seinem Arbeitszimmer herum. Nach Sizilien ist er auch nicht mehr gefahren. Vielleicht kommt er nächste Woche mit mir mit. Ich weiß gar nicht mehr, was ich zu ihm sagen soll.»

«Lassen Sie ihn einfach in Ruhe, und sehen Sie sich selbst nicht immer nur in Ihrer Rolle als Sohn. Die Nachfolge Ihres Vaters anzutreten, wird ziemlich schmerzhaft sein, und es wird lange dauern. Aber es hat schon begonnen.»

«Vielleicht ja. Und was raten Sie dem Nachfolger?»

«Ratschläge? Eher ein paar Überlegungen. Die Organisation ist nicht die einzige Kraft, die hier in Italien wirkt, und ab und zu erleiden wir auch Niederlagen. Wir engagieren uns in zu vielen Bereichen und haben Verbindungen, die eigentlich nicht nötig sind. Ich wandle die Organisation derzeit in einen multinationalen Konzern um. Sie muß von nun an multinational sein. Wir haben die alten Traditionen beseitigt und müssen jetzt noch in Palermo ein wenig aufräumen. Sobald das geschehen ist, gebe ich meine Rolle als Botschafter und Bevollmächtigter auf und betätige mich nur noch als gelegentlicher Berater. Die Palermitaner werden dann ersetzt durch Dienstleistungsagenturen wie der von Castoldi, die man nur ruft, wenn man sie braucht. Ich habe der Organisation beigebracht, ohne Sizilien auszukommen. Sie, Vittorio, könnten die Voraussetzung dafür schaffen, daß sie ohne Italien auskommt. Kapital hat keine Nationalität.»

Sie fuhren in den Gotthardtunnel. Vor ihnen waren keine anderen Fahrzeuge zu sehen, doch bei hundertfünfzig Stundenkilometern wurde der Tunnel dennoch zu einem gefährlichen Stollen. Ursini wußte, daß Vittorio Graziano gut Auto fuhr. Dennoch schluckte er leise, bevor er weitersprach.

«Wir haben den ‹Architekten› als Mitarbeiter verloren, früher oder später werden wir ihm aber wohl wieder begegnen. Wir haben ihn damals zwar ziemlich fertiggemacht, dennoch könnte er uns Schwierigkeiten machen. Irgendwann einmal wird auch der Ministerpräsident bei uns anläuten und uns einen neuen Sindona aufdrängen oder einen anderen Rektor vorstellen. Er hat mich wissen lassen, daß er sich demnächst mit mir treffen will – und bei ihm bin ich auf alles gefaßt. In Palermo sitzen Hunderte von parasitären Mafiosi, die wimmern wie in der Nachkriegszeit, als die Agrarreform verabschiedet wurde, dazu Hunderte ebenso parasitärer Barone, unfähig, sich dem Lauf der Zeit anzupassen und über die eigene Hutschnur hinauszusehen. Befreien Sie sich von diesen Verpflichtungen, Vittorio. Halten Sie nur die Beziehungen aufrecht, die Ihnen in Ihrer Eigenschaft als Chef dieses multinationalen Konzerns hilfreich sind – lassen Sie sich nicht dadurch beirren, daß Ihr Vater mit Don Pasqualino befreundet war oder mit dem Abgeordneten Pappalardo zusammenarbeitete!»

Der Mercedes raste zu schnell aus dem Tunnel hinaus und geriet auf dem nassen Asphalt ins Schleudern. Vittorio versuchte zu bremsen. Ursini erstarrte und erwartete den Aufprall, suchte nach etwas zum Festhalten. Als die Limousine knapp vor der Leitplanke zum Stehen kam, schloß er kurz die Augen. Er öffnete sie wieder, als er hörte, wie Vittorio Graziano die Innenbeleuchtung einschaltete.

«Es tut mir schrecklich leid... ausgerechnet an dieser Stelle...»

«Nein», sagte Ursini leise und schaute vor sich hin. «Mein Unfall war ein paar Kilometer weiter vorne... Außerdem war das zu einer anderen Jahreszeit. Damals lag Schnee, es genügte, die Bremse nur ganz leicht zu berühren, und schon stand man quer. Und es gab noch kein Antiblockiersystem. Sehen Sie? Wie ich sagte: Die Dinge haben sich geändert. Die alten Gefühle werden eingescharrt, sind nur noch Erinnerungen. Man erlebt sie nicht noch einmal. Die Vergangenheit darf die Gegenwart nicht bestimmen.»

Vittorio Graziano knipste das Licht aus und legte den ersten Gang ein. Bis Zürich sagten beide nichts mehr. Als Ursini die Autotür schloß, sah er aus einem wenige Meter weiter geparkten Volvo einen Mann aussteigen. Es war Castoldi. Der Agent wartete, bis der Mercedes weggefahren war, und kam dann heran.

«Nun, haben Sie Ihre Nachforschungen abgeschlossen?» fragte Ursini. Castoldi verstand sofort.

«Es hat lange gedauert, weil ich besondere Sicherheitsmaßnahmen getroffen habe. Statt jemanden von der Agentur hinzuschicken, habe ich dafür gesorgt, daß eine halbstaatliche Einrichtung, die Behinderte betreut, dem Schicksal des Kindes nachgeht. Leider mußten wir uns an die Arbeitszeiten dieser Leute halten...»

«Verstehe, es war jedenfalls eine ausgezeichnete Idee. Sie verstehen Ihre Aufträge meisterhaft auszuführen. Aber warum sind Sie jetzt persönlich hier?»

«Das Kind ist tot. Zu Tode geprügelt. Die Carabinieri vom Collesano sagen, es sei eine Schlägerei unter Gleichaltrigen gewesen. Doch es gibt Beweise dafür, daß etwas anderes dahintersteckt.»

Monoton listete Castoldi seine Indizien auf, wie immer hatte er ausgezeichnete Arbeit geleistet. Ursini hörte ihm regungslos zu, fest auf seinen Beinen stehend, als wäre das Methamphetamin auf wundersame Weise von selbst in seine Glieder zurückgekehrt. Es gab nur eine Erklärung: die Frau und ihr Sohn, die nun anstelle des alten Bauern dort wohnten. Der Junge hatte verdächtig ausgesehen. Vielleicht hatte er auch sein Kennzeichen notiert, ein kurzer Anruf bei Hertz in Rom hätte genügt, um ihn ausfindig zu machen. Doch wer steckte dahinter? Und warum?

«Der Ehemann dieser Frau heißt Giosuè Geraci. Er arbeitete für den ‹Alten›. Seit zwei Wochen sitzt er im Gefängnis, vielleicht soll er seinem Chef zur Verfügung stehen. Ich bin fast sicher, daß er der Täter ist. Das heißt aber nicht unbedingt, daß der Alte der Auftraggeber ist. Ich nehme an, da unten wäscht einfach eine Hand die andere...»

«Das sehen Sie richtig. Danke, Castoldi.»

«Sonst brauchen Sie nichts?»

«Nein.»

Die Rottweiler begleiteten ihn bis zur Haustür. Klara schlief zum Glück schon. Seine Aufregung hatte sich gelegt, aber er fühlte sich sehr schwach. Nach einer kurzen Dusche zog er seinen Bademantel über und schaute vor dem Zubettgehen noch einmal ins Kinderzimmer. Patrick hatte seit zwei Tagen Fieber und schlief bei der Mutter. Ursini schlich auf Zehenspitzen heran und sah den kleinen Johann. Der Junge schlief im Warmen, geschützt, in Sicherheit... Ursini trauerte um seinen anderen Sohn, der ermordet worden war. Er hatte ihn verloren. Wie seinen Vater. Wie Luisa. Ein neuer Schmerz. Als er damals Giovanni wiedergesehen hatte, war es gewesen, als betrachte er ein altes, vergilbtes Foto. Er hatte einen Anflug von Sentimentalität nicht zu unterdrücken vermocht. Nun hoffte er, daß dies das letzte Mal war, daß er Schmerz empfinden mußte.

Einen Monat später traf er sich mit dem Ministerpräsidenten. Seit ihrer ersten Begegnung im Hotel Tiberio vor vielen Jahren hatte er ihn nicht mehr gesehen, obwohl sie über zahlreiche Mittelsmänner immer einen relativ engen Kontakt gehabt hatten. Doch nur ein paar graue Haare zeigten, daß die Zeit auch an diesem Mann nicht vorbeiging. Er empfing Ursini in seinem Zimmer im Hotel Martignon an der Piazza Argentina, als wären seit ihrem letzten Treffen nur ein paar Tage vergangen.

«Wie geht es Ihnen?»

Sie waren nicht allein. Der Repetitor hatte den Mann mitgebracht, der den Codenamen «Vizepräsident» trug, obgleich er im Augenblick ein viel wichtigeres Amt bekleidete. Er hatte einen ausgesprochen festen Händedruck und sprach laut und deutlich, ein Mann, der sofort zum Wesentlichen vordrang.

«Es wird bald eine Regierungskrise geben», sagte er. «Das ist eine Gelegenheit, andere Prioritäten zu setzen und neue Allianzen festzulegen. Deswegen wollten der Präsident und ich heute mit Ihnen reden.»

«Schießen Sie los», sagte Ursini. Er nahm seine Tasse und dachte, daß dies wohl der teuerste Espresso der italienischen Geschichte war.

«Alle sagen, unser Land sei der Schauplatz eines unlösbaren Konfliktes zwischen einander überlagernden, sich widersprechenden Interessen. Doch das trifft nicht zu. Im Laufe der Jahre haben sich zwei große Strömungen herausgebildet, die einander nicht bekämpfen, sondern sich lediglich bewaffnet gegenüberstehen: auf der einen Seite die Kommunisten, die eine Hälfte der Christdemokraten, einige Konzerne, Zeitungen, ein paar Richter und Intellektuelle... und auf der anderen Seite wir. Die Regierungskrise wird einen Kampf im Bereich der Zeitungen mit sich bringen. Medien zu besitzen war schon früher wichtig – mittlerweile ist es fundamental geworden.» Der Ministerpräsident lächelte und hob die Hand.

«Paß nur auf: Unsere sizilianischen Freunde sind schon aus Tradition leicht reizbar, reizbar und mächtig stolz auf ihre Autonomie. Sie wollen sich ständig *super partes* fühlen, oder zumindest *extra partes*. Nicht wahr, Dr. Ursini?»

«Etwas realistischer gesagt, wir können mit jedem in vernünftige, gleichberechtigte Verhandlungen treten.»

«Ja», sagte der Vizepräsident, «mein Minister hat mir über euer Gespräch auf dieser Terrasse in Lugano berichtet. Er war ziemlich verwirrt, muß ich sagen. Politiker sind an unvorhergesehene Angriffe und auch an Drohungen gewohnt, aber nur an politische Drohungen...»

«Drohung ist ein großes Wort.» Der Ministerpräsident suchte zu vermitteln. «Von mir sagen die Leute, daß ich in Rätseln spreche. Du aber redest in Axiomen. Dr. Ursini soll sich jetzt einmal explizit äußern.»

«Explizit ist der richtige Ausdruck. Ich werde es anhand eines Beispiels versuchen. Sindona ist tot. Sogar Klosterschwestern sind davon überzeugt, daß er ermordet wurde – und viele Leute aus Finanz und Politik haben seinen Tod als Warnung empfunden. Aber wie auch immer – er ist tot und stellt somit kein Problem mehr dar. Doch nun möchte der Rektor nach Italien zurückkehren und sich der Justiz stellen. Das wißt ihr sicher alle. Und hier muß man nun wirklich explizit sein: Ich möchte wissen, was dieser Mann im Augenblick für euch darstellt – ist er ein Feind, ein Verbündeter oder irgendein Außenstehender, der in Ungnade gefallen ist? Unklare Positionen kann ich nicht akzeptieren, denn ich selbst muß auch klar Stellung beziehen. Ich bin bereit, auf eure Vorstellungen einzugehen; wenn ihr euch aber unklar äußert, wird der Rektor das Schicksal erleiden, das meine Organisation für ihn beschlossen hat.»

Er bemerkte, daß seine Gesprächspartner sich ärgerten. Der Ministerpräsident setzte noch einmal zum Reden an, doch der Vizepräsident unterbrach ihn.

«Wir können uns in einem Moment wie diesem keine Zimperlichkeiten leisten. Wir brauchen alle Männer an den Waffen. Und der Rektor würde es nicht riskieren zurückzukehren, wenn man ihm nicht gewisse Sicherheiten garantiert.»

«Verstehe», sagte Ursini ohne die beiden anzusehen. Jetzt war es an ihm, sich zu ärgern. Der Rektor hatte diese Leute an der Leine, und sie alle bemühten sich, damit er nicht zu lange im Gefängnis sitzen mußte und bald freigesprochen wurde. Der Rektor würde sich dann wieder bei ihm einklinken und ihn zwingen, sich die Projekte anzuhören, die er sich im Gefängnis und dann in seinen Verstecken ausgedacht hatte. Eine deprimierende Aussicht.

Doch Ursini mußte gute Miene zum bösen Spiel machen. «Wird es vorgezogene Wahlen geben?» fragte er. Die anderen nickten. «Und der Zeitungskrieg?»

«Damit beginnen wir sofort. Er muß bis zur nächsten Regierungskrise ausgefochten sein», erklärte der Repetitor. Ursini musterte den Mann, wie er da so knöchrig und krumm in seinem Rollstuhl saß: So ehrgeizig, wie er in seinem Alter noch war, mußte er in der ständigen Angst leben, die zahlreichen Projekte, die in seinen dürren Händen lagen, nicht mehr zu Lebzeiten vollenden zu können. Die Ungeduld eines Jünglings gepaart mit der Angst eines alten Mannes. Ursini blickte wieder zu den beiden anderen und beschloß, noch expliziter zu werden.

«Wieviel wird all das kosten?»

Er hörte zu, ohne mit der Wimper zu zucken, überlegte bei jeder Forderung, welche Gegenleistung er verlangen konnte. Die Zusammenarbeit mit diesen Männern war unabdingbar für die Verabschiedung des geplanten Gesetzes zur Kriminalisierung von Drogenabhängigen: Rauschgiftsüchtige würden so jeder Art von Erpressung ausgesetzt. Gleichzeitig würden sie gegen eine Liberalisierung im Umgang mit Dealern sein, die der Organisation Schäden in Höhe von Tausenden Milliarden Lire verursachen würde. Kein Preis war zu hoch für die Hilfe dieser Männer.

Nach dem Treffen verließ Ursini das Hotel. Er wollte noch ein wenig durch die Gassen des Stadtzentrums schlendern. Es wehte ein frischer, feuchter Wind. Aus einem vor dem Hotel geparkten Thema stieg ein Mann im Regenmantel. Ursini hatte längst gelernt, in solchen Situationen seine Angst zu unterdrücken. Dennoch: In den Zehntelsekunden, die vergingen, bis er erkannte, daß er ein bekanntes Gesicht vor sich hatte und keine Gefahr bestand, mußte er immer heftig schlucken. Bruno Santangelo wirkte müde.

«Sind Sie der Leibwächter des Ministerpräsidenten, überwachen Sie den Vizepräsidenten oder beschützen Sie mich?» fragte Ursini und verlangsamte seinen Schritt.

«Wohin wollen Sie, Dr. Ursini? Kann ich Sie irgendwo hinbringen?»

«Ich wollte eigentlich die paar Schritte gehen, aber es ist doch ziemlich kalt. Was ist passiert, Santangelo?»

«Auf De Luca soll ein Attentat verübt werden», sagte der Mann vom Geheimdienst.

26

DAS ATTENTAT WURDE in Palermo, in einer Villa nahe dem Favorita-Park, geplant. Der Grund für den Anschlag war ein überaus simpler: Es galt, De Lucas Recherchen zu stoppen. Er konzentrierte sich gerade auf einen kleinen Ort in der Nähe von Agrigent, der ein Zentrum des internationalen Drogengeschäfts war. Auch die Durchführung sollte simpel sein: zehn bis fünfzehn Kilo Dynamit in irgendeinem Behälter, etwa einer Tasche oder einem Auto.

Zur Installation des Sprengstoffs und des Zeitzünders wurde ein Mann ausgewählt, der bereits eine ähnliche Aktion erfolgreich durchgeführt hatte. Eine dreiköpfige Mannschaft sollte ihm helfen. De Lucas Gewohnheiten waren bekannt: Auf dem Weg zwischen dem Justizpalast und seiner Wohnung wechselte er häufig die Route, der Wagen fuhr äußerst schnell und war zudem mit der stärksten Panzerung ausgestattet, die man überhaupt bekommen konnte. Vom Straßenrand her würde man ihn kaum erwischen.

Sein Amtszimmer glich ebenso wie seine Wohnung einer kleinen Festung, und beide wurden rund um die Uhr überwacht. Vor seinem Haus, in einem Betonhäuschen, stand ein bewaffneter Mann. Die Leibwächter De Lucas lösten einander alle drei Stunden ab, für die Touristen eine Attraktion wie der Wachwechsel vor dem Buckingham Palace in London.

De Luca hatte eine Freundin, eine jüngere Kollegin. Anfangs hatten sie sich heimlich im Amt getroffen. Dann hatte er sie auch zu sich nach Hause eingeladen. Aber er besuchte sie nie, dort zuzuschlagen, hätte also auch keinen Sinn.

Sie zogen einen Kongreß in Palermo in Betracht, an dem De Luca teilnehmen wollte, die Villa Igia und den Flugplatz Punta Raisi. Doch am Ende entschied man sich für das Restaurant an der Strandpromenade von Mondello, in das De Luca seine Gäste von auswärts einzuladen pflegte. Er ließ sich oft sehr kurzfristig einen Tisch reservieren und hatte meist eine Eskorte von sechs oder sieben Leibwächtern dabei.

Die Attentäter infiltrierten zunächst einen Kellner, der einen angeblich kranken Kollegen ersetzen sollte: Er hatte den Auftrag, die Organisation und die Gäste des Lokals genau zu beobachten. Der Besitzer wurde mit Drohungen eingeschüchtert und gleichzeitig mit Versprechungen gelockt, denen er nicht widerstehen konnte. Einen Monat nach dem letzten Besuch De Lucas im Restaurant begann für die Männer die Endphase der Planung.

Endlich konnten sie durchführen, was sie tagelang geplant hatten: Ein Spitzel verständigte seinen vor dem Justizpalast postierten Komplizen, kaum daß der Konvoi des Richters losfuhr, ein diskret hinter der Eskorte herspurtender Motorradfahrer gab die Route De Lucas durch. Für den Fall, daß die drei gepanzerten Fahrzeuge die Straße nach Mondello nehmen sollten, würde ein weiterer verschlüsselter Anruf den Sprengstoffexperten informieren, der fünfzig Meter vom Restaurant entfernt in einem kleinen Appartement wartete.

Der Besitzer des Restaurants war vollkommen in der Hand der Polizei, ein ehemaliger Informant, der einmal rein zufällig einen wertvollen Hinweis aufgeschnappt und sich dadurch viele Vorteile verschafft hatte. Danach hatte er jedoch einen Mord begangen und war sofort identifiziert worden. Man hatte ihn wegen jener wertvollen Information vor einer Strafe verschont, aber seither war er kein freier Mann mehr. Man zwang ihn, in seinem Lokal Wanzen anzubringen, getarnte Agenten als Kellner anzustellen und sein eigenes

Appartement im ersten Stock für geheimnisvolle Treffen zur Verfügung zu stellen. Seit Jahren war ihm, als lebe er gar nicht mehr. Er hatte sogar schon die Angst verloren, getötet zu werden. Als man von ihm verlangte, sein Lokal für das Attentat «herzuleihen», überlegte er genau und wog das Risiko ab. Starb der Richter, während er nicht im Lokal war, würde ihm niemand glauben, daß er mit dem Attentat nichts zu tun hatte – verließ er doch normalerweise nie sein Lokal, während es geöffnet war, was jeder wußte. Fand er jedoch ein glaubwürdiges Argument, um das Attentat zu verhindern, gab es gewisse Chancen für ihn weiterzuleben.

Er rief bei der Kriminalpolizei an und sagte nur, daß er glaube, im Restaurant stehe eine wichtige Aktion bevor. Von Bomben erwähnte er nichts und äußerte sich auch nicht dazu, wieweit er in die Sache verwickelt war. Wenn sie etwas dagegen unternehmen wollten, würden sie es innerhalb von zwei oder drei Tagen selbst herausbekommen. Hatten auch sie nichts dagegen einzuwenden, daß der Richter ermordet wurde, würden sie wohl einfach so tun, als wüßten sie von nichts. Dann aber wäre auch er hinterher vor polizeilichen Repressalien sicher.

Der Polizeibeamte bekam innerhalb von wenigen Tagen heraus, daß es stimmte, was der Besitzer des Restaurants gesagt hatte, und glaubte auch herausbekommen zu haben, wer hinter dem Plan steckte. Seinen Bericht übergab er allerdings seinem Chef beim Geheimdienst – alles, was er in die Hände bekam, wurde in Rom durchgesehen, bevor es auf dem Tisch des obersten Kripochefs von Palermo landete. Sein Kontaktmann in Rom war Bruno Santangelo.

Nachdem Santangelo sich an jenem Abend von Ursini verabschiedet hatte, kehrte er zum Wagen zurück und wies den Fahrer an, ihn wieder zu seinem Büro zu bringen. «De Luca darf nicht sterben», sagte der Schweizer mit seiner leisen

Stimme. «Wir sind dabei, das Fundament dieser Kategorie Mensch zu zerstören, und können in diesem Moment keinen Märtyrer gebrauchen...» Man müsse den Anschlag verhindern, ohne die Attentäter zu entlarven, ohne den Informanten anzuschwärzen – und möglichst auch, ohne das Lokal zu zerstören, denn das *ritto misto*, das es dort gab, war ausgezeichnet.

Ursini rief noch am selben Abend Vittorio Graziano an und fragte ihn, wer es wagte, so etwas zu planen, ohne sich mit irgend jemandem abzusprechen. Der junge Mann geriet in Verlegenheit und mußte gestehen, daß auch er nicht allzuviel über diesen Clan wußte. «Die Petrella haben ihre eigenen Geschäftsverbindungen in Südamerika und Thailand. Sie haben sich an einigen gemeinsamen Investitionen beteiligt, aber sie haben weder Vertreter in den Organen, noch verfügen sie über entsprechend ausgerüstete bewaffnete Gruppen...»

Etwas später rief Vittorio seinen Vater an, der noch deprimierter als sonst war, erschöpfter als zu den Zeiten, da er noch viel gearbeitet hatte, herumgereist war und sich allenfalls am Sonntag mittag eine Pause und ein Nickerchen gegönnt hatte. Vittorio erzählte, was er von Ursini gehört hatte. «Was sind das für Leute, Vater?»

Turi Graziano kannte sämtliche Petrella recht gut: die Brüder, die Vettern, die weiteren Verwandten und Bekannten. Es waren talentierte, eigenbrötlerische Kaufleute, ohne den geringsten Sinn für Politik. Sie hatten zu stark expandiert, hatten sich in alle Marktlücken gedrängt, immer unvorsichtiger, immer arroganter... «Ich möchte da nicht meine Nase reinstecken, jedenfalls jetzt nicht. Wenn du und Ursini die Sache auf eure Weise gelöst habt, mache ich den Rest auf meine Weise», sagte Turi, verabschiedete sich von seinem Sohn und hängte ein. Er wollte noch die letzten Nachrichten sehen und dann ins Bett gehen.

Einige Tage später informierte De Lucas oberster Leibwächter die Polizei darüber, daß für den nächsten Tag ein Besuch in einem bestimmten Restaurant in Mondello geplant sei. De Luca würde dort mit einem Kollegen aus Turin und dessen Frau speisen. Die Geheimdienstler hatten inzwischen bereits einen Mann eingesetzt, der sich für einen Handelsvertreter ausgab und täglich an einem Tisch in der Ecke saß, der mysteriöserweise auch immer für ihn frei war. Der Mann hatte immer eine große Tasche dabei, die er nach und nach immer weiter unter den Tisch zu schieben pflegte, bis sie nicht mehr zu sehen war. Kaum daß der Richter das Lokal betrat, würde der Mann weggehen und die Tasche «vergessen». Es war auch nicht schwer gewesen, ein Zimmer zu finden, von dem aus die Bombe gezündet werden konnte. Es fehlte also nur noch der «Ehrengast» der Aktion.

Am Donnerstag mittag um kurz vor eins fuhr De Luca los. Der Tisch im Restaurant war erst kurz zuvor reserviert worden. Zwanzig Minuten später rief der Spitzel in dem Appartement an, von dem aus die beiden Männer zünden sollten. Als der blaue Alfa 90 mit seiner Eskorte in den Favorita-Park einbog, drangen vier Geheimagenten in das Zimmer ein, zerstörten die Funkanlage – eine ACMOS mit zwei Kanälen, wie man sie für ferngesteuerte Autos benutzt – und führten die zwei Männer ab. Die große Tasche des Mannes, der an seinem Tisch gerade Tellerfleisch aß, fiel niemandem mehr auf. Kaum daß die Sirenen die Ankunft des Richters ankündigten, verließ er eilig das Lokal. Dabei stolperte er über den Teppich. Eigentlich hatte er sich schon längst an das Dynamit zwischen seinen Füßen gewöhnt, doch als es nun ernst wurde, überkam ihn wieder Nervosität wie am ersten Tag.

Die Sicherheitsbeamten durchsuchten wie üblich das Restaurant, einschließlich der Küche. Einer der Polizisten bemerkte die Tasche, dachte jedoch, daß ihr Eigentümer wohl auf der Toilette sei, und drehte seine Runde im Lokal. Da nach jedoch war der Tisch noch immer nicht besetzt. Er fragte den Kellner, der sich ebenfalls wunderte. «Der hat schon bezahlt und ist gegangen. Er muß die Tasche vergessen haben.» Der Leiter der Sicherheitseskorte erschien mit Verstärkung, betastete die Tasche, war aber noch immer nicht beunruhigt. Dann zog er den Reißverschluß auf, und ihm stockte der Atem.

In der kleinen Gemeinde in der Nähe von Agrigent interessierte sich nach einer Woche niemand mehr für das mißlungene Attentat. Während die italienischen Zeitungen erleichtert darüber berichteten, daß De Luca noch lebte, versammelte sich der Clan der Pretella und kam zu einer plausiblen Erklärung für das, was geschehen war: Die Männer, die in das Appartement eingedrungen waren, konnten keine Polizisten sein, hatten sie sich doch darauf beschränkt, die beiden Männer hinauszuwerfen, nicht einmal Ausweise hatten sie verlangt. Es konnte sich nur um Turi Grazianos Männer gehandelt haben, der keinen Ärger wollte oder sich höchstpersönlich um diesen elenden De Luca kümmern wollte.

Niemand dachte daran, Graziano anzurufen, außerdem war ja auch unbekannt, wo er sich versteckt hielt. Da er sich aber auch nicht bei ihnen meldete, um sie für ihren Alleingang zu tadeln, dachten die Petrella nach einiger Zeit nicht mehr an die Sache und kümmerten sich wieder um ihre Geschäfte. Der älteste der Brüder blieb zur Koordination der Geschäfte im Dorf, während die anderen wieder in alle Welt ausschwärmten.

Einen Monat später war er als Pate bei einer Taufe. Als er die Kirche verließ, wurde er von zwei Männern erschossen. Die Täter fuhren dann mit einem Motorrad davon.

«Das war die Rache für De Luca», kommentierte Turi Graziano am Telefon seinem Sohn gegenüber. «Was sagt der Schweizer dazu? Ist er zufrieden?»

Vittorio wußte es nicht genau. Ursini hatte ihm mitgeteilt, daß er eine falsche Spur habe legen lassen, an deren Echtheit man im Justizpalast von Palermo nicht zweifelte. «Den Mitgliedern des Antimafia-Pools muß man immer einen Knochen geben, an dem sie nagen können. Das ist das ganze Geheimnis.»

«Für die Leute vom Pool ist das der Triumph, nach dem gescheiterten Attentat...», hatte Vittorio begonnen, doch Ursini hatte ihn unterbrochen: «Überlaß solche Sprüche den Zeitungen, Vittorio. Zwischen einem gescheiterten Attentat und einem, das gar nicht stattgefunden hat, besteht doch ein ganz wesentlicher Unterschied.»

In Palermo betrachtete man den Mord am ältesten der Petrella-Brüder als Racheakt eines anderen Clans aus Agrigent. Die Petrella selbst beschlossen zu schweigen und akzeptierten so in aller Stille die harte Strafe. Außerdem war ihnen klar, daß dieser Mord die Aufmerksamkeit der Ermittler auf ihre Geschäfte gelenkt hatte und daß die DEA dem italienischen Justizministerium einen ausführlichen Bericht über ihre Aktivitäten in den USA, Kanada und Kolumbien übersandt hatte.

Ihre Zurückhaltung war jedoch umsonst: Die Geheimdienste mischten sich ein, übergaben dem Pool in Palermo sämtliche notwendigen Daten zur Aushebelung des Imperiums der Petrella und ihrer Verbündeten. Santangelo übermittelte Ursini höchstpersönlich die Details und übergab ihm eine Liste der Clanmitglieder, die sich derzeit in Italien befanden. «Gegen die anderen liegen internationale Haftbefehle vor.» Er erwartete kein Lob, und tatsächlich nickte Ursini nur beifällig. Aber Santangelo erkannte, daß Ursini irgend etwas nicht paßte, wußte aber nicht, was es sein könnte.

Später überflog Ursini gelangweilt die Liste. Ein Großteil des Rohmorphiums und auch des bereits veredelten Heroins war entdeckt und in Sicherheit gebracht worden. Die Petrella gehörten zwar entfernt zur Organisation, waren jedoch nicht in den Apparat selbst integriert. Ihre Eliminierung war kein Verlust, und für Ursini persönlich bedeuteten auch diese fünf oder sechs Namen nichts. Interessanter fand er einige Schlagzeilen, die wenige Tage später auf die Enttarnung der komplexen Organisation der Petrelli Bezug nahmen: «Cosa-Nostra-City bricht zusammen», titelte eine große Mailänder Zeitung in ihrem innenpolitischen Teil.

Ursini las die Schlagzeile Major Uglietti vor, faltete die Zeitung wieder zusammen und legte sie weg. «Und all das», sagte Uglietti und sah Ursini über den Schreibtisch hinweg aufmerksam an, «wegen ein paar Kilo Dynamit, die jemand zum falschen Zeitpunkt, auf verkehrte Art und Weise und auch noch vor der falschen Person hervorgezogen hat. Zum Glück sind die Verantwortlichen dieser Hanswurstiade bestraft worden.»

«Und da behaupten die Leute, daß die Justiz in Italien nicht funktioniert», entgegnete Ursini.

Nachdem der Major gegangen war, holte Ursini einen kleinen Zeitungsartikel hervor: In einer Zelle des palermitanischen Zuchthauses Ucciardone war in der Nacht der Häftling Giosuè Geraci mit einem oder mehreren stumpfen Gegenständen ermordet worden. Der Mailänder Berichterstatter kommentierte ironisch, daß der klassische Mord in einem geschlossenen Raum hier in einer interessanten Variante vorlag: Die Schuldigen konnten kein Alibi haben, waren sie doch zusammen mit dem Opfer eingeschlossen gewesen. Alle drei erklärten sich natürlich für unschuldig und räumten betrübt ein, daß wohl oder übel einer der anderen der Täter sein mußte.

Der Journalist erinnerte an die Gesetzeslage bei Beihilfe zum Mord und hob hervor, daß anders als bei bisherigen Mafiamorden, für die es eigentlich nie genügend Beweise gab, hier einer der drei Zelleninsassen auf keinen Fall schuldig war. Dennoch blieb das Motiv unklar: Die drei Männer und das Opfer kamen aus miteinander befreundeten Clans, und keiner von ihnen war eigentlich der Typ, der bei einer kleinen Meinungsverschiedenheit unter Zellengenossen gleich einen Mord begehen würde.

Ursini legte die Zeitung diesmal nicht so sorgfältig zusammen. Er hatte Turi Graziano um die Aktion ersuchen müssen, denn nur er war imstande, einen Befehl dieser Art im Gefängnis ausführen zu lassen. Die drei hatten noch in derselben Nacht zugeschlagen, ohne irgendwelche Fragen zu stellen, ebensowenig wie Vittorio Fragen gestellt hatte. Es war das erste Mal, daß Ursini ihn um einen Gefallen dieser Art gebeten hatte, und es sollte das letzte Mal sein. Wäre es ihm gelungen, den Auftraggeber herauszufinden, hätte er die Agentur Castoldi beauftragt. Doch es war aussichtslos: Zu viele kamen da in Betracht, von Giacomo bis hin zum Alten, von den Verwandten Raias bis zu einem der kleineren Clans aus der Provinz, die Geraci für irgend etwas verantwortlich machten.

So mußte er sich mit dem ausführenden Täter begnügen, und darum war nun Giosuè Geraci gestorben. Ursini suchte sich vorzustellen, wie sein Sohn Giovanni auf dieselbe Weise gestorben war: ein hilfloser Junge, der sich im Abendlicht auf einem steinigen Feldweg krümmte und dem Geraci dann den tödlichen Schlag versetzte.

Ursinis Haß war nun verflogen. Er empfand nur noch Schmerz. Schmerz und Kummer. «Der Tod wäscht alles weg», hatte sein Vater des öfteren gesagt. «Ein einziger Tod kann hundert andere Tote wegwaschen.» Eine große Weisheit. Die gezielte, erbarmungslose Rache war die unmittelbarste Form von Gerechtigkeit, die Ursini sich vorstellen konnte. Wie alle Racheakte konnte auch dieser Mord nicht rückgängig machen, was geschehen war – wenigstens aber war auch er nicht mehr rückgängig zu machen.

Nach Weihnachten traf sich das Direktorium in der Talstraße zum Haushaltsbericht für das auslaufende Jahr. Alle Anwesenden wußten, daß dies nicht eine der üblichen Sitzungen des Verwaltungsrates sein würde. Zum erstenmal war im Raum neben dem Konferenzsaal ein kaltes Buffet aufgebaut worden, daneben standen Champagnergläser. Zum erstenmal erschien Ursini nicht mit seinem Aktenkoffer voller Papiere, und an der Tafel hinter ihm waren heute auch keine Tabellen und Diagramme angebracht.

«In einer halben Stunde haben wir alles Wichtige erledigt. Dann trinken wir erst mal einen», begann er und bemerkte, daß seine gute Laune die anderen ansteckte. Sogar Anwalt Radda wirkte entspannt. «Meine kleine Rede gliedert sich in drei Teile: einen finanziellen, einen politischen und einen persönlichen. Erstens: Im kommenden Jahr wird der Gesamtumsatz der Organisation zum erstenmal die Grenze von hunderttausend Milliarden Lire überschreiten. Der Handel mit dem Goldenen Dreieck über Bulgarien und die Tschechoslowakei hat dazu geführt, daß wir achtzig Prozent des italienischen und beträchtliche Anteile des europäischen Marktes zu überaus günstigen Bedingungen besetzen konnten. Auch im sogenannten sekundären Sektor können wir hervorragende Ergebnisse verzeichnen, sowohl was öffentliche Aufträge als auch was staatliche Förderungen und EG-Subventionen betrifft. Die erstaunlichsten Zahlen kommen jedoch – und das wird so bleiben – aus dem Bereich der Reinvestitionen: Börse, Immobiliensektor, Investmentfonds, Industriebeteiligungen und vor allem Valuta-Spekulationen, die wir von unserer Basis in Guatemala aus inzwischen ohne das geringste Risiko durchführen können. Wir haben Geschäfte in ganz Europa laufen, sind als Aktionäre am Wirtschaftsboom in Deutschland beteiligt, haben in Frankreich und Spanien Investitionen im Industriesektor begonnen, unter dem Schutz zuverlässiger Verbündeter. Allein die Zinsen von Schatzbriefen belaufen sich dieses Jahr auf etwa 15 000 Milliarden Lire, wobei es sich dabei eigentlich um einen fast ausschließlich politischen Einsatz von Kapital handelt. Doch inzwischen haben alle unsere Aktivitäten politischen Charakter angenommen. Wir sind mit den Machtzentren in Italien, Europa und Südamerika verbunden, häufig in dominanter Stellung.»

«Zwölf Minuten», sagte Osvaldo Sacerdoti, als er merkte, daß das Kapitel Geld abgeschlossen war. Ursini nickte.

«Ich habe also noch Zeit. Was die Politik betrifft, so möchte ich noch einmal an unser Programm erinnern. Wie ihr gehört habt, sind unsere Investitionen von immer größerer Bedeutung. Im Bereich illegaler Geschäfte ist das Risiko auf ein Minimum zurückgegangen, sieht man einmal vom Rauschgifthandel ab. Für die neunziger Jahre haben wir vor, uns endgültig von Sizilien abzuspalten, was auch unsere amerikanischen Vettern in den fünfziger Jahren geschafft haben. Übriggeblieben ist damals nichts außer einem historischen Bezugspunkt und guten Beziehungen zur Insel. Dazu wird es auch zwischen uns und Sizilien kommen. Nicht einmal einen großen Apparat allzeit bereiter bewaffneter Männer werden wir mehr brauchen. Die Geheimdienste Italiens und der mit uns befreundeten Staaten haben zusammen mit einigen Spezialagenturen alles zu bieten, was wir im Notfall brauchen könnten: Informationen, Kontakte, Logistik und Waffen. Schon heute setzen wir unsere Projekte mit Hilfe der politischen Macht und der Massenmedien durch. Das wird auch künftig an der Tagesordnung sein. Unsere... ja, ich würde mal sagen, juristische Natur verlangt nach dieser Entwicklung. Kein multinationaler Konzern wird jemals einen so großen Einfluß auf den Staatsapparat erlangen wie wir, kein Staat wird je in dem Maße auf dem wirtschaftlichen und finanziellen Sektor tätig sein können wie wir. Wir haben die Wirtschaft revolutioniert und sind ihre neuen Alleinherrscher... Osvaldo?»

«Gute fünf Minuten.»

«Gut. Ein letztes Wort. Ende des kommenden Jahres wird meine Aufgabe erledigt sein. Vittorio Graziano wird der neue Chef werden – er hat die nötige Persönlichkeit und die nötige Bildung. Ich werde euch natürlich als Sachverständiger zur Verfügung stehen, wenn ihr mich braucht, aber nicht mehr an euren Beratungen teilnehmen, die ihr vielleicht anderswo abhalten werdet, in anderer Form und in anderer Zusammensetzung.»

«Ich kann es nicht glauben», sagte Sacerdoti. «Und was wirst du dann tun?»

«Ich werde mich erst mal ein paar Monate erholen, außerdem muß ich noch eine kleine Beinoperation über mich ergehen lassen. Dann widme ich mich meiner Familie, der Börse und meinen Büchern. Ich muß besser als in den letzten Monaten auf meine Gesundheit achten.»

Das erste Mal, daß ich ihn über sich selbst reden höre, dachte Uglietti, der bereits seit einigen Monaten geahnt hatte, was in Ursini vorging – ohne darauf zu kommen, daß er so schnell seinen Abschied nehmen würde. Ein elastischer, skrupelloser Diktator, der kokett die absolute Macht abgab und sich nun frühen Buchdrucken und seiner Rehabilitationsgymnastik widmen würde. Es wäre interessant, ein oder zwei Jahre nach Ursinis Rücktritt eine Recherche über ihn durchzuführen, sich seine Projekte und Beweggründe, vor allem aber sein Privatleben genauer anzusehen. Aber vielleicht war es doch besser, die Finger davon zu lassen, beschloß er schließlich und erhob sich, um sich, während die anderen schon aßen und tranken, dem jungen Graziano zuzuwenden. Vittorio war dreißig Jahre alt und im Begriff, das größte europäische Wirtschaftsimperium zu übernehmen. Vittorio lächelte überlegen – keine Spur mehr von dem ironischen Witz, der ihn dazu prädestiniert hatte, zusammen mit Osvaldo Sacerdoti den lebendigen Flügel in diesen oft tödlich langweiligen Ratssitzungen zu bilden. Entweder war es die bevorstehende «Krönung», die ihn zu seiner gravitätischen Haltung veranlaßte, oder etwas Schlimmes war geschehen. Es würde nicht schwer sein, das herauszufinden, man müßte nur auch über ihn eine umfassende Recherche durchführen. Doch Uglietti hielt auch das für keine gute Idee. Er beschloß, sich nun endlich doch etwas vom kalten Buffet zu holen und an etwas anderes zu denken.

27

IM PARK DER Villa Sperlinga in Palermo wimmelt es sonntags bei schönem Wetter von Kindern.

Ursini erinnerte sich nicht an seine Mutter, wohl aber an seinen Vater, einen fülligen, behäbigen, damals noch recht jungen Mann mit leicht angegrautem Haar, der auf dem Weg zum Park seine Hand festzuhalten pflegte, bis sie das Tor erreichten. Dort ließ er ihn dann plötzlich los – ohne ein Wort zu sagen, ohne ihn vor möglichen Gefahren zu warnen. Für den kleinen Giuseppe war das die Freiheit schlechthin gewesen, die Unabhängigkeit von seinem streng geregelten Zuhause und der Schule. Hier konnte er tun, was er wollte und mit wem er wollte, denn Klassenunterschiede gab es an diesen Sonntagmorgen in der Villa Sperlinga nicht.

Ursini schlenderte ein wenig durch den Park, suchte die altvertrauten Bäume und die malerischen Winkel, an die er sich noch erinnerte. Es liefen so viele Kinder herum wie damals, aber sie waren viel jünger als seine damaligen Spielkameraden: Heute machten die Kinder etwa fünf Jahre früher ihre ersten Schritte in die Freiheit. Keine Spur mehr von jenen herausgeputzten Zwölfjährigen in kurzen Hosen und mit ihren dicken Mamas. Blitzende Elektroautos und -motorräder wurden per Fernbedienung aneinander vorbeigesteuert – eine Gefahr lediglich für Fußgänger wie ihn, die nicht daran gewöhnt waren, diesen Gefahren ausweichen zu müssen. Ursini setzte sich auf eine leere Bank und freute sich an der Schönheit des Parkes.

Er saß gut eine Viertelstunde da, als plötzlich direkt vor

ihm ein kleines Kind hinfiel. Aber der Bruder des Kindes eilte sofort herbei, und es stand auf, als wäre nichts gewesen.

«Geh mit ihm zum Karussell, Libero, und seid vorsichtig», sagte der Vater, der mit einer zusammengefalteten Zeitung in der Hand ein paar Meter hinter ihnen stand. Ursini musterte ihn. Er hatte weder die Stimme wiedererkannt, noch war ihm der Mann bisher sonst aufgefallen. Plötzlich aber erinnerte er sich, und er sah, daß der Mann ihn ebenfalls aufmerksam ansah und dann lächelte.

«Sergio!» sagte er und stand auf; sie umarmten und küßten sich. Die Kleinen schauten sie kurz an und rannten dann wieder fort. «Deine Kinder?»

«Ja.»

«Den älteren hast du nach deinem Vater genannt...»

«Ja. Ich freu mich, dich zu sehen, Giuseppe. Wie viele Jahre ist das jetzt her?» fragte Sergio lächelnd. Sein Freund war nicht sehr gealtert, hatte allerdings fast keine Haare mehr und wirkte, als hätte er so manche Enttäuschung erlebt. Er hatte eine schöne Jacke an, die allerdings aussah, als hätte er sie schon an so manchem Sonntag getragen. Seine goldene Uhr sah ebenfalls aus wie ein Firmungsgeschenk. Doch er lächelte wie damals im Gymnasium, wenn er mit Ach und Krach eine einigermaßen passable Klassenarbeit zustande gebracht hatte, die er dann sofort bereit war, seinen Klassenkameraden zum Abschreiben zuzuschmuggeln. «Das mit deinem Vater hat mir sehr leid getan. Und du warst ja damals in Zürich... Ich konnte zur Beerdigung meines Vaters wenigstens hingehen.»

Ursini antwortete nicht. Sergio war Polizeikommissar in einem Außenbezirk, kämpfte sozusagen an vorderster Front, wie sein Vater, der in einem Kugelhagel der Corleonesier umgekommen war. Leute wie er und der alte Libero waren und blieben im knarrenden Schiff dieses Staates die Ruderer, die unter Deck arbeiteten. Zwar hatten sie keine Ketten an den Füßen, aber auch für sie gab es keine Alternativen. Sie hatten beide einfach nicht den Absprung geschafft, für den Vater galt das auf jeden Fall, und wenn er sich Sergio so ansah in seiner abgewetzten Jacke und mit seinem resignierten Lächeln, schien es ihm genauso zu gehen.

«Was machst du hier in Palermo, Giuseppe? Ich dachte, du wolltest nicht mehr herkommen. Irgendwann im letzten Jahr hat mir mal jemand erzählt, daß er dich hier gesehen hat, ich weiß nicht mehr, wer das war. Jedenfalls war ich sicher, er hätte dich mit jemandem verwechselt...»

«Nein, er kann mich durchaus gesehen haben. Hin und wieder bin ich schon in Palermo.»

«Um Freunde zu treffen?» fragte Sergio, bemerkte aber sofort, einen Fauxpas begangen zu haben, und versuchte, die peinliche Situation mit einem Scherz aufzufangen. Ursini wußte, was er gemeint hatte. Er wunderte sich darüber, daß Ursinis Freunde zugelassen hatten, daß er allein durch Palermo lief, hatten seine vermeintlichen Feinde doch seinen Vater umgebracht und das Familienvermögen unter sich aufgeteilt. Sergio war zu charaktervoll, um sich hinter Verlegenheitsfloskeln zu verstecken, und fragte: «Entschuldige bitte, aber du bist doch völlig raus, oder?»

Wie sollte Ursini mit dieser Frage umgehen? Hätte sie irgendein Bürger gestellt, wäre sie einfach eine unglaubliche Frechheit gewesen. Doch es war ein Polizist, der ihn fragte. Und gleichzeitig war es einfach sein alter Freund Sergio, der nun Ursinis Intelligenz, seine Konsequenz, seinen Charakter lobte und ihm nun auch noch gestand, daß es ihm in all den Jahren immer wieder Sorgen bereitet hatte, daß «ein Junge wie er» sein Leben «denen da» widmete. «Aber ich hatte ja auch keine andere Wahl. Ich konnte nur Polizist werden, und da bin ich halt Polizist geworden.» Er lächelte noch immer. Doch nun war es ein besorgtes Lächeln, irgend etwas beunruhigte ihn, er selbst wußte aber auch nicht genau, was es war.

Wohl um diese Gedanken zu verdrängen, begann er über Palermo zu sprechen, das ungewöhnliche Palermo, wie es sich für ein kleines Kommissariat an der Peripherie darstellte, wo die Politik nur eingreift, um Steuern einzutreiben oder Strafen auszuteilen. Wahrscheinlich ermöglichte ihm aber gerade diese isolierte Position seine klare Sicht der Dinge. Mit den großen Gemetzeln, sagte er, sei es jetzt vorbei. «Meinen Vater hat es noch erwischt. Drei oder vier Jahre später, und keiner hätte auch nur im Traum noch daran gedacht, ihn umzubringen...» Palermo, sagte er, sei mittlerweile wie leergefegt. «Sie haben gerade noch ein bißchen Kleinkriminalität zurückgelassen. Macht und Geld jedoch werden abgezogen und woanders eingesetzt. Justiz und Presse bestätigen und dementieren abwechselnd, daß Mafiosi mit Politikern zusammenarbeiten. Aber daß das stimmt, ist doch mehr als offensichtlich. Die Mafia setzt erwiesenermaßen Zehntausende Milliarden Lire im Jahr um: Wer verwaltet diese Summen denn? Wer entscheidet über die Investitionen und die Anlagestrategien? Etwa die paar Figuren, die derzeit im sogenannten ‹Maxi-Prozeß› vor Gericht stehen? Leute, die das Abitur nur geschafft haben, weil sie einen bedeutenden Vater hatten? Erinnerst du dich, das Gonzaga-Institut war doch von Empfehlungsschreiben geradezu überschwemmt!»

«Ja, das stimmt.»

«Möchtest du einen Beweis dafür, daß die große Mafia umgezogen ist? Morgens rauben Halbwüchsige die Geschäfte aus, schießen Räuber im Postamt wegen einer lächerlichen Beute von zwei Millionen Lire um sich, abends terrorisieren Banden von Verrückten ein Stadtviertel nach dem anderen, und wir sausen die ganze Nacht mit unseren Sirenen herum. Glaubst du wirklich, daß das in den Zeiten der Toretta, der La Barbera und der anderen alten Bosse möglich gewesen wäre? Glaubst du, daß die einen Oberbürgermeister wie Orlando, der massiv gegen die Mafia angeht, nicht schnellstens umgebracht hätten? All das ist doch nur möglich, weil die Organisation Palermo einfach nicht mehr braucht, weil die ‹zweite Garde› nicht imstande ist, den Bürgermeister anzugreifen – und weil sie dazu auch keine Erlaubnis bekäme. Die Leute, die die ‹ehrenwerte Gesellschaft› heute leiten, leben in Sicherheit, irgendwo in Europa. Sie beherrschen Fremdsprachen, können zwar nicht mit Pistolen umgehen, dafür wissen sie aber über freie Marktwirtschaft und Verwaltungsrecht Bescheid, managen mit derselben Souveränität Aktiengesellschaften, mit der ihre Väter zum Schießeisen griffen...»

Sergio schaute jetzt sehr ernst. Schweigend beobachteten die beiden Männer ein Paar, das mit seinem Kinderwagen vorbeilief. Dann sprach Sergio sehr langsam weiter, machte große Pausen. Es gebe da Gerüchte, sagte er. Er selbst gehöre zwar nicht zu den Eingeweihten, wie die Kripo-Leute zum Beispiel, doch ihm seien gewisse Dinge zu Ohren gekommen, die er einfach nicht verstehe. Er sprach von einem «Deckmantel der Normalität, den sich nur ein Superhirn ausgedacht haben konnte». Über seine etwas schwülstige Formulierung mußte er selbst lachen. Was er meinte, war aber klar: die Abschaffung der Sondergesetze, die seit einigen Jahren größere Erfolge sowohl gegen Terroristengruppen als auch gegen mafiose Gruppierungen ermöglicht hatten. Die beiden schauten einander an, Ursini hatte den Drang wegzugehen, um diesem melancholischen, ehrlichen Blick zu entfliehen. Sergio verlangte nicht einfach eine aufrichtige Antwort, er bettelte geradezu darum.

«Weißt du nichts darüber, Giuseppe?»

Ursini antwortete nicht.

«Gehörst du dazu, Giuseppe?»

Ursini schaute zum Karussell hinüber, das gerade anhielt. Die Kinder stiegen ein und aus, unter den wachsamen Augen ihrer Eltern und des Aufsehers in seinem dunklen Kittel. Sergio faßte Ursini am Arm.

«Bist du dieses Superhirn, Giuseppe?»

«Und wenn ich es bin?» Ursini blickte ihm in die Augen. Er hatte den Mann zwanzig Jahre lang nicht gesehen, doch er traute ihm wie sonst kaum jemandem, wußte, daß er mit ihm offen über alles reden konnte. «Wenn ich es wäre, was würde das für dich ändern?»

«Sieh mich jetzt nicht in meiner Rolle als Polizist. Wenn ich einem Rauschgifthändler oder einem Räuber Handschellen anlege, applaudiert mir niemand, denn es ist mein Beruf und deshalb meine Pflicht. Würde ich mir das jedoch mit dir erlauben», er kicherte nervös, «dann hätte ich weniger vor deinen Leuten Angst als vor meinen eigenen. Du siehst, ich mache mir keine Illusionen. Hast du das wirklich gedacht? Daß ich mir immer noch Illusionen mache? Keine Angst, das ist vorbei.»

«Sergio...»

«Nein, laß gut sein. Ich möchte nur eines wissen. Wie war das möglich? Ein Mann wie du! Wenn ich mir das klarmache, läuft es mir eiskalt den Rücken hinunter. Ich kann mir gut vorstellen, was ein Hirn wie deines alles aushecken kann, ich denke an deine Intelligenz und deine Fähigkeiten und stelle mir vor, was du damit Tag und Nacht produzierst und baust und organisierst... Schrecklich!»

«Sergio...»

«Entschuldige, du hast recht; zuerst frage ich dich und dann laß ich dich nicht zu Wort kommen. Ich weiß nicht einmal, ob du überhaupt mit mir darüber reden willst. Es würde mir genügen zu wissen – warum das alles?»

Ursini schloß die Augen, streckte sich, bis sein Nacken die runde Lehne der Bank berührte, und scharrte die Füße über den Boden.

«Was findest du denn an der ganzen Geschichte so erstaunlich? Die meisten von uns gehen einen Weg, den andere vorgezeichnet haben. So war es bei mir, so war es bei dir. Ich leugne nicht, daß ich schon in meiner Jugend, als Vater noch lebte, meine Ideen hatte. Doch das waren andere Zeiten, man arbeitete mit anderen Methoden. Es wehte ein blutrünstiger Wind, und ich fühlte mich nicht wohl in meiner Haut. Mein Vater umgab sich mit Männern, die einem angst machten. Ich hatte studiert, war belesen – in solcher Gesellschaft fühlte ich mich wie ein Fremder. Und mein Kopf war voller Ideen, konfusen, aber großen Ideen, wie das in dem Alter eben so ist. Ich hatte schon angefangen, in die Richtung zu arbeiten, da passierte der Unfall...» Sergio erinnerte sich plötzlich daran, daß Luisa und das Kind umgekommen waren, und hob an, etwas dazu zu sagen, doch Ursini winkte ab, obwohl er sich über die Anteilnahme seines Freundes freute. «Heute kann ich sagen, daß ich alles verwirklicht habe, was ich damals im Kopf hatte, und sogar noch mehr.»

«Sieh mal, Giuseppe, ich möchte nicht den Moralapostel spielen: Aber die Organisation, zu der du gehörst, ist die größte Ungeheuerlichkeit unserer Zeit...»

«Jede Zeit hat ihre Ungeheuerlichkeiten. Religiöser Fanatismus hat die Kreuzzüge hervorgebracht, die Scheiterhaufen, auf denen Hexen und Häretiker verbrannt wurden, die Bartholomäusnacht, in der Tausende von Hugenotten ermordet wurden, und die Religionskriege, die dem Inhalt der Religionen im Prinzip widersprechen. Millionen Tote. Politischer Fanatismus hat Revolutionen und grauenhafte Repressionen verursacht, den Nationalsozialismus, den Zweiten Weltkrieg. Wieder Millionen Tote. Nachdem wir nun die Ideologien beerdigt haben und auf ihrem Grab immer weniger Blumen zu sehen sind, leben wir in einer Epoche, die ausschließlich auf dem Geld basiert. Selbst die Macht ist nur noch ein Mittel. Wie die Religion und die politische Ideologie ist auch das Geld jedem zugänglich. Man muß nur zu allem bereit sein. Kinder wollen Markenjeans und ferngesteuerte Autos. Als Erwachsene verkaufen sie sich dann selbst, als Abgeordnete, Ärzte oder Polizisten, um sich eine Scheibe vom Wohlstand abzuschneiden. Was derzeit in den östlichen Ländern geschieht, illustriert ganz gut, was ich meine. Man macht es sich zu einfach, wenn man die dortige Entwicklung als Marsch in die Freiheit deutet. Die Menschen wollen materiellen Wohlstand. Ich bin viel hinter den Eisernen Vorhang gereist und weiß, wovon ich rede. Jedem das Recht zu auch vollkommen sinnlosen Entscheidungen einzuräumen, ist nutzlos, grausam und auch gefährlich, wenn die Armut sowieso keine Wahl zuläßt. Wer arm ist, kann nicht beschließen, daß sein Sohn Atomphysiker werden soll, und kann sich nicht aussuchen, ob er Neujahr in Zermatt oder zu Hause feiert. Da ist es besser, solche Entscheidungen gar nicht erst zuzulassen. Deswegen bewegt sich im Osten jetzt etwas: Die Menschen wollen nicht primär die Freiheit, sondern eine finanzielle Basis, auf der diese Freiheit erst entstehen kann. Nach jahrzehntelangem Warten machen die Menschen ihre Revolutionen nicht mehr für große Ideale, sondern um sich endlich ein Auto und einen Farbfernseher kaufen zu können. Es ist der Triumph des westlichen Modells – jenes Modells, das auch mich hervorgebracht hat, ein Weg ohne hehres Ziel, und die wenigen, die sich diesem Weg widersetzen, müssen verbittert erkennen, daß ihre Familie, ihre Freunde, ihre Kollegen sie allein lassen.»

«Damit meinst du wohl mich?»

«Du bist ins Abseits geraten, Sergio. Du lebst nur deshalb noch, weil du zu unbedeutend bist, um gefährlich zu sein. Und wärst du bedeutend, würde dir deine Ehrlichkeit zum Verhängnis. Die Kommissariate an der Peripherie sind voll von Menschen wie dir...» Er unterbrach sich, weil Sergio ihn kopfschüttelnd anblickte.

«Verachtest du mich jetzt?»

«Nein, ich bewundere dich. Doch meine Bewunderung ist ganz persönlicher Natur. Du bist nicht groß genug geworden, um die Wirklichkeit, die dich umgibt, richtig wahrzunehmen. Und wenn du sie wahrnimmst, versperrst du dich ihr, was noch schlimmer ist.»

Sergios Kinder kamen zurück. Der Jüngere war verschwitzt und noch immer ganz aufgeregt vom Karussellfahren. Sein Bruder redete belehrend auf in ein: ein melancholischer Junge, dem man ansah, daß er in schwierigen Verhältnissen aufwuchs. Sergio bemerkte den Blick Ursinis.

«Als mein Vater starb, war er noch ganz klein. Er hat nicht mitbekommen, was da passiert war, doch die beiden hatten sich gut verstanden, und er fragte noch monatelang nach seinem Opa. Dann hat er von einem Tag auf den anderen damit aufgehört. Vielleicht hat ihm jemand etwas erzählt, wir wissen es nicht. Jedenfalls hat er sich seitdem sehr verändert. Vorher war er wie sein Bruder: immer außer Rand und Band, immer fröhlich...»

«Willst du aus ihnen Opfer machen, wie du eins bist?» fragte Ursini freundschaftlich. Sergio bekam etwas feuchte Augen, wie damals, wenn ihn ein Lehrer verprügelte, weil er wußte, daß hinter diesem Knaben kein mächtiger Vater stand, der sofort zum Direktor gelaufen wäre und Gerechtigkeit verlangt hätte. An Jungen wie er einer gewesen war, ließen die Lehrer ihre eigene Frustration aus, die sich über das Jahr aufgrund der Arroganz von Senatoren, Honoratioren und reichen Leuten in ihnen anstaute.

«Ich bringe ihm das wenige bei, das ich weiß, ohne ihn zu irgend etwas zu zwingen. Wenn sie zu dem Schluß kommen, daß ich etwas falsch gemacht habe, werden sie ihre eigenen Wege gehen... Schau, als wir klein waren, haben die Leute aus Angst geschwiegen. Man sagte *Omertà* zu diesem Schweigen, aber man sprach es aus wie das Wort ‹Angst›. Heutzutage schweigen die Leute vor allem, weil sie wissen, daß es keinen Sinn mehr hat zu reden. Sie trauen der Polizei nicht, haben den Glauben an die Justiz verloren, die nur noch auf den Titelseiten der Zeitungen existiert. Die Menschen wissen auch, daß Leute wie du sich in weiter Ferne versteckt halten, anonym sind, unerreichbar bleiben. Wir sind von einem Schweigen zum anderen übergegangen, ohne es zu merken. Vielleicht gab es zwischen dem ersten und dem zweiten Schweigen die Chance, ein paar Worte hinauszuschreien, einen Aufschrei des Protestes vielleicht. Doch dieser Augenblick war zu kurz, und wir haben ihn einfach nicht wahrgenommen...»

Die Kinder hatten sich auf die Bank nebenan gesetzt. Sergios Ältester schaute ab und zu neugierig, aber wohlerzogen zu ihnen herüber. Traf er den Blick Ursinis oder seines Vaters, drehte er sich wieder seinem kleinen Bruder zu, der auf ihn einredete und ihn am Ärmel zog, wenn er sah, daß er abgelenkt war.

«Aber auch du machst dir Illusionen», begann Sergio wieder. «Leute wie Raia und Graziano, die deinen und meinen Vater ermordet haben, werden auch dich umlegen...»

«Lillo Raia ist vor einiger Zeit umgebracht worden», unterbrach ihn Ursini freundlich. «Ihr stellt ihm trotzdem noch immer Verurteilungen zu lebenslänglicher Haft zu. Ihr habt nie ernsthaft nach ihm gesucht, und jetzt werdet ihr ihn nicht mehr finden.»

«Hat Turi Graziano ihn ermordet?» fragte Sergio sichtlich berührt.

«Turi hat sich letzten Monat erschossen. Der Tod seiner Frau hatte ihn vollkommen aus dem Gleichgewicht gebracht. Es gibt niemanden mehr, Sergio. Sind sind entweder tot, oder ihr habt sie verhaftet. Die alte Garde ist verschwunden. Und von den neuen Bossen wißt ihr nichts.»

«Dich kenne ich ja wenigstens.»

«Willst du mich jetzt verhaften? Das würde auch nichts

ändern. Ich bin kein Boß, ich bin nur ein Mitarbeiter, und auch damit höre ich Ende des Jahres auf – und zwar aus freien Stücken. Ihr habt nun keine sichtbaren Feinde mehr, Sergio. Und ohne Feinde kann man nicht siegen.»

«Du irrst. Das ist ein Gesetz der Geschichte. Du hast vorhin die richtigen Beispiele genannt. Religionskriege und Scheiterhaufen gibt es nicht mehr. Die Zeit des Nationalsozialismus ist ebenfalls vorbei. Auch mit dem Monster, das du geschaffen hast, wird es irgendwann aus sein.»

«Ist das ein Wunsch oder eine Drohung? Und wenn es eine Drohung ist, müssen wir dann wirklich Angst haben? Vor wem? Vor was? Vor diesem bürokratischen, korrupten Staat? Vor dieser kranken, von Starrummel bestimmten Justiz, die vergiftet ist von den Parteien? Vor Polizisten und Carabinieri mit gebundenen Händen? Oder etwa vor dir?»

Sergio lächelte. Schon wieder dieses Lächeln. Er schüttelte den Kopf. «Vor mir? Soll das ein Witz sein? Nein. Unsere Generation ist endgültig verloren.» Er drehte sich um und sah seine Söhne an, die sich gerade ein wenig zankten. «Siehst du die beiden, Giuseppe? Sie sind zu klein, um auf so grauenhafte Weise zu siegen wie du, aber auch zu klein, um auf so traurige Weise zu verlieren wie ich. Niemand kann sagen, wie sie als Erwachsene denken, was sie tun werden. Ich weiß es von meinen Kindern nicht und du nicht von deinen... wenn du welche hast. Du weißt es nicht und wirst nie die Chance haben, es zu wissen...» Er zeigte auf die Kinder. «Vor ihnen müßt ihr Angst haben.» Er stand auf. Die Kinder liefen herbei. Sergio blickte Ursini wohlwollend an: «Ich wünsche dir noch einen schönen Sonntag, Giuseppe.»

Birgit Kienzle / Maria-Teresa Galluzzo

Frauen gegen die Mafia

Das Gesetz des Schweigens brechen

rororo frauen aktuell 12789

Seit Beginn der 80er Jahre ist die Zahl der Mordopfer der Mafia sprunghaft angestiegen. Insgesamt sind der organisierten Kriminalität in Unteritalien 1989 über 1100 Menschen zum Opfer gefallen. Dabei geht die Mafia immer brutaler vor; ihr früher viel beschworener «Ehrenkodex» zerfällt zusehends. Diese Entwicklung hat zuerst bei Frauen zu einer grundsätzlich veränderten Haltung gegenüber der lange Zeit immer noch respektierten «ehrenwerten Gesellschaft» geführt. Sie waren nicht mehr bereit, das oberste Gebot der von Männern dominierten Terrororganisation – die Omertà (Verschwiegenheit) – anzuerkennen und bildeten Anfang der 80er Jahre einen Zusammenschluß von Frauen, deren Männer im Kampf gegen die Mafia oder innerhalb der Mafia umgekommen waren.

In diesem Band erzählen zehn der «Frauen gegen die Mafia» ihre Geschichte: wie sie zum Opfer der Gewalt wurden, warum sie nicht mehr schweigen konnten und mit welchen Mitteln sie ihren mutigen, engagierten und phantasievollen Kampf gegen die vielarmige «Krake» des organisierten Verbrechens aufgenommen haben.

Rowohlt

Butz Peters

Die Absahner

Organisierte Kriminalität in der Bundesrepublik
416 Seiten mit Abbildungen. Gebunden

Organisierte Kriminalität in der Bundesrepublik: Wohnungseinbrüche, Autodiebstahl, Erpressung, Scheckbetrug, Mädchenhandel, Mord... Die Liste der Verbrechen ist lang. Die Schäden gehen in die Milliarden. Butz Peters, Jurist und Leiter des Ressorts Rechtspolitik beim Norddeutschen Rundfunk, schildert anschaulich und spannend, wie die Organisierte Kriminalität funktioniert und welche verheerenden Schäden sie anrichtet. Seit Jahren beobachtet er die Tätertypen und ihre Methoden, kennt die Ermittlungsbehörden mit ihren Problemen, Taktiken und Zielen.

«Das Buch gehört in die Hand eines jeden Bürgers! Eine höchst spannende Lektüre kann ihm zudem versprochen werden.»

W. Burghard in «Kriminalistik»

Rowohlt

Mario Puzo

Der Pate

Roman

Deutsch von Gisela Stege

rororo 1442

Der Pate: wie ein genialer und eiskalter Wirtschaftsführer beherrscht Don Vito Corleone sein amerikanisches Imperium der Cosa Nostra. Schmiergelder und Gewalt sind seine Waffen im Kampf um riesige illegale Geschäfte. Seine Macht reicht von den höchsten Regierungsbeamten Washingtons bis zu den kleinsten Ganoven der New Yorker Unterwelt. Mario Puzo, der weltberühmt gewordene Autor dieses ebenso schockierenden wie faszinierenden Romans, nimmt kein Blatt vor den Mund. Was er «zu erzählen hat, ist voller innerem Feuer, voller Spannung, Intelligenz, voller Freundschaft und Verrat, voller menschlicher Leidenschaft und Leidenskraft.» («Weltbild»)

Mamma Lucia

Roman

Deutsch von Gisela Stege

rororo 1528

Ein mitreißender Erfolgsroman des berühmten Autors: Animalisch in ihrer Sanftmut, aufopfernd in ihrer Fürsorge, streng und wachsam in ihrer Liebe – das ist Lucia Santa Angeluzzi-Corbo, Mamma Lucia, die im italienischen Viertel von New York um das tägliche Brot ihrer sechs Kinder kämpft. Sie liebt sie alle mit der ganzen Kraft ihres mütterlichen Herzens, und als schließlich ein lebenslanger Traum vom Wohlstand Wirklichkeit wird, verläßt sie mit ihren Kindern die Slums, um noch einmal ein besseres Leben zu beginnen.

Rowohlt